今日评论
文存 八

JINRI PINGLUN WENCUN

张昌山 ◎ 编

·张昌山 主编·滇云八年书系·旧刊文存·

云南出版集团
云南人民出版社

目　录

第四卷第八期（1940年8月25日）

这一周		1
民主的意义	吴文藻	5
我国经济建设之制度问题	吴半农	15
工业化与都市问题	刘鸿万	20
论非常时期的工役	林良桐	25
论非常时期管理银行办法	伍启元	28

第四卷第九期（1940年9月1日）

这一周		31
教育与经济	陈友松	37
权利与效率	罗隆基	40
论翻译	贺麟	46
在生产战线上的妇女（宝鸡通讯）	任柱明	52
旧诗与新诗的节奏问题（下）	孙毓棠	57

第四卷第十期（1940年9月8日）

这一周		63
战后经济建设刍议	方显廷	68

今后日本的内政外交	王迅中	73
工作与闲暇	陈雪屏	78
战时甘肃的合作事业（兰州通讯）	罗子为	81
谈学习写作	李廷揆	87

第四卷第十一期（1940年9月15日）

这一周		92
越南与日本	陈序经	97
论我国人口与经济进步	巫宝三	102
大理地方法律习惯	赵凤喈	107
青年的营养问题	樊星南	113
给编者书		116

第四卷第十二期（1940年9月22日）

这一周		121
中国的政治与行政	陈之迈	125
机关与事业	谷春帆	131
工业化商业化与资本主义	李树青	135
论新文学	陈 铨	140
在白雪世界中	李霖灿	144

第四卷第十三期（1940年9月29日）

这一周		151
国家今后的工作与责任	钱端升	156
读韩德森《一个使节的失败》	张忠绂	160

论驿运制度	伍启元	163
谈"文化膏药"	许箐仲	167
越南印象记	周信铭	172

第四卷第十四期（1940年10月6日）

这一周		176
德意日协定与我们对策	邵循恪	181
英德战争的观测	陈西滢	186
西南工业的人力基础	费孝通	193
战时的浙江（方岩通讯）	陈慎修	198
邓川散记 ——滇西散记之一	曹立瀛	203

第四卷第十五期（1940年10月13日）

这一周		208
我们需要的政治制度	钱端升	212
国防工业的建设	吴之椿	216
物价和农村变迁 ——一个调查计划的拟议	赵晚屏	224
对于各级农业教育之管见	曾省	229
香港的文艺界（香港通讯）	马耳	236

第四卷第十六期（1940年10月20日）

| 这一周 | | 240 |
| 三国同盟与中日 | 王迅中 | 244 |

一党与多党	钱端升	248
中国文化与大学教育	樊德芬	252
敌寇封锁下之国内贸易统制问题	童逊瑗	256
玉龙雪山散记	李霖灿	260

第四卷第十七期（1940年10月27日）

这一周		266
再论战后内地工业建设问题	杨端六	271
德意日三国同盟的观察	吴学义	276
战时农村工业的新动向	韩德章	281
青年思想问题	马灿华	286
论自由	钱端升	290

第四卷第十八期（1940年11月3日）

这一周		295
三国同盟后的世界局势与苏联地位	钱端升	299
政治制度之确立与制度精神之培养	刘乃诚	303
论民主主义	李树青	310
论中国民族性的形成及其转变	张子毅	315
浙西最近的交通路线（通讯）	张振华	320

第四卷第八期（1940年8月25日）

这一周

英德连日展开大规模的空战。据传出动德机竟多至二千架，飞往英伦附近各区轰炸；英国空军勇敢迎击，似亦获得很大战果。欧战演变到今，制空权之争夺，显然日趋激烈；德如不能在上空取胜，则渡峡进攻之计难售。空军是闪电战中最有效之工具，其破坏力特强可予敌人以重创；然从整个战局上看，徒恃精锐空军，却未必能克敌制胜，这点将于这次欧战中获一证明。英国现有的陆军，远落于德国之后，但近来空军的进步，虽赶不上德国，但也不容轻视，且其海军向来比德国强大得多。此时英国的英勇空军，尚能与海军配合作战，或者足以阻敌渡峡进攻，在海战中英国是占相当优势的。眼前英德空战不过是大会战的序幕，若认德国必胜之局已定，无乃太轻视英国军事上的实力了。

英意在英属索玛利兰之战，自发动以来，为时不及两旬，似已进入决定阶段了。意军此次在飞机大炮协助之下，分两路向柏培拉进攻；最初英军予以强烈抵抗，但近日来因为地势于己不利，似不愿死守此城，现在正拟作战略上的撤退。其实，英国早在红海方面，已集中大量舰队，准备实行海上攻势，使侵入的意军日趋困境。此外，在埃及方面，亦已作充分准备，防止意军进攻当是不甚难的事。意国此次在东非冒险，谋获小胜虚荣，俾对德有所报效，但其所付的代价实在不小，说来也很可悯！

最近外间频传，西班牙或将以意国在东非的胜利为契机，参加德意阵线，与英正式作战。此说如果属实，地中海的形势，对英将有不利的变化。自意国参战以来，西班牙的态度，极为世人所重视。意国极力拉拢西班牙，完全在其地势上着眼，到了参战之时，它就成了控制英海军之助手。英属直布罗陀，握地中海咽喉，为英军舰出入的门户；惜其与西属休达港，南北对岸而立，适在西军大炮射程内，又受西国空军的威胁。一旦该海峡落在西国手中，英国军舰便不能自由出入，其在地中海所恃的优势立即发生问题，德意所以重视这个要塞，其故就是在此。我们相信西国参战后，英海军纵然受相当牵制，但绝不至完全损失战斗力；因为依现势揣测，地中海绝不是最后决战的场所，英海军活动的范围，或将随着战局的推演，而日见其广阔。佛朗哥政府纵然计算德意必胜，究竟于西国有何补益？明眼人即知如果德意战胜，德国必独霸欧洲，而西班牙也不过与欧洲其他小国同其运命而已。

日本民政党已于十六日下午二时召开党员大会，投票决定解散。民政党是日本的两大政党之一，历史渊源既久，忠守民主立宪的精神，更甚于政友会。自九一八事变后，军部法西斯势力嚣张，政党备受压迫，投机分子纷向军部献媚，卖身投靠。法西斯走狗的东方会国民同盟等小政党故无论矣，向以维护无产阶级利益的社会大众党亦转变为国家主义政党，力图与军部接近。二大政党之一的政友会也不惜毁弃过去为自由民主而奋斗的悠久历史，向军部屈膝，最近久原正统派与中岛革新派的争向军部献媚，更属无耻之尤。惟有民政党在町田总裁的领导下，始终设法保持立宪政党的立场，与军部及法西斯势力对抗，所以年来否极泰来，町田总裁一度有重掌内阁的呼声。自欧战德意军大胜后，日本法西斯分子大为活跃，投机的近卫毅然出山，从事新党运动，旋又推翻米内内阁，梦想效颦德意，实行独裁政治。失了骨格的旧政党如社会大众党，政友会中之正统派及革新派均自动宣布解党，参加新党运动，民政党中投机分子永非抑太郎等虽一再要求表明态度，町田初尚坚持维护政党立场，不愿无条件地同流合污，现在终以情势所迫，也继社大政友之后，宣告解党了。明治维新以来艰苦缔造的立宪政治至此名实俱亡，日本的政治完全法西斯化了。但这种剧烈的转变能挽救日本目前的内外危机吗？没有具备德意政治的实质，仅就表面及形式上东施效颦，结果恐徒增纷扰而已！

自日寇向法越当局提出无理要求后，暹罗政府亦趁火打劫，陈兵五师于暹越边境，要求越方归还原属暹罗之领土。暹罗的这种要求是否有法理根据，姑置不论，但偏在日寇谋越的紧急关头提出要求，难避供人指使之嫌。暹罗位处英缅法越之间，年来积极自保图存，用心之苦，本颇令人钦佩。但日寇野心之大，谋人之急，恶迹昭彰，尽人皆知，暹罗妄想联日以图强，何异与虎谋皮，豺豹未去，虎狼入室，殷鉴不远，若不及早觉悟，恐将噬脐莫及。且年来一再听日寇指挥，压迫华侨，屡与中国为难，孤己之势，长人之欲，更属愚不可及。现在又供日利用，结怨法越，无论就哪方面着想，绝非弱国图存之道，损人害己，徒供日寇称快而已。再就法越方面言，法国自对德屈服后，国威虽大跌落，但又何至弱于暹罗。怎奈法越当局自上月一经日寇胁迫，立即俯首听命，停止对滇运输。这种退让不但长了日寇贪欲，现在又更进一步提出损害法国对越主权的要求，连弱小的暹罗也起而效法，陈兵威胁了。是可忍，忍不孰，法越政府当知所觉悟矣！

英国因欧局紧张，且不堪日寇之压迫，决定撤退驻天津及上海之防军。上海系列强在远东权益的总根据地，所以经各国驻军司令会议之结果，沪西英防区及西虹口区由日军接替，公共租界中区英军防区则由美军接管。我们认为这种接防办法事实上对日本已是很大的让步，因为日军不但接管了沪西区，并尚有西虹口区。按理公共租界本由英美两租界归并而成，英军撤退，理应由美军接防，而且美国系目前未卷入战争漩涡之严正中立国，接防英军驻区最为适宜，况公共租界中区英军防地包括黄埔滩及沿江各码头为上海最繁盛区域，列强权益之精华所在，若由日军接防，各国咸皆惴惴不安，美军接防，是维持门户开放原则之最适当办法。日寇年来筹谋掠夺津沪租界，已非一日，所以这次日军要求接管沪上英军全部防区，后因各国驻军司令之反对，始接受这种折衷办法。但据近二日电讯所传，日军又将翻悔，拒绝接受，闻现此问题已由上海移至美日两政府直接交涉，英军防区暂由万国商团接防。美国的远东政策始终坚持严正的立场。若惧日寇威胁恐吓，这次接防问题便不会发生，所以我们深信美国的态度绝不至软化，日寇的刁难徒然暴露贪得无厌的丑态而已。其实日寇也未尝不知美国的决心，不过想学无赖汉敲竹杠的办法，尽可能地再讹诈一次而已。

行政院最近明令取缔奸商垄断居奇，特别注重于日用必需物品的囤积。这可以表示政府对平衡物价的决心。但我们以为问题不在法律与命令，而在方法与执行。抗战以来，政府对于平衡物价的法规，已经相当完备，今后的问题，似乎不在再三申五令，而在怎样使法令能够实行。我们以为有办法，有决心，有适当的推动机构和适当推动的人，则平衡物价不是不可能的。否则只靠法令，似乎是不够的。

清华二十九年度留美公费生考试已于本月十九日在重庆，昆明两地同时举行。此次考试名额，理工等实用科学占十八名，经济及历史占两名，全数共二十名。在这国家正从事于生死存亡的斗争中，在这外汇异常难得的时候，教育部还令清华选派大批留学生，是否一种聪明的举动，实一疑问。我们以为根本的问题，还是一个"留学取士制度"的问题。到了今日，我们应该重新考虑我们的用人标准，我们应该开始承认留学的人并不一定是有真正才力的人，而有真正能力的人不一定是留学生。比方一条狗，我们把它牵到欧美去跑一个圈子，我们还能把它变成一个人吗？但如我们一定要维持留学制度，我们便应使家境不能自费留学的人，也有留学的机会。从这一点看来，我们对清华的招考是赞同的。不过此次名额的分配偏重理工，过于短视；考试的科目过于专门，容易侥幸。假如清华还要招考三十年度公费生的话，对这两点似有重加考虑之必要。

民主的意义

吴文藻

世界政治，近年来分为两大对峙壁垒：一面是取攻势的轴心国家，如德意日；一面是取守势的民主国家，如英法美，从轴心国家的眼光看来，第一次欧洲大战的结果，民主国家都成为有的国家，他们自己却成为无的国家，所以不得不取攻势，从民主国家的立场看来，轴心国家代表侵略阵线，是近代文明的毁灭者；他们自身代表和平阵线，是近代文明的维护者，所以不得不取守势。

上次欧战时，德国宣布他是为发扬德国"文化"（Kultur）而战，法国宣布他是为保持法国"文明"（Civilization）而战，德国所谓"文化"，是科学技术的优越性，其本质尚"同"，尚统一，因而趋重独霸天下。法国所谓"文明"，系指"启蒙"（Enlightenment）或教化而言，其本质尚"异"，尚分歧，因而偏向共存共荣，美国参战后，政治目标，又稍更易，威尔逊总统倡言协约国是为保卫民主政治而战，欧战结果，协约国得到了最后胜利，但是民主政治在世界上并未得到安全保障，而且事实演变，适得其反，欧洲大陆上，意大利法西斯政权，德意志纳粹政权，先后继起，一面与苏俄共产政权相抗衡，一面对英法民主政权施攻击。本来英法可以积极联俄而抵抗德意，不幸联俄外交失败，民主的法国，已被独裁的德国，打得一败涂地。

现在法国"文明"和"教化"是被德国"文化"及"技术"所征服了。斯巴达雅典武胜文败的事实，重演于今日：因此拥护抗战的中国知识分子，闻之大为震惊！有一部分人士对于民主的信仰为之动摇，觉得独裁已经战胜，独裁是最新的、最优越的政治，建国大计，舍此莫属，而我们的看法适与相反：我们以为世有永存的国体，而无永存的政体，惟有民主才是永存的国体；独裁政治，就时间上论，虽是最新的东西；但以思想内容论，却是复古，开倒车，是最旧的，是陈腐的，不足为法。

民主的词义，"民主"一词，本为Democracy之译名，亦有译作"民本"、"民权"或"民治"者，五四运动的时候，"德谟克拉塞"一词，流传甚广，即系Democracy之音译，西洋政治理论上，对于"德谟克拉塞"，有两种最简明的诠释：一即法国革命时"自由，平等，博爱"的口号，后来英人有以"快乐"代"博爱"者；一即美国林肯所谓"Of the people, by the people, and for the people"，孙中山先生译为"民有民治民享"，梁任公先生译为"政为民政，政以为民，政由民出。"

"民本"的译法，取义于古人所云："民为邦本，政在养民"；"民为贵，社稷次之，君为轻"。足见"政由民出"之意，由来已久，而人民从无参政之权，此为"我国政治理论上最大缺点，自三民主义倡行以来，"民权主义"一词，家喻户晓，梁任公谓："民权之说，中国古无有也，法家尊权而不尊民；儒家重民而不重权；道墨两家，此问题置诸度外，故皆无称焉。"又谓"民权云者，人民自动以执行政权之谓。"中山先生倡论之民权，有广狭义。狭义即"民权初步"，讲述议会规则；广义即"民众管理政治"，"主权寄于人民"。至其对于权能分别的比喻，主张政权治权的区别，以及沟通吾国古成"选贤与能"与西方近代"专家政治"之说，与民主的精义，尤多吻合之处，"民治"的译名，不及"民主"通用，解释从略。

本文所释"民主"，除上述外，尚有下列二义：第一，单就词义言，法西斯（Fascism），纳粹（Nazism）和共产（Commumsn）都是主义，惟独民主不是主义，通常沿用"民主主义""民本主义""民权主义"或"民治主义"等等名称，如果当作"德谟克拉塞"的译名来看，那就很不妥当，中山先生在三民主义第一讲，就已说过："主义是一种思想，一种信仰，和一种力量。"如果一个国家尊奉一种主义，排除异说，政治主张，等于宗教信条，则结果适与民主政治相反，因为民主政治与自由思想，是一件东西；自由是民主的神髓，是保障一切主义的条件；一切主义必赖思想而成立，民主而称主义，实是内在矛盾；所以说民主绝不能称为一种主义，与共产主义法西斯主义（纳粹主义只是法西斯主义的一种变相）鼎立。

第二，民主系独裁（别译"专政"，或译作"狄克推多"）的对待名词，若就政制言，不论是法西斯政权，纳粹政权，或共产政权，三者之间，有一共通的特征，即同为独裁是也，诚然，在口头上，在原则上，共产主义却并不反对民主与自由；自苏俄颁布新宪法后，斯泰林自谓为世界上最民主的国家。他们以为现在的民主政治，只是有产阶级的专政；所以在过渡时期，必须以无产专政取而代之。

最后，法西斯主义是最公开反对民主与自由的一种理论，他们努力扩张极权主义（Authoritarianism），以与自由主义相抗衡；充分发挥全能主（Totalitarianism），以与民主政治相对立，目前德英的争霸战，即反映了这种全能国家与民主国家的思想战。

民主的误解——通常对于民主有两种最流行的误解：第一种误解，以为民主政治即是多数政治（Mojarityrnlel）亦即多数统治少数，少数服从多数之谓；甚至有以民主与大众政治或群众政治，混为一谈者，诚然，英国蒲来斯（Bryce）从政府体制立言，曾把民主当作民治来看，他所谓民主政治，确含有多数政治之意。但长处所谓多数政治，是指代议制下多数取决之一种办法而言，在民主国家，一切思想之见诸实施，必先经过自由讨论，而后付诸多数取决，凡自由讨论，多数取决，乃议含场中人人所公守的规则。少数主张虽暂时不被采用，但此时代的少数，在另一时代，也许就变为多数，所以真正了解民主自由真谛的少数者决不会误解"少数服从多数"的含义的。不幸现在常有一部分人士曲解多数政治的意思，以为如果支持和拥护现政府的人数众多，便是多数政治，民主政治。这样说来，现在德意苏等国政府，表面上或实质上受民众热烈拥戴的政府，都可以称为多数政治，民主政治了。上面已经说过，民主是独裁的对待名词，我们绝不能使之混淆。故为民主政治下定义时，绝不能简称之为多数政治。因为在一党专政下的多数制，绝对不容许政敌有发言权，一切相反的言论，都要受检查与取缔的。这种多数政治，当然不得名之为民主政治。

民主政治更不得名之为大众政治（Mass-rule），或群众政治（Crowd-rule）。许多人以为大众是无知的，群众是盲目的，如由盲目无知的人民来管理政治，决计产生不了杰出的领袖。普通常人往往是忘贤妒能，所以受其拥戴者，必然是平凡人物。此种论调，考诸事实，并不尽然。英雄崇拜之心，人皆有之。此有人焉，才足动众，德能服人，在民主制度下，绝不会被埋没的。一般人知识能力，或属简单低陋；但其道德感觉，却极敏锐，本来民主之说，并不包含人民直接行使治权之意。中山先生对于政权与治权的区别——政权为全国人民所共有，治权为全国人民公意所选托——实属至理名言。近代政治问题，日益复杂，非"选贤与能"，实行专家政治，不能解决。故民主政治绝对不能名之曰大众政治，或群众政治。至民主之为民治，意为人民只在大体上可以决定国家政策的一般方面而已。

第二种误解，以为民主政治自始即是代表制度，议会制度，例如"巴力门"（Palisment）手续，"康格来"（Coungreat）政府。乃至民众代表的方式。诚然，现在民主政治在大体上，仍是议会政治。按照传统上的民主观念，民主政治可以无须议会制度而存在。今日之议会政治，大都是有一民选的中央代表大会，在此大会中，举行公开辩论，由多数表决，构成决定的中央政府机关。从历史上来讲，民主政治的发达，确是议会制度的发达；直到如今，还可以说，议会制度不能脱离民主政治而存在。但是我们绝不能武断的假定，舆论的自由运用，必须在议会形式中才能表达出来。大体说来，欧美民主政治乃是一种近代的发展。当议会制度发生的时候，政府问题尚为简单；舆论单纯，并不庞杂；各种专业的团体利益，尚未分歧；区域或地方代表制，在当时有意义者，现在已无意义；当时以农业为本位，人地关系甚为重要，现在一切更易，在每一民主国中，重要管制的活动，都已脱离了国会的直接支配，各种专门部会应运而生，各种统制与团体功能亦随之而起。如果这种历程长此继续下去，"巴力门"与"康格来"，也许就不成其为国民生活的主要中心了。如果"自由"能够继续存在，民主自然仍能继续得势。自由舆论的潮流所推移，仍将决定谁是国家的统治者。时过境迁，在自由原理之下，则民主政治的机构必然要随着时代而改变的。

民主的真谛——如果民主制度是随时代而变迁，则我们是否不必追问民主的政治体制，而直截了当的把民主当作精神看待呢？受过社会科学训练的人，是不愿作此"躲避"的。因为把民主认作精神，不但太无定论，而且有被人假借的危险。因此，我们必须仍从形式或结构上来给"民主"下定义；虽然我们承认只有一种适合的精神，一套适当的态度，才能支持民主的形式，维护民主的结构。简言之，解决问题的关键，即在明辨国家体制与政府体制之不同。世界上有永存的国体，而无永存的政体。民主便是这种永存的国体。不论何时何地，民主存在与否，可以根据两条规准来规定。这两条规准，简述如下：

（一）民主肯定国家与社区的区别，亦即国家与文化的区别，使之形诸事实。同时民主政治，必然是实实在在的宪政法治，人民的自由及权利，在宪法上得有保障，政府无权予以废止。

（二）民主依赖相反的意见自由发表。在此政制之下，组织政府，决定政策，全以当时民意为向背，随舆论而转移，然后依照宪法手续而见诸实行，兹再分述之。

何谓社区？社区是人类社会互动的一种广大区域，不论社区规模的大小，如一部落，一村落，或一都市社区，甚至或为一国族社区，在此区域以内，社会众人具有一种共同生活的基本条件。换言之，社区是社会中一相当限定的区域，而一个国家——即政治组织的边界，并不一定与此区域相并而行。而国家与社区，或国家与社会的区别，则不可以不辨。为欲了解社会现实起见，为欲指导社会政策起见，我们就不能不着重这个重要区别，因为民主政治在事实上肯定了这个区别，无论它的上层结构如何脆弱，而它的基础是坚固的建立在现实之上。亦因为全能国家在事实上否认了这个区别，所以它的基础是建立在空虚的假定之上。强权，巧辩或武力绝不能毁灭这个区别，而使社会的大小降与国家的大小相称。国家乃是人类在政府之下组织起来，没有一个人类团体——便是最全能式的——肯将自己，包括他们的生活、思想、信仰、爱惧一切在内，完完全全屈服于政府权力支配之下，人类究竟是风俗与传统的产儿，有道德观念，有宗教信仰，有日常习惯，这一切都不是，亦绝不能，由任何单纯的权力中心来加以统制和支配的。人们生活在一个社会模型中，是有生机的，而国家组织却是严格的。社会模型与日常生活休戚相关，而国家是无人格性的，与人生隔离较远。国家不是一个庄严的名称，为人们所崇敬；便是一种可怕的东西，为人们所恐惧。在庄严或惧怕之后，只有少数人紧握着权力，他们的眼光浅短，同情有限，了解不足。国家只能做到政府所能管辖的事情，统治者———一人或少数人所能命令执行的事情。当统治者胸襟偏狭，不顾一切，强使人们以他的思想为思想，以他的评价为评价；一时社会众人或受其迷惑，或被其激动，都可以拥护他这过度的要求。他可以是命运的工具，亦可以成为其人民心目中的弥赛亚（救星）！然而他的意志只是一个人的意志，他的意志也许可以统治国家，但世上绝无一人或少数人，可以明了或支持社会的创造力量。谓一社区的全体居民，应该为此全能意志所模塑，所左右，此辞的荒谬，就等于前人所谓太阳绕着地球运行一样。

何谓国家？国家是社会组织的一种特殊形式。国家意义或功能之所以能令人明了，因为它是社区所管辖的一种机关。如把国家当作社区一样，或混作人民和民族看待，便是逻辑上的混乱。人民参加许多活动，发生许多关系，此种活动和关系，绝非"政治的"可以概括。人民的意见分歧，思想不一，道德观念不同，宗教信仰异殊，文化程度不齐。国家的政府虽然能在形式上加以压抑，这些活动和关系虽不复存在于政治制度的国家中，却仍可存在于社会制度的社区中。譬如我们说"德意志推翻威马（Weimar）共和"，意见是说人民或一部分人民推翻国家，并不是说国家推翻国家本身。如果我们细加思索，就知国家不是社区，而只是社区的政治组织。人民的风俗也许与国家的法律发生冲突。而人民也是社区中之社会众人，不仅仅是国家的公民。他们还会因别种关系而活动。他们的思想和努力，恐惧和希望以及信仰、感情和利益与家庭生活，大都都超出政府的范围以外。遇有战争，或重大危机，国家虽然可以强迫社区服从，要求国民暂时遗忘其他关系，其他利益，但是此种要求，总要付极大的代价。

民主政治的作用，即在凭借宪法的形式，以建立"社区广于、大于国家"的原理。在许多旧式国家体制下，如在古代帝国，这区别是隐存的。日常生活的计划，除了田赋的征收及战争的扰乱外，人民的风俗习惯，从未受过政府的干涉。在民主之下，才将国家与社区的区别，立为政治制度的基础。民主政治断定国家是社区的一种组织形式：国家是为着某几种目的而组织，并非为着一切目的而组织。如果意见尚须自由发表，如果政府应该视作人民的机关，以政府为主体，以人民为代表，则有些地方，国家的目的，当然要加以限制。在民主政治下，社区的文化生活，一般言之，是不受国家的直接支配。如果文化需求整齐划一，则思想自由，均被禁止；而民主政治，亦根本不能存在，民主政治，依此了解，就不是一种特殊的政府体制，附着于一组特殊的历史制度之上；而是一种政府方式，与一组态度相配合，形式体制是可以改变的；如果民主政治的创造历程能够永存，则形式体制必然随着时代情况而改变。

世界上惟有民主国家明明白白地建立了国家与社区的区别，亦惟有全能国家明明白白地否认这区别。惟有民主国家视政府为机关，人民为主体；亦惟有全能国家相反的视人民为机关，政府为主体。

第二条规准，"舆论决定政策的宪法权利"，如上所述，是随着第一条规准而来。国家与社区的区别，即由此而见诸实行。国家管辖属于国家的公共利益，或人民所认为的公共利益；反之，社区则滋养许多利益之非一切公民所共有者，而至多只是特殊团体所共有者。民主国家是一个有限制的国家，它受种种限制：它不能禁止言论自由，除非有了主张"废止言论自由"的言论；它亦不能妄想种种政策，取消人民集会结社的权利，干涉人民信仰宗教的自由，取缔文化团体的自由活动，当然危害社区的公安与秩序者不在此限。

舆论决定政策的宪法权利，必须有一种政党制度，始能表达出来。在民主政治下，言论是自由的，而亦是受统制的。非有组织，不能统制。非有政党，不能组织。所以在近代国家中，不论政党的弊害多大，罪恶多深，而政党仍是民主政治所必须的条件。在全能国家中，一党专政，一党治国，严格言之，就不能成其为政党。因为一党专政，言论被垄断，意见不得自由构成，自由发表。这种党治，恰恰与政党制度相反。此外，职业组织或功能组织，亦不能成为政党的替代品。这种组织或企业组合，若不是自动结合的，便是受国家统制的。如系自动结合的，工人和雇主必然各站在一边，各依本党的立场而活动。否则他们就因政见不同而分开，于是政党依然发生。如系受国家统制的组织，那只是政府统制下的御用机关，好比在意大利那样，绝不能代表言论自由的机关。它们的作用，至多是使民众转移视线，消耗精力，由纯正的政治上的争论，转到不关痛痒的，属于特殊物质利益的问题上去。

大体说来，历史上自有充分理由来证明一个国家习惯于两党制者，较之习惯于多党制者，其民主政治的基础更为巩固。在多党制下，某一政党如能左右危机下的势力均衡，或利用民众激情，或宣布救国救民的方案，得到拥护，可以攫取政权。反之，在两党制下，当此之时，如有一党，为竞夺政权，而压迫敌党，必致激起民众的公愤。所以当两大政党作政治斗争的时候，每党都顺应环境而随时改变，使第三党不易产生，那时民主政治最为巩固。这亦是世人所以主张强化两党制而不使分裂为多党制的一种重要理由。避免分裂最有效的一种方法，便是表面上公允而无害的比例代表原理。在好多例子中，特别是威马共和一例，不幸这原理竟成了民主政治失败的一个因素。

上述两条规准，供给了充分理由，以使民主政治与它种国家体制，辨别清楚。凡在这些原理流行的地方，其政治制度就民主的。除了民主政治以外，没有别的政治制度，是建立在这些原则之上的。独裁政治也许会建立在多数意志之上，但少数意志在此制下，绝对没有公开表达的机会。所以绝不能根据拥护政府人数的多少，而来决定国家之为民主政治或独裁政治。而且拥护纳粹政府或苏维埃政府的国民的人数，较之美国之赞成华盛顿现行政当局者有更多的可能。

民主的广义——如前所述，民主不仅是一种政体与国体，或一种社会组织与控制；推而广之，民主亦代表一种文化体系，一种人生态度，广义的民主社会与民主文化，具有两种基本条件：一是物质的，客观的条件；一是主观的，精神的条件，经济秩序代表客观的条件，人生观代表主观的条件，必须两种条件具备，民主制度与民主精神，才能互相维系，保持长久的存在。

先说民主政治与经济秩序的关系，在我们看来，民主政治与资本主义，并无必然的关系，正如苏俄那样，可以采取民主的政治理想，而拒绝资本主义的经济制度，中国国民党的民生政策，如能真正实行，使人民得到经济自由，则民主政治自由，自可得到确切的保障，我们以为最适望于民主政治的经济秩序，必须注意两个原则：第一，民主政治与社会阶级可以同时并存；第二，民主政治与计划经济是相成的。

共产主义者以为民主政治与阶级区别，二者势不两立；经济不平等的现象一日存在，民主政治即一日无意义，这是由于误解平等之义所致，依照现代差别生物学与心理学所研究的结果，我们知道人类天赋是不平等的，所谓平等之说，应指人为平等而言，其真义始能明了，中山先生对于不平等假平等与真平等三者之分别，解释最为恰当，具有近代科学的根据，我们以为人为平等，至多只能做到选举权平等，法律上平等，一切机会平等；而机会平等，尤为民主政治的关键，至于社会地位，则无法使之平等；因之，社会阶级，亦无从使之消灭，实际上在民主国家中，某种阶级制度，常与民主制度同时并存，人类既有圣贤才智平庸愚劣的分别，在民主社会中，惟有使之各得其所，各安其位，大家"各尽所能——各取所值"。我说"各取所值"，而不说"各取所需"，即在表示真正的民主社会，不容贫富悬殊太甚，而某程度的经济不平等，在事实上是无可避免的。目前资本主义国家，有一种可怕的经济不平等，即是失业现象，民主政治必须设法解除，否则足以危害民主自身的安全，诚然，失业问题，在独裁国家，大体已得解决；不幸在民主国家，反倒成为严重问题，这里最可以看出计划经济是民主政治所必需的物质条件。

民主国中反对共产主义者以为欲保存民主政治，必须毁灭社会主义，而计划经济，出自苏俄，所以计划经济与民主政治二者是不兼容的，这是因噎废食之论，我们以为贤明的经济设计与统制，乃是补救民主政治下资本主义制度流弊的惟一药剂，用之则存，舍之则亡，计划经济，纯粹是一个技术问题，与民主独裁之争论，绝无关系，独裁国家可用以解决经济问题，民主国家亦可用以解决经济问题。当经济不景气的时候——资本主义制度下的人力、物力、财力，一概弃而不用；很显然的证明了经济机械的周转不灵，货币信用制度与生产制度之间，未能调剂配合得宜，这是民主国家的严重问题，只要认清此问题的解决，与民主政治非但不冲突，而且是相成的，则现有经济智力，足可解决问题而有余，这解决不但无害于民主政治，而且是它最需要的保障。

末了，略论民主政治与人生观的关系，民主与独裁，不但是代表两种社会政治制度，亦代表了两种根本相反的人生观，民主是一种希望哲学，乐观主义；独裁是一种失望哲学，悲观主义，民主的人生观，相信人有人的价值，有独立的人格，因而尊重他人的人格，同时亦期望他人尊重他一己的人格，自法国革命人权宣言以来，个人人格的尊严性，已成为西方民主文化的磐石，惟有独裁的人生观，才否认此种基本理论，他们相信人性本恶，人是富有掠夺性的动物；他们不信人生可以臻于至善之境，人类可以完成至善之我；在人与人之间，战争虐待，必不可免，弱肉强食，势所必能，他们以为"社会进步"，是民主家知识分子的一种幻觉；"最大多数的最大幸福说"，是民主国家腐化堕落的主要原因，在优胜劣败的世界中，个人快乐，无足轻重，力的政治，高于一切；人是倡行霸道伸张国权的工具和手段，由此见解，可知其埋没个性，达于极点，几百年来人类所争得的个人自由及权利，为之一扫而空！

目前民主政治正遭遇着空前的危机，我们对于民主的优点与弱点，应该认识清楚，而后知所适从，民主生活方式最显著的优点，是使人了解人间可有各种观点的不同；相信真理须由智识合作而发现；欣赏他人独立思想的价值，因而抱持容忍的态度，至其最大的弱点，则为使人由消极容忍而变为调和妥协，战前英法对德意的绥靖政策，是最好的例子，须知容忍及尊重他人的主张，并不妨碍我们决心拥护贯彻自己的主张——爱好正义与和平，并不鼓励我们对于他人所取不容忍的态度，而仍持不抵抗的态度；准备自我批评，并不要我们失却了自信心；承认反对者的权利，并不要我们失却了道德上的勇气，而不敢与那否认自由原理之人而战。

无疑的，中国今日的处境，较之民主国的处境，远为困苦，为国家存亡计，不得不慎择外交路线；而民族前途计，不得不慎选内政方向，但如欲求长治久安之道，实舍民主政治莫属，而欲实行民主政治，必使青年养成一种积极的民主的人生观，有了民主生活的习惯，才有实现民主政治的可能。因此，三年来抗战的经验，已使我们承认此次抗战意义的深长；中日两国代表两种民族文化，两种人生态度，一面是民主，一面是独裁。我们不但是为了保卫国家民族的生存而战，而亦是为了肯定"民主对抗独裁的路线"而战，我们深信最后胜利必属于民主，所以最后胜利亦必属于我们。

我国经济建设之制度问题

吴半农

我国经济建设须以三民主义中的民生主义为最高原则,这差不多是目前国内各党各派所公认的国策。但民生主义的本质到底怎样,则直到现在还是议论纷纭,莫衷一是。有人说民生主义是"一种社会主义"(祝世康《从经济原理解释民生主义》,《时事类编》,第四十,四十一期;毛起鹤《从人类学观点推论中国经济建设》,《中央周刊》,第一卷第十二期重庆版)。有人说"民生主义就是社会主义,但却与欧美一般的社会主义不同"。它是"藉着合目的意识的经济政策——国营实业节制资本,平均地权——而和平地实现"(粟寄沧《略论民生主义的经济政策》,《青年中国季刊》,创刊号)。有的说:"民生主义仿效资本主义社会的大规模组织与最高度的生产力,发展农业工业,但无资本主义社会之弊害"(简贯三《民生主义的法则与理想》,《中央周刊》,第一卷第二十期,重庆版)。有的说:"民生主义的经济建设,是与资本主义类似方法而不同目的,同时又与社会主义相同目的而异其手段"(范苑声《民生主义的经济建设之世界性》,《中央周刊》,第一卷第二十五期,重庆版)。有的说:"三民主义的经济制度,有时代性的,和环境的适应性的:在大贫与小贫的社会阶段中,解决民生的办法是发展生产,而用节制资本——再加上平均地权——的办法,以防制资本主义的发生,但并非社会主义或共产主义。到了生产发展进入"大家平均,没有贫富",同时人人认为劳动乃伦理问题,而非功利问题的社会阶段中,"三民主义的经济制度,就是社会主义或共产主义的经济制度"(陈希豪《三民主义战时经济政策》,《中央周刊》,第一卷第十八期,重庆版)。

有的说民生主义经济建设的途径"不妨称为'国家资本主义'或'国家社会主义'"（曹立瀛《战后经济政策总纲刍读》，《国是公论》，第三十一期）。有人认为民生主义的公式应该是（这里"+"号是统一的过程）：

民生主义=客观上发展资本主义+主观上达成社会主义

"这就是说，民生主义是资本主义同时又不是资本主义。它是资本主义，因为它本质上要求资本主义在最顺利的条件下成长和开展，但同时又不是资本主义，因为他强烈地要求"避免"或"预防"资本主义，要求实现资本主义之对立物——社会主义"。"民生主义建设的基本方式是革命民权下的国家资本主义"（钱俊瑞《民生主义的本质》，《理论与现实》，创刊号）。又有人认为民生主义"不但不否认资本制度，而且以最大关切而发展资本制度"。"国家资本制度就是中山先生发展中国资本制度的最高途径"。然而民生主义"不是如一般人的观念——'约束'于资本主义，相反地乃是一种'谁胜谁'的冲破社会主义门户的发展领导"。"发展国家资本制度亦未可概念化而为国家资本主义"（侯外庐《民主主义的伟大理想》，《理论与现实》，第一卷第二期）。此外，有的说民生主义简直是不折不扣的资本主义；有的说他是"一种附保留的资本主义"；有的说它仅仅是一种社会政策；但同时又有人说他是共产主义，无政府主义；还有人索性说他是一种无所不包的主义。这种种不同的解释，只能说是"仁者见仁，智者见智"；其间孰是孰非，我们在此是不打算加以评定的。

我们觉得，在决定我国经济建设的大政方针之意义上，民生主义的具体内容之发扬要比空洞的主义之讨论重要得多。我们与其做些民生主义的"分类工作"，孰若踏踏实实把它的内容确定并充实起来，使其真正成为今后经济建设的明确路线！

民生主义的最终目的是"大同世界"或共产社会，而走向这个目的的具体办法则为平均地权和节制资本。这二者之中，平均地权是中山先生的土地政策，性质较为特殊，这里不拟讨论。至于节制资本则有消极和积极两方面。消极方面是"节制私人资本"；积极方面则是"发达国家资本"。这两大政策原系一事的两面，二者实不可分；但从建设的意义上说，积极发展国家资本则较消极节制私人资本尤为重要。我国私有企业本来不甚发达，经过这次长期的战争，更已破坏殆尽；我们今天讨论节制资本，与其说是为了调整现在，毋宁说是为了防患将来。中山先生所谓"惟所防者，则私人之垄断，渐变成资本之专制，致生社会之阶级，贫富之不均"者，便是这种患预防的意思。为要不使我国经济的发展"再蹈欧美资本主义国家的覆辙"，对于国内私有资本自始即加以节制。固然是必要的；但最根本，最重要的办法还是在于加紧发展国家资本以代替私人资本。只有到了国家资本在国内各种重要的经济活动中占到了绝对统治的地位，我国的经济才可保证不再走欧美私有资本制度的老路。这一点是非常明显的。而且实际上，在一产业落后，经济基础薄弱的国家里，如果只节制私人资本而不同时加速发展国家资本，则其结果势将等于阻止国民经济的发展，这和三民主义的建国原则根本背道而驰了。这一点中山先生看得非常清楚而且十分重视；所以他一则曰"我们在中国要解决民生问题，想一劳永逸，单靠节制资本的办法，是不足的……因为外国富，中国贫；外国生产过剩，中国生产不足；所以中国不单是节制私人资本，还是要发达国家资本"；再则曰"中国今日单是节制资本，仍恐不足以解决民生问题，必要加以制造国家资本方可解决之"。

这种发达国家资本或制造国家资本的政策，至少从经济建设的意义上说，是应该当作民生主义的主要内容和中心工作看待的。我国的国民经济能否在节制资本的原则下迅速发展起来，固然要看国家资本发展的程度和速度而定；就是我国的经济发展能否做到"阻止私人的大资本，防备将来社会贫富不均的大毛病"，也是要看这个制造国家资本的政策能否认真推行而定的。

何谓制造国家资本呢？中山先生回答说："就是发展国家实业是也。其计划已详于《建国方略》第二卷之《物质建设》，又名曰《实业计划》。此书已言制造国家资本之大要"。《实业计划》一书中也有一段说："中国实业之开发，应分两路进行：（一）个人企业，（二）国家经营是也。凡夫事物之可以委诸个人，或其较国家经营适宜者，应任个人为之，由国家奖励，而以法律保护之……至其不能委诸个人及有独占性质者，应由国家经营之。今兹所论，后者之事属焉"。由此可知，中山先生的制造国家资本的政策实即发展国营事业的政策；他的"实业计划"亦即一部发展国营事业的计划。民生主义的经济政策如果认真实行起来，国营事业在整个的经济发展中是要占到绝顶重要的地位的。

我国经济建设之须以国营为重心，不仅在节制资本的意义上说应该如此，而且从世界经济的发展阶段和国内的实际形势来看也必需如此。资本主义发展到了目前这个阶段，其所具自由竞争之特质业已消失殆尽，取而代之的是原料的独占和市场的垄断。这一转变，过去还有许多学者认为是暂时的变态现象；到了今天，连保守的经济学界都不得不提出"不完全的竞争"（Imperfect Competition）或"垄断性的竞争"（Monopolistic Competition）等名词，以图改造经济理论了。资本主义的这一垄断阶段，马克思主义者称之为帝国主义，"资本主义的最高阶段"或"垂死的资本主义"列宁语："因为帝国主义使资本主义矛盾的紧张程度达到极端，达到顶点，接着便是革命的开始"（斯大林语）。稳健的经济学家虽然还不承认这些矛盾是资本主义的不治之症，但稍微开明的人已经逐渐了解，目前的恐慌绝不是偶然之事，除非产业和整个经济重新改造一次，恐慌的不断光临恐怕终究是不能免的（参看Harold Macmillan所著 *Reconstruction*，1933及 *The Middle Way*，1938）而且事实上，自第一次世界大战以来，这些矛盾已使社会主义的革命在俄国获得胜利；意德两国因为革命危机的逼近已先后放弃民主政治而实行了法西斯主义即在所谓民主国家自由放任主义亦已日趋没落而渐代之以政府统制和管理了。纵观全世界，各国的政治制度和经济组织尽管不同，但集体经济（Collecotjve economy）之抬头却是目前普遍的现象。现在欧洲正燃烧着第二次帝国主义战争的烽火；亚洲方面，我中华民族亦与日本帝国主义者作殊死战，以求国家的独立与民族的自由。这次的世界战争，其结果如何，目前虽尚不能预测，但今后各国的经济必更趋于集体化，却是可以断言的。在这样一个世界环境中，如果还有人醉心自由放任的陈说，主张我国仍走个人资本主义的老路，把经济建设的重担放在国内薄弱散漫，凋残零落的私人资本身上，冀其自行发展，则何异痴人说梦！时至今日，我们只有把一切经济力量集中在国家手里，由国家依照远大的目标，整个的计划，和坚定的政策，加速建设，限期完成，我国的经济才有可能跳出殖民地的地位而踏上独立自主的途径。事实上，我国自抗战以来，国营事业和统制机构都已有相当的基础；而最重要的，我们今天已经有了一个强有力的统一政权。这些重要的事实都在说明，目前我国"由国家管理资本，发达资本"（中山先生语），不但必需，而且是可能的。

说到这里，也许有人要问，这样"由国家管理资本，发达资本"而建设起来的新中国将是怎样一个社会呢？我们可以简单明了而具体地回答说，将是国家资本制度。这种国家资本制度不必而且不应抽象化或概念化为国家资本主义，因为民生主义的国家资本政策是以预防资本主义和实现社会主义为鹄的，只要民权主义能够彻底实行，不使政权落在少数特权阶级之手，它是可以和平地过渡到社会主义的社会的。但同时这个国家资本制度不必也不能抽象化或概念化为国家社会主义或社会主义，因为民生主义的国家资本政策是在我国旧有的私有财产之基础上施行的，它虽有和平渡入社会主义的社会之可能性，但却没有这种转变之必然性。从国家资本制度到社会主义的社会，中间必须经过许许多多的困难和奋斗，然而，那毕竟是将来的问题。我们目前还是要为实现民生主义的国家资本制度而努力的。

工业化与都市问题

刘鸿万

中国今后经济上的出路，无论对经济制度政治组织主张之如何，工业化恐怕是其必然的趋向。工业化不一定专指制造工业的推广，也并不一定忽视农业的重要性，但是其中心问题总在近代机械化生产方法的广泛应用。这种工业化如果入了轨道开始发展，必将引起许多附随的问题；而都市问题便是其中重要者之一，因为在工业化发展的进程中，必引起人口的大量都会集中，人口的大量集中便易使都市趋于过度的膨胀；而过度膨胀了的大都市，由今后人类文化的观点看来，究竟是否如一般所想象的人类生活的乐园，近代文明的金字塔，已成一个大待考虑的问题。

在一个工业一向未发达的国家，若它的工业生产事业骤然增加，而国家没有事先整盘的计划听其自然发展，则这些生产事业除了少数必须就近原料外者，即必然地皆集中到都市。这种集中不仅是人类喜集居的本能，也不仅因都市本身积重的诱力，实系有其经济上必然的理由。因为（一）一种工业的发生，多系因市场上已经有了这种需要，或有产生这种需要的可能；而都市就是最就近的大市场，产品在当地推销的可能性，自较在偏僻分散区域者大。（二）即使制品非为本地之消费，而主要系须更运外行销者，亦因都市为交通之中心，运销的路线和机构较多，运销较便，生产机构置于都市自较有利。（三）都市的这种交通集中的便利，使各处的原料易于集聚，因此生产亦易维持与扩大。（四）都市人口较多，工人的招募较易，使事业易于创设。（五）都市因各种事业集中，一般补助的事业，如仓库修理工厂等亦较多，使生产事业易于创设和发展。（六）都市同时为金融之中心，资本的募集，资金的运用和保存皆较便利。（七）生产事业设立于都市，可享受种种都市设备的便利，如道路沟渠灯光燃料以及消防设备之利用等等。（八）都市为各种用品集中的地域，生产与消费的常用品供给便利。（九）在后进的国家中，都市的治安往往较偏鄙的区域安全，使生产事业易得保障。

因为以上种种的原因，所以初期的工业生产事业自然地集中到都市之内或其附近。随着这些生产事业的集中，其他商业公务文化娱乐等等事业也必附随地增加，于是都市中各种生产与消费的人口即亦集中膨胀。若这种都市是新创设或较小的都市，则达到大都市的限度尚须时日，因之问题亦尚小。如果是旧有已相当大的都市，则这都市即将继续膨胀，而这种过度膨胀了的大都市的利弊，便是我们现在所想讨论的问题。

大都市有其很大的优点：（一）由经济的观点看时，各种生产事业以及直接间接与生产事业相关联的事业之设置于大都会，选择或更换劳工与事务人员之可能性较在小都市者大，事业进行受劳工缺乏之阻碍者较小。且大都会易吸收全国的优秀专门人才，使事业经营能产生较高之效能。复因各事业间的竞争剧烈，消息灵通，容易促进事业本身之进步。此外一般人之集居于大都市，就业和择业的机会亦较多。人口与事业集中之大都市同时亦为需要集中之大市场，此种集中大市场之存在利于事业之专门化与大规模化。更因大都市中人口之需要习惯变化迅速数量巨大，易刺激新发明制品之产生。若一国之工商业在世界占重要地位时，大都市之存在，较便对外经营。（二）由文化的观点看时，大都市易创设大规模之文化机关——如学校图书馆，易发展大规模之文化事业——如报纸无线电广播，亦易集中全国文化界之人才，使文能较速进展。同时大都市中之人口，常占全国人口之重大部分，此庞大之人口既密集于一区，文化之传播自较迅速，因之亦易提高全国之文化水准。（三）就人民之气质看时，大都市中事业与文化既集中，人民之知识水准自亦较高；对外接触灵敏，人民之感觉亦较灵敏，国家民族之意识亦较易发达。

不过大都市的劣点，今日也成了明显的事实。（一）过于膨胀之大都市，都市面积和住宅的扩转，照倒不如都市人口增加之迅速，于是平均每人的生活空间亦愈缩愈小。更因近代分配制度之不平，除少数富有者外，都市人口十之八九系生活于拥挤过度之区域。其结果乃使大都市之死亡率及肺病等疾患，皆较其他医药卫生设备较逊之较小都市为高。（二）大都市因工资地价之昂贵，租税负担之增加，生产成本已较在较小都市者增高；而复因工人与下级工作人员生活条件之恶劣，工作效能亦较小都市者减低。（三）大都市因所含人口过多，分子复杂，故社会最恶易发生易普遍，亦易隐藏。更因大都会中日常生活变幻剧烈，人与人间的关系疏薄，以致大都市之人心往往浮于游滑轻佻。（四）在近代大都市中，因交通之拥挤房屋之过大，多生不少之浪费，如电力燃烧时间上之损失等等。

都市之集中自商业资本发达以来，本已有此倾向；但是近代庞大都市之成立，其基本原因实在蒸汽动力应用之发达。因为工厂生产应用蒸汽动力，生产范围即易扩大，而其扩大又必须就其原来的厂址，工业生产组织最初的创设既又必须在都市附近，所以引起了上述人口的大量都市集中。这个倾向更因近年大都市在国际工商业上所占地位的重要性之增加而加厉。不过在今日电力与内燃交通机关发达的时代，不但工业生产组织不必皆集中于都市或其附近，不必就原地址扩充；而且各种大都市之优点，较小都市亦可具有，大都市之缺点则可避免。因为在这种时代交通必异常发达，工人之移动甚易，可使较大规模工业生产事业的创设，迁就其他生产或运销或国防等其他条件，而不必定须接近人口集中的都市。电话、电报、无线电、航空等通讯方法的发达，可使人与人之接触不因距离而受阻，是以事业之经营，不必集中于一地亦能有效地管理。如以电力为动力，则工厂之扩充自亦不必如蒸汽时代之必须迁就原厂址。更因此种交通通讯之便利，使人口不必集中于一地亦可构性质相同之大市场，亦易获得各种物品之供给。至若文化之传扩，亦不再因距离而发重大差异。

所以曾为非大都市莫备之种种优点，在今日既可由较小都市达到，而大都市之缺点，又非较小都市之所能生，则中国今后的都市建设，似有了明显的指针。中国今日的经济状况，蒸汽时代尚不能谓已经达到，自不敢期对更进一时代的问题能有所创见。但是"后来居上"，如果我们自己有计划，则我们的落后未始不是为我们节省了一段曲径。本来都市的大小是一个相对的观念，即使我们能依惯例而定一个人为标准，如认人口百万以上为大都市，百万以下为中小都市；这个标准也须依一国疆域的大小，人口的密度，经济发展的阶段，都市的对外地位，以及都市内部设备的良窳而有伸缩。尤其是中国大都市一向不多，人口又过度分散于农村影响农村生活程度的低下，须积极吸入都市以便改善；而且工商业太不发达，更须利用都市的发达以促进其发展。所以在中国所谓的大都市，限度应当宽些。只须都市本身设备完善，区划得宜，一二百万人的都市似不能视为过大。但是如果倾向更大的膨胀时，即使因经济的发展或政治上的需要，对一二都市不得不稍容让外，必须加以限制。想达到这种限制目的的自然方法，就是实行都市分散化的政策。因为都市如果分散，则较小的都市数月可以增多，人口自然不致集中于少数的都市。

都市的分散化，不仅为防止大都市的发生，为顾及中国的特殊环境，也有实行的必要。因为（一）中国的地域过于广大，若人口过度集中于少数之大都市，则全国之经济，文化将发生显著的差异，妨碍全国平衡的发展。如近年沿海各都市所在的区域和内地各域区间，这个差别的倾向即很显著。（二）由国防的观点今后都市之不定过于集中，已成今后都市建设原则之一。这一点在中国尤属必要，因为中国今后之国力在相当期间内恐只能侧重防守，于是一逢作战，国内即有变成战场的可能；若将政治经济文化人口集中于少数之都市，则全国的命脉有易被摧毁的危险。此次中日战争中，中国之工商业若非主要集聚于上海而系分散于内地各都市，则此次抗战亦不致忍受当前如许痛苦。法国若非以巴黎为全国政治经济文化之唯一中心，在此次欧战中失败亦不致如此之速。

所以即使为促进中国今后经济之发达须发展都市，也当采取分散化的政策。都市分散化的实行，有两个途径皆须同时进行。一个是新都市的创设。中国今后既须积极的工业化，则新建设的多数工业生产组织如不就近旧都市，即必造成新都市。既欲预防旧都市过度膨胀之危险，即当尽量先选择接近交通路线或原料动力，人口尚疏的地点——如县镇——为出发点，在这种地点新兴的事业集中，则不致在短时期内膨胀过大的都市。如政府有有效的管理和发展的计划，在将来也不致形成过大的都市。一个是旧都市的限制。如果新兴的工业必须就近已有的大都市设立时，则当尽量不使这种新事业直接混入旧市区，而使其在旧都市的附近创成卫星式的小都市。如此既可利用旧都市既有的方便，又可避免它将来过度的膨胀。这种分散式都市之建设趁我国工业化尚未大量开始的时期，实现比较容易，因为中国既有的大都市数目比较尚少，而必须利用旧都市的便利之事业，多系私人兴办的小规模事业，对这些事业如果有适宜的配分与统制的方法，不甚影响到都市的过度膨大。易使都市膨胀的多是大规模的事业，这些事业今后恐皆将由国家或大资本经营，只须交通有办法，很易配置到人口较疏的地点。近年美国许多一向在东部大都市中发达起来的大规模工业，逐渐迁移到人工地价较廉的南部中部的倾向，便是一个极好的先例。

中国今后的都市既当为防止其过度膨胀而分散化，但是这样都市的内部，亦必须有合乎将来社会需要，提高住民福利的计划；不应再如中国以前的都市，听其自然乱杂无章的发展。关于都市本身的建设，通常有三种主义：（一）美观主义，（二）实用主义，（三）美观与实用兼顾主义。美观主义是欲使都市除为生活居住交通等必需的安适设备外尚能自身体现一种日美的外观，以便都市人士除其生活享受而外，尚能欣赏都市本身的美。这种都市以巴黎为代表。实用主义的原则是欲使都市尽量适于都市实际生活的便利，如良好之卫生设备，交通便利之街道，容纳多人的住宅等。这种都市以英国为创始，美国的都市继之。自然这两种主义，并非在相排斥；重美观者必须顾及其合实用，重实用者也必具相当的美观。但由近代都市发达的经验和研究的结果，已知今后的都市实当美观与实用并重，不宜偏重其一方。这种主义的都市以德国的近代都市为起源，而刻下其他各国的意见也都倾向于此。

中国今后都市建设方针，已如所云固不敢期其能有新创见，但是至少当采用他人试验已竣的善案，所以第三种的美观实用兼顾主义，似为应当遵循的途径。这种计划的实行，对新创设的都市虽属较易，而对既有都市之改造，则不能不顾及既存的环境；更因中国人民之生活习惯与西方者颇相庭径，他人的计划自不能原封照抄。尤其是中国富的积蓄向极贫乏，在工业化的初期，政府以及社会的资本与富力必须用于巩固国家基本需要的事业，对都市的建设也绝不致有丰富的资力投下，而且在这个时期，电力和内燃交通工具的普遍应用绝不可能；所以在较短时期内，都市的建设亦不能期其能尽善美。但是都市的建设是否永久性的事情，虽非一二次即能达理想，而开始建设时即必须有顾及将来的需要与发展倾向的计划。所以此时一面当尽管不辞其简陋，创设为市民基本生活福利的设施，如电灯、下水、卫生设备、公园等等；一面当为将来的发展设下基础，如地域之分区，房屋街道格式之规定，瓦斯暖气等公用设备条件之造成等等。

论非常时期的工役

林良桐

劳作自由原为现代各国的通则,一九三〇年第十四次的国际劳工大会所通过的强迫劳动公约,即以逐渐废止强迫劳动为目的。然国家或因经济建设,或因国防需要,为全体国民的福利安全计,仍不妨有征工之举,此我国训政时期约法第二十六条之所明定,亦强迫劳动公约第二条之所承认。按民国二十五年中央通过的国民工役法原则,曾将工役分为服役与征工两种:在服役者居所五公里以内为服役,以无给养为原则;在服役者居所五公里以外为征工,酌发给养或工资。此二者虽有工作地点与居所距离远近的差异,其不应顾征者的愿意与否,其同为强迫劳役则无二致。民国二十六年七月国府公布国民工役法分平常时期的工役与非常时期的工役。平常时期的工役,以公共事业为限,即(一)自卫工事,(二)筑路工事,(三)水利工事,(四)造林工事。非常时期的工役,则以非常时期的自卫工事,水火灾虫灾地震及其他重大灾难的防卫及救护为限。平常时期的工役,关于服工役的日数,征工役的时期,工役主办的机关,服工役人民的编制,均受法律的限制,对于避免民力的滥用及各种流弊,颇能注意;但非常时期的工役,则不受这些立法的限制,完全委托于行政官署。但行政官署能秉公办理,固能收重大的成效;若负责人员上下其手,则民怨丛生,其妨碍于抗战前途亦非浅鲜。

征工制度在我国原有悠久的历史。古代租税制度中,有粟米之征,布帛之征,力役之征;沿至唐代称为租庸调。这所谓力役之征与所谓庸,就是古代的征工制。征工制成效的卓著者如长城如运河,到了现在我们仍可利用仍得瞻仰;然而同时也是我国历史上虐政暴政的表征。这是制度的不良呢?

还是办理的不善呢？当民国二十三年我最高军事当局重用此久遭废置的征工制的时候，诚以天灾流行强邻压境，知非实施经济建设与国防建设不足以图存，故其着重之点在于经济与国防；但除此以外征工制复可引起若干的副作用。第一，政府利用征工制，举办巨大的工程，藉以增多工人就业的机会，是国民工役含有一种失业救济的作用。蒋委员长于民国二十四年三月令各省市注重每年征工办法的电中有云：每年征工可使"无告贷之穷民，不受无故济施，而得征工半价，以免求乞……是乃地方政治救民之第一步。"抗战以后，难民流离失所，精神体格日就萎疲，而此种作用尤见重要。第二，征工的召集分配及遣还各事项系参照征兵原则办理，是国民工役含有一种军事教育的作用。吴铁城氏在粤省府纪念周说明国民工役的意义时，亦称德意苏各国征工的收效卓著，系仿照军队组织得来。第三，蒋委员长二十四年八月九日的成都通电有言："提倡征工，破除人民怠惰自私之积习，奖励服务互助之德性"是国民工役含有勤劳习惯养成的作用。总之，国民工役可以奠定经济的基础，可以充实国防的需要，同时复有发生救济与教育种种的作用，则征工制度目前在中国不但有极端的重要，且亦为完善的制度。

我国自工役制度复施以后，成绩大有可观。水利方面，如长江水利工程，导淮工程，黄河水利工程，以及四川云南的水利工程，其所征用人工动辄数十万，其所成就绝不在于开辟运河之下。公路方面，如中苏公路，滇缅公路，以及西北西南各省的公路，在国防上的重要亦不较古代的长城为逊色。但这些伟大的工程在民众的心目中，会不会也像长城与运河一样，也变成暴政虐政的表征呢？这是抗战前途决定的要素，民心可用而民怨亦可畏，我们在这国家民族存亡绝继的严重关头不可漠然视之。抗战军兴以后，办理工役的机关对于办理的情形多不肯宣布，而报章的记载亦付厥如，但我们以战前的情形为例，亦不免寒心，尚望政府与社会留意及之。我们须知道每次征工动辄数十万人，影响所及不下千万人。

国民工役原以普遍服役为原则，尤其非常时期的工役多不发给养，应以普遍实施方能持平。普遍服役应先振起国民精神，使国民知道保乡卫国的大义与大利，中央曾令国民党党员率先服务以为之倡，叙昆公路以壮丁服役免服兵役为鼓励，而云南省出征军人家属特准免服地方工役，皆所以求持平之道，以弭民怨。但事实上党员曾否率先服役，这要问党员诸君，而绅士或有钱有势者多不愿摊工则为普遍的现象，于是国民工役变为贫民工役。

人民无故抗不应征者，依国民工役法第二十三条的规定，得强制执行或处以罚金。刑法第二十四条则规定办理工役人员，对于违法为征役或免役处分者的处罚。我国乡民无知，当地军警每不肯因势利导，或施体刑，或妄拘署，例如二十五年江西省九瑞公路征工，九江县征至八旬老人及女性；又如导淮工程征工，某保长以公报私仇，痛打李氏子，将其枷锁送城下狱。这种情形在战前报纸上多有登载，现在是否事实上绝迹，亦应严重注意。

非常时期的征工虽可受国民共役法第四条与第十一条的限制，但倘非万不得已，务须节省民力缩短服役期间。我国征工的史实中，曾有征用民工过多，致本地农业劳工缺乏，酿成人为的灾荒者；例如，二十四年八月苏北水灾时，"徐州附近各县，征夫达二十万人以上，昼夜进行，日无暇暑，各县壮丁疲惫万分，又值农忙，秋收时期，民夫均不能回家收获，焦急万分。"二十四年四川省剿共之际，因军事急迫，征工筑路，耕种季候一再延误，地方上因之而发生灾荒。这种现象是目前万不可重演的，因抗战的持久，后方人心的安定，有赖于粮食的充足者至为重大。

义务征工，壮丁往往设法规避，应征者每多老少残废之人。这种人物依法可以免役，而事实恰恰相反。彼等工作迟钝，加以施工地带的设备简陋，每易酿成意外灾害。据载川湘公路修筑时，前后征工约二十六万余人，死伤者竟达六千余名之多，其他工程想亦不在少数。我国国民工役法无医药之规定，实际上施工地点亦缺乏完善的医药设备，故为防止社会疾病广为传播计，应严格维持短期服役与就近服役的原则。

最后有一点不须注意者，即家庭壮丁为维持家计必不可少者应予免役。一人劳力的所得往往为全家生计的所靠，既无力出金代役，又不能抛弃田园，倘必迫其服役，势必影响全家的生活，结怨于民莫此为甚。

上述各点，均系我国工役史实中，曾经发生而为报章所揭载过的，亦为抗战期中所可能发生的。这些事实的一再发生，不但影响工役制度，沽怨于民，直接间接均足妨害抗战的工作，望我当局与社会不可因其忍隐未显而忽视之。

论非常时期管理银行办法

伍启元

财政部于最近（本月七日）公布《非常时期管理银行暂行办法》十条，其中最重要的规定，是限制银行去直接或间接参加囤积居奇等活动。办法中明白规定如次的几点：（一）"银行运用存款，以投资生产建设事业及联合产销事业为原则，其承做抵押放款，应以各该行业正当商人为限，押款已届满期请求展期者，并应考查其货物性质，如系民生日用必需品，应即限令押款人赎取出售，不得展期，以杜囤积居奇"（第三条）。（二）"银行不得直接经营商业或囤积货物，并不得以代理部、贸易部或信托部等名义，自行经营或代客买卖货物"（第四条）。我们认为这种规定是很切合实际需要的。

抗战以后，各地的物价往上高涨，货币的原因和供求的原因虽然应该负很大的责任，但投机操纵和囤积居奇也是主要原因之一。投机操纵，囤积居奇的事情，假如没有银行直接或间接的推动，则绝不能发展到现在的程度。银行是信用的媒介机构；银行的责任，应该把存户的存款，运用到与国家社会有益的途上。但抗战以来的中国银行界，似未能遵循这一个重要的原则。若干的银行，正在动用差不多全部的存款和资金去做囤积货物和外汇投机等活动。我们如检查抗战以来中国银行界巨额利润的来源，我们便会发现囤积货物和外汇投机是最重要的两种。除了直接囤积货物外，大部分的银行都在用放款的方式来帮助商人去囤积货物。因此中国战时物价的高涨，银行界实要负相当的责任。在这民族正从事于生死存亡的斗争中，银行界竟用这种方式来肥己自利，实在是中国银行界的耻辱。我们倘使让这种现象继续存在，则也是中华民族的污点。现在财政部公布的非常时期管理银行暂行办法,能够着重防止银行去直接或间接参加囤积居奇的活动,实在是值得赞许的。我们希望银行界能够切实遵守这种规定和政府能够切实加以执行。

但现在所公布的办法,无论从统制物价方面说或从管理银行方面说,似乎都还不够。从统制物价方面说,统制物价绝不是阻止银行界去参加囤积居奇的行为便能收效的。政府应该更进一步积极规定银行界去直接或间接参加平价的工作。在直接方面,政府应该强制银行以资金的若干去投资于生产事业和贷借与平价机构(如日用必需品平价购销处)。在间接方面,银行应该利用它们所能运用的资金去补助任何足以增加物品供给的行为。现在关于这几点,这次公布的办法只在原则上认为银行应那样做,但并没有规定银行非那样做不可。换句话说,这个原则并不是具有强制性的。我们认为今后不只在消极方面不许银行去增加物价问题的严重性,并且应该在积极方面使银行成为平衡物价机构的一部分。在中国现状之下,通常利用贷款者的地位去干涉生产者和商人,比用政府的地位有效得多。因此平衡物价机关如要对生产者和商人加以干涉,则直接的干涉其效力必远不如间接经由银行界或金融界去干涉。金融界可以对生产者和商人说:"倘使你不遵照我所说的办法,我就不借款给你。"生产者和商人因为通常非借款不可,所以不能不就范。平衡物价的官方机关的情形便不同。它只能对生产者和商人说:"倘使你不遵照我所说的办法,我就要处罚你。"但只要利之所在,生产者和商人是最不怕处罚的。因此为着使物价统制工作能够顺利进行,我们主张政府应该强使银行受物价统制机关的指挥,并且应该在管理银行办法中明白规定。

从管理银行的范围来说,这次所公布的办法也是不够的。战争以来中国银行界的缺点,不限于直接或间接从事于囤积货物,并且直接或间接从事于外汇投机买卖。差不多没有一间银行没有直接或间接从事于逃逸资金和囤积外汇的业务。某某等银行的巨额利润,就是从外汇买卖而来的。这真是一件十分痛心的事;存户相信国币,不肯做逃逸资金的事情,所以才把款项存在银行,而银行竟把这些存款去购买外汇取利,这不但有害于国家民族的利益,而且是违反存户的本意。因此政府应该在管理银行办法中也明白规定禁止银行直接或间接参加外汇投机的活动。

最后,我们愿意对银行界进几句逆耳的忠言:在这国家正从事于生死存亡的斗争中,银行在抗战中也应该尽他们所应尽的责任。中国大西方的一切都待建设，中国广大农村正需要巨额的流动资金和固定资本，因此银行界可以活动的范围正多得很。因此又何必一定要参加囤积货物和外汇投机种种不利于国家民族的活动？我们盼望银行界能够利用这次管理办法公布的机会而加以自省，加以自新。

本期撰者：

最近最高当局规定以推行驿运和平衡物价为本月一日起的党政中心工作。关于驿运制度，本刊上一期已有短评。但驿运制度是一种强迫工役制度，所以我们特请林良桐先生就今日——即驿运制度尚未施行的时候——的工役制度加以评论，关于平衡物价，本刊已当有评论。本期登出伍启元先生评论平衡物价的金融方面的文章。林先生和伍先生都是国立西南联合大学的教授。

刘鸿万先生是国民经济研究所的研究员，对工业化问题很有研究。

吴文藻先生和吴半农先生都是读者所熟识的。吴文藻先生现任国立云南大学文学院院长，吴半农先生现任中央研究院社会科学研究所研究员。

孙毓棠先生的《旧诗与新诗的节奏问题》，本期稿件拥挤，将于下期登完。

第四卷第九期（1940年9月1日）

这一周

据东京二十二日合众电，日本外相松冈洋右顷已命令召回驻外外交官四十人，其中有大使五人，公使十九人，参事五人，总领事十一人，此外外交官人选，亦有大规模之变动，闻外务省内部亦有更迭。被召大使中有驻美大使堀内、驻巴西大使川岛、特使河田及驻法、驻土、驻华大使等。这种大规模的更动，在日本外交史上确属创举。日本外务省内本有传统与革新两派的对立，革新派虽仗军部的支援，九一八后在白鸟，栗原等的领导下，一度非常猖獗，但终敌不过传统派的势力。经过传统派的反攻，重要人物大都被放逐为驻外使节。德苏协定后，革新阵营更受严重的打击，而销声匿迹。所以军部及法西斯分子视外务省为稳健势力的大本营，目传统派为欧美追随主义的软弱者。松冈登台后，既欲追随轴心外交，对英美将采取攻势外交，故对外务省内的传统派势必大批更动，这是一般人对于日本外交人员大更动的普遍感想。不过除此之外，还有一点值得注意的，就是日本外务省向为传统派所盘踞，革新派虽整日叫嚣，终无济于事，松冈这次将利用时机，排斥传统派，扩张革新分子的势力，斯以这次大更动，除了政策上的关系外，还含有内部派别排挤的作用。不过革新阵营中的外交人才为数甚鲜，究竟如何补缺，至值注视。代理外次大桥忠一顷向日本报纸记者发表谈话，谓日本外交已进入新阶段，此后凡属干才，不次擢升，外交官之任命，不拟限于外务省内人才，即记者亦得出任外交官云。日本外交官的任用向极严格，这种优良的习惯恐将打破，老成引退，孺子登台，日本外交的前途，从可知矣。

近卫为改组内阁机构,建立新政治体制起见,已选聘委员二十四人,从事准备工作,其中人选大都为右翼革新分子,以前力主无德意缔结军事同盟之急进分子如末次信正,挢本欣五郎等均被选为委员,故咸料"新体制"必将具备全能国家政制之色彩。闻"新体制"内容将以中央指导部为核心,指导全国各种政治、经济、文化、社会等运动,并组织国民会议,听取国民意见,议员三百人,一部民选,一部由议长(首相兼任)选派,其中包括职业团体代表及各地区域代表。但国民会议并非代替议会,故议会仍继续存在。这种架床叠屋的改革除了对于人民的政治、经济、思想等活动,加以更严格的限制压迫,毫无他种意义可寻。现在日本国民所希望的是赶快出现一强力政府,结束对华战事,解救内外危机,并不是要他们来加强对内控制。所以新体制运动恐成事不足,而扰民则有余。日寇仅炫于德意实行法西斯政制之表面成功,而盲目效颦,画虎不成,恐将反类狗矣。

倭赴荷印特使经数度考虑后,决派商相小林一三充任。日本对荷属东印度的野心,在德军侵荷时即已暴露。松冈外相在宣布外交政策中,更公开宣声"日本之最终目的,则在建立一安定区域不仅包括日本(满洲国)及中国,并复包括越南荷印云。"所以小林的这次赴荷印,将提出种种苛求,除垂涎荷印的煤油、橡皮、锡矿等军需资源外,对于日货市场之扩充,日本移民之便利案,亦必将提出要求,总之将设法使荷属东印在经济上成为日本之附庸。目前日本因美国态度之强硬,对荷属东印不敢武力攫取,故想先从经济侵略着手。不过经济侵略本身即足以亡人之国。且常为武力侵略之先驱,荷印当局及在南洋有利害关系的美英诸国能坐视日寇遂行其诡谋吗?

法倭关于越南这段交涉,到了什么阶段,将成怎样结局,目前还是个哑谜。据各方传说,则维琪政府还是维持他的屈服到底的政策。据说,维琪政府已接受了倭寇关于越南的几项重要条件。照此推测,假使倭寇在越南登陆,越南或不出以抵抗。对这种不幸的局面,我们始终认定,这是法国的损失还是英美在太平洋地位的威胁,与我中国的抗战前途,却不能发生重大影响。倘法国经过抵抗而失落越南,这总比拱手将殖民地让人好些。这不止是国家资望问题,最少,经过抵抗,还留了他年法国复兴以后重新收复失地的余地。法国维琪政府根本不作法国复兴之想,那就非我们所知了。倭寇掠夺越南，我们认定他的唯一目的，还是取得南进政策的海陆空军根据地。他的对象，还是英美，至于由越侵滇，日寇或不至作如此妄想。日寇果有力量对我作进一步的侵犯，则道路甚多，固不必舍近求远，绕道越南。在其他战区已成衰竭不支之局，彼日寇又何来余力，在越滇边境再辟一新战区。并且由越侵滇，道路崎岖，易守难攻，敌寇果冒险而来，亦自取败辱而已。姑退一万步再说，即令日寇真能由越侵入云南，充其极，云南再成我方一大规模之游击区而已。充其极，再扩充我国对日寇歼灭消耗的范围而已。此于日寇所梦想的提前结束中日战事，有何效用？故对越南局面，我中国只须沉着观变，准备自卫，即此即足以应付。我政府及人民绝无过分忧虑与张惶的必要！

美国与加拿大近方讨论联防事宜，两国委员团自七月二十六日起在加京开会。按联防事本由美方提议，而罗斯福总统及史汀生陆长实为主张最力者。为表示与党争无涉起见，罗氏且以不属于共和民主两党之纽约市长拉加迪亚为委员团之领袖。联防的结果或将使美可以离中立法而助加拿大。加拿大为英帝国的一分子，对德国又为交战国，美之助加，等于助英。这似乎是美方提议联防的真意所在。证以美向英租借西半球海空根据地之举，益信美之用意在间接助英，而不在直接增厚国防。国际观察者多谓最近二三旬来英美关系在加强中。我们深望这观察是准确的。英美唇齿相依，英国离了美国，固难自保；但英国既亡之后，美国即欲自保，亦有所不能。如颜露尔海将美澳联防的主张亦得实现，英美互助的范围更可扩大，则不仅是英美之福，暴日的野心亦可大戢矣。

数周来讨论甚激的征兵法案已通过美国国会。根据这个法律，同时受训的男子不得过九十万人。受训的队伍只能开至美国本部及美国属地。换言之，美国国民军虽不开至菲律宾作战，却不能开至欧洲或亚洲大陆作战。但这已是政府方面的大大胜利。如照孤立派的主张，则征兵根本没有必要。即使有了征兵，也不能开至菲岛作战。今法律不禁开往菲岛，很可看出国会大多数并不愿美国放弃在远东已有的地位也。

英哈立法克斯外相近又声明英决尊重对希的约言，如有侵希者，英必以全力助之抵抗。原来英在巴尔干半岛，对土耳其、罗马尼亚及希腊均有约言。罗国不守信义，投了德国之怀，故约言自然失效。土耳其尚未至被侵的时期，故约言是否有效尚难预测。惟有希腊，则因意大利借口暗杀案件，大有陈兵入侵之势，故英有誓同盟守的宣告。此种宣告，在英本为当然。英意既为交战国，助希本是攻意，于英自然有利无害。所可惧者，即希腊因不敌美或先投降，致又蹈丹麦等之覆辙耳。

托洛斯基（Leon Trotsky）于本月二十日在墨西哥城遇刺，头部被砍破裂。于送入医院后，因伤势过重，已于二十一日逝世。托氏是俄国十月革命两大领袖之一，与列宁共同创立社会主义的苏联。托氏生于一八七七年，在青年时期便参加革命。一九一七年二月革命之后，他变成列宁的得意助手，辅助布尔什维克党推翻克伦斯基政府。十月革命（一九一七年十一月）后他任苏联外交部长的要职。一九一八年他改就军事革命会议议长，主持俄国军事，尝不顾一切的阻力，取消义勇队制度，起用旧帝时期的将校，成立适合于近代军事科学的正规队伍，一手创立有名的红军。一九二四年列宁去世，他于一九二五年被褫去军事上各要职，一九二七年被开除苏俄共产党党籍，一九二八年被放逐出国。在国外流离多年，而最近竟被刺客所死。一代英雄，乃竟不得善终，而死于亡命之地，刺客之手，此殆人类自处之道未得其当欤！

用孔子圣诞日（八月二十七）为教师节，这种日期的选择的确妥当。一方面，使全国国民有尊师重道的怀想。一方面，更使为教师者追慕孔子"学而不厌，诲人不倦"的精神。"尊师重道"这四个字，如今真值得提倡。这里所谓的"尊师重道"，并非恢复"一日为师，终身为父"那套旧礼教，并非提倡往日童梦私塾中学生揖而进揖而进那一套。老实说，今日不尊师，不重道者并不在青年学生，而在政府，而在社会。现代潮流，政府及社会每每把教师看做一种工具，用做一种工具。"拿了公家钱，吃了公家饭，要你怎样干，就得怎样干"，政府对教师大有这种态度。教育本身的学问及修养，教师本身的个性及品格，不算一回事，随便可以糟蹋。任何人想吃教师这碗饭，姑无论你的学问及品格怎样，在思想上他却应接受一套东西，而后再做那套东西的留声机。所谓工具者此耳。今日做教师真正的痛苦或亦在此。幸也，孔子生于二千四百余年前的中国，那时候还没有学术统制那套新花样，他还可以自由与弟子讲学。倘不幸，孔子生于现代，先受思想统制，再受书本检查，对弟子既不能"吾道一以贯之"，复不能修春秋，述礼乐，虽有孔子亦不能成其为大圣矣。这当然是孔子十圣诞日值得国人深思的一点。这亦是教师节值得国人为教师设身处地深思的一点。

最近不少的学校又要再度迁移。例如同济大学要从昆明迁往四川，中山大学要从徽江迁往粤北。这些学校在抗战以后，已经几度的迁移了。现在又要再度迁移！我们认为教育部应该利用这个机会，对整个大学教育问题加以新的考虑。第一，在这战争的时期，我们是否对每一个大学都有维持之必要？我们认为政府可以把若干成绩较差的大学，归并到成绩较佳的大学。每省只要有一个（或至多两个）大的大学，便很够了。第二，现在大学的分配是否合理？我们认为现在的分配是很不合理的。现在最大的毛病，是后方大学太多，前方大学太少，因此若干有地方性的大学，应该迁回其原有的省份。从这一点看来，中山大学移回广东，是一件值得称赞的事。但应该迁回原地的大学还多得很呢！第三，现在大学已经太多，绝对没有再增设之必要。最近某某的地方还在筹设新的大学。如果那地确有设立大学之必要，何必不从他处迁移一所大学到那个地方呢？

九月一日，全国新闻记者热烈举行记者节。他们利用这节期，举行征募寒衣运动。这总算舞文弄墨的文人，在抗战期中，各尽所能，各尽其责的一种表示，他们的精神，值得敬佩。新闻记者本是社会上一种很有权力的职业。西谚"无冠之王"，是指新闻记者说的。从这个尊贵的徽号上，就可看出新闻记者当年的权威了。新闻记者所以取得这种权威，还是民主政治的恩惠。民主政治的运用，靠两个重要工具：（一）政党；（二）舆论。舆论是民意的发表，政党是民意的组织。所以民主政治又可名之为民意政治。忠实负责的新闻记者，即在听取民意，采择民意，发表民意。"无冠之王"的地位就从此取得。民主政治衰落，独裁政治抬头，新闻记者由民意的代表者，成了官家的代言人。他不是"无冠之王"，他是"王者之冠"，换言之，王者的工具了。王者要说什么，他说什么；王者不许说什么，他不敢说什么。新闻记者的消息是官报，新闻记者的议论是官旨。新闻记者的自由意志当然没有了。新闻记者的尊严当然亦没有了。民主政治殁落之日,即"无冠之王"的王位倒塌之日。这又是我们在记者节的感想。不知一班新闻记者有同感否耳?

教育与经济

陈友松

教育与经济的隔绝，自哲学的眼光看来，也许是起源于精神与物质对立的二元论。教育是精神事业，经济是物质事业，教育是消费的，经济是偏于生产的。富而后教，"行有余力则以学文"；换言之，教育的发展，须待生产发达经济繁荣以后。这种传统的二元概念，是普及教育与增筹教育经费极大的障碍，也是吾国过去经济财政学术不发达的原因之一。儒家的思想，严义利之分，轻货财之事；教育的领域是德行道义，乃君子之事，经济的领域是货值聚敛，乃小人之事。子罕言利，樊须是鄙，德本财末，冉求可攻。于是教育者的本分为清高困穷，教育事业日与生产隔绝，演成数千年来治术教育消费教育与书本教育的抬头，劳心劳力，判然二途。直到近年以来，始将生产与教育并论，自孙中山先生揭橥其民生主义以后，教育家们才渐觉悟教育即社会生产之说，教育与经济才经过辩证综合的过程有打成一片之趋势。这是现代的概念：教育是经济，经济是教育，教育是生产的；教育者是生产者，也是生产者的生产者。经济学家李斯特批判世人谓养猪是生产事业，而反谓教育儿童培养人的资源为消费事业，实不通之教。现代经济学者日益重视教育为经济的要素了。先从亚当斯密说起，他把一国人民的天赋与习得的才能算为其固定的资本之一，并谓"凡是用以训练青年的一切支出，虽是消费目前的价值，终是为了培养生产能力。"李斯特云："心智的生产愈能促进民智，增进知识，则物质的财富愈能同样增加。"马休耳（Marshall）云："关于教育的集体投资，我们是否已达到应有的程度呢？当代的经济学家必一致赞同说这种支出是真正的经济"。塞利格曼（Seligman）云："教育，简言之，即是所以辨别进步与落伍社会的一切优点。它能增高工资，因为能增加生产"。费尔杰德（Fairchild）云：公共教育的经济效力，无庸夸张其辞，因为国民是生产者，及所生产物品之应享受者，为财富的消费者，国民所需要的性能胥以所受的教育之程度与性质为决定因素，美国及其他先进国家的经济优越，中国与印度等国的经济落后，无疑地大部分是因为教育的差别。读者如果了解生产的条件以及财富之分配与消费的基本原则，则知教育在经济领域有极大的重要性，不必再加引证了"。美国教育行政学泰斗史垂叶（Strayer）与哥大公共财政教授，海格（Haig）在其合著纽约州教育财政一书有云："教育制度产生技术的精巧，增加生产的能力，可以提高人民的智德标准，准备他们聪明地参与国家的政治。在近年来教育已表示在人民之社会性能即与经济有极大关系的性能——例如健康与节约——能有效地改进。教育在欣赏与鉴别之培养也有重要的贡献，所以决定社会所要求所消费的经济货财与劳务之品质……至于科学研究的投资，对生产力的扩大含有梦想不到的可能性。据赫胥黎云，巴思杰在兽医上的发明每年增加法国的财富，其总数等于一八七〇赔款的全数"。一九三七年英国经济学泰斗皮古（Pigou）著有《社会主义对资本主义》一书，曾有一句极重要的警告："一切投资中最重要的投资还是人民三育上的投资。政府在这里主张节约，可以说是一种犯罪的行为"。（原著一三七——八面）。

还有些经济学家把教育当为经济建设的先决问题，例如唐勒（R.H.Tawuey）在其中国之土地与劳动一书有一结论云："在中国任何大规模的经济改进，必须先发展一完备的公共教育制度"。此与吾国近年来多次发表的经济建设计划大异其趣。他们似乎忘却了孙先生的实业计划还配置有心理建设计划。他们假设我们已有了各级技术大量的干部，因之其所拟定的庞大投资，并无分文计及人才的训练，当然无暇顾及全国民智之开发。年来人人羡称苏联的三个五年大计划，谓吾国当迎头赶上，于是建议如何发展交通，开发农矿等。言之娓娓动听，如数家珍！但这些谈计划者很少有人注意或积极与教育界拐手建立一个全盘的干部训练计划，以配合其经济建设的计划。只有吴景超等一二人注意及此，但不过谈谈而已。固然这是教育部的责任，然所谓教建合作委员会与有限之生产教育经费，其力量则甚微。过去的全国经济委员会，虽有教育专门委员会之规定，然终是"繁而不食"。固然教育部最近又有所谓国民教育五年计划，然国民教育也不过是一最低限度之基础，至于大量的技术干部之训练，则仍有待于经济学家与建设当局之共同负责。因为要有大规模的计划，必须要有大规模的投资的经济财政当局，绝不可只计鱼而不计其筌。

如果我们拿苏联两个半五年计划已培养的建设人才统计为根据，用人口的比例推算，则我国应需要培养八十万个各种工程师技术与管理人员，二十三万农业技术干部，二十四万科学家教授与学者，四十万医生，三百万教师，同时我们需要一个能容纳九千九百万大中小学生的学制。有人说，在战时要这样干等于痴人说梦。但我们的侧重点是至少要看人家如何把教育与经济打成一片，计划得有条有理，丝丝入扣，至少在谈西南建设的时候，对教育的配合计划有同样的关怀。经济建设之重视教育，在各国有很多的例子，可以从教育经费的比额看出来，苏联的第一次五年经济计划中，教育投资为一百四十五万万卢布，占全计划决算百分之十一点七；第三次五年计划，第一年之教育经费占全部预算百分之十七。除了政府预算以外各部门经济组织在一九二八至一九三二曾投资二十万万于社会文化的建筑与设备方面。我国全国政府预算在一九三六为十五万万（有些县报告不完全），而全国公共教费为一万四千六百万，不到总数的百分之十。美国早年为发展生产起见，曾大规模拨公地以维持所谓公地专门学院（Land Gtand Colleges），又设立联邦职业教育局，每年拨给生产教育费平均达七千余万美金。美国农业部的经费，在平时为联邦各部第四位的大支出。据报告云，其主要事业是教育性质研究实验与推广教育工作，占其支出的绝大部分。英国的农业教育经费是农业部担任的。比利时的农业部用其支出之三分之一于教育上，其实业部的教育经费占全部预算百分之十二。有为者亦若是，我国如欲发展经济，普裕民生，经济与财政当局，自宜首重教育投资。不但要负起生产教育之投资的责任，而且要把教育视为己事积极与教育当局携手继续不断地使教育计划与经济计划打成一片。同时对于普及教育的经费，应当毫无吝啬地大量筹集。因为普通教育也是大有经济效力的。总而言之，教育与经济是一件事的两方面。教育是生产事业，教育的投资是一切投资中最重要的。教育自教育，经济自经济的时代已经过去！

权利与效率

罗隆基

现在社会上有些人认政治权力是政治效率的唯一条件。他们的见解是这样：政治效率的大小，以权力大小为比例。政治权力愈大，则政治效率愈高；政治权力愈小，则政治效率愈低。准此公式推演，则增高政治效率的唯一方法，就在增高政府的政治权力。依据这个公式，他们还得到一个结论：独裁政治优于民主政治。因为独裁是权力独擅。权力独擅，则权力集中，如此则政治效率自然优良。民主政治是主权在民。主权在民则政治受民意的牵制拘束。如此，则政府无权。如此，则政治效率低落。在当前，他们还自认这种理论得到了强有力的证例。这证例就是德法之战，就是希德勒独裁政治战胜法国的民主政治。这一套理论，如今却做了中国一部分人反对民主，拥护独裁者的根据。

这次欧战，希特勒之所以胜，法国之所以败，本刊四卷一期《欧战与民主主义的前途》一文中，作者已有所说明，姑不重复。这里我们要讨论的只是政治权力与政治效率的关系。

政治权力真是政治效率的唯一条件？"政治效率的高低，以政治权力大小为比例"，这公式果然真确可靠？我们首先要讨论这些问题。我承认政治效率相当依赖政治权力。政府绝对无权，政治依然有良好效率，这是不可能。政治本来是管理众人的事物。政府是管理众人事物的总机关。总机关毫无权力，指挥不灵，号令不行，政治效率当然无从说起。反之，政府有了极大的权力，政治效率即有了保障，在我看来，这亦是错误的观念。这里，当然牵连着"效率"两字的意义。"效率"两字，通常人看作"迅速敏捷"。

凡事能够迅速敏捷完成，通常即认效率优良。其实在研究行政学的人的眼光中，则"效率"两字的意义，不如是简单。此间牵连着时间、精力及物力的经济在内。某一事件，能够用较少的时间，精力及物质以完成，且得到满意的结果，这是经济。这是效率测量标准。这是效率的一种定义。进一步，政治效率还牵连着道德的涵义在内。那是说政治效率的测量标准，不是时间，精力及物质等等，而是社会福利。政治上某一事件，社会以较少量的牺牲，换取较多量的福利，那是效率优良；反之，社会以较多量的牺牲换取较少量的福利，甚至只有牺牲，绝无福利，那是效率低劣。这些定义哪一个为合理，那是后话。我们且先依据通常人的定义来讨论这个问题。

其实少数人认权力为效率的唯一条件者，其着重点亦只在"迅速敏捷"四字。在他们眼光中，政府有了权力，能决能断，能命能令，要做某事即做某事，既非一国三公，又非筑室道旁，如此，事件最后对社会影响如何姑不论，但在做事本身上最少可以迅速敏捷完成。这是主张权力为效率唯一条件者的见解。他们羡慕希特勒的成功即在此。他们醉心独裁主义亦即在此。

政府有了权力，能决能断，能命能令，在做事上即能得到迅速敏捷的成绩，这见解即未必真实可靠。一方面，希特勒固然是"有权力即有效率"的好证明。他方面，有权力不一定即有效率，证例亦举不胜举。中国几千年来都是君主制度。中国并且是君主专制制度。君主专制，政府总是有权力，皇帝总是能决能断，能命能令。在中国历史上，皇帝在政治上做到迅速敏捷的成绩者，固然有人。然而拿整个中国政治历史来说，政治效率低落是常情，政治效率优良却是例外。这话或者太笼统，太空泛。我们且拿当前的政治事实来说。中国今日为独裁政治，谁亦不能否认。中国今日为人的独裁抑为党的独裁，姑不具论，但中国今日为独裁政治是事实。中国中央政府在权力上能决能断，能命能令，那亦是绝对不容否认的事实。中国今日的政府，绝对不受宪法的限制，绝对没有议会的拘束，那亦是绝对不容否认的事实。今日站在领导中国政府地位的人，他在权力上能决能断，能命能令，他的权力绝不在任何独裁国领袖之下，那亦是事实。然而今日中国的政治效率又如何？一切政治设施，果真能迅速敏捷以完成？一切政治设施，果说得上效率优良？倘希特勒是"有权力即有效率"的证明，不幸，中国今日的实际政治却成了这定例的反证。那末，权力真是效率的唯一条件吗？那末，"效率高低以权力大小为比例"，这公例果真实可靠吗？

"有权力即有效率",抱这种见解的人,实际等于认定"权力通神",等于迷信权力即是神力,有了权力则无事不可做通。在国家政治上,权力两字,即可解决一切,权力这条件具备,即可发生最高最大效率,真未免把政治看得太简单。上面说到,政治是管理众人之事,政府是管理众人之事的总机关。具体说些,千千万万公务员在公家无数机关工作,这就是政治。这里,姑再用"迅速敏捷"这通常见解做效率两字定义,那末,效率之高低最少与这两事有关:(一)机关组织的优劣;(二)公务员选拔的优劣。遣散千千万万公务员,关闭无数公家机关,当然国家整个政府不存在,当然没有了政治。更谈不到政治效率。照此说来,政治效率只能从千千万万公务员及无数公家机关的工作上继能表现。到此,我们就可提出这些问题:(一)政府最高领导者有了伟大权力,就是机关组织优良的保证?政府最高领导者有了伟大权力,就是公务员选拔优良的保证?谁能给这些问题以正面的答复?再拿中国旧的政治来说,皇帝是有权的,他是实际的独裁者,他有无限制的用人权。唯其有用人全权,他可以亲贤远佞,他亦可以亲佞远贤,他有无限制的组织权。唯其有组织全权,他可以兴庠序,建学校,行选举,定制度,他亦可以造肉林,筑酒池,求仙岛,修宫室。列朝末季的皇帝,用人则亲佞远贤,宦官女祸外戚三患齐举,做事则缓急倒置,荒淫奢侈耗费三患俱全。权力是政治效率的保障吗?惟其权力不是政治效率的保障,古人才有下面这类话:"天聪明自我民聪明,天明畏自我民明威"。"天视自我民视,天听自我民听"。这些话是中国民本政治的基础。民本政治思想的产生,在我个人看来,正是古昔独裁政治的反响。中国儒家所倡的民本政治与西方的现代民主政治,固非一体,其精神却相符合。西方民主政治思想之产生,又何尝不是专制政治的反响?在人类政治历史上,"有了政治权力即有政治效率",这话并没有保障。唯其没有保障,古人才寻找政治上比较安稳平妥的新道路。到这里,我们又要回到当前国际及国内的实际政治来。希特勒这次一举胜法,大家以为德国政治是迅速敏捷,德国政治有优良的效率。然德国政治效率的来源,果尽在权力两字?希特勒的胜利,固然靠他的轰炸机,降落伞,摩托车,然而闪电战的成功,同时亦依赖德国千千万万公务员在无数公家机关的工作。换句话说,希特勒的成功,同时依赖德国政治机构的优良与公务员制度(吏治)的优良。有了德国的政治机构与吏治制度,希特勒才能使德国政治发挥效能,才能使前方军事有闪电式的成功。德国的政治机构与吏治制度，希特勒或曾运用他的权力有所改进，然而德国这两个法宝，并不是希特勒的权力创造出来的。从俾斯麦的时候起，德国的政治机构与吏治制度已有了良好基础。倘没有这两件法宝，希特勒的成功果能这般迅速敏捷？希特勒在政治上当然亦有他可以敬佩的地方。他并没有因为纳粹党上台，让党治摧毁这两种制度的基础。他并未为党员因人设事，添设许多重复机关，冗杂闲员。他并未将许多亲戚私人，置于崇高重要的地位，使吏治流于贪污耗费。对政治机构及吏治，他保存了普鲁士遗传下来的基础。不止如此，他还贯注了奋发有为的新精神到这些制度上去。这是德国政治能够发挥效率的症结。易地而居，倘把中国的政治机关和中国的吏治移置于德国，机关重叠繁复，吏治贪污松懒，尽管希特勒有无上的权力，希特勒能够有闪电战的成功吗？用个譬喻来说，工厂里的机器靠电力发动，但工厂中出品的多寡及优劣并非完全视电力大小为转移。厂中机器各部分之结构，厂中工人技术优劣与工作精神好坏，都有关系。倘机器陈旧而工人腐败，则虽用无限量电力以求增高工厂出品，亦是无效。权力并不是效率的唯一条件。没有权力，固然不能有良好效率。有了权力，同时不能发生良好效率的具体实例亦不少。目前中国政治不幸就是这样的实例。天下事不能从一面或一隅去观察去判断。

我这篇文字，主要点在说明政治权力不是政治效率的唯一条件。我承认政治权力是政治效率上必需条件之一。没有政治权力即没有政治效率。但有了政治权力而依然没有政治效率的具体实例亦不少。倘遇到这种政治环境，那末，补救之道不应专在权力两字上着想，应在其他必需条件上加以考验。例如，机构完整吗？人事妥善吗？这都是值得考验的事件。工厂的机器不加修理，工厂的人事不加整顿，只事增加发动电力，只事增加无限度发动电力，以求工厂中出产迅速敏捷，效率增高，其结果或至全部工厂的毁灭。

这里，还有几点大家应注意。第一，政治权力有个尽头。政治权力有"增无从再增"的尽头。什么是增无从再增的尽头？大家承认希特勒是独裁者，是享受无上权力的人。所谓无上权力者即希特勒的权力不受任何法律限制，他可以听其意志为所欲为。到此即算尽头，到此即算"增无从再增"。那末，在中国谈政治的人，就要注意这一点。如今站在中国领导地位的人，他的权力是不是受了任何法律的牵制与限制？他的权力是否能够听其意志为所欲为？倘答复是正面，那末权力亦已达到尽头，那亦是"增无从再增"。

果尔，那末在中国再主张增加政治权力以发挥政治效率，是不着痒处，不中脉案之谈。第二，政治权力是极危险的东西，善用之可以为善，错用之可以为恶。为善为恶程度的大小却以权力大小为转移。无限度权力可以为无限度的善，亦可以作无限度的恶。中国政治历史上有尧舜，但亦有桀纣。有高祖光创业之主，亦有平哀灵献亡国之君。同志权力，运用的结果，在中国政治历史上却有各式各样不同。那末在国家政治上，只是增加政治领导者的权力，就可解决国家一切问题吗？就可使国家转安为危转败为胜吗？宋之亡于元，明之亡于清，果宋明末年皇帝权力不够吗？人类政治是这般简单吗？

这里，我不愿引起读者误会，认我反对政府及政治领导者应享有政治权力。我只说明在政治上，政府有了无上政权，不能保障国家一切问题即有了美满良善的解决。我只说明，政治权力不是政治效率唯一的条件。倘进一步谈到效率两字经济的及道德的意义，那末政治权力更不是发挥政治效率的担保。政治效率倘是公家事务管理上时间，精力及物质的节省，那更是政治机构与吏治制度的问题。政治学如今是一项崭新的科学。权力应如何分配始得平衡，机构应如何调整始趋于简单与灵活，人事应如何管理始足以澄清贪污，整肃官纪，增进技术培养精神，如今都是专门科学。这绝不是增加政治领导者无限权力，即可解决问题。并且中国以往及现在的政治事实，曾证明政治领导者已经享有过无限权力并没有解决这些问题。再进一步，谈到效率在道德上的涵义所谓社会以少量的牺牲，换取多量的福利，这种政治效率，更不是专事增加政府权力，可以达到目的。谈到这种效率的定义，那末，今日德国希特勒之所作所为，是政治效率抑是政治罪恶，且根本成了疑问。今日德国人民让希特勒享受这般无上政治权力是人民的聪明抑是愚蠢，亦根本成了问题，德国一举胜法，报凡尔赛条约之仇，雪凡尔赛条约之耻。德国民族今日固扬眉吐气。整个国家穷兵黩武，以全世界人类为仇，在全世界人类文化上开倒车，以发挥一个独裁领袖的英雄思想，以满足一个独裁领袖的称霸欲望，此果德国民族前途之真实福利？果尔，政治效率果又何在。

如今我们再要回到前面一句话来，政治效率亦不能不靠政治权力。有权力不一定有效率，但无权力却一定无效率。这话我们承认。不过，只有独裁政治才能有权力，民主政治即不能有权力吗？研究政治的人就知道，美国总统的政治权力即在现任罗斯福总统就任以前已增加了好几倍。罗斯福就任总统以来，政府权力的继涨增高，更不用说了。在今日美国，从罗斯福总统直到国内一切政论家，绝无总统权力不够的议论。无论在国防上及内政上，意国总统如今真是可以为所欲为。在我个人看来。如今美国罗斯福总统与德国希特勒，均是有极大权力的政治领袖，其真正不同点即在权力取得与维持的方式。独裁者的政治权力，取之以暴力，守之以暴力，而民主领袖的权力，取之于法律守之于法律，分别如此而已。若谓独裁领袖才能有权力，才能运用权力以增高政治效率，民主领袖即不能有权力，即不能运用权力以增高政治效率，此实不尽事实之论。

或者有人要说，民主的政治领袖固能可以有伟大权力，但在民主国家，政治领袖要顾虑民意，要尊重法律，其取得权力的时间比较迟缓，时间比较迟缓，即可坐误时机。这话仿佛有理。须知政治的对象是人。政治权力的基础，无论是民主政治或者独裁政治，都建筑在"人民满意"这条件上。以比较迟缓的时间，得到人民真实满意，这种权力真实可靠，这种权力能耐久，能延长。以暴力取之，以暴力守之，这样得来的权力，侥幸成功者固然有人，陷国家于革命内争，以至无可收拾的实例亦不少。"欲速则不达"，这是古人从经验上得来的教训。希特勒的闪电式的成功，有很复杂的原因，绝不是权力可能的实例，绝不是速则必达的定例。这是我们谈政治者绝对不可忽略之点。

综合起来，我这篇文字的主旨有这几点：（一）权力不是政治效率的唯一条件，所以有了政治权力不一定即有政治效率；（二）中国缺乏政治效率，原因不在缺乏政治权力，因中国的实际政治是独裁，中国政治权力已到"增无从再增"的地位；（三）民主政治可以有伟大的政治权力，其取得权力的时间虽然比较迟缓，但此种权力较真实，更能耐久，更能延长。最后，我还愿很诚恳地唤醒国人注意，为国家谋大计，眼光不可太势利，更不可被希特勒闪电战暂时成功所迷惑。大家要看个清楚明白，希特勒之所以成功，绝不专靠"权力可能"四字，而增高权力，更不是中国今日对症之药。中国今日政治效率应急谋提高，这是举国一致的共同意见。专靠权力绝不能解决这个问题。政治机构力求健全，政治人才力求集中，居上者大公无我，居下者公忠体国，其庶几乎——这是我个人的见解。

论翻译

贺　麟

中国近二十年来的翻译界，可以说是芜滥沉寂到了极点了！最奇怪的就是二十年前的新文化运动，大声疾呼要吸收西洋的学术思想，要全盘接受西洋的近代文化，然而，自新文化运动以来，介绍西洋学术文化的基本工作——翻译事业，反而芜滥不堪，消沉已甚。离开认真负责，坚实严密的翻译事业，而侈谈移植西洋学术文化，恐怕我们永远不会有自主的新学术，西洋的真正文化也永远不会在中国生根。尝细考所以致此的原因，大约有三：一因上焉者自矜创造不屑翻译，故尔沉寂。一因下焉者学问语言之培植不够，率尔操觚，视翻译为易事。故尔芜滥。三则因缺乏严正的同情的翻译批评，以鼓励好的翻译，纠正坏的翻译，也足以长养这种芜滥和沉寂的局面。然而试就根本处着眼，我们不能不说，学术界多数人对于翻译的性质和意义，缺乏真正的了解，为中国近年来翻译事业之不振作的主要原因。

所以要讨论翻译问题，我们首先要进一步讨论翻译所包含的哲学意义。这就是说，我们要穷究翻译之理，要考查一下，在理论上翻译是否可能。大概带禅味或神秘主义的哲学家多认翻译在理论上为不可能。譬如有神秘主义趋向的柏格森，在他的《形而上学导言》一文中，便提到翻译之不可能。因为他说那直觉的神秘的生命之流或精神境界，是那样的丰富、活泼、变化无方，而理智的概念和语言文字等，又是那样的枯燥，呆板，机械，以呆板机械枯燥的概念符号语言文字，如何能表达或翻译那丰富活泼流动的生命和精神的内容？他的意思是说，自己尚无法用语言文字以表达自己自得的直觉的意思，他人更无法用他们的语言文字以传达或翻译我自己的意思。换言之，

"言不尽意"。意，神秘不可道，自己之言尚不能尽自己之意，他人之言，更无法尽自己之意。故翻译不可能。落于言诠已是下乘，言诠之言诠，语文之翻译，更是下乘之下乘。

这显然是误解"言意之辨"的不健康的思想。盖意属形而上，言属形而下；意一，言多；意是体，言是用，诚是意与言间的必然的逻辑关系，在某意义下，言不尽意，意非言所能尽，亦系事实。但须知言虽不能尽意，言却可以表意。文虽不能尽道，文却可以载道。盖言为心之声，亦即言为意之形。意思枯燥，言语亦随之枯燥；意思活泼，言语亦随之活泼；意思深邃，言语亦因而含蓄。未有心中真有意思而不能用语言文字传达者，凡绝对不能用语言文字或其他方式表达的意思，就是无意思。即有时无语言文字之方便以传达自己的意思，而果有真情真意蕴于中者，亦必有态度举止行为以形于外也。而从行为态度以表达意思，较之用语言文字以表示意思，反而更为具体有力。且就言不尽意而论，如意指如泉源之深意，真意，道意而言，则意乃是一个无尽藏的形而上之道，自非形而下之言文所能表达完尽。但就经验中的事实言，有时言实可尽意。有时言浮于意。有时他人之言，实完全可以表达自己之意。有时自己因用语言文字表达自己之意时，反而引出新意。有时因听见或看见他人用语言文字表达自己原有的意思时，亦可引起自己的新意。有时又因用语言文字去表达他人的意思，反而引起自己的新意思。最显著普遍的事实，就是有时他人表达自己的意思，反而比自己表达自己的意思更清楚，更详尽，更切当（以上各条皆是列举心理事实，望读者各自从经验中去寻求实际的例证）。这种能表达他人固有的意思较他人自己尤表达得清楚详尽切当者，将叫做代言人。大政治家就是民意的代言人。大哲学家和大文学家，就是时代意思或民族意思的代言人。

现在我们慢慢就可明了翻译所包含的哲学原理了。因为意与言或道与文是体与用，一与多的关系。言所以宣意，文所以载道。意与言，道与文间是一种体用合一，而不可分的关系。故意之真妄，道之深浅，皆可于表达此意与道的语言文字中验之。一个人如能明贞恒之道，知他人之意，未有不能用想应之语言文字以传达之者。今翻译之职务，即在于由明道知意而用相应之语言文字以传达此意表示此道，故翻译是可能的。因道是可传，意是可宣的。再则，意与言道与文既是一与多的关系，则可推知同一真理，同一意思，可用许多不同的语言文字或其他方式以表达之。譬如，我心中有一个意思或道理，我可用本乡的土话以向乡人表达之，用北平的官话以向国人表达之，用古文或白话文以向新旧的人士表达之，亦可用英文德文或法文以向外国人表达之。意思惟一，而表达此同一意思之语言文字可以多种。言之多，不妨害意之一。今学术上同一的客观真理，当然可以用多种语言文字以表达之，而不妨害其为同一之真理。今翻译的本质，即是用不同的语言文字，以表达同一的真理，故翻译是可能的。

从这一番关于翻译可能的哲学原理的讨论，我们可以绅绎出下列两层道理：第一，翻译既是以多的语言文字，去传达同一的意思或真理，故凡从事翻译者，应注重原书义理的了解，意思的把握。换言之，翻译应注重意译或义译。不通原书义理，不明著者意旨，而徒斤斤于语言文字的机械对译，这就根本算不得翻译。真切理解原文意旨与义理之后，然后下笔翻译，自可因应裕如，无有滞碍，而得到言与意、文与理合一而平行的译文。而且可以因原书所包含的意与理之新颖独创，而获得一与之相应的新颖独创的译文。故由翻译而得到创造新语言，新术语，新文体的效果，唯有意译方可获致。不从意思与义理着力，徒呆板而去传译语文形式的末节，只能败坏语文，使语文生硬、晦涩、诡怪。第二，凡原书不能表达真切之意普遍之理，而只是该国家或民族的特殊文字语言之巧妙的玩弄，那便是不能翻译，不必翻译或不值得翻译的文字。如中国六朝的骈体文或西洋许多玩弄文字把戏的哲学著作，便是属于这类不能、不必、不值得翻译的文献。谈到这里就牵涉到诗之能否翻译问题。就诗之具有深切著明人所共喻的意思情绪真理言，则这一方面的诗应是可以用另一种文字表达或翻译的。就诗之音节形式之美，或纯全基于文字本身之美的一部分言，那大半是不能翻译的，要翻译时，恐须于深切领会到原诗意义情境之美后，更新创一相应的美的形式以翻译之。换言之，原诗是出于天才的创造，精神的感兴，译诗亦应是出于天才的创造，精神的感兴。原诗具有文字本身之美，译诗亦应具有文字本身之美。我揣想英诗人卡浦曼所译的荷马，大约是属于这一类的。所以我们一方面要承认诗是可以翻译的，一方面又要承认诗之可译性是有限的。译诗所需要的创造天才特别多，所以是特别困难的。但无论如何我们要拒绝诗是绝对不可翻译的谬说，因为那是出于神秘主义，那是懒人遮丑的伎俩，于文化的传播，于诗人所宣泄的伟大情意与真理的共喻和共赏是有阻碍的。总之，我们要把握住"人同此心，心同此理"的真义。心同理同的部分，才是人类的本性，文化的泉源，而此心同理同部分亦即是可以翻译的部分，可以用无限多的语言去发挥表达的部分，彼玩弄光景，沉醉于神奇奥妙的境界的神秘主义者，执着于当下赤裸，飘忽即逝的感觉的感觉主义者，或拘滞于语言文字之形式或技巧之末节的形式主义者，皆是不明了体用合一，心同理同的心学或理学的人，故其立说不足以作翻译可能的理论基础。

此外还有一个关于理论方面的问题，就是关于翻译本身的意义与价值问题。这个问题又分两方面，一是译文绝对不如原文问题。因为一般人大都认为译文乃是改造品、仿造品、抄袭品，绝对的不如原文之真、之美、之善，译文与原文有似水与酒的关系。原文意味深厚，译文淡薄无味。所以译文都不值得有学术兴趣的人去读的。译文只是对不通原文的人说法。假如一个已懂英文的人，再去读中译的英文书，是可耻的，至少是无益的。这当然是经验中的事实，而现下国内出版界所流行的译品，也的确使人得到这种印象。但我们须知，这个事实只是一种不良的现象，须得改变，减少的现象。这并不能涉及译品的本质。我们不能说，凡译文绝对地必然地普遍地不如原文。事实上，比原文更美或同样美的译文，就异常之多。譬如严复译的《天演论》《群己权界论》及《群学肄言》等书，据许多人公认均比原文为更美。最有趣味值得注意的事实，就是一般人所读的宗教上的《圣经》，差不多完全是读的译文。德国人大都是读马丁·路得所译的《新旧约》，英美人亦大都读英国詹姆士王朝时的英译本《新旧约》。只有极少数神学家或《圣经》版本专家才去读犹太文的《旧约》，希腊文的《新约》。而且无论就哪方面，都很难说英德文译本的《新旧约》不如犹太文和希腊文原文的新旧约。中国一般念佛经的人，更是念的翻译本，而这些翻译本也许有较原文更好的地方。而且据我所知，西洋的学者大都兼读或参读原文与译文。譬如，能读希腊文原文的柏拉图、亚理斯多德之著作的学者，亦没有不参读或兼读其本国文之译文的。所以我国现下通西文的人大都不读中文译本或不参读中文译本，乃是中国翻译工作尚未上轨道，许多重要典籍，均乏标准译本的偶然现象，并非永久的常态。就哲学典籍而论，如康德、黑格尔的著作，其原文之晦涩难读，乃人所共苦。则关于康德、黑格尔的著作的译文，比原书更畅达，更明确，更详尽（我的意思是说，译文须附加注释导言等，故可更详尽），乃是很可能的事，可惜关于康德、黑格尔的主要著作的英译本，大都不甚佳，若我国有志译事的哲学者，能精心直接根据德文原书，译成中文，则将来中译本的康德、黑格尔的著作，无论就信达雅言，皆胜过现行的英译本，乃是极可能之事。盖译文与原文的关系，在某意义上，固然有似柏拉图所谓抄本与原型的关系。而在另一意义下，亦可说译文与原文皆是同一客观真理之抄本或表现也。就文字言，译文诚是原著之翻抄本，就义理言，译本与原著皆系同一客观真理之不同语言的表现。故译本表达同一真理之能力，诚多有不如原著处，但译本表达同一真理之能力，有时同于原著，甚或胜过原著亦未尝不可能也。

关于翻译工作本身价值问题的另一方面，就是说翻译只是传达他人的思想，为他人的学说作传声筒的机械工作。从事翻译者大都是没有坚强的个性，没有独创的思想学说的人。故翻译之事乃是创造天才所不愿为不屑为的工作，就表面上看，这显然是事实，而且的确是很普遍而无可否认的事实。但执着此种事实，认为是绝对无例外，且因而忽视翻译工作，那就会成为阻碍学术之进步与发展的浅妄之见。第一，翻译而能成有准确的传声筒，如良好的广播机或收音机然，那已是难能可贵，值得嘉奖鼓励的事。盖文化学术上的传声筒或广播机，实有其急切普遍之需要，不可一日或缺，不可一地或缺。此不过单就翻译在文明社会中之实用价值而言。其次，就学术文化上之贡献言，翻译的意义与价值，在于华化西学，使西洋学问中国化，灌输文化上的新血液，使西学成为国学之一部分。吸收外来学术思想，移泽并融化外来学术思想，使外来学术思想成为自己的一部分，这乃正是扩充自我，发展个性的努力，而绝不是埋没个性的奴役。黑格尔盛称道马丁·路得之翻译新旧约成为德文，认为是一个伟大的革命。因为他说，直要到我们对于一个东西能用自己的国语（Mother tongue）表达时，这个东西才会成为我们的所有物。有权利用自己的语言来说话来思想，就是一种真实的自由。路得的翻译，使德国人感觉到基督教非外加的桎梏，乃自己内心中固有的财产。所以若无新旧约翻译的工作，他的宗教改革是绝不能完成的，这样看来，翻译外籍在某意义下，正是争取思想自由，增加精神财产，解除外加桎梏，内在化外来学术的努力。第三，谈到翻译与创造的关系，我们亦须勿囿于片面浅妄的意见。我们须知有时译述他人之思想，即所以发挥或启发自己的思想。翻译为创造之始，创造为翻译之成（摹仿与创造的关系准此）。翻译中有创造，创造中有翻译。一如注释中有创造（如郭象之注《庄子》，朱子之注《四书》），创造中有注释（如《庄子》书中多注释《老子》的地方，而周濂溪的《太极图》及《通书》，为宋儒最创新之著作，但其本意乃在注释《易经》中一些经文）。片面地提倡独自创造，而蔑弃古典思想之注释发挥，外来思想之介绍译述，恐难免走入浅薄空疏夸大之途。谁不愿意创造？但创造乃是不可欲速助长的。创造之发生每每是出于不自知觉的，是不期然而然的，是不能勉强的，不能自命的，故与其侈言创造，而产生空疏浅薄夸大虚矫的流弊或习气，不如在学术界养成一种孔子之"述而不作"，朱子之"注而不作"，玄奘之"译而不作"的笃厚朴实好学的风气，庶几或可不期然而然地会有伟大的创造的时代的降临。

中国的新学术文化如要有坚实的基础，盛大的发展，无论学术界人士和教育负责的当局，似须对于西洋学术思想名著的翻译工作，予以认真的注意。如何审查流行的芜滥的译品，如何培植专门翻译的人才，如何予有志于从事翻译的学者以便利和鼓励，似乎都是教育当局所当考虑的工作。至于若有睿智诚笃好学的青年朋友，因本文的激励而能早下决心，培植深厚的学问基础，以翻译西洋学术上的名著为终身志业，远效奘师，近迈又陵，更是本人所馨香祷祝的了。

在生产战线上的妇女（宝鸡通讯）

任柱明

一、我们觉悟了

我们是西北的妇女。有的人因为我们生长在"文化发祥地"而敬重我们，有的人因为我们现在文化的落后而轻视我们。无论同胞们对我们作怎样的想法，在今天我们敢很大胆地告诉大家：自从抗战的怒吼暴啸以后，西北无数的妇女，已经被警醒了。一方面很多先觉的妇女，正在做着模范的榜样，发生伟大的发酵作用；而另一方面广大的西北妇女群众，正在起来参加那支持长期抗战的后方生产工作。

二、工合的领导

"工合"（中国工业合作协会）这名词我们在宝鸡的人，是听得烂熟的。前年九月在宝鸡就发起组织工业合作社的工作，他们消极的目的，是广收失业的工人，救济流落的难民；积极的目的，是使这些涣散的个人变为一种组织的力量，以从事生产事业，供给军需民用。工合一到宝鸡，到处贴着很醒目的标语，很清晰的写着"发动妇女参加生产"，"男子上前线英勇杀敌，妇女应在后方努力生产"西北的妇女是在这些像警钟似的呼声中，结伴到工合的办事处去参加工作的。

三、没有人压迫我,没有人剥削我

生产合作社是工人的组织,只有有生产能力的人,才能享有做社员的权利。在合作社里,我们同是工人,也同是主人。一切工厂里的剥削制度和工头的压迫,是绝对不能也不会存在的。我们大家只有一个心和两个目的。这一个心,就是抗日救国的热心;两个目的,就是如何努力增加生产,坚强抗战力量和在民族解放中争取妇女解放。

为了西北的风气太闭塞,和我们想有充分的机会锻炼自己工作及管理的能力,工合允许妇女单独组织合作社,陕甘两省曾成立了廿六个各种业务的妇女生产合作社,在宝鸡有十个,其中九个是纺织,一个是缝纫。

西北妇女参加工厂工作的机会,原来就是很少的。尤其是这种自主的经营的合作社,对于她们更是新鲜。大家都是为了爱国的热情和工作的热情,不顾一切艰难和阻碍,勇敢的踏上生产的大道。当然,问题不是单纯的勇敢,就可以解决的。最重要的,是要有勇敢,还要有方法。最初大家抱着无限的热情,轰轰烈烈的跑到合作社里。但是到了合作社以后,大家看见了纺纱机,皮带和齿轮,不知如何才能使得他们动,看见了织布机,不知如何才能使梭子穿过那密密的线丛,看见了缝纫机,然而一使用,针就断了。

四、努力训练,加紧学习

在一个新的工作中,盲目的摸索,这几乎是每一新工作初期难免的现象。大家自发觉缺乏技术,不能胜任工作以后,即刻与农产促进会和许多同情妇女生产运动的人接洽,举办技术训练班。去年四月廿日至六月二十五日我们办了一班妇女纺织训练班,有学生四十人,学生年龄系自十八岁至三十五岁,学生中有三十三个是宝鸡人,七个是其他省籍的。有一半原来不曾读过书的,有一半大概都曾进过学校,或在家里读过书。我们训练的方法分两种,一种是学科,一种是术科。所用的工具,全是改良的半手工半机器化的机器。所用动力,除弹花机是用驴子拉以外,纺纱机和织布机,全用人力推动。每天上术科课六小时,学科课两小时,早晨有柔软体操唱歌,晚上经常的开晚会,有时播放音乐,有时问题讨论。在短短的两个月当中,学会了生产的技术,同时还知道了许多大家过去不曾听见过的事。现在许多简单的报纸和书，大家可以读，开会的时候，每个人都能轮流做主席，在工房里做工时，技师也不会那么着急的教大家，合作社的业务，也不至于因为大家是生手，而不能上轨道。大家和工合的指导员现在见了面，总是带着胜利的笑容，蕴藏着无限的安慰。

接着我们又办了第二期妇女纺织训练班，第三期妇女纺织训练班，女子职业训练班和四班纺织传习班，一共训练了九百六十人。我们创办女子职业训练班的目的，是希望给中等程度，有吃苦耐劳精神的妇女，一个较长时间的技术训练，以为妇女合作社的骨干，而奠立发动妇女参加生产的基础。我们更希望女子职业训练班，能发展成为一个女子职业学校。第一期女子职业训练班，规定学习期间是六个月，学生廿人，都有中等程度，学习技术，有缝纫和染织漂。现在还在学习期间，在学习的过程中，进步是非常迅速的。纺织传习班，训练的方式最简单，训练的时间，也较短暂，最长的是一月，最短的只有一星期，此种训练班，专为不能参加集体生产的妇女设立，在学习期间，也不集中住宿，每日白天上课八小时，晚上即可回家，我们选择人口集中的地方，举办此种传习班，陈列许多纺纱和纺毛的机具，任人学习，任人参观，在学习期间，也不收任何费用，学会以后，自己回家去纺，有机子的更好，没有机子的，我们可以借给她们，纺好的纱，我们有纺毛站或纺纱站，代为她们经理销售，同时我们还为她们代买棉花和羊毛，参加传习班学习的人，有九百人。

五、埋头苦干

想出力而不知方法，根据我们的经验，这要算是最苦闷的事。如今我们已先后训练了一千人，这一千人又带会了许多的徒弟，现在正是埋头苦干的时候了！

十个合作社根据业务的性质和地域的关系，合并成为四个合作社，两个是织布，一个纺纱，一个缝纫，另外有一个纺纱站，四个纺毛站，两个织布合作社，有一个有五十余人参加生产，每日可织大布（十丈）十五匹，另一个有三十余人参加生产，每日可出大布八匹或九匹。每日织成的布，除花布外，白布通送交联合社转交军需局，作为军用，纺纱合作社，系用五十二个钉的改良纺纱机，利用水力发动，共有二十台机，每机每日可出纱两磅到三磅，缝纫合作社参加生产的人，有五十余人，在五月里，一个月内曾完成了军包袱十万条，现在又正在赶制寒衣，每日可制成寒衣五十套。纺纱站参加纺纱人有一千人以上，每日每人平均纺成相当十六支的纺三刃，可收三千刃，四个纺毛站，每站有二千余人纺毛，每人每日平均可纺成两斤半可织军毯的合股毛线，以八千五百人计，每日可收毛线二万一千二百五十斤以上，去年十一月十二月，今年一月二月四个月内，完成了军毯七万条。在这四个月内，整个工合西北区，完成了军毯四十万条。现在又奉令承制军毯一百万至一百五十万条，又正是我们最好效力国家的机会，从去年到现在，经过训练，如动员来参加生产的妇女，数目总在两万以上，以后工作愈加深入，参加的人，一定更会增加。

由于妇女参加生产的结果，宝鸡发生了两种一悲一喜的现象。平时在过年的时候，总不免了要发生数起抢案和盗劫，去年这种情形，特别少，另外有一种不好的现象，就是乡下的大烟店，反而比平日生意兴盛，门庭若市，我们调查的结果，是妇女的工作所得，往往不见得改善了她自己或家庭的生活，而方便了她的丈夫，而至于她的儿子抽大烟的机会，还是非常可痛惜的事。

六、人人为我，我为人人

这是合作最能动人的原则，妇女是具有最可爱的慈祥的人性和最伟大的母爱的，自从妇运在宝鸡活跃以后，许多社会福利事业，都跟着建立起来，甚而至于普及教育工作，我们的努力，还超过了县政府的力量。

我们在宝鸡曾发动了八百以上的伤兵参加生产工作，现在已组织了四个残废伤兵合作社，一个制革，一个制鞋，一个制烛皂，一个编织，每个合作社有七八十个社员，还有许多伤兵，是由我们借给机具在医院，或者残废院里工作，一般伤兵，他们平日的生活就是静养，政府每月照他们原来的阶级发给薪饷，其实有许多伤兵，特别是进了残废院的伤兵，他们的伤口已经好了，虽然残废了不能拿枪，但他们仍旧能够做许多工作，甚至于可与常人无异，像这样的情形，若不能有相当的工作，一方面固然是国家的损失，同时身壮力强，而无工作，精神上是异常苦闷的，更何况富有最热烈最爱国的心肠的荣誉将士呢！负伤将士组织到生产队伍里去，这是目前迫切而且重要的问题!

我们也曾训练了和组织了一千以上难民参加生产工作,她们曾每日纺成了二千多斤毛线,帮助赶制军毯,他们也曾大量的为军队拆洗棉军服,这些难民原来是靠着做些零工,如男的推小车,女的提着篮子,带着针线,到街上去补破旧,小孩多半是在街头乞食的多。他们自从参加了经常的生产工作以后,生活是有规律而且改善了许多。

为了不忍见难民儿童在街头流浪和救济许多失学的儿童,我们在宝鸡县城及城郊办了五个中心小学,两班幼稚园,收容了六百以上的学生,还办了十二班儿童识字班,收容了三百多学生,我们也办了十二班妇女识字,有学生二百五十余人,还有什么街头壁报,民众夜校,各村巡回宣传,都是我们经常的工作。

做了这些工作,我们的钱是从什么地方来的呢?这也许是被关心的一个问题。我们的钱有几个来源,组织合作社的资金,当然是工合贷来的款,技术训练,办学校,帮助伤兵和难民,这些费用,有的是由于农产促进会的帮助,有的是热心的人士输来的捐款,有的是由远处的菲律宾、英国和美国捐来的。

七、建设经济国防,抵抗日本人

宝鸡是一个小地方,但,自抗战以来,他已经是一个很重要的地方,七七事变以前,县城及周围十里,只有五千人左右,现在已增加将近十万人口,以前连小工业也没有,现在已经有七十三个工业生产合作社,还有一个大规模的纱厂和一个大规模的面粉厂,还有许多小型的私人经营的工业,也遍布在宝鸡,宝鸡现在已是后方的一个经济堡垒,他已具有十分的勇敢和坚固的基础,准备着敌人从哪里来,我们仍将它打回哪里去!

旧诗与新诗的节奏问题(下)

孙毓棠

我们在本文上篇中已说明旧诗的成形与演变,完全本乎中国文字的自然节奏。从诗进展到曲词,已有使日用语言与节奏谐合之势。这种新的谐合丝毫不感勉强;虽然音组与音组的字数时或不同,但我们若了解中国词的组合性及卑音字之无碍于节奏,即可了解此种现象在语言文法语调上反是最自然的。新诗不过是更进一步使当代日用语言与文字的自然节奏更切实地吻合而已。试举新诗一例:

这是——一沟——绝望的——死水,
清风——吹不起——半点——漪沦,
不如——多扔些——破铜——烂铁,
爽性——泼你的——剩菜——残羹。(闻一多:《死水》第一节)

此一阕四行的诗,每行很自然地分为四个音组,每音组的组成虽有二字之不同,但我们若了解本上篇所分析的,便知其无关重要。诗中的音组与字的配合,使我们读起来感觉很自然。读这阕诗,和读四句七言诗,在节奏上简直完全一样。所不同者,这阕诗是是白话的,容易懂,中间有两个"的"字,一个"些"字而已。反对新诗的人绝对不能说旧七言诗是诗而此诗不是诗,因为此诗节奏的骨干与七言诗寻不出丝毫不同之处、如果有人说此诗中有了"的"字"些"字,所以不是诗那是他好古非今,喜艰深恶简易,但爱古董不解生活,不足以谈文学。文学要的是时代生活情绪的崭新的表现,必需用最浅近最习用的语言。如果这一点被否认了，那么我们日用的语言的价值便得被否认了，而世界上便有大部分的文学也得被否认，因为世界上大部分的文学都是用当代说话的语言写成的。实在讲起来，新旧诗的不同处只在一个用的是当代最自然的语言，一个是模仿古老的做作的语言而已。有些旧诗词只消变动几个字，便可成新诗；新诗一改词句，即可成旧诗。原因还是由于他们根本的节奏丝毫无不同处。节奏如一条河道，新旧诗原是一条川流。

我们再从另一方面看，新旧诗又似乎有一大不同之点，即白话诗用的是"语言的节奏"，而旧诗词用的是"吟咏的节奏"。我们得承认我们平日所说的话，有一种自然的节奏蕴藏于其中。例如：

你原是个——爽快人，何苦——白冤在——里头？你有话，索兴说了，大家明白，岂不——完了——事了呢！（《红楼梦》第一〇三回宝钗语）

以上宝钗这几句话，很自然的分成了十一个音组，语调说起来高低缓急恰恰合适。分音组的方法自然有时因其高低快慢轻重之不同，意义上也发生很大的区别，如"你原是个——爽快人"，若着重在"你"字，即可读为"你——原是个——爽快人"等。再如"你问问老张——几时——来"可成为"你问问——老张——几时——来"或"你——问问老张——几时——来"等。这都由于说话时表示意义的重音的所在之不同，缓急轻重之不同，而音组的组成上也产生差异。但无论如何，我们说话之中，自然地蕴藏着节奏，是可公认的。白话诗所用的即是这种说话的节奏，每一句诗是一句说话，诗人好比是一个会说话的人，懂得说话的节奏之音乐性的人，他的工作即是如何把杂乱的说话的节奏安排、配合、组织起来，使之成为一种悦耳的诗的节奏，他之把杂乱的说话节奏"美化"而成为诗，正如音乐家把宇宙中杂乱的声音组织起来，"美化"而成为乐谱一样。这就是诗人创造的艺术。

撑着——油纸伞，——独自——
彷徨在——悠长，——悠长，——
又寂寞的——雨巷，——

> 我希望——逢着——
> 一个——丁香——一样地——
> 结着——愁怨的——姑娘。（戴望舒：《雨巷》第一节）

  这诗的节奏和调子，读起来极近我们日常说话的节奏了；缠绵的情调即自此节奏中透露了出来。卞之琳还有些诗竟简直完全是说话。新诗用的节奏即是以此种自然的说话的节奏为节奏，诗人的工作不过对此加以一种安排，配合组织，美化的手续而已。他可以读，可以念，念时与说话完全相同，自然的节奏之美即蕴藏于其中。

  旧诗所用的则是吟咏的节奏，所谓吟咏的节奏，即便于音乐谐合，便于吟咏歌唱，他不完全是说话的节奏。我们很难找出一句话恰好是一句七言五言诗。他比说话的节奏来得齐整而有规律，然而只能吟咏歌唱，不便念，至少说不能念得和说话一样，他是人为的，非自然的。再进一步，至少可以说是不合时代语言之自然性的。

  诗里的节奏，从这方面讲，到底应该用"说话的节奏"还是"吟咏的节奏"呢？这个问题至为复杂，得从多方面——如心理的，音乐的，语言文字的，社会的，文学的。历史的——去仔细探讨，才可有个完满的结果，在这篇短文里我们无暇详论。但有几点我们是可以同意的。第一，文学必须运用当代最自然的语言，才能表现出最切身的幻想情绪感觉与经验，二十余年来新文学所要求的就是这个。如果我们承认以白话写小说比用文言来得亲切，那么同样地，用白话写诗也自然比用文言来得切合时代。第二，文学中忌讳滥调与死格式，要的是新的词藻新的物象。旧的诗词早已成了一套僵成了化石的格式，一团过了时的"时代的诗情"，新的酒新的精神已放不进这旧的皮囊。欲求新的词藻新的物象的运用自如，非得有新的格式与新的语言不可。第三，我们要分别吟咏的节奏与说话的节奏之价值，似乎从诗与歌的分别上即可寻找。我们不能说一切能唱的歌才是诗，不能唱的歌即不是诗。诗与歌是截然两个区域，重音乐而轻词藻的是歌，因此歌得牺牲文字的自然性以求入乐。重文字而不顾歌咏的是诗，因此诗只利用语言文字中的音乐的原则，而不强使音乐来摧残语言文字的自然性。歌是唱的，诗是念的。歌可以本乎吟咏的节奏，诗必需本乎自然语言的节奏。

  总括起说来，我以为旧诗词与白话诗，二者根本的节奏都是以中国文字本身上自然的节奏为基础,他的发展是在一条道上的,并非截然不同的两个国度。所不同处,只在一个是运用当代日用的自然语言,一个是运用多年成为格律的人为语言上。因其语言运用不同,故节奏上一是说话的节奏,可念不可吟的;一是吟咏的节奏,可吟不可念的。而依我的意见,吟咏的节奏在今日已经只能用于歌上,而不能用于诗上。因此,今日的诗,必需要运用说话的节奏,而今日的诗人的责任,便是要在中国语言的节奏中去寻找,去阐发,去创造最自然的今日的中国语言之美。

我们若彻底了解了旧诗新诗二者兼有的中国文字之根本的节奏,及新诗所运用的说话的节奏,我们对于"读"新诗便不会感觉多少困难,也即可了解新诗原与旧诗一样是可"读"的,不过读旧诗的"读"是"吟"的意思,而读新诗的"读"是"念"得和说话一样罢了。例如:

　　暮秋的—田野上—照着—斜阳,
　　长的—人影—移过—路中央;
　　干枯了的—叶子—风中—叹息,
　　飘落在—远乡人—旧的—军装。(朱湘:《远乡》第一节)

此阕诗每行四音组,词藻全是很自然的白话。第一行中的"的""上""着"字,第二行的"的"字,第三行的"了的",第四行的"在""的"字都是只有文法意义而无碍于节奏的"卑音字"。如果我们把第一行的三个卑音字都取消,便成了"暮秋—田野—照—斜阳",与七言诗句的节奏全无分别。然而只用这七个字,便不是我们自然的语言了,说出来人家便不大明白,远不如"暮秋的田野上照着斜阳"来得清楚。而其中三个卑音字,按我们平时说话的习惯,也是"一带便过去了"的,所以读成"暮秋的—田野上—照着—斜阳",对于一个对节奏略有感觉的人也应该丝毫不感到累赘或痛苦吧?而且这些卑音字还可以拯救节奏的单调。我相信,如果一个已习惯于此种说话的节奏的人,忽然读起一首七律,也许他反而觉得其中缺少着这一类的卑音字来填补文法上的不足及节奏上的单调。再举一例:

　　如今—却是—黄昏,
　　我站在—街头—望—

轻风—卷来——层
　　雨—遮没了—天光。（陈梦家：《雨》第二节）

　　这节奏极近五言诗，而他却是十足的白话，节奏是十足的说话的节奏。第二行的"望"字单字一音组，反可加强了望的情绪；而第三行未完的"雨"字，转放在第四行上，加强了雨的印象与感觉，这更是旧诗中不能用的技巧。中国文字好处之一就是富于暗示性（Suggestiveness），旧诗词中固然已经借重他很多，而新诗中因其运用更自如，他的效力也就更大。

　　本着情绪与感觉，自然地随着语调的缓急与呼吸的快慢，来安排一句的节奏，是诗人最重要的自由，也是诗人艺术的创造。旧诗词在格式与韵脚上多少给这自由加了限制。新诗在这方面的解放是可喜的。他可以安排成：

　　你看—那里—神仙似的——对—男女，挽着臂—踏着那—软湿的—沙汀，
　　谁也—不想到—故意—踩深了—脚印，为着—可能的—第二次的—追循。
　　（雷白苇——慰诉）

这种长而缓的（为了叙述）沉着的节奏与这种

　　无边的—静
　　温宛—慈祥，
　　万丈—虹影
　　垂自—穹苍
　　五色—辉映……
　　幸福的—辰光！（梁宗岱译《幸福的歌》）

　　轻快的节奏对照起来，着实是旧诗词中不易寻到的创造的自由。这种旧诗词中不易找的新式句子的节奏依然是可以念的，是本乎中国文字自然的节奏的产物，绝不是从外国学来的。

　　由以上我们的分析，也可看出新诗虽不能如旧诗的一样之可以"吟"，

但他却也很自然地可以"读",用说话的节奏来"读"。不过今日新诗坛上,有一个不得不引为遗憾的事,就是很有些写新诗的人并不从这最简单最明显的基本原则下手,他们以为随意写写就是诗。他们以为新诗只要情感,无所谓格式。最初倡导新诗的人犯了这毛病,而今日写诗的人仍未摆脱这病。他们甚至于不知道节奏为何物。他们忘了"诗"究竟还是一种以文字为工具的文学作品。他们不知道节奏,所以诗中也便没有节奏。没有节奏的诗称为诗,正好像没有骨骼的人称为人一样,是不会有生命的。大约也就因为如今新诗坛上没有节奏的诗太多,所以大家以为新诗不但不能读,而且不是诗。不过我们要说,没有节奏的诗和不懂节奏的人所写的诗,根本不能算是诗。

本期撰者:

在这各方正高谈经济建设的时候,如何使教育与经济打成一片,实一极重要的问题。陈友松先生是一个对经济学有特殊研究的教育行政学者,现在以专家的资格,对这个问题加以评论,实应特别重视。陈先生是西南联大教授,在本刊常有文章发表,是读者所熟识的。

我们如要树立起中国的学术基础,我们必要先努力于翻译的工作:这已是一种公认的定论。但近年来翻译的事业却异常芜滥沉寂,这真是一种不良的现象。现在贺麟先生从学理的立场,对这个问题加以精确的分析,实是任何注意中国学术前进的人所应注意的。

凡到过陕西宝鸡去的人,想都会注意到那里的工业合作运动和妇女生产运动的。西北妇女生产运动,据我们所知,较任何其他地区的妇女生产运动都进步。本期我们登出这个运动的推动者任柱明女士的通讯,详细叙述西北妇女生产运动的情形。任女士在"工合"初到西北时便到了西北。西北妇女生产工作之有今日,可以说是任女士的功劳。

罗隆基和孙毓棠两先生都是国立西南联合大学的教授。

第四卷第十期（1940年9月8日）

这一周

欧战已经一周年了。欧战发动的时候，英法的战略本着重经济战，本着重封锁战，故战期的延长本在预料之中。希特勒击破波兰以后，以秋风扫落叶之势，侵入荷比挪威等国，且以闪电战方式，短期间战败法国，这却是意料以外的事。这次欧战，与一九一四年欧战相似，第一期的胜利，全属德国。惟今日希特勒所得的战果，与一九一五年的威廉第二比起来，优胜多多。今日希特勒几已称霸欧战大陆。即以战局而论，目前德意联合对英，与当年德奥与世界为敌不同。故今日欧战周年纪念，正是希特勒踌躇满志之日。不过统观全局，倘希特勒不能以闪电战方式，败挫英国，则胜负之数，犹在不可知之列。我们观察，欧战时间愈延长，愈是英国的利益。德意对英作战，今后全属海上与空中的战斗。德意的空军，数量虽较英国为多，但质的方面，英似优于德意。德意在短期中击败英国，似不可能。只要战事能够延长，英国有美国及其殖民地的帮助，海空军的实力必日更扩充。且英国海空军扩展的速度，因有美及殖民地的协助，绝非意德所能追赶。到某一时期，英国的海空军必更处绝对优势。故欧战果真延长，则胜利的把握，英似较德意为大。这是欧战一周年期中我们对欧战前途的预测。姑试言之以待证。

美国最近备战的空气非常浓厚。现在已经完成立法手续及行将完成立法手续的提案有征兵法案和许多扩充军备的法案。最近于欧战一周年纪念日的前后，罗斯福总统并下令召集第一期国民军六万人入伍，于本月十六日开始受训一年。在承平时期征召国民军，在美国的历史上是一种创举。同时在事实上和在舆论上，主张援助英国的空气日渐增厚。对于远东方面，美国亦没有放弃。从成立两洋海军和从对倭不让步两点，可以证明。在这动乱时期，美国如能放大眼光，确是世界的一大安定力量。但这安定力量要能尽它在历史上所应尽的义务，则非先行充实它的军力不可。从这一点看来，世界上的开明分子对美国的备战是会十分赞同的。

赫尔国务卿最近在《非战公约》缔结之第十二周年纪念日发表一种严正的声明，一方面对侵略的行动重予抨击，一方面坚称"公约所包含之原则，为千古不易之真理，不论其遭遇若何之破坏，终必为世人所奉行，以为国际关系之不易基础。"在这人类随处都以战乱纷扰为正常状态的今日，赫尔这种声用，真不能不算是"空谷足音"了。自从上次世界大战以后，在世界的开明分子指导之下，因为想使人类避免战争的惨剧，若干国家先后成立国际联盟缔结《非战公约》，希望用集体安全的办法来保持世界和平。《非战公约》是美国名政治家凯洛格和法国名政治家白里安所创立，其所包含之原则，确为人类的一种最高理想。可惜从九一八英外相西门帮助日本撕破国联盟约以后，非战公约所包括的原则逐渐被人遗忘，世界于是又回复到"只问权力，不问公理"的局面。倘使这种局面继续下去，则人类终必会返到"野蛮浑沌"的世界！所以为着人类的前途想，为着世界的文明想，我们仍应接受非战公约所包含的原则。但在今日的世界，又怎样才能使非战公约所包含的理想得到实现呢？

近卫的"新政治体制"运动业已具体化，新体制运动筹备委员会已于二十八日举行成立大会典礼，近卫并发表宣言，说明新体制之大要。惜电文过略，不能窥其全貌。不过就这简短的宣言摘文及近卫出席新体制筹备委员会成立大会的致词中，我们知道所谓新政治体制的目的是在策动全国之力量，努力完成最高度之国防机构，而欲达到此目的，必须树立强有力之体制，故亟应早日确立政治、经济、教育、文化等之新机构。这不是分明要效法德意，实行极权政治吗？而近卫还口口声声说这不是一党专政或个人独裁，试问近卫既不欲一党专政，为何要取消既成政党，另从事于御用新党之组织？既不欲独裁，为何要推翻议会政治？

谁都知道，日本的政治、经济以及文化的指导权，事实上已操在军部手里，近卫虽可组织新党御用，但不能不受制于军部，虽可增强首相的权力，但不得不请示大本营，他的所谓不是一党专政或个人独裁，其此之谓欤！这种不伦不类的怪制度的确是日本的"独裁创制"！

日寇自法国战败屈服后，即开始向法属越南胁迫梦想攫取为南进政策的海陆空根据地。法越当局隐忍持重，一再屈服让步。而日寇反得寸进尺，除了关于封锁中国人经济问题等要求外，更提出军事根据地及借道运兵等苛求，不啻根本动摇法国对越南的宗主权。维琪政府及法越当局还不敢断然拒绝，反答应在相当条件下，予以考虑。想不到日寇竟提出最后通牒，限于九月三日午夜前答复。现据各方电讯所传，倭驻越调查团团长西原已声称不满法方之答复，将于六日断然登陆。法越当局究竟如何应付？日寇是否真的悍然登陆？现虽未便预测，不过我们愿意谨告法越当局，如若再对倭屈服，不啻自动放弃对越的宗主权，我国为着本身的利害，自当进兵越南，代伐倭贼。我们自始认为日寇即使在越南登陆，是否企图侵滇，根本是疑问。即使倭寇盲目狂妄，真要进兵滇境，我滇南部山峦重叠，易守难攻，将不难聚而歼之，所以对我们军事上，根本不是一个重大威胁。倒是法国如再屈服，日寇终将攫取越南，松冈不是明白地说"东亚新秩序"包括安南在内吗？退让而图苟安，是绝不可能的。所以我们希望维琪政府及法越当局为着法国的颜面及在远东的利害计，坚决拒绝，日寇也许会知难而退，即使因此而引起战事，我国愿为法越后盾，当不难驱逐倭军下海的。

法国各殖民地政府对维琪政府表示不满，有愿拥护戴高乐继续对德抗战者。这消息绝非意料以外事。德法签停战协定的时候，法国各殖民地本有拒绝接受贝当命令的表示。彼时贝当政府听受希特勒命令极力设法制止。故各殖民地暂取沉默观望态度。最近两月来，一方面希特勒对英作战并不如德方想象的成功，另一方面则希特勒对占领区的压迫行为日益暴露，法国殖民地重新表示抗战决心，原因或即在此。法国殖民地果继续对德抗战，则英法殖民地必取合作行动，此不止各殖民地足以自保，且于英国的战斗力增强不少，这当然是希特勒的一个打击。倘太平洋中的英法殖民地取合作自卫行为，则日寇趁火打劫的行为亦将多有顾虑。这亦是日本强盗意外的一个打击！

昨天是"九七纪念"。在四十年以前（即庚子那一年），北京发生了义和团的仇洋暴动。这个暴动引起了八国联军的进攻和北京的失陷，而结果于辛丑那一年的九月七日签订了一个辱国的和约。根据这个《辛丑条约》，中国不但要赔款四亿五千万两，并且要承认各国在平津有驻军的权利。后人就称那一天为"九七纪念"。虽然平津驻军权的允许对中国的国防有很大的影响，虽然庚子赔款的支付对中国的财政有很大的影响，但庚子之役和《辛丑条约》的最大影响还是心理的。在庚子以前，我们对我国有极大的自信心。我们虽然经过各种打击，但我们还不肯承认我们已经失败。义和团的仇洋暴举，可以说是这种盲目的自信心的最后妄动。但自《辛丑条约》订立以后，我们的自信心却丧失殆尽。我们只知道我们一切都不如人，但我们却忘记了只要我们自己努力，则我们不难做到和别人相等的地位。现在我们又到了《辛丑条约》订立的周年纪念日，我们是否可以说从这个九七起，我们虽然还承认我们不如人，但我们却已恢得了我们的自信心呢？

军事委员会统属的政治部最近又已改组。陈诚部长今后专任前方军职，故将政治部长职务辞卸。继任部长为张治中先生。据传，政治部其他次长处长亦将更动，果尔，则周恩来先生亦将离开政治部。陈诚先生摆脱后方一切政治职务，专任前方军职，这事我们极端赞成。陈诚先生实今日中国一员能将。武汉会战时，陈将军负该战区指挥责任。当日陈将军指挥的军队在四十万以上。陈将军措置裕如，战绩卓著。在"军事第一，胜利第一"这原则上，像陈诚将军这样的军事领袖人才，今后专任前线军事职务，不以后方政治分散精力，于国家，于个人，均甚适宜。前传陈将军一切职务倘将主席部长指挥等等合算在内，一身兼任数十要职。传言不知确否。虽曰能者多劳，亦云苦矣。且一人之时间精力，毕竟有限，如此万务业集一身，总不免有偶然贻误之失。此亦非国家待遇贤才之道。陈将军有见于此，毅然摆脱后方政务，专事杀敌报国。陈将军之眼光，毕竟过人。倘其他军事政治领袖人物，均效陈诚将军所为，均集中精力，专任所事，各人均本分工合作原则，其求成绩，则中国当前军事政治效率，必能大为增高。此又国人之所望也。

征募寒衣运动，从九月一号起全国各地已在热烈进行中，这是极可欣慰的消息。为前线将士征募寒衣，这并非表示我们政府对前线将士供应衣粮不充足，这是前方将士与后方民众精神的联系贯通。这是后方民众对前线将士怀想、安慰、鼓励的表示。我前方将士，忠勇报国，精诚所集，秋风冬雪，当不能动摇意志于毫末。但我们后方民众，念功图报，安敢坐视忠勇将士在前线独受风雪的辛苦。这是寒衣运动的真实意义。这次寒衣运动捐款总数为一千万元国币。倘此数以四万万五千万人民分担，每人平均不过二分五厘而已。试问，今日中国每个国民以二分五厘钱为前线将士作慰劳，这算过分吗？寒衣运动绝对不是通常的慈善事业，这是我们国民对民族战争应尽的义务，应有的责任。前方壮士以鲜血洗净中华光荣领土，后方民众以线布织补锦绣河山，前方后方，分工合作，异途同归，这是寒衣运动伟大的意义！

汪逆与阿部的谈判，据说已经搁浅，伪组织的内部因此人心非常涣散，群丑将有鸟兽散的趋势。本来汪逆伪组织系日寇所一手包办，完全仰赖日寇的鼻息而存在，二者间本无谈判可言，日寇有所要求，根本用不着与汪逆谈判，即使谈判，汪逆奉迎惟恐不及，焉有拒绝之理，这次所谓谈判搁浅者，大概汪逆要求日寇稍给以权利，让伪组织装装场面，而财政方面亦需要补助，维持一班惟利是图的大小汉奸，但日寇的气度根本极为狭隘，且又心虚多疑，近来看穿了汪逆伪组织的无能，更不愿假以颜面。汪逆冒天下之大不韪，甘为国人所唾弃，而为敌作伥，原想讨好主子，过过官瘾，但结果如斯，焉得不伤心悲闷！至于其下一班汉奸本皆利欲熏心，现伪组织前途既风雨飘摇，无权可攫，无利可图，又焉得不人心涣散！汉奸下场，往往类是，早知今日，何必当初，可恨亦复可怜！

战后经济建设刍议

方显廷

一

　　吾国经济建设，论者多以时期为别，而有战前，战时及战后之分。战前及战时经济建设，时贤颇多论及。兹者抗战已逾三载，我国经济，经此大规模之破坏，一旦战事告终，宜如何建树以图今后之复兴，自为全国上下所应注意之中心问题。吾人因对战后经济建设，略贡刍见，未雨绸缪，不仅抛砖引玉已也。

　　战后经济建设，可分治标治本两方面，战争告终，局面一新，经济活动，由战时步入平时，其性质自多变动。如何而使战时经济活动适应战事甫终以后之需要，为战后经济建设治标之要图。此种经济活动之调整，因各地——如沦陷区、战区及大后方——所受战事影响程度之高下而互异。即在同类区域，如沦陷区，其须调整之经济活动，亦每因沦陷期间之久暂而有别，沦陷较久之区如华北，敌人势力优越，一时不易铲除，吾人欲谋调整，自较甫经沦陷而尚未高度敌化之区如鄂东为难也。

　　治标建设，在谋一时之调整，难应长期之需要。长期需要为何，曰自主经济之树立，亦即战后治本的经济建设是也。我国自鸦片战争以远，经济主权，日就丧失，经济建设，受人操纵，如内地航运、兴修铁道、经营工矿、购置土地、包办贸易、发行纸币等等，莫不由外人一一举办，喧宾夺主，日甚一日，驯至重要经济事业，尽受外人支配，于是我国经济组织之不自主，遂致日渐月深。及抗战军兴，不三月而经济重镇之上海沦陷敌手，迄今三年，沿海要口，悉被封锁。我国战时经济组织之脆弱，实以战前经济组织之未能自主为主因。是则战后经济建设，应以自主为鹄的，自无待言矣。

二

战后经济建设之治本办法，在求我国经济之自主，举其荦荦大者，不外经济要区之建树、交通干线之兴修及工业化之推行三端。兹请逐一分析如下。

战前我国经济区域分布之不合理，殆为不可掩饰之事实。经济枢纽，类多集中于无海防之沿海各省如辽宁、河北、山东、江苏及广东或通海便利之省如湖北。我国现代化之经济组织——工厂、矿山、铁路、轮船、银行、进出口商行等等，什九荟萃于上述六省之主要城市如上海、天津、大连、青岛、汉口、广州及其附近之次要城市如北平、潘阳、塘沽、石家庄、济南、无锡及南京。处二十世纪有武力无公理之世界，无国防即无以立国，故七七事变爆发，沿海未设防各省，首遭沦陷。致百年来惨淡经营之沿海经济要区，因亦与之俱亡。战后经济建设，鉴于此次战事之悲痛经验，自应以经济要区之重行合理划分与建树，为第一要着也。

划分经济要区之标准，不外国防，资源及交通三端。过去经济建设，类多集中于资源丰富及交通便利之区，而不遑顾及国防之是否巩固。今后经济建设，于选择区域时，应首重国防而后兼及资源与交通，方称合理。我国抗战三载，华北及东南各省，首遭沦亡，致华中各省，亦难自保。惟西南西北，因地势险要，资源富丰，尚堪自守。今后经济建设，自国防立场言，似应划分全国为外卫内卫两大区。前者包括东北四省（辽吉黑热）、华北五省（冀鲁晋察绥）及东南沿海四省（苏浙闽粤），后者包括华中（豫皖赣鄂湘）、西南（川康滇黔桂）、西北（陕甘青宁新蒙藏）等十七省。二大区中，有关国防之经济建设，宜集中于比较安全之内卫区，而以从事民生改善及促进出口之经济建设，集中于交通便利及物资丰富之外卫区。

三

交通干线之兴修，为战后经济建设之第二要着。产业革命以来，经济建设之进展，莫不归功于交通干线之兴修。此征之英美德法俄等国十九世纪之经济发展，尤属信然。其在我国，自难例外。盖上述辽、冀、鲁、苏、粤、鄂等经济发展较速之六省，亦即交通畅行之区。我国交通干线，水有长江、黑龙江、珠江、沽河、黄河、运河、淮河、闽江等（上列各河通航里程均在千公里以上）四万公里之通航里程，其中长江占一万七千公里，黑珠两江各占五千公里。陆有横贯东西之陇海，自苏东迤西南行至桂东之沪杭甬，浙赣及湘桂，及衔接南北之北宁、津浦及与津浦平行之平汉与粤汉。至公路之兴修，年来尤有长足之进展，然以运费昂贵，不宜于长距离之大量货运，其对经济建设之贡献，究属有限。抗战以来，航运与铁路泰半沦陷敌手，客运货运，悉惟公路是赖。战后经济区域重划，交通干线自亦随之有所变动。举其要者，第一，为与国防有关之新铁路如西南之叙昆、滇缅、湘黔及湘桂与西北之西兰等路之兴筑。第二，为因战事自动拆除或受敌人炸毁之旧铁路如浙赣、粤汉等之复修。他如西南各省河运之疏浚与新公路之铺设，亦为战后交通建设之要图，而有待于缜密之设计与执行者也。

四

经济要区，既经划定，交通干线，亦拟兴修，则农工商百业，自可秉工业化原则，逐一举办，庶充实国防及改善民生之重大工作，得双管齐下，同时实现。考工业化之顺利推进，端赖社会政治经济条件之存在。本文限于篇幅，仅就经济条件——土地、劳力、资本、组织，略加论列如后。

土地亦即自然，指未经人力加工之一切农林渔牧及水矿等资源而言。自工业化立场言，自然资源之首要者，莫煤铁及石油若。我国煤铁，素称丰富，石油则发现有限。然以国势凌替，铁矿因东四省之不守，已去四分之三。所余二分之一以上，集中华北察冀等省，其他二分之一以下，则分布于华中湘鄂赣及西南川黔康等省。战后华北一带，略连敌境，惟华中及西南尚称安全，故铁矿资源，势须取给于此。惟以华中与西南有限之铁矿资源，绝难适应战后国防及基本工业上之需要。印度南洋及苏俄等处，铁矿资源，尚称丰富。此后西南西北两区之经济发展，在有利之政治外交及交通情形下，或可借重外邦，以上述两区之产物，换取邻邦之铁矿也。至煤矿储量，虽多集中于晋陕两省，然其他各省，分布尚广，不虞缺乏。况移煤就铁，若交通便利，亦非全不可能。石油一项，西北虽有发现，然为量究属有限，未能适应国防及基本工业上最低限度之需要，势非仰给于俄美等国不可。

我国人口稠密，劳力充足。过去因农田有限，工业落后，农村人口呈过剩之状。今后如能积极促进工业化，举凡生产事业，尽量采用现代大规模经济之组织，则移过剩农村人口，充新兴生产事业——特别交通与工业——之用，自不患劳工之不足，且转能因就业机会之增多，改进劳工所得及其生活程度。我国战后经济建设所需之劳工，其问题在求质的提高，不在量的增加。盖工业化所需之劳工，类须体格健全，脑力敏锐，具有适当技术训练及遵守纪律美习，非如农业社会之劳工，或作做辍，去就一无定时也。此外高级技术人才如工程师之类，亦为劳工之一。国内年来高等教育进展虽速，然专门人才尚属供不应需。战后大规模经济建设，需才更切，势非援用苏俄先例，借重无政治野心之客卿，不为功也。

我国资本，战前已感缺乏，军阀、买办、地主而外，类多仰给于外商。抗战以来，复受敌人大规模之摧残，于是更见短绌。战后经济建设，所需资本为数必巨。筹集之道，不外节约增产与举借外债二途。战后经济窘迫，民生凋苦，欲冀节约增产以筹厚资，恐难奏效。至举借外债，虽中山先生于实业计划中，早已积极提倡，而欧美史实中，亦不乏先例，如南北战争后之北美合众国及第一次大战后之法德等国，然衡以各国以往经验，困难殊多，收效亦微。盖我国外债，类多政治性质，而具有经验性质之外债，每因不平等条约之束缚，转为帝国主义者经济侵略之利器。是以吾人此后对于外资之筹集，在在须以自主立场，订立接受条件，务使外债为经济建设之泉源而非经济侵略之先导也。

组织并主持公私企业之领袖人才，其功能在联系土地、劳力、资本三者，从事于生产事业，冀以最低成本，换得最高收入。举凡组织与管理，设计与预测，均为该项人才之天职。我国经济落后，半由于经营现代企业专才之缺乏，是以公私企业，亦每多功亏一篑而告失败。今后经济建设，其所采取之途径，不拘为苏俄式，德意式或英美式，组织人才，在所必须，其缺乏程度，不亚于上述技术人才如工程师等。欲使此种人才供需平衡，不虞缺乏，则就地取材与借重客卿二途，势非兼重不可也。

战后经济建设，头绪纷纭，本人仅就建立自主经济所应行遵循之途径，如经济要区之建树，交通干线之兴修，及工业化之推行，略贡刍见。至其他有关之重要问题，如战后经济建设制度之应否取法苏德、德意或英美，抑须另辟新径，以求切合国情，则尚有待于缜密之研究也。

今后日本的内政外交

王迅中

自九一八事变以后，因为军部及法西斯分子的压迫。日本的政治即已渐渐走上法西斯化的途径。不过主张维持现状的自由主义分子如元老、重臣、政党、财阀等虽对军部及法西斯分子的要求，一再屈服让步，但对议会政治的残躯及议会政治下的政制，经济及外交等机构，仍继续维持不愿轻易变更。七七事变发生之初，军部及法西斯分子借口对华战事，屡以战时体制鞭策当局，要求革新政治，加强经济统制，实行总动员法，采取强硬外交等，除了第一次近卫内阁迁就屈服，作了种种改革外，其余诸内阁大都趑趄踌躇，不敢多所更张。且自平沼内阁以后，稳健分子反利用军部声威的跌落态度逐渐坚强，对于军部及法西斯分子的要求不但不轻易屈服，反加以种种牵制，甚至最受压迫的政党，也做起恢复政党政治的梦想。但自欧战激烈化后，德意军事节节胜利，极权国家的这种意外成功给予了日本的军部及法西斯分子一个很大的鼓励，于是他们乘机攻击当局外交的失策，政治的官僚化，终将代表稳健势力的米内内阁推翻了，而找了一位沽名投机的近卫再作冯妇，做实行法西斯主义的傀儡。

近卫自第一次组阁失败后，即蛰伏待机，军部政客虽屡度怂恿，自平沼内阁以来，差不多每次内阁更迭时，总有近卫继任的呼声，法西斯政客也屡谋拥近卫为党首，从事于新党运动，但近卫一再拒绝，不愿轻易尝试，然则这次为何毅然而起呢？欧战一方面固然给予了日本解决对华事件机会，但同时也蕴藏着很大的危机，如若因循失机，不但要丧失称霸大陆和染指南洋的机会，连自身的危机也将无法解除。过去的内阁奉迎敷衍于重臣及军部之间，显然不足以应付这个严重局面，所以大家希望有一个强力政府出现。军部既知自身目前尚不足以号召全国，重臣及稳健分子亦知不得军部拥护之内阁决难持久，因此"八面玲珑"的近卫便成了唯一的适当人选。而一般人民亦焦虑战事的不能结束，希望改变过去的无生气局面，出现强力的政府，挽救内外危机。日本本来是一个善于模仿的民族，现在鉴于德意推行极权主义的表面成功，而自身又正苦闷着找不着出路，所以有不少人憧憬着的极权政治。近卫本是一位纨绔子弟并无政治经验和定见，经不起军部及法西斯政客的怂恿，竟误认时机成熟，梦想做日本的希特勒。在登台以前，先从事于新党运动，谋做德意的国社党与黑衫党办法，先组御用政党作为攫夺政权的基础。登台后则公然宣言，谓"世界正处于历史之大转变点，根据各种国家集团之生长与发展，世界即将创立新的政制、经济与文化，日本今日所处之境遇，为前此所未有。际比时会，吾人为依照日本建国之崇高精神，以完全实现吾人之国策计，应即紧握世界历史进展所不免之趋势，在政府各方面作迅速而有效之基本改革，并企求国家机构，在适应国防上之严密，盖此实为今日之急务也。"虽没有明白提出"法西斯""集权主义"等字样，但所谓"历史之大转变点"，"世界即将创立新的政制、经济与文化"，"日本应即紧握世界历史进展所不免之趋势……"，很显然地，日本将正式走上法西斯极权主义的途径了。

日本走上法西斯极权主义的途径之后，在内政外交方面，将有何种剧烈的改革？

在内政方面，近卫一再声称将从事于"新政治体制运动"，业已选定二十四人为筹备委员，于二十八日开成立大会，近卫出席致辞，并发表声明。对于新体制的具体内容并未提及，仅谓"日本苟欲使'中国事变'结束同时设法适应国际局势，并积极参与世界新秩序之建立，则务必集中全力，以策动全国之力量，本乎此义，日本亟应努力完成最高度之国防机构，内部强有力之体制即为最高度国防机构之基础，而政治、经济、教育、文化之新机构，亦应早日确立。""新体制运动应具有全国之特性与服务之精神，不仅包括各种政党与派别，且应包括经济与文化之组织，一本公忠服务之精神，合成一体。"近卫虽声明"日本不允实行一党专政或个人独裁"，但事实上分明完全做效法德意的那一套，所以"新体制殆将具有极权主义之色彩无疑"。

再就近卫过去之宣言及谈话观之，目前可以推知者，在政治上将根本推翻议会政治另组御用政党。现旧政党均已相继解散，最成问题的民政党也因永井柳太郎的坚持解散而瓦解。近卫闻将就军政商学农各界中选定委员筹备。不过新党代表到底如何产生？新党成立后近卫是否能驾驭？所以旧政党虽都自动解散，但新党运动的前途仍未可乐观。行政方面大概将增强首相的权力，予以统制政府一切活动之权限，虽于首相之上，再设一太上内阁，即所谓内阁与大本营的联席会议，参加人员有参谋总长、海军军令部长、陆军大臣、海军大臣、首相、外相等，所以实际上一切内政外交的最高指导权都操在军人之手。经济方面根据近卫所发表的国策，将着重于"国防经济之建立"，"由政府与人民合作，实施计划经济"，换言之，政府对于一切经济业务，将施以强力统制，使安全适合国防建设为原则。在工业方面将着重于扩充与军事有关的重工业，化学工业与机器工业等，财政方面为弥补巨额的收支不足计，将增强对于银行的控制，以求公债及通货的顺利推行，增进对于投资的统制，以求资金运用的国策化。其他如贸易物价等方面，政府的统制力必将较前增强。总之日本此后的经济趋向必将由自由发展的资本主义经济，走到德意的统制经济途径。至于教育文化方面亦根据全体主义，加以严格统制麻醉。简言之，在内政方面，近卫必将效法德意，秉承军部意志，实行独裁制，统制所有一切政治、经济、社会、文化等活动，而以适合高度国防之建设为目的。

外交方面松岗在发表声明后，更对新闻记者表示，"日本此后将放弃讨好各方之政策，而采取攻势外交"，"内阁在目前环境下，固当尽量多觅友邦，俾能贯彻日本之外交政策"，"但绝不徒费心机，以谋与不能接受日本友谊之国家握手言欢"。"解决中国事件，仍为日本当前亟务，但日本之最终目的，则在建立一安定区域，该区域不仅包括日本，'满洲'及中国，并复包括越南荷印云云。"前半段的意义显然是说日本此后对于"不能合作"的英意等国，将放弃传统的依赖讨好政策，而采取攻势。后半段的意义是表示所谓"东亚新秩序"的目的不但限于建设日满华集团，并包括越南与荷属东印，换言说，日本的目的是想独霸"大东亚"，逐出欧美势力于远东，虽未提到缅甸、新加坡、暹罗、印度、菲律宾等，但言外之意已昭然若揭，松冈是著名的军部走狗，他的出任外相早已告诉我们日本的外交路线终将走上德意阵营，而与英美等民主国家为敌，所以白鸟被任为外务省最高顾问，驻外使节及外务省内部亦大事更动,排斥所谓"欧美依存主义"的外交家,准备执行新外交政策。不过事实上日本的实力有限,夸大狂妄的松冈虽然大吹大擂攻势外交,实则也颇有自知之明,对华问题已经弄得焦头烂额,更何敢过分触怒英美。日本虽有意高攀德意,德意是否诚意接受,很是疑问,现于德苏协定的作风,日本亦不能无所顾虑。所以一方面虽标榜攻势外交,但德意怂恿它趁机占领英美在远东的根据地,它又踌躇不决,仍宣布遵守"不介入"政策,只想趁火打劫,讨点小便宜,尤其对于美国,更不敢有坚强的表示。而对投降了德国的法国及荷兰,在理说既是志同道合,不宜同类相煎,而日本偏要公开声明东亚新秩序包括荷属东印及安南在内,对于安南及荷印一再威胁压迫。可见松冈虽然标榜革新外交,梦想效颦德意的英雄主义,实则仍不过是欺善畏强的无赖汉而已。

日本今后的内政外交虽极力想效颦德意,但这样能挽救日本的危机吗?日本实行了极权主义,就能和德意收同样的效果吗?无疑地,在这次欧战中,德意——尤其是德国,充分发挥了极权主义的效能。但德意之所以有今日,并不是仅凭了死板的制度,而有其他更紧要的原素。希特勒和墨索里尼都是经过长期的艰苦奋斗,利用国际情势的压迫,鼓动人民的爱国热情,慢慢建筑起独裁的政权。近卫是一位公子哥儿,既乏政治经验,复无奋斗过程,徒炫于德意之成功,而欲东施效颦,未免看事太容易了。日本目前虽亦危机重重,但绝非受国际之压迫,人民苦于战事的不能结束,希望近卫推行强力政治,从速结束战事,解救内外危机,但这仅是一种消极的拥护,和德国人民的希望希特勒为祖国雪耻报仇,打倒英法,恢复欧战前的光荣帝国的热情,完全不同。所以近卫的误以日本人民的希望战事速决的颓废心理,比之德国人民的雪耻报恨的热烈情感,未免过于乐观。并且我们都知道,德意极权主义的基础是在国社党和黑衫党,这两个党都是希莫两氏长期苦心经营,经过无数的艰难挫折,才有今日的伟大力量。近卫欲于仓促之间,组织新党,作为推动极权政治的基础,更直类儿戏。其次军部既是法西斯政治的幕后推动者,和近卫的关系究竟怎样长期维系,也是很成疑问的问题。至于财阀是否愿意将个人的资财,听任政府支配,更成疑问。所以日本尽管模仿德意,什么"新政治体制呀",什么"新党运动"呀,新花样绝救不了实际的困难。

至于外交方面,近卫新阁虽欲加强轴心关系,对英美采取攻势,但实际上既不敢应德意之要求,公开攫取英美远东殖民地,参加欧洲战争,仍想借"不介入"地位，实行敲诈政策，而对向德屈服的荷属东印及法属越南，反采取积极攻势，且公开标榜"大东亚新秩序"，独霸远东海陆。这种政策是否能邀德意赞同，根本是疑问。而同时对英美既声明将放弃"讨好政策"，强硬执行"大东亚新秩序"美日关系已日趋恶化，英国虽因无暇顾及远东，而暂时屈服，但两国之裂痕则日益深刻。结果日本的外交既不能见好于德意，又不能获得英美之谅解，必将愈趋孤立恶化。至于对苏关系，日本虽想极力拉拢，但苏俄既不能与稳健势力下的日本内阁妥协，更何能与以反共标榜的法西斯政权握手，暂时因双方都不愿引起纠纷，虽可苟安一时，根本的冲突是绝难消弥的。对华方面虽想加强封锁，援助伪新政权，以胁使我国民政府屈服。但日寇既口口声声坚持东亚新秩序原则，中国绝无坐待灭亡之理，除继续抗战外，别无他途，日寇如此而希望赶快结束对华战事，何异缘木而求鱼。阿部米内的外交固无出路，松冈的外交将更感苦闷，说不定还会闹出新的乱子来。

德意之有今日，绝非一朝一夕之功。日寇于苦闷穷促之余，妄想东施效颦，即可挽救内外危机。天下事决无如此容易，画虎不成反类狗，变来变去，愈变愈糟，愈变愈无办法。

工作与闲暇

陈雪屏

"工作时则工作,游戏时则游戏"这是西方最流行的一句格言,充分反映出西方人对于工作的态度。我们东方直到现在可惜还不能透彻了解其中的意义。假如我们抱有野心,想用一句话,一个抽象的原则,来说明东方与西方文明的特点,我们也未尝不可说西方人善于工作,东方人不善于工作,常将工作与闲暇混而为一。当然,这一类笼统的论断往往是靠不住的。

古来中国的文人总喜欢反复咏歌田园生活的闲适;他们最厌烦日常中繁琐呆板的工作。在农业社会中,生活不甚紧张,高兴时多做一点,不高兴时少做一点。秋收终了之后,虽农夫也有一个长时间的闲暇,而那些地主们更可以终日优游自在,无所事事。即使在现代的都市中,从表面上观察,一个瓦匠或木匠由日出一直工作到日落,像是不能享受一刻的休息。其实一袋烟,一杯茶,坐着随意聊天,或者在树荫下打一会儿盹,便去了一大半时间,真正用在工作上的不过占三四小时而已。再进一步,我们考察公众机关实际的工作情形也何尝不是如此。不守办公时间成为普遍的现象;签到簿有时简直是一个大笑话,坐上办公桌子先看报纸,可以从副刊看到广告,然后彼此交换一些不着边际的意见,或者写几封私人信件。我们都有过同样的经验罢,如到银行,邮局或车站去有所勾当,常会憋着一肚子闷气回来。尽管外面无数人在焦心等待,办事员每带着满不在乎的神态,慢斯条理地蠕动,甚至于在百忙中还要抽出工夫来点着一支烟卷,或者和同事们开一两句玩笑。工作中根本缺乏兴趣与热忱。

由于科学发明的日有积累,人类利用机械来帮助工作,工作所需的时间与劳力都在逐渐减少。但现代社会组织已趋于极其复杂,事业上的竞争最烈,每一个人必须努力工作才能生存。从整个民族方面来看,也以全体对于工作努力的程度来决定它的盛衰。一面说减少工作,一面又说要努力工作,似乎不免于矛盾。其实二者都包括在合理分配这一个大问题之中的。

  工作过久自然会发生疲劳。疲劳一旦开始,工作的速度与确度都将急剧低降。如果我们对于工作有浓厚的兴趣,便足以在相当范围之内打消一部分的疲劳,或者使它暂缓产生,特别是所谓精神的疲劳（Mental Fatigue）本不容易产生。我们因为感觉工作过于单调,琐碎,而渐渐失去集中的注意,于是诿之为疲劳。这是一种"聊以解嘲"的态度。将工作加以适合的分配,各就其性质上的差异,经过相当片段之后,插入短时间的休息,或者从某一工作转移至另一工作,都可以使疲劳削减至最低限度。任何人的精力是有限制的。我们仅能在某种范围之内设法减轻疲劳,但断不能永远阻止它发生。如其他条件相等,工作的效率并不与所费的时间成为正比。反之,减少时间,增加努力的程度,才足以保持恒久的效率。所谓东方人不善于工作,第一因为他们对于工作缺乏正当的训练与习惯,第二因为在农业社会中原未讲求工作究应如何分配。

  现代工业发达的国家,如英、德、美,除去开发资源与调整金融之外,更注意到"人的因素"（Human Factor）。有同样的资本、设备与科学技术,而忽略了人事管理,则仍难与人争胜。应用心理学是一门后起的科学,但在上述诸国中却很受重视。譬如福特汽车公司的工人,在同一阶级中,所得的工资最多,而工作的时间反最少。这似乎违反了资本家牟利的原则。但正因为工人的动机增强,而且整个工作又有适合的分配,所以生产量远非其他同类的工厂所能企及。所谓分工化,标准化与个别化（Specialization Standardization and Individualization）不特在工厂中施行获得极大的效果,实则用之于一切规模较大的机关均可同样增进效率。

  现代的工作者承受了机械与工作方法进步的赐予,才开始享受向来仅为特殊阶级所有的一种闲暇。各国的劳工法中明确规定,工人每日工作不得超过八小时。二十四小时分而为相等的三部,以一部分睡眠,一部分工作,一部分听各人自由分配,这是文明人应有的生活。闲暇的时间既普遍增加,于是如何利用闲暇便成为社会中一个重要的问题。根据最近"效率工程学"（Effciency Engineering）进步的情形,将来一般人的闲暇尽可加到十小时以上。不幸一般人对于闲暇每有一种错误的解释为在闲暇时间不宜再浪用心力。日常工作完毕以后，既无事可做，反而感觉生活的虚空。朋友相遇，互问近来作何消遣，正表明大家对于打发闲暇是常常遇到困难的。人类的身体是一架构造极其微妙的机器，它不断供给精力用于工作，但总留着一点富余。工作减少，精力当然过剩，还须借别种活动来发泄。我们想保持绝对的静止，除非病后的体养，在生理上是不可能的。所谓"静极思动"，日长无事的局面必难持久。从摇篮中的婴孩一直推到老年人，除去睡眠之外，刻刻都在活动，我们并不需要过分的休息。闲暇时间活动，因为可自己支配，不受拘束，它的性质与正经工作不同。听其充分发展，虽然也消耗一部分精力，但绝不至于妨碍工作。正常的娱乐，如不超过限度，足以使精神愉快振奋，对于工作恰是一种有益的调剂。

东方人不善于工作，同时也不善于利用闲暇。西方人工作之余，便专心致志于娱乐。各就兴趣所趋，或作户外运动，或旅行，或追求艺术的享乐，或听讲演以充实知识，或沉溺于特殊的癖好（Hobby）来发展个性。由利用闲暇而获得意外的成功，这一类的例子真是不胜枚举。他们在工作的时候一刻都不松懈，工作完毕又另作种种活动。他们的生活是紧张的，多方面的。一般的中国人则适与相反，我们往往将工作与闲暇混和在一起：工作不专挚，效率低劣，精神难于振作，而又不会享受闲暇。我们一方面受农业社会传统的影响，多数人对于工作未经适合的训练，缺乏认真的态度，另一方面由于政府向来不关心民众的娱乐问题，一切听其自然，于是用一种最不合理的办法来消磨余暇。于是无聊的应酬成为娱乐，逛妓馆打茶园成为娱乐，吃茶，搬弄是非成为娱乐，而麻将牌则流行得最为普遍，无论男女，老少，或贫富，都乐此不倦，而且一发而不能止，至于荒废工作，残害身心。我们打发闲暇不外二途，一是过分的休息，一是浪费精神。对于启发自我，调剂工作，增进健康，以及发扬民族的生力，可以说是全无益处。所谓西方文明是动的，东方文明是静的，关键便在于此。

抗战结束之后，我们的国家一定要走到工业化这一条途径上去。假如我们对于工作的态度与方法不彻底加以纠正改造，我们对于闲暇仍不知利用，而仅凭培养技术人才，增购机器，扩大工厂，我们断没有希望可与英、德、美、俄诸国相角逐。可惜这一个问题至今还很少有人注意。

战时甘肃的合作事业（兰州通讯）

罗子为

甘肃位置西北重地，抗战以来，其不仅为西北军事重要区域，且扼西北国际交通线之要道，此在目前尤为显著，同时甘肃地藏富源，物产丰富，特产尤多，对于西北军事上之需要，多能供给。在抗战已届三年的今天，加强地方经济建设，实在是迫切的需要，这时来介绍甘肃有关经济建设之合作事业，不是毫无意义的吧？

甘肃合作事业自二十四年开始举办，初系中国农民银行兰州分行提倡，于省会所在地之皋兰及其邻县之榆中二县试办，二十五年省府设立农村合作委员会（现已改名为甘肃省合作委员会），旨在普遍提倡，以该会主持其事，并请准中央由农行拨款五十万元作办理农贷之资金。惟省农村合委会成立之初，经费无着，工作未能积极进行，六月间训练合作指导员，上一月着手办理推进工作，但以双十二事变，旋即中止进行。是年农行仍继续推进，并增加临洮，平凉，定西，陇西，金塔，酒泉等六县为推进区域，连前共计八县，农行推进工作亦因双十二事变而中止，与省农村合作委员会直至二十六年上年度方开始工作，二十六年上年度，推进工作均未进行。兹将战前历年工作之进展列表于下：

年 度	推进县份	社 数	社员数	社股数	股金数	备 考
二四	二	五〇	三，三一四	三，一二七	六，二五四〇〇	
二五	八	二二九	一三，七〇七	一五，九〇五	三一，八一〇〇〇	

二十六年上年度合作社组织无增进，故未列入。上表所列社数，二十四年全为信用合作社，二十五年内有水利合作社一社，住宅合作社四社，住

宅合作社为借款转贷于社员作建修房屋之用。除住宅合作社外，其余合作社均散布于农村。至于贷款二十四年为三五，九七六元，二十五年为四三九，四〇〇元。此种数量发展，为数甚微，惟其散布区域，可值注意，如皋兰、榆中、定西位置甘肃中部，平凉地居陇东，临洮、陇西位置陇南，金塔、酒泉远在河西，推进县份虽少，然其散布区域则遍及全省各部，以期广播台作空气，引起地方人士注意，而便于日后扩大推广。

　　以上为二十六年上年度以前甘肃合作事业之实况，亦即抗战以前甘肃合作事业发展之情况。缘中央于二十五年指定农行以五十万元为办理甘肃农贷资金，因遭双十二事变，未能推行，二十六年四月后，省府调整合作委员会组织，确定其经费，合委会积极筹划，于是年七月开始工作，是谓第一期农期。举办之始，七七事变发生，抗战军兴，省府遂本诸中央战时经济设施之政策，注意合作事业之设施，积极规划，先后请准中央由农行拨款四百五十万元，以为全省普遍办理农贷之资金，分两次举办，是谓第二期第三期农期。先后三次训练工作人员达二百余人，从事推进实地工作，至二十七年底，全省六十九县局，除环县及南北设治局因地方情形特殊，未能举办外，其余六十七县局普遍推进。第一期农期于二十六年七月开办，九月结束，计办十五县，为陇西、岷县、临洮、渭源、海源、静宁、通渭、靖远、定西、永登、会宁、临潭、景泰、漳县、古浪等县，以互助社方式办理，计组社四〇九社，实贷四九五，二四五元。二十六年十月至十二月间训练工作人员及准备扩大工作，推进工作暂时停止进行。第二期农贷自二十七年一月起举办，三月结束，办理四十一县，为康乐、庄浪、隆德、华亭、固原、化平、崇信、泾川、云台、宁县、正宁、重阳、合水、镇原、康县、成县、西固、武都、徽县、两当、西和、礼县、清水、秦安、甘谷、武山、临夏、武威、民勤、永昌、山丹、张掖、临泽、民乐、高台、金塔、鼎新、玉门、安西、敦煌、酒泉等县。仍用互助社组织办理，共成立九二六社，贷款定额为一百万，实际贷款为九八七，六三四元。三期农贷分两次举办，为加强战时农村经济组织，一律组织信用合作社，以免事后互助社改组之麻烦及节省人力与物力，凡全省未办合作事业之县份除环县及肃北设治局外，均于三期农贷普遍推行。三期农贷第一次于二十七年四月开始办理，六月结束，第二次于是年七月开始，十二底结束，两次共组织信用合作社二，七五一社，贷款定额为三百五十万元，实际贷款为三，四〇八，九三二元。兹将历期农贷情形列表于下：

农贷期别	办理县数	组社数	社员人数	股金额	预定贷款额	实际贷款额	备考
第一期	一五	四〇九社	一八，三四五	五〇〇〇〇	五〇〇，〇〇〇	四九五，二四五〇〇	互助社
第二期	四一	九二六	五〇，八一五		一，〇〇〇，〇〇〇	九八七，六三四〇〇	互助社
第三期（第一次）	四一	一，四九二	七七，六九六	一六四，三九八〇〇	二，〇〇〇，〇〇〇	一，八八三，一一二〇〇	信用社
第三期（第二次）	二六	一，二五九	五四，六六七	一二四，五二二〇〇	一，五〇〇，〇〇〇	一，五二五，八一〇〇〇	信用社
合计		四，〇八五	二四一，五二五	二八八，九二〇〇〇	五，〇〇〇，〇〇〇	四，八九一，八一一〇〇	

　　以上为历期农贷办理之实况，亦即二十六二十七两年甘肃合作事业之推进状况，虽然农贷工作在合作组织方面仅限于互助社与信用合作社，但合作社组织由此已普遍全省，奠立全省合作组织之雏基，亦正是未来各种合作组织发展之初步工作。在高利贷利息有达到百分之一百五十以上的甘肃，此五百万元资金输入内地农村，其影响如何，不言可知。以三期农贷组织之四，〇八六个合作社与抗战以前成立之二二九社相较，量的增加几达二十倍进展可称迅速。至二十八年农贷业已结束，着手整理全省合作社及改组互助社为信用合作社（二十七年即有一部互助社改组），并注意充实促进信用合作社业务及健全其实质，同时于十月后开始筹办全省县合作金库，故于二十八年内组社较少，兹为明了历年合作社之进展情形，列表于下：

| 年度 | 推进县数 | 社数 | 社员数 | 社股数 | 已缴股金额 | 储蓄 | | 备考 |
						现金（元）	食粮（市石）	
二四	二	五〇	三，三一四人	三，一二七	六，二五四〇〇			
二五	八	二二九	一三，七〇七	一五，九〇五	三一，八一〇〇〇			
二六	二一	七三六	三六，七七五	二五，七四九	五一，四九八〇〇			内有互助社四三二社，社员一八，三四五人
二七	六七	四，一八七	二〇九，三四三	一六五，二八二	三三四，一五〇〇〇			内有互助社一，一六二社，社员六一，五二八人
二八	六七	四，六八一	二二九，八〇四		六三六，一〇六〇〇	二二七，七一一一一	二三，九六七三四	
二九	六七	四，七八七	二四二，七九三		七五六，八一三〇〇	二六六，二〇五〇八	六二，五二二六六	截止五月底止

以上为历年合作社之进展情况，至二十八年成立新社较少，其原因已如上述，但二十八二十九两年合作社储备业务则普遍推行，储备金额亦相当可观，储量除小麦外，并有其他杂粮，其他如造林及兼办农仓业务者亦多有之，储蓄业务二十八年以前，亦有办理，为数不多，观上表合作社股金储金总数达百万元以上，此种自集资金之数额，相当可观，至于合作社之种类，则以信用合作社为主，兹将各种合作社状况列表于下：

项目 数目种类	社　数	社员数	已缴股金额	公积金	储蓄		备考
					现金（元）	食粮（市石）	
信　用	四，七六八	二三八，九一四	七四三，三一九五〇	一一三，九七三三一	二六六，二〇五〇八	六二，五二二六六	
消　费	七	二，八六四	七，八三七五〇	六三六八三			
生　产	六	四七〇	二，五一七〇〇				
公　用	六	五四五	三，一三九〇〇				
合　计	四，七八七	二四二，七九三	七五六，八一三〇〇	一一四，六〇九〇〇	二六六，二〇五〇八	六二，五二二六六	

看上表便知全省在合作委员会指导下之合作社，几全部为信用合作社，此由于历年举办农货，全省农村资金极为枯竭，高利贷普遍盛行，并以信用合作社组织简易，推行较易。

以上为甘肃全省合作社组织发展之概况，至其贷款虽先后拨款五百万，实际贷款不仅此数。最初投资仅农行一行，二十八年省银行与中国银行均经洽定参加，惟实际上该两行贷款甚微，兹将历年各行贷款状况列表于下：

年度	放款额				备考
	中国农民银行	甘肃省银行	中国银行	合计	
二四	三五，九七六〇〇			三五，九七六〇〇	
二五	四三九，四〇〇〇〇			四三九，四〇〇〇〇	
二六	一，一八〇，三四三〇〇			一，一八〇，三四三〇〇	
二七	三，二〇四，六二九〇〇			三，一〇四，六二九〇〇	
二八	四，六九一，四五一〇〇	一八，二六〇〇〇		四，七〇九，七一一〇〇	
二九	五，五二七，五九六〇〇	一八，二六〇〇〇	二五，一二五〇〇	五，五七〇，九八一〇〇	五月底

各行贷款之种类，当以合作社组织之发展为限，故贷款亦以信用贷款为

主，他种贷款为数甚微。兹将贷款种类列表于下：

类别	中国农民银行	甘肃省银行	中国银行	合计	备考
信用	五,四九〇,二四六〇〇	一八,二六〇〇〇	二五,一二〇〇〇	五,五三三,六二六〇〇	
生产	一二,〇〇〇〇〇			一二,〇〇〇〇〇	
公用（住宅）	二五,三五三〇〇			二五,三五三〇〇	
合计	五,五二七,五九九〇〇	一八,二六〇〇〇	二五,一二〇〇〇	五,五七〇,九七九〇〇	

以上各种贷款期限不一，信用贷款以一年为限期，生产贷款即水利贷款，期限三年，公用住宅贷款期限亦为三年。贷款利息办理农贷时间一律为月息七厘，自二十八年起，一律定为月息八厘，合作社转贷于社员，得酌为提高，但最高不得超过月息一分六厘。社员借款，多能用于生产上，即不能用于生产上，凡能用途正当，并无严格限制，兹将二十八年全省信用合作社社员借款用途列表于下：

用途	金额（元）	百分比
牲畜	一,八九七,三七五,〇〇	四四点六九
籽种	六二八,六五三,〇〇	一三点六九
土地	二八〇,七二,〇〇	五点七二
农具	二五八,八〇三,〇〇	四点九六
肥料	二〇一,五二五,〇〇	三点八四
食粮	八九四,六四〇,〇〇	一七点二二
其他	五五,七〇四,〇〇	九点八八
合计	四,六八七,四二,〇〇	一〇〇点〇〇

附注：一、本表系采二十八年材料。

二、土地包括买地、购地、典地。

三、其他包括婚、丧、开矿、小商、手工业、偿债、垦荒等。

看上表便知借款用于生产上，占绝对大多数，此种调查未必十分准确，但由此得知其概要。至于贷款偿还，社员多能遵守信用，且有提前偿还贷款者，二十八年一年内全省六十七县局中有四十二县局共有七六二个合作社提前还款，还款总数为八二七,一四七元，提前还款社数占全省二十八年合作社总数百分之一六强，至提前还款额几达二十八年全年贷款额百分之二十，此种现象，当然难得。据作者在甘从事工作之实地经验，农民信用的确良好，民风且极敦厚。展期还款者虽亦有之，为数不多，二十八年内展期还款十八县，共有八七社，展期还款数为一四七,六四〇元，这个数额并不算多。

以上为甘肃全省合作社组织及贷款之概况，但全省合作组织发展到现在，尚无联合组织，因于二十八年下年度决定筹设合作金库，以期建立全省合作金融系统。先从县合作金库着手，第一期成立二十个合作金库，二十九年六月前完成之，大县一县独办，小县两县或三县合办，每库股本定为十万元，由合作社尽先认购，不足时由农民银行认购提倡股本，以后由合作社逐渐收回。据调查二十个合作金库，均已成立开业，计辖三十七县，一县独办者九库，其余两县三县合办不等。合作社认购股本已缴金额总共为一五五，三四〇元，已认未缴者为八。一五五元。农行认购提倡股本总额为一，八四四，六六〇元。此二十个合作金库之设立，对于全省合作事业未来之发展助益当然很大。

　　本年中央颁订全国扩大农贷办法，甘肃连前贷款数闻配定总额为二千二百万元，闻省府已与四联总处洽定契约，投资范围并侧重生产事业之促进，以期发达全省生产事业，闻省合作主管机关现正筹划，准备进行，其未来发展，当未可限量。

谈学习写作

李廷揆

　　人若专啃在支笔里度日子往往同日子生出间隔，生活无疑贫乏，反难指望写点什么。一切既平淡无奇，情境中各色因子力量容易均势地分配，他欲集中注意于一主题实近于不可能。生手下象棋也满有成套理论；着子时什九窘于布局，看不清正当步数。因眼底下那三十二颗兵种在他是无分轻重，他俨然失去裁决自由了。如此生活害得文人学上执笔伏案捕捉意象懒散习惯。

　　行为都是些反应；意象绝非故作玄虚，仍为某种经验的重映。我们看重经验，因为它是个体向围绕他那环境摩擦以后以获光热。旁人家活二十年，无厌倦地走转多少场面，梭穿多少人世风光。创炼把体魄同包在体魄以内的一齐弄得好结实伶便，外送一份美胜金银的经验，它是些晶莹纯净的药粉，蘸上它意象才会吹出招展的虹焰。如其自己同样厚一大垒日子皆撕在墙角纸篓里，莫提笔，倒该了当地睡死去——慢说连场热闹的梦都无机会抓挠到。不看颓芜弄堂门牌上锈蚀着四枚螺丝钉，迎了日月谁尝分泌丁点儿无翳的醒目生机。说这路文人在捕捉意象，似仍嫌形容他太绰裕；无宁说他很有一团拳腿黑蜘蛛萤伏尘网上等候红绿蝇蝱那样焦急心境。他的笔墨怕全无能地凭约制作用支配，文字虽躺在手底下实无一时刻不在受当前刺激蹂躏。加上心境棼错，他理应没有收获。写干了，顺手赏玩袅袅不染纤尘的天竹，于是看见红豆想起谁的小耳唇；再不耐烦地望望窗外晴空，片朵闲云又告诉是成天黏牢他心坎上那人底一瞥剪影。大家着急"小小悲哀"；所接所触不外乎斯，他自己又何尝不着急"小小悲哀"。真不开玩笑，Pavlor那几条养尊处优的一窠狗，终年惟同"铃声"、"红布"打交代。用着时候，你能希冀它们格外琢磨些新鲜的吗？

除非一日他的情绪偶然有上意外折磨，别方面无处发泄，才将由生活波动而起底出奇联想如流地趁热摊到纸上。久天萧条的右手如何骤然变成抚乩机子，他得向灵感致意。固然目前从事写作的人相率忌讳灵感，仿佛过去占它便宜在为偷懒为响朗（神的启示）外未尝一用思索；实在这字眼本身并没犯法，比如假定是个约制反应。当前情境中有些因子（很可能他并没觉察到）无意地在作祟，竟把旧经验拉扯来就恰恰中了他的渴望。他如意他惊奇皆很自然。若终日不知所以地期望株守这样反应来编制篇踏实作品，他是在儿戏了。

这路人惟有有两身衣裳可穿：一件灰凄凄的懒散袍子用于前述状态，另一套乖艳的放纵短装在实不甘寂寞时给他穿来图些兴奋。像前些年有阵子热狂，这个灰烬至今未曾死灭，特别所谓诗人皆异常珍爱宠溺自己意象此外一无所有。一切完备，自己也站在了解线外面了。将错就错居然这类册子能印行；被称为愚驴的是面对他的读者。文法修辞以及各类传统舆论的钳制效能对颠顸的他完全没辙。例如字里行间拉扯许多词类，其彼此意义上联系比了解上衣袖口那排无聊纽扣所表现的用处还难，远远看去似乎每字用来丝毫未费斟酌，领教作者本人时始知个个字各有他自己的深长含蓄（他自然可以不答问）。这样形式和婴儿语言简直不显分别。婴儿独自语句，与他生活一起的母亲不恃手势姿态帮助还经常误解，何况作品与读者间的陌生关系。

追析病源，我们说任性驰骋意象属于懒散的极端反动。消费大部时间于迹近虚幻上面斤斤致力，原是那作者百无聊赖中"过渡"办法。文字间倘有背理地方，不妨看成是他生活中某些约制作用固定以前的广播现象；那作者目无王法的笔墨也无非是他敢于抓住这现象且颠顸地按在纸上了。

真有时一作者极其得意地解释他的佳句，说某些是根据他得天独厚的特殊经验写出的；但他高兴过后，我们千万低声谏诤他，那些偶然的经验除非考虑了不宜乎在诗文里使用。它们有的一如霉橘可能毁伤全筐水果的命。这类经验往往对于他自己方有意义，于旁人实属无中生有。仔细分析，他存心逃避现实或欺骗读者——至少在患神经衰弱。好像小孩子，"无端"怕上一椿经见事物，心理学家得轮用最生效方法给他消除；一公平社会，道理上不也有义务去强迫那群因特殊经验而患病态联想的文人去受心理诊断？故对写作的自己说，即使为珍惜个人精神健康，他该极力遏制由乖僻经验所酿成的变态心理。将写作前途投资到那种缺陷里,因折本而致命是必然的。

上述写作态度留给人们的印象,一般地形成若理工科学生所喜欢误会的要笔杆看法。任一字如有它的质量,大概"要"属比重较小一类,望而有浮荡打趣之感。守本分的实落人听说这字眼便觉头痛有所警惕,自己写时乃彻头尾从描红起。他按期不懈熟读《文艺阵地》。如前途是位时代的或潇洒的诗人,则必从满面风尘的书摊子淘换本尝试集,跟手一册《鱼目集》或进而读上《他死在第二次》。寒窗岁月不紊地消磨他不少。终于他偷工夫写了两段,实不敢也无能超越所临碑帖雷池一步。自己却觉得处处琳琅匀称如乐歌乃悄悄先送给知心人看。拜读的会顷刻忆及昆明店里壁上贺礼镜子:凡白鹤皆须伸长脖颈吃力地顶一头苍松,凡如柴碧桐必养条瘦膏凤凰,匠气使古今画工成为"无名英雄",却斩伤这位"拘谨自持"者的文学成就。他原欲本本分分写下去,可始终并没摸到本分的门。

懒散的单凭捕捉意象表现文字,寂寞时先叹息灵感终于驰笔放纵。习惯临摹碑帖者最觉痛苦是永不能抛开手杖时天才威胁,自己比旁人差必因那点天分作祟。其实我们苟已肯定写作还是学习历程,看重智慧过分了于学习者鲜有好处。一位不外行的教师惦记学生们的反应,要在每人成就商(A.Q.)、教育商(E.Q.)增减上求解决。他的灵敏手腕可以随意外弄智商人(I.Q.)身份。

何况经过一个测验见他智商已超过若干点才称呼某某作家是天才,不用说谁也没有这么做。从探讨作品,分析自传,考证生平,估计在权威文学史里所分得的篇幅,大家推崇在各方面皆显示了奇迹的圣手,多疏忽"天才只是一种忍受痛苦的伟大才能"这句名言。若天才与痛苦分不开,不知临摹碑帖的人得如何接受或积极地趋向那个威胁。

故我们必重复说害那位实落朋友的还只是匠气,一种不求甚解的盲目态度。这态度表现在方法上是尝试错误。小学生作文第一次放上个耳闻有趣的新字;待发下来看,那字旁边立一根红杠。他另外觅寻个机会不甘心地再把它打发上去,往往仍见它带了杠子归来。这样继续,让耐心把红杠磨没了,他才算会使用那颗字。倘碰见新曲折,例如某某惯用的字陡然流行一新意义时,又须麻烦那只小手不知上若干次数。把迷津的路来得更直接简便些,在你也许是番美意,在一匹驯顺如家鸽的白鼠是种难堪的刑罚。写文章比成走迷津还能存在几许意趣。而且一份张迁碑拓片要说个个字好都值得临,总共才够多少字，比起日用语汇那确是顶有限的数目，恍恍惚惚不知所以地临下去，没有成就时该向谁道屈。

　　莫单说作家吧，历史上所表彰的人物，靠约制作用或尝试错误法就能享受名誉地位的有谁？邓肯女士跳舞每一姿态据云皆有意义含蓄。是否她举一只臂要恃一种笼统的约制，抑每一身段摆动角度乃由无数次尝试错误的校正？自然我们不如此相信。他如那幅在艺术家异常敬重的 The Last Supper，在构图上如何巧妙无缺，耶稣后面那方夕窗透进怡柔的光乃影射出"圣轮"；没有见一般圣画所必用的黄铜盘样圈子。读者会不由地反映出这位殉道的教主如何昭穆京伟种种崇拜心理。本来排比散漫的人物，在画幅上半面设法使各个人表情刻绘无形的联系，下半面用张极有力的长条餐案将图凝聚统一，重心整个地"稳"了。任何人看，皆必然在心里拍手，可与啧啧称赏公园水榭游廊各样小巧的油粉雕饰两样经验。举眼前例子，同一枝笔你用来与那位精明的账房先生异趣。他把脑子另逗在算盘钱筹上，你喜欢边写边掂配纸墨光涩笔触肩架；在艺术成就上，惟你那些用心是粒粒趋向优势的砝码。是，灵长类占旁的动物上峰就多亏它们，一切作品要成就也得赖它们。因平常总说能影响个体行为的各刺激综合成他的情境，似乎动物等级高下与情境繁简有函数关系。看来由诸多现象和真理所构成的人生乃无上费解的谜。写作要诠释此中问题，并应先觉地揣度人性的合理发展，尽力引导它攀上更高境界去，这原非浮夸，看亘古印刷在人心际的作品不皆呼啸在每代浪潮前哨？

　　一切明白。但如何思索这一迹近神秘的问题再表现在文字里，所用技术无妨依照悟察式的学习来试试看。盼望悟却不知如何察可不行，前述执笔伏案捕捉意象失败了的就有一部分接近这错误。察在行为表现上不若何具体。猩猩连蹦带窜百般探取高悬屋顶的香蕉，无所获时不再闹，用眼睛盯住那簇鲜绿肥硕的水果，它聪明地运用观念卒于成功。人类具有更多的反应趋势以及差异极大的反应方法。超出所有其他动物之上，他能从过去经验中获利，并以预期的未来结果控制眼下活动。除了尝试错误种种机械历程，他可以借重视念学习。看来由察到悟是思维历程十分显然。在学习写作方面一样有两种因子足使失败的人有翻身机会：写作目的，过去经验。别人同样立在歧境中仍然不会思索。从事写作的便会针对迎前问题有看法，无从离开自己的根本目的期望需要等等。在他身上所准备的理想技巧，是自己如何认识问题因而心目中创造一种自然的期望或真正的目的来解决它。过去经验的重要尤其显著。根据理想从过去经验中抽出头绪渲染在纸上，这作品才有站住脚根机会。

除去提供写作的学习理论，这篇短文拟另外补充一点。写作须基于读者的观点。近年写作的普遍觉悟到文章得迁就更大多数的读者。因大众不放松那个作家，那个作家才有长进希望。过去流行一时作品只求欢娱特殊的读者，这些少数人兴趣稍稍改变，作品和作家乃被遗弃或遗失。并非大众不该长卷瑰学，只是该就他们鉴别社会人生各方面问题的能力，经验以及解释那点经验的能力来下手写作。如按有修养人的观点吓哄他们，以我们棘手的问题给他们，那作品的意义必够削薄的。我们尊重大众的经验和观点，作品才能使他们意识到他们的问题。写作技术测验没有比这点更主要的。用篇作品期望大众作些工作，但他们若缺乏与那工作有牵连的经验，作者理想还能实现多少？关心他们的经验，反应趋势，适应需要，作家的功能在于领导他们，刺激他们使其作最大努力，保证最高限的自我活动。惟引导这个活动趋向于期望的理想，一篇作品庶几有办法。

本期撰者：

  关于经济建设的文章，本刊最近刊登不少。本期又有方显廷先生的《战后经济建设刍议》。

  罗子为先生在甘肃从事合作事业多年，这篇通讯是根据实际上的经验写成的。

  陈雪屏和王迅中两先生都是读者所熟识的，用不着介绍。李廷揆先生是国立西南联合大学的学生。

第四卷第十一期（1940年9月15日）

这一周

最近一周来，各线我军，捷报频传，这给予国人极大安慰与兴奋。在晋冀豫各省，我军已反守为攻。平汉平津两线交通，及两线附近公路，时遭我军切断。正太线东段我军，上周已攻克娘子关井陉，今又乘势猛攻寿阳阳泉。豫北我军近又在道清路对敌迂回侧击。在黄河以北各战场，敌人已疲于奔命。同时，在桂鄂湘各战场，我军最近亦收获良好战果。邕龙邕钦两路敌军蠢动，均被我军击溃。而广东之中山广州，经我军猛烈进击，均已被我控制。襄河两岸敌军，最近不但毫无进展余地，且被我军以逸待劳，一再打击。湘鄂边境之汀泗桥、羊楼司、云溪、桃林各处交通，均已被我破坏，我军且已攻入临湘。统观全盘战局，我军均已把握主动地位，敌人均陷绝境。战局如此发展，则敌人在各战区自救不暇，更何能谈到集中兵力，增辟云南战区？战局如此发展，则敌人所谓集中力量，以结束中日战事，更成幻梦。在此战争紧要关头，我军有如此良好战果，我们国民一致向前线忠勇将士表示无限敬意！

日寇虽已自动撤回他向安南提出的哀的美敦书，但安南局势的危险期尚未完全渡过。安南前途的安危尚在不可知之列。但日寇忽然提出哀的美敦书，忽然又撤回哀的美敦书，狐埋狐挖，这正暴露日寇外强中干的弱点。日寇用广东驻军名义向越南政府提出哀的美敦书，正是诡崇手段，正所以留撤回的退步。日寇提哀的美敦书，试探手段耳。哀的美敦书提出以后，越政府准备武力抵抗，美英两国表示积极关切，德国在广播中表示不满，因此日寇见风转舵，立即缩头。这是日寇撤回哀的美敦书的内幕。如今日寇又用软手段与安南政府纠缠。其实越南安危关键，还在越南政府本身态度。美英德不愿日寇趁火打劫，抢夺越南，这种态度当不至有任何变动。日寇果将战事扩大至越南，我中国为自卫计，进兵越南，助越南歼敌，亦为既定国策。今日问题即在越南政府自身的决心。果越南政府坚持抵抗立场，则日寇必畏惧，必退缩。越南必是以自全。愿越南政府善为自处。

从本月七日起，德国对伦敦作大规模的轰炸。七日晚间德飞机出动数目达四千架。八日晚七时五十分，伦敦又发放警报，直到九日晨五时三十分始解除。空袭时间计共九时三十分。德出动之飞机又在七百以上。据德方的宣传，这只是德国对英大规模空袭的发端而已。将来德国对英空袭规模，大到什么程度尚在不可知之列。伦敦遭受这种空袭以后，损失几何，尚无确切统计发表，实际恐亦无从统计。同时，英国最近在柏林的轰炸，规模虽不及德国轰炸伦敦那般伟大，然而破坏成绩，当然亦相当可观。猗欤盛哉，现代的战争！猗欤盛哉，二十世纪人类的文明，数日前，希特勒在德国演讲，谓大战结果，德英两国必有一国毁灭，惟彼自信毁灭者必非德国。同时丘吉尔在议会报告战局，又自信英国战斗力加强，英国渐有最后胜利把握。到底哪一国失败，到底哪一国毁灭？据目前形势推测，最后失败者为人类，最后毁灭者为人类的文明。英与德，其结果，谁亦没有最后胜利，谁亦不能战败谁。英与德，两败俱伤而已。这不是英德相对的战争，这是人类疯狂，人类自杀。

美国出售驱逐舰五十只于英国事酝酿已久。罗斯福恐孤立派作梗，故颇望同样同情于英国之威尔基对此事作公开的赞成。但威尔基以党为重，不愿合作。在此情形之下，正式订约，自将增加困难，或且为参院所否决。故罗斯福不得不另觅他法。他于是先则与加拿大谈联防，以集中美人的视线。继则无代价租得纽芬兰及巴哈马的海港，以示英人有助美的诚意。最后始扩大租地区域，成立行政协定，而以五十逾龄驱逐舰赠英。罗总统之煞费苦心，力求助英，于此可见。自有了九月二日之海军协定后，若干美人且有将协定推行至南洋的要求。前者英美合以对德，后者英美合以对日。自今而后，美即欲不抗德不抗日殆不可能。此所以我们深信东西二大战合一的日期总不在远。亦无怪日寇惶惧不可终日之状几无日不有流露也。

美苏关系近来颇见好转，若干日前我国各日报曾为文论之，且举例为证。最近苏使乌门斯基且与美副国务卿威尔士进行谈话，通讯社谓其含有重要意义。这或者是揣测之辞。但美苏之必接近，以常理言之，应无疑义。美苏间除共产主义不见容于美人外，无其他利害上的冲突，而有共同的利害关系。日本为美苏的公敌，大德意志亦为美苏的公敌。故美苟能放弃其向日仇视共产主义的态度，则美苏必可接近。英国如能放弃其仇苏的政策，则英苏亦可接近，而美苏更可接近。我们为自身计，为文明计，不能不望美苏及英苏接近。故观于电讯所传苏与美英接近的消息，实有无限的欣慰。

罗马尼亚本是东欧一个五花八门的国家，民族多，政党多，连王与后也多。最近他所经的变化又尽光怪陆离之能事。论外交，明明是英法方面的与国，乃一变而为轴心的附庸。论内政，明明是加洛尔最得人望的几年，乃转瞬而为铁卫团所推翻。溯自加入轴心国家以来，先则有苏联之夺回比萨拉比亚，继则有维也纳会议，保障罗马尼亚的领土，再后有匈保之争失地，再后有内阁改组，宪法停止，新阁总理阿多尼斯哥取得独裁权，今又有铁卫团之驱逐加洛尔，及米琪尔之复位。加洛尔以缔爱荡妇，早于一九二五年放弃继承权。一九二七乃父逝世本由其幼子米琪尔嗣位。乃加洛尔不甘闲散，又于一九三零年，借军人之力反国为王。年来其权力日在增加，地位又日在巩固。徒因法西斯高潮欧洲努涨，反犹太的亲法西斯的铁卫团乃有机可乘，而米琪尔又得复位。虽云时代使然，实亦加洛尔之秽德尸其咎也。但就国家而论，罗马尼亚今日所处的地位亦殊可哀。他在上次大战以前已有犹太问题，战后版图突形扩大，更发生了其他弱小民族问题。今乌克兰人、匈牙利人、保加利人，既相率各反祖国，罗马尼亚纵有蹙地之危，于理应享澄清之福。无如反犹太的铁卫团又乘机突起，致向忠于加洛尔之安多尼斯哥亦莫能为助。如今后安多尼斯哥又无法统治，而政权归于铁卫团或其他绿衫派，则罗马尼亚即欲为附庸而不可得，其势非成第二捷克不可，其可哀者盖在此也。

霍华德为美国斯克利泼斯霍华德系报纸的主人。这系报纸数量虽次于赫斯特系报纸，而质量胜之，故在美颇有势力。且对内政向采独立态度，故其对外态度又易为美人所重视。霍华德自己虽向不反华，但因与日本皇室政界接触较多，故多少有重视日本而轻视中国的趋势。因为如此，所以自七七以来，他不免抱着这样一种见解："中日战争，中国必败。既然如此，为中国计，不如乘早妥协，妥协愈早，损失愈小。既然如此，美国助华也无大益，徒然开罪日本"。他虽不作此言，但他的意向从前确是如此。但现在他的看法不同了。我们三年的辛苦足使顽石点头，霍华德这次去重庆，进谒蒋委员长。迨飞往菲岛，又感言中国支持力之大。日人示意令其游日，则决然不动。无怪日人近日对他大起酸素作用，不快之至。然而由霍华德态度之潜移点化，以及他此后之将如何影响美国舆论，为我声援，我们益知得到者之必有助也。

九月十一日的昆明《中央日报》，登载有两则新闻：一则是"财政部取缔销售奢侈物品"，规定禁销物品（如外国纸烟，外国酒等等）都自十月一日起停售，否则没收充公；一则是"财政部长孔祥熙氏电各省市限期成立储蓄团"。但约在这两则新闻发表的时候，市上却有一种传说，谓有某专门走私的机关，用一部专机满载外国纸烟由港飞滇，经海关扣留之后，因该项纸烟与财部有关系，结果只得略加罚款便全部放行。我们相信——并且希望——这种传说是一种不准确的谣言。但在财部正取缔销售奢侈物品和提倡储蓄的时候，社会上却有这种谣言发生，财政部的负责人实应加以反省。即使这种谣言是一种恶意的宣传，我们也应问一问为什么很多人会相信这种恶意的宣传呢？

国民政府于本月六日明令规定重庆市为我国陪都。"四川古称天府，山川雄伟，民物丰殷，而重庆缩毂西南，控扼江汉，尤为国家重镇……今行都形势益臻巩固，战时蔚成军事政治经济之枢纽，战后自更为西南建设之中心"。因此，政府明令定重庆为陪都，"慰藉舆情，而章懋典"。政府这种措置，人民欢欣赞同。这件事，在我们看来，最少有这几点重要意义。第一，陪都设置，使国民追念首都，这是表示政府有收复失地，回都南京的决心与把握。第二，敌人最近有从速结束中日战事企图，因又制造攻袭重庆的谣言。陪都之设置，正表示政府重视重庆，有保卫重庆之决心与把握。第三，今日中国工作，不止抗战，且系建国。中国地大物博，将来建国计划，必系分区发展。政治经济上应如此，国防计划上亦应如此。西京重庆为陪都，南京为首都，国家政治经济军事中心点，鼎定而三，大国规模，永世基础，从此奠定。这是重庆为陪都的重大意义！

越南与日本

陈序经

日本侵略安南，是实现其南进政策的表征。自广州失陷以后，敌人侵略安南的野心日趋积极。据说，敌人既占广州之后，香港的大批特务人员都被调到海防，河内与安南其他各处工作，开始用政治方式，去侵略安南。至于敌人占据海南岛，可以说是军事方面侵略安南的先声。原来自广州失陷以后，海南岛在中国的防务上，已失其重要性。敌人在海南岛登陆的目的，与其说是为着应付中国，不如说是为着侵略安南。而侵略安南的目的，又可以说是威胁南洋的先声，实现他们南进政策的初步。

到了今年六月，敌人乘法国惨败的机会，要求越南政府禁止运输军火入中国，在表面上，虽说是全为应付中国事件而提出这种要求。但事实上，却可以说是试探法德政府的态度与安南政府的力量。换句话说，日本虽借口于应付中国而要求禁运，但其真正的目的却是侵略安南，因而当时安南的局势，已很为紧张。有一个时期在昆明，安南币一元只值国币二元；在安南南圻各处，安南币一元只换国币九角，而且据一般华侨的传说，把安南币去换国币的，多是在安南政府位居要职的法国人的太太们。安南政府要人的太太们的恐慌，可以说是政府要人恐慌的反映。政府要人尚且这样的恐慌，一般人民的惊慌，可以想象。所以在东京的人们疏散到中圻与南圻，而在中圻与南圻的城市上的居民，又疏散到小市镇，咸菜卖到四五角一斤，咸鱼卖到六七角一斤，这是安南从来没有的现象，这也可作为越局紧张的一些实例。

日本虽迫使安南局势紧张，然而日本要想并吞安南，也非一件容易的事。因为法国虽是战败，可是不但没有到了灭亡的地位，就是国家力量的损失,并不若一般人所想象的那么大,尤其在海军的实力上,大致没有什么损失。战败后的法国海军,主要的,既非对德作战,也非对英作战,假使法国把大部分海军的力量来保护安南,则日寇无论如何猖獗,未必就有对抗法国的实力来并吞安南。同时安南政府的本身,若有决心去做军事上的防御工作,抵抗日本,日本也未必就能随便取获安南。其实,德古将军之所以被派为越南总督,目的无非是要以一个有军事经验的人物,去应付目前的严重事件。又法国政府在越南局势危急的时候,更换总督,也可以说是一种强硬对付日本的表示。而从安南皇帝及柬埔寨皇帝的庆贺德古将军的履新电文里,我们可以看出德古将军在越南的声誉之隆,同时也可看出越南土人的首领之关心越南的安全之切,以及其拥护法国政府之诚。总而言之,我们相信法国对于日本的仇恨,决不下于我们中国。法国从来同情我国抗战,而对日本占据海南岛,又表示过深切的愤慨。现在日本再要并吞越南,则法日感情的破裂,显然可见。而况暹罗的窥视越南的西南,与德意的侵略主义于直接上或间接上都是出于日本所煽动,法国既不会而且不必白白的让出越南与日本,日本想只以威吓的方法去取获越南,又是一件不容易实现的事。所以我们说,只要法国有了抗敌的决心,只要越南政府有了相当的准备,越南地方险要,资源丰富,不但可以积极的抵抗,而且可以永久的抵抗。日本侵略中国既已陷入泥足,再加上安南的抵抗,那么日本侵略越南正是自掘坟墓。

而且自德国战败法国以后,法国的殖民地的处置问题,可以说不只是法国本身的问题,而是与德国也有关系的问题。德国已经宣布,法国的殖民地仍属法国。德国目前虽是没有什么实力来占据越南,甚至没有空暇时间来过问越南,然而这种表示,已使倭寇焦急。因为倭寇在国际上,原来已处于孤立的地位,若再不拉拢德国,则国际上的力量,必完全丧失。日本之于德国,既没有什么恩惠,德国又何必慷他人之慨,白白的送越南给日本?为德国本身计,假使德国不能战胜英国,德国占据安南也没用处。假使德国必能战胜英国,则安南可以说是德国的囊中物。在英德战局尚未决定之前,尽可利用法国的名义,去保留法国的殖民地。这么一来,不但日本欲占据安南不大容易,即使英国欲控制安南,也无从借口。而况英美不但对于安南没有侵略的野心,就是对于荷属南洋各处,也没有攫取的意思。其实,德国对于日本,可以说是世仇。上次欧战的时候,日本岂不是趁火打劫,攻击德国与我国所租借的青岛吗?日本对于欧战,并没有什么贡献,然而在战后攫取德国的战舰，享受德国的利益。记得数年前，著者在德国海军根据地的基尔，遇着一位曾住过中国的德国海军军官，他说：在上次欧战的时候，最无赖的国家是日本。英法虐待德国，还出了不少的代价。日本乘人之危，不费力量而争取赃物，是德国人最难容忍的。日本学德国的皮毛，而夜郎自大，也算罢了，还要用无赖的手段，欺侮德国，这真是德国的最大耻辱。现在日本又来占据德国从来关心的青岛，同时又要并吞德法和议以后的越南，这又是重演上次欧战的无赖的手段，这又是侮辱德国的举动。即使法国愿意放弃安南，德国未必而且何必出此下策。而况自前次欧战以后，中德邦交，特别和睦，假使中国而为日本所征服，则日本称霸东亚，不但中国本身受亏，就是欧洲各国在远东的利益，也必大受影响。日本既借口占据越南为侵略中国的根据地，假使德国为虎作伥，不但和睦的中德邦交必生裂痕，就是德国将来在远东，也无立足之地。又况日本不占据安南于巴黎未失之前，而要并吞于德法和议之后，则日本在越南的军事行动，不但是以交战国的地位去对待法国，而且以交战国的行为去对待德国了。日寇虽癫狂，然而是否有这种胆量，与是否有这种力量，却是一个疑问。

　　这是从法德的立场，去说明日本侵略越南的困难。再从英美的立场来看，日本要并吞越南也非易事。在英国方面，越南苟为日本所占据，则日本的海军根据地必扩张至安南南部，接近英国的海军根据地的新加坡。同时日本陆军从越南的西部经过暹罗而威胁缅甸，印度与马来半岛。暹罗现在已成日本的傀儡，越南若被占，暹罗必变为日本的俎上肉，而成为日本侵略缅甸，印度与马来半岛的根据地。英国政府与人士，近来对于安南特别关心，不只是与英国整个远东的政策有关，而且是与英国的本身的利益有了特殊的关系。在英德正在混战的时候，日本也许利用千载一时的机会，坐收渔人之利，可是日本本身的力量，既远不及英德，日本想开罪英德，却不能不有所戒心。假使德国胜了，正像上面所说，安南是德国的赃物，假使英国胜了，英国绝不能容忍日本去占据安南。假使英德成立互相谅解，停战讲和，日本的侵略安南，又必为英德两国所不愿意。而况英国近来对日本的态度已逐渐趋于强硬，日本捕禁英国住日的侨民，与英国也捕禁日本住英的侨民，就是这种强硬态度的表示。

　　至于美国，也同样难容日本侵略越南，理由很简单，白海南岛被日本占据后，菲律宾已受日本的威胁，越南若为日本所占据，则菲律宾必为日本所包围。美国近来对于越南现况表示关切，而国务卿赫尔于八月四日又发表关于越南问题的声明，也可以说是美国对于日本侵略越南的野心，处处加以打击。美国与英国最近缔结军事协定，主要虽是应付欧洲局面，然而对于太平洋的安全，却也有重大的意义。至于传说美苏将联合遏止日本在远东的侵略的计划，苟能实现，那么日本的南进政策，必受影响，而越南的局势，也许不会十分严重。

日本虽急急于攫取越南，但是同时对于英美德法又不能不有所顾忌，结果是自讨苦吃。故日本对于越南政府，时而威胁时而引诱。代表团员的仆仆风尘，哀美敦书的送出撤回，越南的局势，若明若暗，一弛一张，也许便是日本的无赖的行为的一种先奏曲，然而这也是显出日本的外强中干了。我们相信，只要英美的态度能够强硬，只要德国不慷他人之慨，只要维琪政府不要受倭人欺骗，只要越南政府积极的准备抵抗，日本侵略越南的野心，是不易实现的，就使日本不顾一切而作军事的行动，越南也未必一定就为日本所征服。

其实，日本自己也未尝不感觉到并吞越南的困难，因此之故，它又不得不拉拢暹罗的军阀与煽动越南的土人。日本拉拢暹罗已有好几年的历史，最近它更鼓动暹罗要求越南政府给与越南西南的土地，所以数月来暹罗与越南边境的情况，突趋紧张。我在《论泰越的关系》一文里，曾指出："在暹罗方面，亚兰是泰越交通的枢纽，据说在这里暹罗曾有各种军事上的准备。而且有过一个时期，连了旅馆，也住了兵。在越南方面，金塔是越南西南部最大的城市，同时又是现在的柬埔寨的京都。它离暹罗的边境，虽有几点钟的汽车路程，但据我个人最近的观察，昔日的繁荣景象顿呈冷淡的空气，往来的旅客，固然减少，市区的居民也有很多疏散到乡下去，也许是为了这缘故，兵士之在街道上跑来跑去的，好像特别增加了很多。一个很美丽的巴黎式的公园，变为水沟式的防空地带。"传说暹罗人还利用住在暹罗的柬埔寨王的哥哥名义，在柬埔寨各处做挑拨离间的工作。暹罗与越南的边境的紧张的局面，可以说是由暹罗所造成，而暹罗之所以胆敢这样的做，又可以说是由于日本所煽动。日本这种举动，是借刀杀人的办法，能否收效，暂不必管。所可惜的，暹罗没有觉悟，被人利用，而却忘记了越南若被日本占据，暹罗自己必变为日本的俎上肉。

日本煽动安南土人去推翻法国在安南的势力，也是一件很显明的事实。日本曾派代表到顺化去游说安南王，嗾使安南人民反抗法国。日本又收买了好多安南人办的报纸，乱造谣言。日本利用许多安南浪人，去扰乱安南的治安。在巴黎失守以后，在越南的乡下与偏僻的地方，有些法国人被安南人殴打，近来报章传说越南人民起革命，恐怕就是因为这些事情发生，而日本人遂张大其词，以为宣传罢了。总而言之，日本自知其直接驱逐越南的法国势力之不易，便间接的利用安南人去做这种工作。然而，我们希望安南人不要忘记，日本人所说的"越人治越"，是欺骗安南人的一种口号。法国人之统治越南，固未见得好，但是日本若统治越南，则其手段的毒辣，无疑的必百倍于法国。我们上面已经说过，日本之所以占据海南岛，目的是为并吞安南。日本之所以到了今日尚不占据安南，虽因力量有所不够，但对于英、美、德、法也有所顾忌。假使越南人而愿作日本的奴隶，不愿受法国的统治，那是越南人的"自由"。不过越南人也得明白，日本是中国的仇敌，越南是中国的毗邻。日本占据安南，中国决不能容忍。中国与越南，不但有悠久的历史的关系，而且两国人士，向相友好。越南若与中国之敌为友，不但不见得讨好于日本，而且必为中国所难忍受。

我们深切的希望，暹罗的当局，以及越南的人士，明白日本不只是东亚的公敌，而是世界公敌。它现在已成为困兽，并吞越南的实力既不够，而在国际上又没有与国，只要暹罗的当局与越南的人士，不要上倭寇的当，那么倭寇要想并吞越南，并非一件容易的事了。

论我国人口与经济进步

巫宝三

讨论我国经济或社会问题,最后都不免碰到人口这个难关,因而陷于悲观的论调。例如讨论农作制度,就感到人多地少,大农场无法建立,因而节省劳力的耕种方法无法应用。又如讨论生活程度,就感到人口过于稠密,贫穷现象因而发生。再如讨论工业建设,就感到工人品质差次,技术训练不足,而所以如此之故,则不能不归咎于因人口稠密而发生的贫穷,照此看来,似乎人口众多,是经济进步的一个重大障碍。

与我国经济情形正相反的,是在欧洲战事发生前两年经济衰落的英美。在那两年中,有好几位著名的经济学者如汉生(A.H.Hansen),哈若得(R.F.Harsed)等,都以为最近十年英美人口的倍加,在比率上较以往为低,是最近经济衰落重要原因之一。他们的论点如下:一个经济单位人口的增加,如果在比率上降低,建筑业的需要与消费品的需要,比率都会减少,结果会使资本物的生产比率,为更大减退,而造成失业与经济衰落现象。哈若得甚至说:"我们的国家(英国),照这样下去,会出现可哀痛的现象,像杞榴遍地,人烟绝灭的地方,房屋无人住,器具无人使。"

论我国人口与经济进步的人,大都指人口总数所生的压力而非指人口增加比率所生的影响。根本到现在,我们还没有举行过普遍的人口调查,人口增加比率如何,以及最近增加比率与以往比较是减还是增,都无法知道。不过大家对于我国人口是按递增率而增加一点,似乎都默认。并且照历史看来,一个国家在没有达到高度工业化的阶段以前,人口常按递增率而增加。所以如果假定我国人口按递增率而增加,并且前所举例的许多讨论,是隐含着这个假定,则我们所得的结论，正好与英美经济学者所论的相反。为什么呢？

在未答复这个问题之前，我们应先将人口多寡与人口增加比率高低这两个问题分别清楚。一般说来，人口少比人口多为好。因为如果假定一个社会资源的利用情形相同，并且少量人口可以同样利用那些资源，人口少显然可以提高各人的生活程度。至于人口增加比率高低的利害，则有一个过渡时期的问题。人口增加比率高，经济社会不会发生如汉生，哈若得所提出的问题，不过人口增加比率高的结果，可以使一个社会的人口数量变大。反之，人口增加比率低，经济社会会发生停滞的问题，不过人口增加比率低的结果，可以使一个社会的人口数量变小。所以人口多少与人口增加比率高低，这两个问题的性质并不相同，讨论时应该分开。我们现在先来讨论人口增加比率高低，对于经济进步的关系，并回答上面的问题。

本来论人口的人，也有悲观与乐观两派。像马尔萨斯与利嘉图等，以为天然资源有限，如果人口继续增加，则生产限界的推展，将使实物收入降低至生存水准。这是悲观论者的立论。但乐观论者如亚当斯密，则以为人口的增加，可以展开市场，可以启育发明，因此可以便利分工，与财富生产。由此可知他们立论的相反，正和上述我国与英美论人口的学者的立论的相反一样，这两种立论，都有道理，其所以相反的原因，乃在彼此看法的不同，悲观论者所看的，是一个静止状态的经济社会，而乐观论者所看的，是一个变动和进步的经济社会。如果一个社会，没有发明，生产上没有改革，悲观论者，自可言之成故，非然者，则乐观论者所说的反而近于真理了。

经济社会不会是在静止状态的。需要转移可以使它变动，生产方法改变可以使它变动，人口增减可以使它变动，信用扩充可以使它变动，甚至收成丰歉战争，大地震也可以使它变动。中国经济社会不是在静止状态是很显然的，然而为什么我国庞大的人口，和人口的增加，不能产生如亚当斯密的乐观结果，而倒反跌入马尔萨斯悲观的论断呢？在这里经济理论与事实似乎发生冲突，亚当斯密的乐观论似乎有了毛病，我们仔细分析的结果，仍觉亚当斯密的理论大体是健全的，不过我们得加以补充与引伸。

亚当斯密的乐观理论，是建筑在市场扩大与生产方法与组织的改变——发明的假定上。其他条件不变，人口增加的结果将使市场扩大，投资机会增多，这是毫无疑问的。但生产方法与组织是不是会因之改变，这是一个问题。我以为中国的经济进步，不能与列强并驾齐驱，生产方法与组织的没有重大改变是一个最最重要原因。一个社会的生产方法与组织，本可以随市场扩大，投资机会增加而改变的。譬如说，因人口增加而引起建筑业的蓬勃，会引起水泥钢骨等的需要，因此水泥工业钢铁工业会随之而振兴。在与西洋社会接触后的中国都市，已经多少可以看到这种现象。但在以前一段很长很长的历史里，为什么找不出这种现象，或有这种现象而不显著呢？严格的说起来，在与西洋社会接触后的许多生产方法与组织的改变，还多是模仿的，而不是创造的。这个问题——生产方法与组织的少有改变，我要请史家与社会学者起来做一个仔细的探讨。因为解答了这个问题以后，不但可以帮助解答中国经济史的演变，并且可以指明中国经济进步受挫的所在。

其次，我要辟除一个误解。就是有些论者，过分看重人口增加与经济进步的关系。好像人口增加，是经济进步的源泉。如果人口不增加，就是生产方法有重大改变，经济进步，也无法生根。我以为此说不大妥善。一个社会的经济进步，主要依靠（一）生产方法与组织的改变；（二）新的资源与地域的发现与开发；（三）人口增加。新的资源与地域的发现与开发，常常是生产方法与组织改变的结果。我们如置新的资源与地域的发现与开发一点不论，而单讨论生产方法改变与人口增加两点，我们就可知道生产方法改变对于社会进步的关系，比人口增加重要得多了。理由如次：生产方法与组织如不改变，人口增多的结果，只有减低劳动的生产力，至多也只能维持劳动生产力的原有水准。反之，如果人口数量不变，而生产方法与组织有变更，纵而市场没有能借人口增加而扩大，投资机会亦未因市场扩大而增加，但生产方法与组织的改变，其自身即能创造市场与投资机会。大家细想一想，不难明了，需要的改变或扩大，常常不是消费者自己意志的改变，而是生产者用种种方法导引的结果。不仅此也，人口的增加，是一种继续增长的性质，可以用微分方法来表示，因为是继续的逐年增长，不容易看到有显著的变动；同时这种继续的逐年增长，也会继续的被吸收，不容易引起显著的经济变动。生产方法与组织的改变则不然。汽车工业的兴起，马上可以引起公路的建造，汽油站的添设，钢铁及汽油工业的扩大，沿公路旅店及饮食业的开设等等。所以人口的增加，虽然在经济进步中有他的地位，但我们不要以为他有何大的主动地位。

上面已经提过，中国人口的增加率究竟如何，还在不知之列。我们如果假定他是按递增率而增加，并且假定生产方法与组织，或是模仿或是新创，而时有改变，再假定新的资源与地域，续被开发，我们不能不一反一般的悲观论调，而认为人口增加不但不会阻碍中国的经济进步，减低人民的生活程度，并且可以加速中国的经济进步，提高人民的生活程度。这个论断的根据，上面已有说明。我们可以再重复说，生产方法的改变与新的资源的开发，可以因人口增加得到更大的刺激。人口虽有增加，劳动供给虽有增多，但因生产能力提高，生产财富增加，劳动需要亦增加，因此劳动者的名目工资与实物工资都会增加。所谓经济进步，或人民生活程度提高，可以拿一个社会的资本蓄积来做标准。一个社会的资本较多，生产能力较高，生产的财富较多，经济当然较为进步，人民生活程度当然较高。资本蓄积的方式，可以有两种。一种是用更多的资本于每一单位的产品，一种是资本加多，最后产品也加多，每单位产品所用的资本不变。一个工业不发达的国家，在走向工业化的阶段里，这两种资本蓄积的方式，会一同发展。譬如制造工业的发达，不仅是多设厂，多出货，并且每单位货品的生产过程也加长，每单位货品所用的资本也加多。在交通工业里也是如此。在农业里，生产上所用资本的成分较小，尤其在一个小农国家为然。所以生产的增加，每单位产品所用资本，不会有多大的增加，只是因产品增加而比例的增加资本而已。这两种资本蓄积的方式，有不同的意义。每单位产品的资本加多，是一个成本减低的表现，而每单位产品的资本不变，产品大量增加，是社会实物收入提高的问题。所以这两种资本蓄积的一并增长。如果产品的增加，超过人口的增加，人民的生活程度即可增高。

上面所说的是人口增加和经济进步的关系。一个社会如果人口继续增加，会使人口数量变大。这一个问题，使我们不能不重新考虑，人口增加对于经济进步的贡献，是不是能抵偿人口数量变大以后人民生活程度所受的影响。在一个经济高速度进步的国家，新的发明，新的资源，伴着多的人口以俱来，国富的增加，超过人口增加的比例，不感受人口数量变大的压迫。这不但在新的国家如美国是如此，即在老的国家如欧洲国家也是如此。中国的人口悲观论者，以为现时的人口数量，无论比例于现时的国富，或是天然资源，都是太多。所以他们的结论，中国的人口数量，应该用种种方法使其变小。这种立论，一方面是基于前所述的静态经济社会的看法，一方面是基于对天然资源的估量。可是这两个前提，都不一定可靠。中国天然资源的多少，恐怕还不能做最后的判断，大致可以说比美国少，但是不一定比其他工业先进国家及人民生活程度高过于我的国家为少。并且最近西南西北等省天然资源，历有发现，可以证明中国的天然资源，还有待于钻探。我以为中国的天然资源，到现在为止，还不是一个多少问题，而是一个充分开发与利用的问题。譬如铁油等矿，虽属稀少，但如能就所有之矿产，充分开采与利用，制造工业与运输工业大大建立，国富及人民生活程度，即可大有增进。谈到充分利用天然资源，就牵连到生产方面与组织的改变问题。这个问题，或用政府的力量，或用其他种种方法，诱掖私人企业的经营，也可以有很大的帮助。所以中国的人口数量虽大，对于人民生活程度的压力虽高，如果我们的生产方法大大改变，天然资源充分开发，人口的压力也可渐渐减轻了。

以上的讨论，只说明了在某种条件之下，人口的增加与人口体积的加大，对于一个社会的实物收入，不会减低。我们现在反过来问，在某种条件同样存在情形之下，人口体积的变小，岂非更可增高一个社会收入？这种看法，毫无问题是对的。问题是在从一个人口体积大的社会，变到一个人口体积小的社会，在变迁过程中，也许会遇到如汉生，哈若得所提出来的问题。可是我在这里不能不指明，汉生和哈若得二人对于人口减少的恐惧，都是根据下列两个假定：第一，新的资源与市场没有大的展开希望；第二，生产方法的改变，到最近不是每单位产品需要更多资本的性质。这两个假定，在目前及短短将来的中国，似乎不能成立，尤其以后一个假定为然。所以我们如果假定中国在目前及在将来，在资源，市场及生产方法上都可以有大的开发与改变，则我们正可不必惧怕在人口数量变小过程中对于经济进步所生的阻碍。

经济进步，主要赖于资本的蓄积。资本的蓄积，主要赖于生产方法的改变与资源及市场的开发，人口增加不过是一个辅佐作用，人口减少也不能启导上述二者的改变。中国历史上所表明的是如此。所以人口增加，我们不必悲观，人口减少，我们也不必乐观，主要的是要看我们的社会是不是可以继续的改变我们的生产方法，与开发我们的资源及国内国外的市场。（完）

大理地方法律习惯

赵凤喈

这一篇是写大理调查所得的结果可算"大理之行"的最后一篇,也可算"云南法律习惯调查"的续篇。大理地方,非指大理一县而言,乃就大理高分院所辖之二十六县,十个设治局统而言之。

大理地方习惯,最普遍而最特别的,就是招赘的习惯。这种习惯与其他地方不相同的于下列几种特点:

第一,在别的地方招婿,多限于无子之人,而在大理,有子亦可招赘。兹将招赘合同一件录后:

立合同美约人袁○○系川籍人氏,因贸易到榆年久,已安家落业在榆,生长女一,生子尚幼,因膝下无洁?(别字)力人照料,无可如何,只得照榆风规,以女招赘在侧,今凭红叶

陈君○○　余君○○

引进;有　李君○○之表弟马○○,情愿过门立嗣,更名袁○○,永为袁姓子孙。完婚后,仍在袁姓鼎立门户。其有家资,二老在以二老节制;二老归山后,方由弟兄享用,倘后另居别地,马姓愿出银二百两做二老终身养膳。今有袁姓生子幼弱,弟兄必以同胞看代,(别字),不得始勤终怠,至长大成人。以立嗣者,完娶亲事,不得反复异言,另生枝节。袁姓不致趄?(别字)逐薄待。今特为生子幼弱,故以女招赘,以为同胞弟兄,将来必以同胞视之。二比情愿,空口无凭,立此合同为据。

  乾造丙戌十月初二吉时
  坤造丁酉四月廿四辰时
  凭中人杨○○（共十六人）
  代字人李○○
  民国三年旧历正月十六日立合同人袁○○十

上列文据，为廿九年大理地院袁○○与袁○○为争产执行一案，原告所呈缴者，文中除二三别字外，语句尚通顺。从字据中可以看出来：有子招赘，系大理（榆）风俗，招赘者系川人，好似四川无此习俗。

有子招赘，除上项文据所载明者外，于当事人诉状中，亦可见到此事事实之存在。如宾川县龙○氏因承继上诉龙○○一案（廿五年三月五日），诉状中称：

  ……因先夫龙○○娶周氏无子仅生一女更名○○，先夫诚恐乏其后裔，复娶氏为室……亲生一子更名○○……不料周氏患病而逝……氏夫相继而亡……女将及笄，阖族同议，妻之于人。氏思之再再，诚恐人称不贤，兼之其弟尚幼，无子辅助，氏主张赘婿。故于民国十八年赘获单姓子更名○○……

上列诉状中所称之事实，并经宾川县政府堂谕证明。

有子招赘原因，依前两件文据所载皆系有子幼弱，无人照料，同时兼有怜爱女儿，不愿其出嫁受苦之意。此项风俗不仅为大理宾川一带所常见。且可于讼案中，得见邓川、洱源、云龙、蒙化、漾濞、丽江、弥渡、剑川、永胜、云县等县亦通行无阻。

第二，不特有子可以招婿，且可将所有之女儿留在家中招赘，如为男儿娶媳一样看待。如杨○○等与杨○○等为业权涉讼一案（廿八年诉字第○○号）被告辩诉状中称：

  ……窃被诉人之祖父杨○○生有二女一子。长女赘获洱源人，更名杨○○，即○○之父，次子杨○○娶妻杨赵氏，即○○之父母；三女赘获本城王姓，更名杨○○即○○之父，以是……三支亲堂兄弟，支派显然……

上文中所述，诉讼之他造并无反对表示，且可从他造诉状中，证明其所诉是实，因诉讼之目的在争产，对上项事实无所争也。信如所言，则此类家族制度，男女血统并重，父系母系共存，颇值得社会学家之研究，至所谈的宗法，决非吾人一般公认的偏重男系血统之宗法，所谈异姓乱宗一类话（大理高地两院中诉状，常有此类词句）可谓好读书而不求深解。

第三，招婿所生之子，长子立嗣（即立女家之嗣），次子归宗（即归赘婿原家）。兹将有关文据一件录后：

> 立喜约合同人杨〇系黑井新街住，今有乡弟杨〇〇请媒说合出赘到大理县，下乡丘半，南生九，
> 〇〇赵老亲翁之长女为婿完婚，更名赵〇〇永承赵姓宗祧。自出赘之后，所有赵〇〇祖遗产业，照子均分。唯愿上天默佑，子嗣繁昌，长子立嗣，次子归宗。不得厚此薄彼，自立约之后，男家不得缘引回籍，女家亦不得逐赶他乡。此系名门相当，天作之合。所有俗情俚语，概不赘叙。恐口难凭，立此喜约为据
> 民国十五年夏历十一月廿九日立喜约合同人杨〇十
> 　　　　　　凭媒马〇十
> 　　　　　　凭同乡杨〇
> 　　　　　　　　武〇
> 　　　　　　代字赵〇〇

上列文据，为廿九年大理地院赵〇〇与杨〇〇离婚一案，原告所呈缴者。骑缝上并有"合同吉约"四字，可见此件共两张，各执一纸。

因归宗问题而涉讼者，有邓川县马〇氏等与马〇〇（乙）争产一案，曾经三审判决（廿八年大理高分院归档案第〇〇号）。缘有马（甲）者，妻生一子（乙），在家鼎立门户；妾生三子（丙丁戊），皆出赘他姓。丙于甲未死亡前，曾折回与其父（甲）同住，分有财产一部。丁出赘有女无子，戊出赘马姓生有三子，而乙只有女而无子。民十三年甲亡故，财产由在家之乙独自占有。民二十五年戊妻马氏索幼子会同丙之子向县府控丙，主张以幼子

归宗，与乙均分财产。其理由以丁出赘无男。乙在家无子招婿。甲之财产应归乙与丙之子，及戊之幼子三人均分。县府以丙曾分得财产一部，仍令丙之子安守前业，不得妄争。戊妻马氏主张以幼子归宗毫无理由，以甲死亡后，财产由乙占有十余年，时效消灭，其实遗产分割，不适用消灭时效。马氏不服一审判决上诉二审。二审以乙独占财产太多，判定给戊子三分之一。乙不服，上诉三审。三审废弃二审判决，维持县判，其理由以戊及其子在甲未死亡前未能合法归宗，自不得于甲死亡后十余年而主张归宗。

总核本案归宗之诉，虽遭驳斥；然三审均未否认归宗之习惯，只嫌其主张归宗太迟耳。

第四，赘婿之可归宗，不限于第一代婿所生之子，即第二代三代子孙亦可归宗（如嫌只生一子不得归宗；子又生一孙，又不得归宗；至曾孙有二人以上时，方可主张归宗之类）。此可于前案中马氏族人证明禀中见之：

> 具证明禀……情缘民等镇内有马○氏母子要求归宗不得，而具控马（乙）于敝县县府请求公断。乃县府未加详察，竟判马○氏母子之要求归宗为毫无理由，未免过事偏袒。……特联名具禀代为证明实情。俾得理直心安，免滋讼累。且使千百年古规，不致破坏于一旦，则于愿已足，固无好恶或偏私于其间也。查归宗一事，地方习惯，已有千百年之历史，虽三代之后，尚可实行，今马○氏母子之请求乃属第一代，无论何人，均认为理由正大……"（原卷十三页至十五页）。

从上列证明文件中，可见到归宗之事，三代以后尚可实行。但不知至若干代为止耳。归宗不限于第一代，质问当地人士亦承认无讳。且有一案件（杨○○与杨○○履行婚约案，二十八年大理地院诉字第○号）中，母亲杜张氏，有两个儿子，一名杜培旺（年二十四岁）一名杨培德（年二十三岁）。此案中父姓杜，母姓张，可无问题。唯杨培德正因婚约而涉讼，既非赘婿从女家之姓，谅系归宗，恢复其原有之姓。然其父姓杜，彼非归其父之宗，究归其祖父（杨姓）或曾祖父之宗。原卷无可查考。故杨培德非第一位归宗之子，可断言矣。

又有李○○与沙○○因田产上诉一案（廿八年大理高分院上字第○○

号），调查笔录载：

> 问　格外一半是哪个的？
> 答　系民大伯杨双奎的。民父杨双保。民祖父杨汝舟出赘赵姓，到民父归宗杨姓，所以又叫赵双保（见原卷十三页）。

这一段笔录，又可证明杨双保系次生子从其父（赘婿）姓赵，归宗后姓杨。但此系原告李〇〇之口供，其父姓赵或姓杨，彼本人则姓李，究系作赘从女家之姓抑系归其远祖之宗，而改姓李，原卷亦无可查考。

综上所述，有子招婿，并可将所有女儿留在家中招婿；以及赘婿长子立嗣次子归宗，且归宗不限于第一代，虽三代以后，亦可实行。此项风习通行于大理一带，或可谓为迤西通有之习惯，确无可疑。唯非完全汉人之风化，究系由于某种民族所传播，待考证。

这一种习惯，就现代思潮观之，男系与女系并重，可符合男女平等原则。其所引起之纠纷可得而言者亦有二：（一）大理高分院与地院所收受之争产案件有十分之七八，系因招婿及婿子归宗所引起。因女儿在家招婿有与其兄弟均分遗产之权。出嫁之女，与出婿之男，对本生家均无享受遗产之权。但赘婿往往因女家无产而欲与本生兄弟分产，或起初见女家无产，率妻子离开女家，迨岳父母亡故，稍有遗产，又折回争财，皆为讼争之源。归宗之子，亦大半视原家有无财产为断。初因无产未归，后见有利则言归，争端又往往因之而起。（二）婿子归宗引起姓氏之复杂，如上述之杜张氏有子曰杨培德，李〇〇之父为赵双保又可称杨双保即其例证。更有甚者，一人数姓，令人莫可究诘。如马沙氏与米〇〇因身价上诉一案（廿八年大理高分院归档案第〇〇〇号）大理地院判本载：

> 上诉人马沙氏即马马氏李沙氏……（见原卷第三七页）。

而被告辩诉状则称马沙氏为李马氏（见原卷第二一页）。如此则马沙氏可称马马氏、李沙氏，又可称李马氏。一人姓名有四种之多。将来户籍登记，如何办理？

其第一种纠纷，依现民法之规定，女子与男子，有平等财产继承权，可以逐渐减少。第二种纠纷，将来严格举行户籍登记，凡姓氏以户籍簿为准，法令上之姓名，可免混淆然父子祖孙不同姓，社会上观念总觉有不方便之处。

此外在大理法院案卷中，尚得有乾隆年间关于遗嘱及分单数种，唯不足证明成为一种特别习惯，故略而勿论。

至本人查阅卷宗，抄录文件，深得李子立书记官长及朱书记官帮忙，合在此特表谢忱！

青年的营养问题

樊星南

青年的思想和营养,是目前社会人士密切注意着的两个问题。类此的文章,发表了很多,但很少有人指出两者的关系性来。通常所谓营养,指伙食而言,我们于此称之谓生理营养。通常所谓思想,究其极也是一个人生营养问题,不过方面不同,我们于此称之谓心理营养。二者的关系,可用一句俗话来表示,便是"心广体胖"。

我们讲究营养,无非希望个个青年生龙活虎般的健全。欲达到此目的,除了饮食调度得宜外,还众一个乐观旷达的心境,这是任何稍有心理常识的人都能承认的。心理学家还告诉我们,在相当限度以内生理的不足,可用心理方法来补偿,反之心理缺陷往往也能影响生理发育。晚近自我暗示,精神分析,催眠在医学界广泛的应用,足见心理对于生理的贡献并非子虚乌有之事。在日常生活中,往往见到富家子弟不一定比穷人子壮健,足见健康之维持不尽在于生理营养;而社会上公认为壮健的分子,也很少不同时是乐观派,更足证明心理营养是维持健康怎样重要的一个因素。

鉴于物价飞涨,社会人士很能谅解厨司们巧妇难为无米之炊的苦衷,但有多少人能谅解教师们好先生难教无书之课的苦衷呢?生理的营养有待于物质粮食,心理营养也有待精神粮食。在官商垄断下,不特米价在节节上升,汇价也在与日俱进,学校在厨房里迫不得已开出两餐稀饭一餐干饭的伙食来,在课堂里也迫不得已凭着教师搜索枯肠吐出一些半新不旧的教材来。在厨房中学生苦着脸出来,在教室里,师生将作牛衣之对泣。苦闷,苦闷,苦闷,难怪学生的不满,难怪教师的牢骚,这个责任究竟要谁负起来呢?我们站在教育圈外的人，设身处地为教师们着想，这究竟是谁的错呢？我们绝不要将学校看作与社会隔离的教育机关，我们也不要将教师看成一个活神仙，单凭一张嘴，便能将学生说得都点头称是。学校的营养问题绝非任何学校当局所能单独解决得了的，也绝非赈灾式的一时救济所能解决得了的，我们要求整个社会经济组织合理起来严密起来，学生的营养问题才有解决希望。不然，道高一尺魔高一丈，膳费贷金的增加不及物价书价增加的快，结果仍是一个无济于事。

以上所说，无非希望社会了解学校。以下所说则希望学校接近社会和自然。社会目学校为万能，原是社会的不是，而学校自视为隔离的小天地，则是教育界本身的错误。在全面抗战的今天，感受环境刺激特别灵敏的青年们，想利用假期作一些乡村宣传工作，原是值得奖励的。可是竟有学校当局加以禁止，加以阻扰。正当的欲望，最忌压抑。往往有许多乱子，是潜意识中被压制欲望的爆发，年来，屡见不一见的学潮，均可作如是观。以教育历程来说，上了几点钟农村经济、社会学、公民学，也未始不可让青年们深入民间做些实验工作。一个教育者连这点也不许做，怪不得要被学生骂为"反动"骂为"落伍"了。这些话出于学生之口，原是一时的气愤，听在先生耳中，便觉得怪难受，于是学生骂先生为反动。先生说学生为X倾，思想的问题由是而起，其实问题的核心还在于两方面心理营养不足。

除了书本和社会，大自然也是我们人类营养的源泉。欧美各国夏季盛行露天学校制度，而德国的学生旅行尤其闻名全球。敌国日本的教育当局也十分注意于野游习惯的养成。我们还要记得中国是最讲究吃的国家，但中国人的体质仍很孱弱，原因是中国人和自然接触得太少。我们千万不要将旅行远足看作纯粹是一种娱乐。自然实在是我们最好的先生。我们登高山自会呼啸，这呼啸涤荡尽胸中污浊之气；我们临流水，自会低吟，这低吟意味着无限的忏悔，举目锦绣河山，爱国爱民族之心油然而生，远眺海阔天空，凌云壮志随机引发，自然并不偏爱诗人，他对于一切人都肯尽教育的责任，只是平常人不肯去领教罢了。四川盆地云贵高原，对于京沪平津一带的学生原只是地理上的名词，现在有机会身临其境，我们何苦成年成月把学生锁在鸽子笼式的校舍中呢？

教育是一种生长，这是杜威博士的名言。因由于时代刺激，学生再不甘心做跛方步式的"士"了，他们要求接近民众，他们要求活生生的知识，他们要求学校和社会自然打成一片。这是中国教育生长的表现，是新气象，是好现象。教育当局应该体会这一种新陈代谢的教育历程。应该赶快走在学生前面，领导起学生来，在这颗新生的树根上，尽力施肥。揠苗助长固不可，摧残嫩芽更是罪恶。要向前领导，不要在后硬拔。教育的目的在于推动被教育者的自我教育，让学生们自己去搜求养料，让学生做蜜蜂，而教育者自身也当在这历程中自求进步，自求充实，自求改良。

最后想就教师们个人的营养上说几句话。生理营养不足的表现是面黄肌瘦，由于暗示作用，受教的学生们，当着这位先生再也打不起精力来。同样心理营养不足的表现是愤世嫉俗，由于模仿作用，受教的学生们也学会了目空一切桀骜不驯的架子。我们固然反对教师做政府的传声筒，我们也反对教师做无事不骂无人不骂的硬汉。中国的舆论界久已养成了一种以敢骂相标榜的风气。同样，在教育界中也能发现不少这些神经质型的教师。以这次教育部推动的导师制而言，就有不少导师公开对学生表示这是一种思想警察，并尽力表白自己誓死反对这种制度的。照我们平时的想法，教育当局还不至这样妄为；即使退一万步说，教育当局固有如此企图，做导师者本身，一方面仍当以人格感化学生，尽真己导师的使命。一方面不妨开陈布公向上级力陈其非，这才是真己教育家的本色。我们能说导师制是思想警察，我们又何尝不能说增加教薪是收买津贴呢？一切的事，都向坏想，那末天下尚有何事可为呢？教师们常常应记得，教育是培植爱苗的事业绝不是培植恨苗的事业。古人讲精神，论修养，我们讲心理，论营养，古人讲以身作则，我们讲暗示模仿，一个是伦理的讲法，一个是心理的讲法，最后的归宿还是希望教师要将学生看做目的，不要将他们看作自己的工具。这一代的风气，系于最高领袖的立身行事，因为我们相信现实政治，是最有力量的社会教育，因此领导现实政治的同时也是教育现实社会的。下一代的风气则多半还系于今日教师的身上。良师兴国，史有明证，愿吾全国教育界共勉之。

给编者书

一、谈同等学力（王代明）

　　本年全国公立各院校统一招生考试，已于九月三日在重庆放榜，计共录取大学新生五千六百余名，大学先修班一千一百余名。内以高中毕业资格报考者占百分之九十四，同等学力仅占百分之六。比较去年的统考，同等学力录取的百分比大为减少。去年占百分之二十五，今年则仅百分之六。对同等学力的问题，近年来有很多争论。最近我接一位王代明女士致编者书，她站在青年的立场，赞成对同等学力应从宽处理。她说："对于无数不幸的青年，民国二十七和二十八两年统考的同等学力规定无疑地是最好的补救办法。但不幸本年统考章程修改了，同等学力一项改定为要曾读完高中二而离校已一年者始为同等学力。结果那些未读过高中二年级便失学的青年，便无法投考国立大学！我们试分析过去两年中以同等学力报考者，有些是半途失学的中学生，有些是利用职业余暇去自修或是进补习学校刻苦努力的青年，有些是十年窗下苦的寒儒，有些是尚在中学肄业的学生。当然，我们不能否认有些尚在高中肄业的学生，完全存着侥幸的心理，花两块钱去试一试，碰上了可以缩短路程，动机完全是虚荣的。不过我们也不能否认其中确有不少青年天分很高，多半因为经济关系，没有进中学，或进而没有读完，就跑到职业的路上去奋斗，但他们仍苦修自习，等积蓄了一些钱，或是获得亲友的援引，希望继续求学，他们的年龄确已相当大，不愿再进中学，而多年的自修心得，也许不比高中毕业生为差，他们现在仰慕大学，愿意专心致志的去受高等教育，动机是纯洁的绝非那些躐等躁进者可比。似不能与贪图侥幸的尚在中学肄业的学生相提并论，理应予以上进之机。教部此次重订新章，对同等学力严加规定，据说是因为现在有些同等学力生在校成绩不大好的缘故。但就我所知，这种现象并不普遍，相反的是一般同等学力生的成绩往往比正式考取的学生还好，我虽没有详细调查过，不过就我所接触的许多同等学力生中，确是具高才的居多数，我们不能否认有少数确是侥幸进来的，程度确不能与大学衔接，但我们绝不能拿这少数例子而因噎废食，归罪于因为招考了同等学力的学生。同等学力生已经受到失学的痛苦，前两年虽能投考，亦已受到仅录取考取生中十分之一的限制，现在即连这一点宽容也等于没有。似应重加考虑。他们从艰困的环境里养起自己，刻苦找到一点知识，比之正式在中学造就出来的应当被宝贵些，被重视些，可是事实上把他们疏忽了，冷淡了，甚至遗弃了，他们不能有一点受教育的权利吗？让他们仍旧自己去摸索到底吗？没有读完高中二年级的人，他们的命运是被订定了不能读大学的吗？他们可以继续自修，但自修的效力究较受教育来得苦而缓慢，这是不可否认的事实。我们主张对于招考同等学力者的流弊，固应加以纠正改善，但对于嘉惠失学青年的原则，是不应抹杀的。

对"同等学力"而加以呆板的规定，又何必称为"同等学力"呢？不如就称为"曾读完高中二年级而已离校一年者即可应考"这比较直截了当些，事实上已读完高中二年而辍学的究属少数，未读完高二藉自修或进补习学校而得益的就没有人吗？用严格的考试去选择他们还怕会侥幸进来吗？"同等学力"之限制并不怕考试"太宽"，只怕"考试"执行之不严，如果考试严，那些图侥幸的朋友连报名的勇气也不会有，我认为同等学力生仅可录取录取生十分之一（实在还不到十分之一，因为是录取生前半数中的十分之一），限制已经够严，似不必再加以种种事实上等于摈绝的限制。招收同等学力学生虽不能说毫无弊病，但也有不少优点，可以注意：一，能够广泛的去开发"人源"，做到"人无弃才"的地步；第二，能够鼓励在校的大学生及中学生加倍用功。前面我已经说过同等学力生往往是成绩优良的，但许多来自高中的学生认为落在他们后面是可耻的，因是而有竞争，在同等学力者呢，他既入校后认为他的自己学力不足而惟恐落伍，亦分外努力，如此，大学不是造成了勤学的风气吗？同理，在中学的学生也会卖力去读书，因为他们投考的时候如果落在同等学力者之后，也是不大愿意的吧！第三，能够使失学的青年更加奋发和勤俭，因为他们将来还有希望可读大学，譬如一个因失学而就职的职业青年，他忠心服务之外，更会利用他的余暇去进修，甚且刻苦的，节俭的去积蓄他将来求学之资，这不是养成青年自立的美德和刺激他的上进吗？我的结论是这样："同等学力"应当放得很"宽"，而"考试"则须特别"严"，那么因侥幸而入大学的可以没有，而鼓励在校的及失学的青年努力上进之目的也可以达到了。"

二、坚定抗战意志（尔恺）

编者先生：

近来因为越南紧张，鄂西严重，有些人对抗战的意志，又有些动摇了！我愿意假贵刊的地位，提出苏联革命成功及法国抗战失败的两个例来对比，以说明自己的地位了。我们要问：我们的环境虽坏，但比被武装干涉时期的苏联如何？我们的环境无论怎样好，但比这次欧洲战争中初期的法国如何？

如果把武装干涉时期红军的著名抵抗拿一看，几乎没有一个军事家会相信苏联可以得胜利的。所根据的理由大致是以下各点：

一，苏联的红军是临时救急地成立的，其中包括的大部是未经严格军事训练的工人，而白军和干涉者都是经过长期训练的部队。

二，红军方面没有老练的军事干部，面原有的大部分军事干部都已跑到反对方面去了。

三，俄国军事工业落后，武器弹药数量不足，且品质恶劣；而且在严密封锁之状态下也无法向国外补充。

四，武装干涉者及白军当时占据着俄国食粮的富有区域，而红军当时被迫退处粮食不足的地区。

再看这次欧洲战事开始时的法国：

一，与国占有全世界二分之一以上的土地，无尽藏的潜在力和资源。

二，陆军方面有悠久的，传统的训练，素有全世界最好陆军之称。又有马其诺防线可以缩短自己的防御线，也可做攻击敌人的强固根据堡垒。

三，国内农业很发达且拥有广大的殖民地，故食粮的充裕自不待言。

四，国内工业也非常发达，武器弹药服装等的供给和补充都毫无问题，且有同盟的英国和同情的美国，他们都是高度工业化的国家可以帮忙。

在上述的客观条件中，苏联的革命竟成全功，而法国的抗战却一败涂地，原因何在？原因何在？

苏联之所以胜利，是因为发动了整个后方去为前线服务。他们将全国变成了武器弹药服装粮食的补充部队，供给前线的军营。

苏联之所以胜利，是因为他们在白军的后方高尔察克、邓尼金、克拉斯诺夫，弗兰格尔等地发动了破坏运动，因而便利了红军的进展；是因为他们在乌克兰、西伯利亚、乌拉尔、别洛罗西亚、伏而加河一带发动了广泛的游击运动，因而破坏了敌人的后方，给予正规军以极大的帮助。

苏联之所以胜利，是因为战士们都了解战争的目的和任务，感觉到牺牲是为了主义，为了大众。

苏联之所以胜利，是因为有一强有力的党，有一非常明锐的领袖，所以能领导群众及团结群众。

但这次的法国又如何？

法国之所以失败，是中敌人的宣传，使兵无斗志。

法国之所以失败，在所有的（或大部的）军民都觉得这次的斗争并非为了自己的生存，所以虽然高喊着我们为法兰西的光荣而战，可是空虚的荣誉医不了"心脏的衰弱"！

法国之所以失败，在于依赖性，依赖英国。因为有了此依赖性，结果将全国动员的工作松懈而致一败涂地。

法国之所以失败，在初步失败之后即泄气投降，结果现在被敌人握住要害，所以无法翻身。

法国之所以失败，在没有贤明的领袖，没有一个指导全国的人而为大众所膺服者。

我愿意借贵刊的园地，意志动摇的人，请他们细加思索：我们不是已经有像苏俄那样，有了胜利的条件了吗？我们不是已经避免了法国的错误，没有走进失败歧途吗？只要我们自己努力，我们还会有失败的可能吗？

本期撰者：

　　陈序经赵凤喈两先生是国立西南联合大学的教授，巫宝三先生是国立中央研究院社会科学研究所的研究员。他们都是读者所熟识的，在本刊常有文章发表。

　　本刊对青年问题十分注意。本期特登出樊星南先生讨论青年问题的文章。樊先生现在中央政治学校服务。

最近我们收到不少的《致编者书》，本期特选载两篇。以后对当前的重要问题，我们欢迎读者来信讨论。

本刊第八期登有吴文藻先生的《民主的意义》，而手民把吴先生的名字误排为"吴支藻"。"支"字乃"文"字之误，特此更正。又吴先生最近已辞去云南大学文学院院长之职，而专任该校教授，应一并声明。

第四卷第十二期（1940年9月22日）

这一周

"九·一八"又已九周年了。中国古语说，"祸者福所依"。"九·一八"事变时中国之祸，亦中国之福。"九·一八"事变，日本发动侵华阴谋，因此我东北数省沦于外寇。我东北数千万同胞陷于水深火热之中，九年于兹。这是中国之祸，但没有"九·一八"事变，即没有热河事件，即没有卢沟桥事变，即没有中华民族这三年来的光荣抗战。到今日，我中华民族，抗战迫近胜利，建国奠定基础，行见我中华民族恢复完整之独立、自由、平等，这是中国之福。日寇独霸东亚，称霸世界之野心，蓄意已久。日寇此项野心不受打击，则"九·一八"类似事件迟早终必发生。有了"九·一八"事件，中华民族始知民族革命战争，不可避免。及至今日，日寇之大陆政策已受我三年抗战之打击而归于失败。日寇正在发动之南进政策，又因侵华战争之故，疲弊衰竭，陷于进退维谷，自取辱败之域。故"九·一八"纪念，乃日寇自掘坟墓的纪念，日寇今日应懊恼，颓丧，悲哀。"九·一八"纪念，将成我中华民族史上革命的纪念，我们中华国民在今日应欢欣，应兴奋，应庆贺！

法国维琪政府非法允许日寇假道安南侵华，这事已经证实。本月十四日云南龙主席对此事发表谈话，说"法政府初则不准军火通过滇越铁路，已属违反约章，继则百货禁运，更属毫无道理。法政府禁运，已是破坏条约，今则禁运不足，更进一步允许日方假道，其举动之乖谬，实属骇人听闻……

如此不智之行为，待中日战争结束之后，此种不良印象，将长存于中国国民脑海之中。"龙主席这种谈话，不但词严义正，亦且直率坦白。中华民族果是自甘暴弃的民族，则抗日三星期，我们亦早已屈膝投降，我们亦早已奴颜事敌。这类无耻事件，中华民族非不能为，特不屑为耳。中华民族对强寇可以抗战三年，且可愈战愈强，愈战愈勇，则我中华民族实不可轻视侮辱之民族，中华民族既为不可侮辱的民族，则今日法国政府允许安南假道之行为，当有自食其报之日。且维琪政府之允许假道措施，即不为中国设想，容不为法国本身利益，安南人民本身利益着想耶？日寇侵入安南以后，狼已入室，盗已登堂。安南自身之安全又将如何？其愚不可及，法国维琪政府之谓欤！

敌机在本月十五日与十六等日对我陪都又大为轰炸，敌人在其广播中且大为宣传，谓重庆十分之八已被炸平。稍明重庆地势的人，都知道重庆是严石山岭，是轰炸不平的地区。日寇虽动辄以百余架飞机对我陪都肆虐，残杀无辜平民则有之，至于冀图摧毁破坏我方重要政治及军事机关，乃绝不可能之事，重庆并且有天然优良的防空设备，至谓炸平重庆，多见其不自量耳。姑假定日寇的宣传是真确，姑假定重庆真为日寇炸平，这与日寇有何利益，这于我焦土抗战的决心有何影响。据我们所知，日寇的轰炸仅能对我们的物质加以破坏与损坏，却不能动摇我国民抗战精神于毫末，我们的都市被寇机愈炸平，我国民同仇敌忾的愤怒愈不平。这不平与平成正比例。换句话说，重庆被敌机炸得愈平，我国民杀敌卫国之热情愈不平。而主持正义公道的人类，对日寇暴行亦愈抱不平。试问，日寇得意之点何在？

财部最近又颁布取缔销售奢侈物品办法，其用意在使二十九年七月一日颁布之法令，到十月一日可完全发生效力。在原则上我们对财部这一类设施赞成而且拥护。其实奢侈品之来源，一方面因为商店走私，另一方面则大官贵人从外洋香港及上海等处购买。财部取缔销售办法，于商店走私，固可发生效力。至于大官贵人直接购买一层，则绝无效力可言。天下事完全靠法，总有所穷。我们并不反对法。但在上位者"以身作则"一点，亦可帮助法律之效力。目前物价高涨，普遍人民真是无以为生，哪能谈到奢侈品，惟大官贵人的妻子儿女，或避难海外，或享乐沪港，或飞行往返于沪香昆渝之间，有享受奢侈品之能力，有购买奢侈品之机会，此类人却优游于禁令之外。如此，法令虽三令五申，其又何如？以身作则，推而至于以家作则，其亦身修而后家齐，家齐而后国治之意欤！

韩国光复军已于本月十七日在某处正式成立。我们谨为韩国同胞致贺，并预祝韩国光复军民族战争上的胜利与成功，韩国被日寇压迫已有了三十年的历史。日寇灭亡韩国的经过，用不着重复叙述。总之日寇对韩国，其用心之险恶，其手段之卑鄙，已达极点。最初，日寇挑拨韩国的党争，离间中韩的感情。其次，将韩国沦为日寇的保护国。最后，真面目毕露，将韩国强行并吞。三十年来，日寇对韩国同胞之压迫欺凌，更非语言可以形容。中国孟子有句话，"霸者非心服之，力不瞻耳。"这就是说，被人欺压的民族，到了力量充实的一天，他自然会起来反抗，会起来革命。今日韩国光复军的成立，就是这个道理的证明。我们更欢迎韩国光复军加入中华民族的革命阵线。韩国中国，真是唇亡齿寒。因为有三十年前日寇灭韩的故事，所以日寇继有侵华的根据地，继有侵略我东北各省的故事。因此，中韩两国的革命军，今日更应辅车相依，相提并进，以达到双方共同的目的，以共同打倒东亚的暴力，以共同安定东亚的局面！

北美合众国与加拿大实行联防以后，今又有美澳联防的传说。美加联防是美国应付大西洋的国策；美澳联防是美国应付太平洋的国策。美加联防是美国对付德国的政策；美澳联防是美国对付日寇的政策。美国目前的国防政策是太平洋大西洋两洋并重。在海空军建设上，美国要建立两洋强大海空军。在外交上，美国要拉拢两洋合作的力量。这正是美国政府与人民很有眼光之点。盖美国所谓国防者，不止自卫，乃以安定世界之责任自负。今日亦唯有美国可担负此重大责任。果欲安定世界，则非太平洋大西洋两洋并重不可。今日日寇之希望，即欧洲战事完全吸引美国之注意力，使美国无暇东顾，而日寇在太平洋可以为所欲为。惟以美国目前之一切设施证之，则日寇之希望，实为幻想。其结果，日寇必大失所望。

意大利进攻埃及的消息，日来正在盛传中。依我们的推测，希特勒大举进攻英伦之日，或即穆棱里尼大举进攻埃及之时。在军略上说，这正是德意分攻合作。意大利此举，可以牵制英国地中海海空军军力回援英国。在实利上来说,则意大利此举更为合算。意大利已占领英属索马利兰。现在阿比西尼亚,索马利兰与厄立特里亚三地已打成一片。意大利在非洲有此据点,即可控制红海通印度洋之门户。意大利若能夺取埃及,更可控制地中海通红海之门户。若将利比亚,埃及与厄立特里亚联成一片,则非洲东北之海岸线几全入意大利之手。如此,则英国经地中海红海以达印度及澳洲之联系大受打击。所以我们断定,倘有机可乘,则意大利必进攻埃及,而非洲战事之扩大,或不可避免。问题症结,依然看希特勒攻英,能否得手。倘希特勒攻英失败,则穆棱里尼之非洲战事,观望迟延亦未可知。意大利的海空军力,在这次欧战中并没有特殊成绩的表演。倘希特勒攻英失败,而意大利依然冒险扩大非洲战事,则英军与埃及联合的抵抗力,固不可过分轻视,阿比西尼亚再乘机革命,则穆棱里尼之应付,当亦困难重重矣!

英国与印度的关系,近来颇有微妙现象。本月十六日,印度国民大会执行委员会,通过决议将国民大会向印度政府所提有条件协同作战建议撤销。同时该委员会授权甘地重掌党务并领导全党进行应采之行动。甘地素性一切决策不走极端。故目前英国圆满解决印度问题,尚有良好机会。我们惟希望邱吉尔善为处理。英国今日实应深自了解,大英帝国处境亦十分危急。倘英国希望彼之殖民地具无条件之牺牲决心,为大英帝国之"资望"两字而战,实亦希望过奢。时至今日,英国人果欲保存大英帝国,则殖民政策应有更张改弦之处。且英国对加拿大南非洲及澳洲等殖民地,已有轨道可循。印度民族从历史文化上说来,早可与加拿大等地享受同等待遇。太平洋中对印度眈眈虎视,垂涎万丈者大有人在。日寇即惟恐英印不发生摩擦,惟恐在印度无机可乘。此一切事实,英人当然明了。我们对英对印,俱有同情,故希望英印间之一切问题,有圆满互利之解决!

中国的政治与行政

陈之迈

我们观察中国的政治，无论是党政军各方面，中央或地方各方面，都有一个共同的现象，这个现象构成现代中国政治的特色，值得人来留心研究。我们可以沿用美国政治学者古德诺（F.J.Goodnow）的说法，中国的政治没有"政治"（Polities）而只有"行政"（Administration）。这个现象相当的离奇，也许有很不好的效果。

先从党的方面来说。中国现在仍在训政时期，虽然所谓"各党各派"事实上存在，理论上是中国国民党一党的专政。中国国民党有中央党部，各省市有省市党部，各县有县党部，其下有区党部与区分部。中国国民党既然是享有政权的政党，照常理来说它最主要的目的自然应当是巩固其政权的基础，取得人民的信仰，不是消极的防止异党的活动而是积极的使人民拥护国民党，使异党即使活动也得不到效果。它应当以党的力量透过各级政府的机关，各级民意代表机关，各种人民团体，使得他们都能依照党的政纲施政或活动。在此党治的时期中，国民政府的各级政府机关应当是都为党的力量所透过的，并且在全体人民之前绝对支持政府的政策。在此抗战期间，党更可以到战地里去做各种秘密活动，到政府的力量所不能达到的地方，来破坏敌人，打击伪组织。希特勒的国社党以前竟在别的国家——奥国、捷克、波兰、丹麦、挪威、荷兰、比利时、西班牙，甚至于英国、法国、美国及中美南美诸国——设立各种组织，破坏别的国家内部的团结，战时或外交紧张时做德国的内应。这种组织甚至于渗入别的国家的军队之中，竟令其不肯执干戈以卫社稷。我们的东北四省，现在的战地游击区里，人民都是有民族国家思想的人民，党如果能够深入作秘密活动，其成功的可能性一定极大，收效一定极宏。

以上所列举的许多事情（当然所举的不是完全的）都是党应当做可以做的事情，它们的性质是"政治"的。这类的活动是"政治的活动"。

然而照我们的观察，近十年来中国国民党的各级党部是不十分注意做这些事情的，虽则蒋总裁每有机会即提醒或命令党部做这种的政治活动。各级党部不是不肯遵守蒋总裁的命令，因为它们是最忠心于他的，绝对拥护他的。但是这种政治的活动却始终不曾发生其应有的效果。我们以为症结所在是各级党部负责的人员只有极小部分真正能够了解蒋总裁命令的根本意义，所以虽然接到了命令仍然想不出具体的办法来实行命令，一般的党员仍然不知道这种政治的活动应当如何去做，不知怎样着手。他们虽然是党部里的工作人员，他们所能了解的工作方式总是所谓"行政"而不是"政治"。所以我们各级党部的组织都像行政机关的组织，名称也许略不相同，事实上都是刻意在模仿行政机关的。各级党部所办的仍然是行政机关所办的公文，也是"等因奉此"的官文书。行政院及其各部会对各省政府发布命令，中央党部的各部会也对各省党部发布命令；各省政府对行政院上呈文，各省党部也对中央党部上呈文。各省政府对各县政府下命令，各省党部也对各县党部下命令。行政机关有秘书处党部也有秘书处。行政机关的各部有部长、次长、司长、科长、科员等等，党的各部也有部长、副部长、处长、科长、干事。行政各部分司分科，党的各部也分处分科，在行政机关办事的人员办签核签，办稿核稿，党部工作人员也是办的一样的事情。我们可以很明显地看出党部的工作方式是同行政机关一样的，一样的注意文书。我们到党的机关里去就好像到了行政机关一样。党所办的事情及其方式，行政的成分占最大部分，政治的活动是次要的。所以在蒋总裁决心改革，命令各级党部注意政治的活动时它们便不知如何着手。

且以几件小的事情为例。例如征求党员自然应为各级党部的主要工作。近年来党员的数目剧增，其中自然是因为近来党部能了解政治活动的意义，而收到良好的效果。但是过去却党部所能想到的征求办法有的却是利用政治的力量，如利用军队中的组织由长官命令官兵入党等等。又例如党部对于人民团体，过去只会作为一个行政机关，把握着行政上的许可权。近来中央政策改变，人民团体仅受党的指导，许可权划归政府，各地党部便感觉到控制权的丧失。不知对于人民团体的控制原不必须形式上的许可权在党部之手，因为党的力量尽可透过政府及人民团体而发生作用。再例如各种临时民意机关的人选由政府机关办理，正同由党部办理一样，除不必一定在形式上由党部参加，而可获得相同的效果。这些事例说明一般的党部所能了解的工作方式是行政的方式而不是政治活动的方式。它成为中国政治只有"行政"没有"政治"的例子，我们希望在蒋总裁领导之下能逐渐改易过来。

党的方面如此，政的方面也是一样。我国当前政治的特色是（一）讨论决定国家根本政策机关之流为处理例行事务的机关，及（二）政务官之流为事务官。这个特色也足以说明中国的政治没有"政治"而只有"行政"。

在训政时期，讨论及决定国家根本政策的地方是中国国民党的中央政治委员会。它的组成是一部分的中央委员。照胡汉民孙科两位先生在《训政纲领提案说明书》的说法，中政会是"根本大计与政策方案所发源之机关……总握训政时期一切根本方针之抉择权"。依照二十七年五月十二日修正的中央政治委员会组织条例第三条，政治委员会讨论及决议之事项为立法原则、施政方针、军政大计、财政计划等等。由此可见中政会无疑的是一个国策的讨论及决定的机关。二十六年八月，中常会决定设置国防最高会议，同年十一月中常会决定中政会停止开会，其职权由国防最高会议代行。因此党政军一切重大事项均行取决于该会议的常会。二十八年一月，五中全会决定改设国防最高委员会，职权尤为隆重，也是在代行中政会的职权。

这三个机关可谓是我国国家根本政策的讨论与决定机关，其内容应当是纯粹政治的，普通行政的事务可以不必由它们来管理，因为政府尽有的是办理行政事务的机关。但是它们运用其隆重职权的经过，却并不是如此的。它们的会议当中不大讨论国策，不大根据客观环境的变迁及我国当前的需要来检讨现有的国策；它们也不拟定什么意见来供主席（中政会及国防最高会议时代是主席）或委员长（国防最高委员会）的参考或采择；就是各方面的情报，特别是我国驻外使节的报告，它们也不大注意。它们的时间与精力大部消耗于处理例行事务，因它们是五院及国府直属机关（军事委员会最重要）的上级机关，它们多少是侵越了五院的职权。许多极端琐碎的事情都列入它们的议事日程之中，占据了在政府中居最高地位者最可宝贵的时间。

举些事例来说。中央政治委员会有议决立法原则之权，这个权现由国防最高委员会行使，在这一项目下它费了许多的时间，其中一大部分根本也涉不到立法原则，仅为行政的法规。例如县各级组织纲要是国防最高委员会议定的，此纲要的许多补充法规也得经过它。前者可以说是有关原则，后者则仅为行政法规的问题，并不涉及原则。重庆市之房屋租赁法规，监犯服兵役的法规，审计部审计会议的法规，财政部禁烟督察处的法规，四川巴县及江北县的保甲法规，都经过国防最高委员会的会议。这些不过是由千百实例中拣出来的，所以示的一般事务范围之宽广及琐碎。

当然，这一种现象也是有其特殊原因的。中央政治委员会在从前曾经极度扩大，成为中央政治会议，包括了全体中央执行委员及中央监察委员，人数太多，尾大不掉，不能够顺利地运用其隆重的职权，所以只得做些不关重要的琐碎事。此其一。二十六年十一月，中央通过《非常时期党政军机构调整人员疏散办法》，立法院一部分委员被派到地方工作，该院因此不能尽其职权，许多不涉及立法原则的事情因此也由国防最高委员会决定。此其二。因为"国防最高委员会委员长，对于党政军一切事务，得不依平时程序，以命令为便宜之措施"，在战争期间行政方面的事务往往等不了经过立法正常的程序，遂由国防最高委员会决定，时间比较经济，事务处理可以比较敏捷。这些都是事实问题，得谋适当的解决方式。但是因为这些问题的解决方式是把问题堆到最高的国策讨论及决定机关的身上去，它便为琐碎的事务所雍塞，由一个政治的变成了一个行政的机关。尤其是在国防最高委员成立以后，照该会实际负责者的说法，不只是国防最高决定机关，而且是抗战期间党政军指挥机关。这样它的行政的色彩愈加浓厚，而其政治的色彩愈加淡薄。

行政院应当以行政为主体的，它是由各行政部门的主管长官构成的。因为实际行政与政策的决定不能分离，照外国的通例行政长官的集合是政策的决定机关，如英法美等国的内阁。从这一个观点看来，我国当前每星期开会一次的行政院会议也可以成为一个政策决定的机关。虽则法律上并没有赋予它以这个隆重的职权，而赋之予中政会及国防会。但事实上行政院的会议是严格地遵守它的职权范围的，其议程之中大都是琐碎的事务。

照往例而言，每次会议的开端都是军事与外交的报告，这种报告向例不引起多少的讨论。开始讨论时便是各部会送来的具体事情，内政部提出的禁烟办法，教育部请求加设几个学校，这一类的事情。因为我国的预算制度尚未确立，行政计划尚未能与预算打成一片，行政院会议的议程上最多的项目是追加预算的案件：这一部妥办一件事情，请求追加几万，那一部妥办一件事情，又追求十几万；这一省请求补助几十万，那一省又请求补助几百万。我们不能说关系国家几十百千万的事情不重要，但这类事情的范围是行政的而不是政治的，则初无置款之余地。

行政院照民国二十年的改制是"负实际政治责任"的。那一年国民政府改为"不负实际政治责任"，这个责任由行政院负荷。我们姑且不去考究在行政院之上又有一个职权隆重的中央政治委员会，行政院有什么方法可以真的"负实际政治责任"，而中政会同行政院同时都个别的对中央执行委员会负责，中央执行委员会又如何可以课它们的责任；我们所要说的是行政院中最高的组织——行政院会议——照事实上看来不是一个政治的而仅是一个严格的行政机关，同外国的内阁会议简直不同。它所注意的，它所处理的，尽是纯粹的行政上的事务，一件一件地予以讨论决议。外国的上轨道的内阁会议大都是讨论各种的政策，即便是行政的政策；这种政策经讨论决定后即由行政各部门来负责执行。譬如说，内阁决定国家的教育政策是注意中学教育的发展，大学教育及小学教育则居次要，而在大学与小学两者间又应多注意小学。这是一个政策，教育部便可以负责执行。这个政策既经内阁通过，财政部自然也是同意的，教育部办起来自然也有充足的款项。这才是正常合理的办法。如果说内阁会议根本不讨论决定政策，每次开会时等着教育部提出要求，这一件通过了，那一件通不过，一个教育部长注意中等教育，换一个教育部长又注意小学教育，则教育便没有政策，教育事业便支离破碎。我们绝对不能说中国的情形就是这样的，但是它离最合理的情形也相当的辽远。我们不但是不能在政治方面着眼，就是在行政范围以内也只是注意琐碎的事情而不能厘定鲜明的政策。

这也是一个心理的问题。中国现在的政务官很多不但不能够运用其长官的地位与权力来驾驭他们所属的专务官，并且往往被事务官所驾驭，而其结果则政务官自己流为事务官。一个部的长官只留心他本部的事情，希望能通过会议，别的部的事情他不愿多管。因为如此所以有什么事情在会议席上都讨论不起来，多少形成了美国国会Log-rolling的局面。这样使得行政没有政策，只有所谓"局部的小惠或偶然的暂时的英勇行为"。而结果乃是国家的公帑没有合理的支配。在我国的政治社会里，一般人不知有政治而只知有行政，这又是一方面的证明。

近年以来，特别是抗战以来，政府中添了许多的事业机关，国营的公工厂等等。最奇怪的是在它们当中，办事的人员所能了解的也是普通的行政而不是事业。这些事业机关也弄些组织条例规程，居然也有"本公司设经理一人，简任"，或"本厂设总工程师一人，荐任"，这种离奇的规定！它们办起事来也用令呈咨函，也有等因奉此。我们说这件事情当然不是认为国营事业机关里也应有政治；我们只是附带的以此为例说明普通行政的一套陈规是如何的深入人心，连事业机关也不由自主地沾上了这种恶习气，浪费了办事业的精力时间于办公文之承转。

我们认为中国政治社会中一般人所能了解的政治，既不是讨论决定国家根本政策的政治，也不是讨论决定行政政策的政治，更不是巩固政权争取人民拥护的政治，尤不是秘密潜入敌人营垒破坏分化敌人的政治。我们所能了解的只是狭义的，极端形式化，衙门化的行政。政府的会很多，使从政的人疲于奔命。在这些会里。稍有经验的人便知我们如果是开会来讨论一个根本原则一定得不到结果。我们只能开会来讨论一件具体的油印品，范围愈狭则效率愈高。我们绝对不会开会而无油印品；我们的工作方式绝不是就某一件事情讨论决定一个原则，一个方向，然后再叫别人根据这一个原则去拟订详细的条文。我们先得叫人拟好了条文再来讨论，字斟句酌的讨论，文字的办争较原则似乎重要得多。所以在我们的文书中百分之九十九是一条一条的条例规程办法纲要等等。所谓命令仅限于最空洞的东西，如严禁贪污，或取缔赌博，选贤任能，爱惜民力等等。指示一个原则或方面带有政策性质的命令，即西洋人所谓Directives，是很少的，因为这种抽象些的问题是从政者所不易了解的，是他们所把握不住的。中国政治社会的一个特色是没有"政治"而只有"行政"，并且是狭义的"行政"。也许是因为这个特色所以研究政治学人最爱研究行政，西洋的行政学者在中国还比在其本国享负盛名。他们的一套学说在中国比在任何国家都有见诸实行的希望。

机关与事业

谷春帆

自从五口通商至今，一百年来，中国朝野，日日言维新改革。由今以溯既往，则改革进步之处，诚不为少。但政治机构之缺陷与经济组织之落后，仍为眼前重要问题。现代政治与经济，几于连系不分。现代政府为处理事业之政府，现代政治为处理事业之政治。若以商业成本的眼光看，认政府为一大公司组织，其下分属若干专门部分，处理一切生产、分配、运输、保险、消费各事务，并不为过。甚至我们竟不妨将军备看作生产社会缴纳之保险费，将抗战看作生产事业组织间竞争白热化之爆发方式，均无不可。以如此"事业组织"出现之政府，为中国历史上所未有。历史上之中国政府，其主要目的在于教化，即是教人自治，而又一以政简讼清为依归。故中国政府，向来是不管"事业"不要"组织"的政府。以之处理现代事业，虽然经过一百年的改革维新，而总觉得捉襟见肘之处甚多。推原其故，似只在组织机构方案与手段上有种种欠缺处。其结果则总流于空泛不切实。

古来中国政治只有大道理，而无细节目。道家之清静无为，故不必说。儒家为政，亦是正其谊不谋其利，明其道不计其功。功利是现代政治经济最先考虑的中心问题。所谓效率问题，即是功利。但儒家则偏偏对此最为反对。从古以来的中国政治只问是不是，不问行不行，更不问如何行法，行后有何效果。两汉之世，像盐铁论之著，对于功利效果，尚有持论争议者。自汉以至明清此种争论较少。凡有新政，几于均视为苛政，视为虐民（事实上亦确多如此），故多遭当时政论家之反对。历代谠议则更为可笑。不是牛李之类对人的问题，即是议礼东林之类，与"事业"全不相干，而当时人反认为天经地义的大道理。我们只看从来名家奏议条陈，尤其在清末改革时代的政论，有多少不是空言大话而是切实具体的计划？空泛大话，互相敷衍，其对于人力之损失尚小，而对于事业之耽误损失却大。有时执政者往往且为空泛虚夸之心理支配，而有错误之判断，则其失尤大。譬如明明不能实行之事，或有人作虚夸之提议，大道理言之凿凿，执政者或一时耸动，下级机关敷衍奉行，结果非但为此而生之费用人力资源消耗，均归空虚，且可以因此而引起极大之骚动。举例说，现时进口铁轨，假定仅可供某一铁路铺设之用，或进口机械，仅敷设立某一机厂之用，而虚夸的计划，偏要创办两倍三倍于此的事业，则结果每一事业，仅得三分或二分之一，两败俱伤。或剩余劳工，仅敷某项工作，而偏要夸诞办理两倍三倍的事业，则互争劳工，工价涨而彼此不成。此尚就事业而说。如政治外交方面，亦一凭空虚夸诞之大道理来办事，则其损害有更多者。

古来中国政治只要大道理已定，便不问执行方案，与执行机构，一切委之于胥吏。中国政制，自中央以迄各省各县，向来只是承转机关。认真些的还加些按语，或讨论一下。敷衍之至者，连摘要的工夫，也不肯枉费，竟是直抄迳转。县长号为亲民之官，而事实上县官奉行公事，还得假手于保甲胥吏。结果中国一切政事，均以毫无常识而只图营利（从多数说）的吏胥为唯一执行机构。要征工征兵，自上至下，层层历转，而到保甲手上实行。要纳税要查户口，亦自上至下，层层递转，而到保甲身上实行。只要在此大题目范围以内让最下级实行机关，自己设法去办，而且多不给办公经费。结果只怕无事办。凡有事则小事化大事，均为生财筹款之道。因此历史上所谓贤者，均不愿办新政，如司马光苏子瞻之反对王安石变法，即如此说。正为他们深切知道，新政无论好歹，只为吏胥开方便之门。他们想不到如何于胥吏以外，另筹执行机关。因此只好主张消极不要改变，墨守祖宗成规。

历史上许多改革，我们有理由相信，凡是从上头主持的，倒有很多事结果是敷衍不彻底。略举数例。远如均田分田，为晋以来土地政策一大归宿。但从史册所记矛盾之事实及敦煌出土之户籍，可证此制是徒有其名，或仅昙花一现，从未切实做到。唐德宗时之两税，为赋税之法大改革，而其实行时细节，各地大有出入，竟使吾人怀疑其"一以大历十四年税额为准"之准则，是否真做到。王安石之变法，亦为大事。只为无执行机关，到保甲胥吏手中做出，便坏了事，天怒人怨。明之用中官收矿税亦是如此。近如康梁六君子变法，观其当时上书所说，除一篇大道理外，竟不如从何做起，光绪帝之几个月内连下百道诏谕，除官样文章以外只有激变反动的效力。我想当时之变法，如放他做，一到吏胥手中，未必不变为荆公第二。做事与为政，绝对不同。为政是运筹帷幄，讲个大道理，决定大政方针，未为不可，且亦人人会做。在中国可说是会做的人太多了。做事却要一步一步实地做出。心急不得，空话不得，亦躲懒不得。我想与其多设中央为政的机关，不如卑之无甚高论，从切身些事业做起。如有一地一事要办，竟只办此一地一事。有百地百事要办，便只办此百地百事。先办了事，再设中央集成的机关。不要先将一套空话计划，从上发下去。或许这也是行远自迩登高自卑之一道。

近来政治经济诸改革，自然一反从前不要事业不管事业的积习，而积极想办事业。

但政治机构与事业组织，实不相侔，创设之新政治机关，往往仍为计划监督，指导的机关。而不是负事业本身的机关，其病在于（一）虽有机关，大而无当，并不针对一事做，而偏要拉许多事来做。衙门的职掌范围，多数空泛广大（唯其大方能做计划说大话，亦惟其大故没处切实着手）。（二）一事有多数机关，互相竞争。（三）或一事似乎各有关系，不管则彼此不管，要管则彼此可管（其病亦从机关职掌之空泛广大来）。譬如说，现在大家注意物价，但物价究系何机关主管？如要管恐怕有七八个机关好管得，如不管则无人管。政府对于此类互有关系之事，又往往由相关机关组委员会处理。表面上似说大家共同管，其实委员会往往集争论敷衍之大成，恐怕是最不适宜于切实办理事务之组织。譬如物价有千百种，各有供需之特殊情形，存货多寡，运费加减，成本利润，各有不同，伸缩曲线，供需各殊。无人能全知全晓，更非身兼数职，临时集会的要员，所能决议。要真真切实办事，只有从极小极切身处做起。譬如物价，政府不能全知全晓。而各业商人，对其本业情形却大概熟悉。如在一地，择一种货，教本业商人管理售价，而以政府人员参加主持。如此派出之"官"，方才是做事之官，而不是做文章之官。但向来我们虚夸惯了，以为官高于商，总是要用"官"来督压，要用衙门来管理商人。结果此衙门是"外行"的衙门，非但不容易利用原有人民组织，从原组织内部中去发动管理。而只想用毫无经验之主张或大言无用的办法，硬加在原组织外面，反遭原组织的仇视。夫中国虽守旧，民生未曾一日间断。政府处理事务不从原来民生方式上动手改进，而只想从外面打进用外行的衙门来范畴一不可或断的民生,其结果若非破裂,自不免无效。

因为机关不是根据事业需要而设立,却是根据大道理而创设,故所设机关,有时兼揽并管,大而无当;有时却又重复冲突,叠床架屋。譬如以前之经济委员会,建设委员会,其所办事业与经济部交通部多重复。现在已调整了。但类此的重复机关还有。农货合作就有好几个机构。公路运输统制管理亦有好几个机构。金融机关互相竞争。甚至于专卖出口货而有几处机构争揽。仿佛一个最高统制的大公司,设立好几处公司,使其自由竞争一样。自由竞争,本来优胜劣败。但同一政府机关,尚有何优胜劣败可言。结果则为各机关间之互争,互相倾轧。这种争议,耗废无谓的人力与财力,减低效率。迫不获已,又有折中调停之处所如委员会之类的组织。移会席上之争议,为会席外之疏通联络,其为妨碍工作效率则一。

现代政府,既然主要是办理事业的政府,则至少在办理事业一点上,最好多:商业化,多多计算成本与效率,多多脚踏实地做。先有要办的事,便设一专办的机构。譬如要查户口,便设一户口清查局。勿将要办的事,随便托其他机构办。亦勿以一机构而办许多事。分工清楚,责任专一,则办事人既有范围,亦有着手处。没有一定要办的事,便简直不用设官分署。因为古代之官,其职在"治人"。故一个县长省长,可管一县一省:其职权是地域的划分。现代之官,其职在做事。故有一事派一官,不要无事之官,亦不容有无官之事。其职权是事业的区分。事业的性质变了,机关组织亦应当变更才好。

工业化商业化与资本主义

李树青

去年我曾在《新经济》半月刊的二卷三期上,发表了一篇《为什样中国社会未能资本主义化》的短文,后来引起了鄞傅诗先生的注意和讨论。(鄞先生的文章载《新经济》三卷九期)鄞先生的论点,大体上我们都是同意的。倘如还有一点异议,那便是对于几个主要的名词的解释。本来中国是一个历史悠久而又幅员广大的国家,要想从历史的事实里发掘出二千年还没有资本主义化的因子,我想,十条八条是不难屈指可数的。这个题目也可用来写一册很厚的专著。在一篇简短文字所能讨论到的,不过是最主要的几个元素和其间的主要关系。关于这问题,还是留待以后再讨论。同时希望着别人能有新颖的意见发表。本文所述,只是对前文我所引用的几个名词,作一番较清晰的诠释。

在上述的短文里,我曾以农业为例,描述资本主义化一词的意义。原文是:"资本主义化的意义,便是农业生产的劳动者,和所使用的工具脱离了所有的关系。土地变成了工作厂所,农产物变成了商品,地主可以凭借所有权的关系,支配和收取一切生产的成果"。因为原文是以农业为例,所以对于资本主义化这个名词的解释,并不充分。不过倘如我们认为资本主义在经济上的基本特征,为生产劳动者与生产工具脱离所有关系。这一点,这里却强调的指出了鄞先生在讨论资本主义的定义,引用桑伯特氏的说法,认为"资本主义是一种交换经济的组织,在这种组织之下,生产工具的所有者,与无产的劳动者,往往形成两个阶级,这两个阶级由市场而发生联系,共同经营,此种经济组织,完全受赢利原则及合理主义所支配。"桑氏用"交换经济","赢利原则"及"合理主义"等作为资本主义经济组织的形容词。在桑氏之意,以为手工业也是一种交换经济的组织,但"没有有产阶级与无产阶级之分",又"完全受着自给原则及传统主义所支配"。由此看来,交换经济并不是资本主义的特征,"赢利原则"及"合理主义"也不过是用来和手工业经济组织区分的名词。资本主义的基本意义,似乎仍在无产劳动者与生产工具脱离所有关系的一点。这似乎已经成为现代各国权威经济者一致的意见。

追溯劳动者与其生产工具脱离所有关系的起因我们不能不推到十八世纪末期和十九世纪的工业革命。因为工业革命,才把生产技术由有机转到无机,由人被自然所拘束变成利用自然。其所以致此的缘故,无疑地是由于机器代替了以前简单的工具。机器的构造复杂,价值昂贵当然不是劳动者凭着工银所能购置得起的。于是社会上当然发生了劳动者与资本家两个阶级。

在这里,我们可以进而解释工业化一词。所谓工业化(Industrialization)是与工业(Industry)不同。对于社会上某种产业,已经由用手工改成用机械制造,我们称之为工业,例如钢铁工业,纺织工业等。这种改变的过程,在经营方式上是由工作者的制货自用变成代人制造定货,又变成大规模的制货出售,在技术上是由于应用人力畜力变成应用机械及电力。社会上倘如各种产业都以工业为中心普遍地或先或后地在这种过程之中或已经达到后一结果,我们便称之为工业化。其意义是颇为重大的。社会上若只有一种产业变成现代的工业,这即是说,在各种产业之中,只有一种,其生产劳动者与所使用的工具脱离所有的关系,那么对于这个社会不会发生任何较大的影响;必须各种产业普遍地工业化,然后才能发生影响。工业化的结果,不仅机械力电力代替了人工,在人民的日常生活上,工厂的制品也代替了手工制品与自然产品。所以工业化一词,不应该认为仅是技术方面的名词,(机械化是技术方面的名词)而系一个经济的和社会的名词。

其次,商业化(Commerialization)也与商业(Commerce)不同。商业是一种交换行为,从邃古便发生了的。不过那时的所谓商业,和近代已经大不相同。正如那时的手工业和现代工业的不同一样。中国在上古史上便记载着"日中为市"的语句(许多云南地方的所谓"街子",还残存有近似的规律)。诗经上有所谓"氓之蚩蚩,抱布易丝"。这都是一种交易,一种商业,不过是简单的以货易货制度。中古以后,人民已利用货币作交换的媒介。但因商品的种类稀少,数量有限,对于一般人民日常生活所能发生的影响,和现代商业比较起来,仍是微不足道的。至十九世纪以来,商业空前发达,企业家利用钞票,银行信用及外汇作为交易的媒介,从事国内及国际贸易。商业本身虽然仍是一种交换行为,但其交易数量之大,商品种类之繁,和贸易方式的日新月异,远非古代商业所能望其项背。上古和中古的那种简单商业,当然不会使那时社会资本主义化的。

现代社会的商业化是随着工业化而来的。因为工业革命的结果,不仅使劳动者与其所使用的工具脱离所有关系,把自己的劳动力变成了市场的商品,还摧毁了受自给原则与传统主义所支配的封建经济。这种改变的意义是极其重大的。整个的现代经济史便从此揭开了最初的一页。

在各种产业中间,农业是最偏重于自足自给的。手工业产品所能加入交换过程的范围也是极其有限。直到各种产业都或先或后的工业化了以后,商品的种类与数量都在急激地,空前地增加。这时不仅被工业化所造成的无产劳动者必须买进全部的日用必需品,这种洪流还冲进了自给的农业。农业的生产技术同样地由有机转到无机,同时,使农民的日用品也大部变成由市场购入的商品。以前农民生产留备一家消费的农产物,受着市场上高价的引诱,改变了种植的种类与性质,加入交换过程,变成了工业的原料。这类农场在美国是颇多的。在前一篇拙著短文里,曾经征引过我所参观过的典型的一个,作为例证。这里恕不再赘。所以美国的农民种麦子,中国的农民也种麦子,但美国农民的麦子是全部或大部为着出售,中国农民则留备自用。美国的农民种玉蜀黍,中国的农民也种玉蜀黍,但美国农民之所以种植,在乎就土质与气候所宜,可以在市场上获取厚利,中国农民则多数因为祖若父便如此种植,自己未便改弦更张。在这里,我们可以清晰地比较出前者是受赢利原则与合理主义的支配,后者则受自给原则与传统主义的支配。唯其如此,所以前者的社会已经商业化了,后者的社会则仍旧逗留在半自给经济的阶段。故所谓商业化,即是说,人民的生产,全部或大部为着出售,不再留备自家消费。因而在其经济生活与社会生活各方面,都无可避免地受着商业的影响。

郑先生引用桑伯特氏关于资本主义的定义,并用作立论的根据,当然是相当承认桑氏的说法。据我们看来,在桑氏定义里,只有一个社会上各种产业普遍地工业化了以后,才会使"生产工具的所有者与无产的劳动者,形成两个阶级。"同时，也只有这个社会商业化，才会使"这两个阶级由市场发生联系，共同经营。"而支配这种现象的中心力量，便是桑氏所说的赢利原则与合理主义。倘不细加解释其中的关系，只就表面上来概括描述资本主义社会时，我以为，最好应用工业化与商业化两个术语。

最后，让我来解释我和鄞先生那一点不同的意见。鄞先生在他的原文第一节里即说（《新经济》三卷九期第二〇〇页）：

资本主义虽然与工业及商业组织，有分不开的关系，然而资本主义并不等于工业化及商业化。商业在上古和中古便有了，那时的社会却没有资本主义化。近年来苏联也工业化了，苏联的社会，却始终没有资本主义化。

后来又有几处提到类似的意见。这里面的问题可以分成几方面来说：第一，便是不同名词的涵义。例如鄞先生在这段文字中所说的商业，商业组织和商业化，工业组织和工业化，在我们看来，都是些涵义各不相同的名词。鄞先生在引用时，很难使我们从原文的语气上，看出其间的差异。本文前面对几个较重要的名词，已经诠释过了，这里勿须再加讨论。其次，便是资本主义化是否"等于"工业化及商业化的问题。"等于"二字是鄞先生引用的字眼，我以为分量有些过重。因为资本主义化一词的涵义，当然不会即如此简单。从经济史的观点看，我们寻不出一个已经资本主义化的社会，而那个社会还没有工业化与商业化的。这是事实。因而我在拙著前文里的说法："所谓一个社会的资本主义化，也就是说明该社会的工业化与商业化"是不应怎样错的。但假如反过来问，工业化与商业化是否即"等于"资本主义化？这里鄞先生提出的一个新问题，逻辑上的命题"马为四足兽"并不能被认为包含着"四足兽即等于马"的意思。

虽然如此，工业化商业化与资本主义毕竟具有极其密切的关系这一点，鄞先生自己也并不否认。因为在鄞先生的原文里，曾经征引到一些桎梏中国工业化与商业化的事实，因而致使资本主义无法发展。例如技术落伍与征发制度等。不过要想分析出其中的关系，究竟密切到何种程度，却不易以一言两语作答。要勉强作答，我觉得问题中心仍得转回什么是资本主义的基本特征上去。假如让我们用"生产劳动者与其生产工具脱离所有的关系"作为基本特征时，则工商业化的结果，似乎可以走到个人资本主义，也可以走到国家资本主义的道路。前者社会里生产工具的占有者为私人资本家，后者则为政府。所以作者虽系极力鼓吹中国工业化与商业化的一人，但在拙著前文里对于中国社会前途所作的预测，认为只好创作一个国家资本主义社会，在我们看来，国家资本主义，在本质上，仍是一种资本主义，不过由政府机关代替了私人资本家而已。此外也许还有其他的道路。

在解答这个问题时，自然又须引到鄢先生所提出的另一点，即苏联社会与资本主义化。提到苏联社会，又是一个众议纷纭的题目，存在有多少互相矛盾冲突的理论。同时苏联又显然地具有截然独异的政治体制。引为讨论的例证，是一件颇为麻烦而又易滋误解的事。据一般研究苏联学者们的意见，认为帝俄社会自彼得大帝极力倡导工商业以来，已经走上了资本主义化的途径，虽然在程度上较之西欧各国稍落后些。美国蒲尔曼教授（Prof. SeligPerlman）在其名著《劳工运动的理论》（A theory of Labour Movement）关于俄国的一章里，对于大彼得以后的工业，称为像雨后春笋样的茁长（A Mushroom Growth of Industry）。信奉社会主义的学者的解释，则以为苏联现所实践的社会主义，为资本主义崩溃后的必然结果。列宁还著有《俄国资本主义的发展》一书，而内容历叙帝俄社会各种资本主义化的事实。倘如我们承认这种理论，则苏联社会之由工商业化而转到资本主义，再由资本主义崩溃而变成苏联的社会主义，则目前苏联社会的工业化与其始终没有资本主义化，可以说并不冲突，因为苏联的社会在帝俄时已经资本主义化过了，现在不过是走上一条新路。

在前征引那段文字里，鄢先生提到上古和中古的商业时，便不提工业，当然知道那时的所谓工业还不过是手工业。同样，鄢先生提及苏联社会的工业化时又把商业化抹去，苏联的生产工具都操在政府手中，对制成品的分配，也由政府管理，把私人商业限制到极其微末的程度。"商业"当然不会致使那个社会资本主义化，单纯的工业化也没有人主张那个社会即须资本主义化。

论新文学

陈 铨

"吟成五个字，断敷行须"，殚精竭神，刻意求工，态度矜持，畏首畏尾，这样写出来的文章，虽然卖力气，花功夫，不见得是新文学。"搜集古董，附庸风雅"，看花饮酒，闲情逸致，下笔成章，千言倚马，这样写出的文章，虽然文人派头十足，仍然不见得是新文学。叫呼口号，声情并茂，迎合青年，排除异己，这样写出来的文章，虽然自命为新时代的文人，革命的先锋，前进的作品，仍然算不得是新文学。

第一种文人，只知道在技术上用工夫，可以叫做"文匠"。第二种文人，只想用文人的表面习惯，来欺世盗名，摆起文人的架子，可以叫做"文骗"。第三种人，只想利用读者心理，推广作品销路，解决生活问题，可以叫做"文丐"。

这三种文人的作品，都不能算是新文学。

什么才算是新文学呢？

新文学一定要代表一个新时代。世界上第一流的文学家，都站在时代的前面。一个时代有一个时代的精神，一个时代有一个时代的思想。时代精神思想，到了相当的时候，就不适合于一般人的生活，假如没有新的精神新的思想出来，人类的进化，就要因此停滞，人类的生活就要因此腐败堕落。文学家的责任，就是要看清楚时代的弊病，一方面尽攻击揭露，一方面建设新的标准，使人类的文化，走进一个新的阶段。这一个新的阶段，也许还在酝酿，也许正向前进，文学家的工作，就是要破坏、提倡、促进，使这个新时代，迅速实现。

能够担当这一种工作的人，就是新文学家，能够代表这一种新时代精神的作品，就是新文学。

所谓新时代的精神，简单来说，就是新的人生观。人类不能不有生，对于生不能不有一种看法。随着地域不同，民族性的差异和时代的变迁，人类对于人生，看法就不一致。到底哪一种看法，总合乎真理，这是极难解决的问题。不过人类虽然永远追求永远不能获得绝对的真理，但是因为人类无时无刻不生，无时无刻不能不凭借一种真理来形成他们生活的态度，所以他们时时刻刻都把握着一种相对的真理。因为人类所得的真理，是相对的，不是绝对的，所以人类是非善恶的标准，也就常常变换冲突。世界上的先知先觉，就是对于从前的真理不满意，发现一种新的真理。根据这一种新的真理，人类生活，可以改良进步。但是到相当程度，另外一些先知先觉，又发现他们的真理，有不完善的地方，重新又建设新的真理。

时代就是这样进步的，人类的人生观就是这样改变的。

假如一位文学家，没有崇高的智慧，看清时代精神的进展，无论他怎样埋头苦作，学会文学家一切的皮毛，受尽一般无知群众热烈的欢迎，他们的作品，对于世界人生，仍然没有价值，转瞬也就要淘汰消灭，不管他怎样努力奋斗，用尽方法，排除异己，笼络青年，还是没有希望。因为他们始终是"文匠"、"文骗"、"文丐"，不是新文学家。

但是新文学一方面是时代的，一方面也是超时代的。因为人生的问题是变迁的，人类的本质是永恒的。喜怒哀乐嫉妒仇恨同情攻击，尽管因为时代环境，反映不同，然而它们的本身，却是人类一天存在，它们也一天存在。文学家一方面要描写时代的变迁，提出新的解决的方法，在另外一方面，他还要表出人类的本质，使人类彻底明了人生真实的状况。这种本质描写深刻的程度，当然又看作者的天才和他观察人生的本事，有多少伟大的成分。

历史上伟大作家，所代表的时代精神，早已过去了，然而他们的作品，对于现代和将来的人类，还能够引起极浓厚的兴趣，就是因为他们在人类的本质方面，有伟大深沉的观察和表现。希腊的悲剧，但丁的神曲，莎士比亚的戏剧，歌德的浮士德，所描写的对象，对我们已经模糊，不亲切了，然而他们表现人类的基本情感，现在还踊跃有生气。

这就为什么专门喊时代口号的作家，不久就陷于被时代消灭的命运，世界第一流的新文学家的灵光，依然亘耀千古。

中国现在处的是一个什么时代呢？

是一个战国时代。这一个战国时代，除非演变到一个大一统局面，一时是不会消灭的。我们的国家民族，在这一个无情无义的悠久时代中间，无时无刻，不是生死存亡的关头。从前旧式的人生观，最近二十年前从西洋输入比较新式的人生观，无疑地已经不适于今日了。许多抱残守缺的老先生，受了英美自由主义的绅士们，和熏染了苏联阶级斗争思想的青年志士，他们还想用他们那一套陈腐观念，来应付目前这一个新局面，他们一定要悲惨失败的。他们的失败，就是中华民族的灭亡，等到大难临头，我们再图挽救，也来不及了！

在这一个紧要关头，中国有志文学的人，都应该担负起先知先觉的责任。对于这个责任明白亲切的认识，再加上他们创造的天才，和对人生深刻的观察，他们创造出来的文学，才可以配称新文学。

在一个新时代，我们有十一个理想，必须要提倡，凡是不合于这几个理想的观念，必须要摧毁。

第一，理想的人生是战斗，不是和平。

第二，理想的人是战士，不是君子。

第三，理想的道德是征服，不是怜悯。

第四，理想的快乐是胜利，不是妥协。

第五，理想的自由是民族，不是个人。

第六，理想的国家是统一，不是分裂。

第七，理想的政治是军队组织，不是个别独立。

第八，理想的经济是国富，不是民享。

第九，理想的教育是训练服从，不是发展个性。

第十，理想的社会是民族至上，不是阶级斗争。

第十一，理想的国际关系是中华民族领导下的天下为公，不是平等待我的共存共荣。

这十一个理想，如果要详细阐明，绝不是这一篇短文，所能竣事。但是在彻底看清世界潮流的人眼光看来，自然可以有深厚的同情，不至讥评为狂妄大胆。

现在的局面，不是前进，就是后退，不是生存，就是消灭，不作主人，就作牛马。德国人说："不作铁鎚，就得作铁砧，但是我们不愿意做铁砧的。"

怎么样可以不作铁砧,就是目前中国最迫切的问题,也就是中国新文学创造中最迫切的问题。

在白雪世界中

李霖灿

路两旁的棕榈高树伸着巨灵之掌，欢迎我们向玉龙雪山前进！

丽江有这样奇绝的地方，在常绿的热带植物上，你终年四季可以看到它后面的皑皑白雪，而且假如再早几天，你还可以看到在这些巨灵之掌下开满了桃花，一直到雪山脚底。在这里终年你只能过着春天和秋天，永不会觉得过热，更不会感到太冷，但是只要是你向北边望去的时候，你总会看到大雪山像一幅图画挂在那里，遮住了北边半个天空！玉龙雪山实在只是一幅雪景的山水，他只使我们感到皎洁，而使我们从不觉到寒冷。

玫瑰、蔷薇、木香，都是我们花园中的上客，在玉龙山下他们却遍地生长，丽江人很不礼貌地把他们编作田间的篱笆，她们也不觉得委屈。由城中来时这些篱笆已经成了滚滚的浪流，开满了白的浪花了。迎春花在这里失去他的使命，被人称做金梅花，接着金梅花后开黄蔷薇、白蔷薇，又是黄白木香，再各种野玫瑰，随后又有荼蘼，开到荼蘼花事还不肯了——玉龙雪山一年中至少有三季是放在花的上面。

别处都是芳草绿后才十里花红，丽江在这一点上也"别致"。丽江到雪山脚三十里路，在山脚下看到原野的草才微微有点发青，但遍地的野花是已经开得有点太绚烂了。我们时常走错路，倒并不是因为看到了野花，却正是太走近了雪山，每举一步雪山就变换一个姿态，我们禁止不住自己赞赏，神往。岚兄是专意来画玉龙的，启兄是第三次来丽江，我也是第二次折回丽江专程的为了雪山，现在才来完成自己个人的心愿。想着有半个月的白雪生活，越近雪山就越兴奋起来，在谈话中常常会不合逻辑的忽然插进去一句两句雪山，时常忽然又会发现这一群人原来走到了人家麦田中间了。几经自笑的改正，我们在傍晚前赶到了雪崧村。丽江城中望到的是雪山的南端，在我们已经到了她东侧的山脚下，高高的主峰已经倒在山后，展现在面前的又别是一幅银峰起伏的长卷。

雪崧村是汉人给他的名字，在丽江话中叫"乌鲁可"，是银崖的脚下的意思。"乌鲁"指的是玉龙雪山，意思是银崖，因为玉龙雪山和西子湖一样，同是以银灰色调著称。

在雪山脚下一切都变了情味，棕榈也还有，但它巨灵之掌已经举得很低了。铁杉树只横着伸展他的手臂，不肯向上面长去。杨柳杂树也都改取了蹲下的姿态。人模仿他们，石头的房子也是盖得矮矮的。由雪山吹下来的风，中间夹有一种薄荷的凉味。沿着石房的脚底，由上面跑来一条小河，日夜清浅地急流着，分明这是雪水。小河的上游，我们遇到几个刚由雪山下来的牧童，手中捧着几支白杜鹃花，也开得冰清玉洁！

我们来时城中的牡丹早已开谢了，雪崧村的气候比坝子里要寒冷得多，花也迟迟的才开到这里。路上的白沙只开了一点黄蔷薇，这里就玫瑰木香都还没有醒来，我们探问到双枪李士臣（因为他双管猎枪的神技，使他得到乡人送他的这个绰号）是我们理想的向导，请人去邀他来的时候，他正在和一群青年朋友打伙赏牡丹！

双枪李是最厉害的猎人，又是最理想的向导，他的枪法和眼睛一样的准确，更难得的他对雪山的地图又和手掌一样的清楚。他一来到，我们便开始商议进攻雪山的路线。

雪山可以依颜色来分做白雪山、黑雪山和绿雪山，由颜色来决定路线。白雪山算是中路，去看"扇子陡"，这就是我们所说雪山主峰；黑雪山称他为西路，上花来布谷去看山后的金沙江；绿雪山是东路，大家叫他做绿雪奇峰！

本来在雪崧村附近也值得停留一天，清晨看玉湖倒影，上午看玉柱擎天，下午看玉峰山茶，我们称之为"三玉计划"。虽然玉峰寺名贵的山茶未必肯等到我们下山，但在玉龙山之下，一切都不能再吸引我们的注意，若明天不上雪山，今天晚上寝梦都不会安生的。于是和我们的猎人朋友商议定规，先取中路进攻雪山主峰！

点起棚火（松脂）来吃晚饭，在火光中，我们还通过了此行的几个原则：这样，对于饮食，不妨好好的吃；对于工作，希望多多的干；对于山路，应当悠悠的爬；对于景色，必须细细的看。

夜间我们把帐篷搭在雪鸡坪上。

雪山脚下的风很大，梦中被惊醒了几次，也许是太过于兴奋了，然而却不曾因为天气的变好变坏为我们明天的前进担心，因为我们相信，一切气候上的变化，都是为了我们，他们的来临，只会增加我们的享受。果然在我们开始攀登玉龙雪山时已有一点雾气，很好，这样使人不会觉得太热，而且使雪山加强了他的含蓄。我们一路走来，先经过了半山杜鹃花丛，又穿过一层一层的青松林，到雪鸡坪来已经只剩下铁杉和白雪了。我们在一层一层的揭开雪山的面目。我们拣定了宿营地点后一个钟头内，又看遍了雪山气候风雨阴晴的各种变化。雪山实在是诚意的来欢迎这一群远道而来的游客。

庐山植物园秦子农先生借给我们一架崭新的帐篷，还特意把我们先操练了一番，所以我们来动手搭帐篷的时候，技巧已经很纯熟了。王筱贞先生临行又送来一把西藏宝刀，以壮我们的行色，岚兄平常总背在身上，大有"周游列国"的风味，现在开始拔出刀来，斩伐铁杉树的绿枝预备来做我们的垫褥！

为了对付地面的不平和潮湿，天然地就在我们旁边生了许多铁杉，一枝一层的绿叶，平得像刚刚理过发，做垫褥是再好也没有了，挥着西藏宝刀，顷刻铁杉的绿叶堆满了一地，我们全帐篷中都是绿色的光影！油布、毡子、被褥摊开，躺在上面，既觉得有弹性，又嗅到了绿叶的清香，大家满意得过分了——"杉发"实在比"沙发"还妙！

有时候，你尽可以把铁杉绿叶堆得一二尺厚，那就下雨也不怕，水让他在铁杉下变成了溪流，你仍然可以高卧尽兴以领略这种"高山流水"之乐！

果然，雪山的雨立刻来访问我们的帐篷，我们正躺在"杉发"上，听雨点打帐篷的小声音，仰着脸仔细的欣赏：一点一滴的雨痕打在新的布面上，成了美丽的虎皮宣！

雨略有休息的意思，我们在微雨中来紧帐篷，开通流水沟。雪也赶快来看望我们，先是西北边高山上扬起一团白玉的粉末在石崖上往来追逐，一阵风卷下来，立刻四面成了银屑飞舞的世界。风大，把我们赶回帐篷中去听雪打布篷的声音。等我们再走出来看时，白雪已经把我们两边的世界重新打扮了一番，北方铁杖峰下那一列流沙，被我们称作"沙蝙蝠"的，现在经过白雪均匀的一撒，变成银蝙蝠了；西北边那一列高山，前面变成银灰色透明的一块，加上前面的铁杉变得有点像是黄山，远峰上的淡墨正用得出神入化；南边是黑雪山，黑美人的面上加了一层扑粉，雪由一个方向吹来，把它撒得面面分明，一个常年不竭的瀑布，上半截是白雪，下半截是流水的挂在我们面前，简直四面都是图画！

实在天空并不曾落雪，只是雪山主峰上的雪被风吹起，在空中飞舞了一阵，应该是他特意的对我们这般远客来致意欢迎。经他的妙手一挥，遂使玉龙雪山的玲珑，峭拔曲折，幽邃透明，美丽，各种情味一一陈列在我们面前。

往下看坝子里，大地上始终是一片黄金色的阳光，我们再进帐篷时，天果然又放晴了，新的帐篷全体通亮，摄影家周启先生说，"我们是住在毛玻璃的房中。"

帐篷搭在黑雪山和白雪山交界的前面，比普通人来雪山宿营的雪鹿坪更高，因为我们的猎人朋友精通地理，找到了水。而还可以证明，我们现在宿营的地方就已经比大理点苍山的绝顶还高。去年爬过玉局峰绝顶的洗马塘，在那里还长满了茂密的铁杉林，现在我们是已经走到了铁杉林最后的一段，再往上去就只有白雪了。

暴风雨雪之后，玉龙山还会有一个清凉的夜。夜半醒来，忽然发现自己是睡在银色的帐篷里，外边白雪世界的银夜应该是格外美丽吧，然而当我再醒来时，东边已经露出玫瑰色了。我赶快出来看看天气，啊！又是老晴！

这样的天气去探雪山主峰是再好也没有了。溶开雪水大家洗过脸，一顿古宗人式的早餐后，便由营地取西北方向，朝扇子陡进发。

清静的雪山中第一次起了清脆的枪声，猎人的姿势还没有变，一只美丽的雪鸡从石崖上跌下来，来取水的人还在左近，立刻跑过来，他对双枪李的枪声是绝不怀疑的。猎人由腰中拔下鹿角小刀，把雪鸡的肚肠划出来给猎狗去吃，把雪鸡交给取水的人去煮。我们这时都高兴起来，雪中行猎的味道很对，继此我们总是让猎人走前面。

阳光渐渐强起来，遍地白雪中反射起来使眼睛有点睁不大开，我们都带上有颜色的眼镜，这是上雪山必须带的工具之一。白雪上有闪闪烁烁的银纹，分明像是印度绸，我们四面已都是白雪，非在印度绸上前进不可了。两个钟头的踏雪，我们已经到铁杖峰的西侧，回头看南面的黑雪山在天际展开了一幅黑白的渲染。

应该是在一万四五千尺的高度上爬行，呼吸不容许我们再作快步的行进。爬到铁杖峰西北的高岭上，向导告诉我们这架高岭的西北尽头就是人对玉龙山所能攀登的最高处了，我们要看的主峰扇子陡，在那里就呈露出他的全部面目。大家聚拢来在岭脊作一个总的休息，这时下望丽江坝子，满地乌烟瘴气，环顾自己周围，一片玉洁冰清。

路线既经指示明白，我不能再多休息，便同猎狗先爬上去。有石头的地方，这里的石头尖锐得像刀尖；没有石头的地方，是雪，路是没有。有几次过于肥的白雪使我想到陷入雪海中去的危险。普通的雪都能托得起一个人在上面行走，然而靠近石头的雪每每是质地松一点，我随后就得到这个秘诀了。看了向导他们还慢慢的在下面蠕动，我下半身全湿了的站立在一列斜伸出去的险崖之前！

我满以为就要走上主峰，面对着扇子陡前进的兴奋才使我很快走到这里，怎么会忽然发现自己是已经站在一面峭壁上去了！山势都是起伏连续的，这怎么能使人相信，看到自己站在悬崖之前不能再进一步，在我和主峰之间忽然出现了这么一条直下八千尺的深谷！

扇子陡和玉乳峰都朗朗的发着银光，明明就在对面，伸手就可以拿到，然而正是在紧要的去处，有了这么一条不容人起飞越念头的鸿沟。从前向导谈到这个不能飞渡的天险时，我们都依常识判断，山总应该是连续的，不大相信。现在一个人站在这事实的悬崖之前，上对着天际雪山，下临不可测的深谷，我也悚然而惧了。

躲在一面银灰色大石的后面来避风，迎面主峰上的雪晶莹得像一面镜子，要照出我和猎狗的影子来。玉龙雪山的主峰现在摆在我的面前了，我虽在鸡足山顶望见他，他就是这个样子；在玉龙关进丽江坝子中看他，他仍然如此；我在丽江每天上狮子山上去望他还是那个模样；现在爬高一万六千尺来冰天雪地中拜访他，他一点不曾改动他的姿态，只是在我们两个中间又多出了一面直下八千尺的悬崖！这可能是大自然的深意，使人类永远神秘地仰望着玉龙雪山，而使他永远不受到世俗尘污的抚摸！

独自寞寞地欣赏，在我对面的确是千古不化的太古雪了。西侧玉乳峰上的雪，显然已经变成了石头，像是凝固了的白色水门汀，有几层参差不齐的削断，这里都发出翠绿色的萤光。绿色格外娇艳动人，使人又想到粉绿奇峰。正当面的是雪山主峰，一座白色金字塔高耸入蓝天中，由金字塔尖上垂下来几条像叶脉的雪纹!

他们由下面出现了,大家都觉得有点可怜,雪山的绝顶早已知道是不能到,由丽江来时只敢存了一个小小的愿望,愿意抚摸主峰一下。现在呢?对自己立脚的八千尺悬崖都悚然而惧,更不用说到抚摸主峰一下的奢望了。

岚兄伏在崖上,拿起带来的长枪,瞄着绿雪深处,放射一颗子弹过去,我们嘱咐这颗子弹代我们完成抚摸主峰的愿望,同时我们谨以枪声,向雪山的主峰致敬!——立刻在雪山云下起了一阵轻雷。

蓝天分明只在头上,白云可以捕捉到手中,轻雷阵阵,像在白玉金字塔后发响,再由云层中反射到我们的耳朵里来。我们指着山后说,难道主峰后面也有这样一群玩山的朋友,向导告诉我们说这是雪山的滚雪牛,雪积得太厚了,一有了溶化的气温,便大块分裂的往下滚。我们都想到雪牛大约很有点像是北极熊的那种样子。

丽江人相信,在雪山绝顶处只要咳嗽一声,就会立刻招来了风雪。我们在主峰面前不但吵闹,而且还曾鸣枪示威,这都不大可原谅吧。果然中午过后,渐渐由山后,应该是隔着金沙江那边的哈巴卓山上,升起了阵阵雨云,渡过了江,立刻就遮住了主峰,雪也漫天漫地飞扑而来,我们开始不能不回去了。这时才又想起我们背囊中还带有美酒,举起酒瓶,在雪山最高峰头为我们的一切朋友祝祷,向雪山主峰告别!

上下左右都是白玉的世界,我们乱闯了一阵,才脱离了雨雪的范围。回头看看主峰,但见漫天一片白,炼心说:"愿得一场大雪,填满了那条深谷的缺陷!"下面看去,白雪还没有一个尽头,走起来太麻烦,何不就雪中滑下去?岚兄胆大,还特地跑上铁杖峰表演给我们看。一个小黑点从天而下,立刻冰雪四溅,滑雪的人手脚飞舞,一溜千尺!

又一声枪响,转头看去,猎人手中又是一只雪鸡。看!一只又由空中跌下来了,跌在我们脚下的雪谷里,我们催促岚兄就势滑雪下去捡来!一枪打中了两只!归去的途中一路行猎,回到雪鸡坪宿营地的时候,我们共有了七只雪鸡。我们面对雪山大嚼雪鸡,拿出酒来庆祝双枪李的神枪。启兄专意地为雪山这种珍奇的鸟类摄影。我们就通过把"雪鸡坪"称为我们雪山宿营的地名。

冰清玉洁的世界中旅行了一天,身心都变得清凉了,我们遥遥想到北极的爱斯基摩人,他们终身以冰雪为自己的世界,应该是一种很令人欣羡的享受！又曾想到丽江的木方天王木生白先生，传说他生下来就给相士断定死了不能有棺材，果然他有一次来上玉龙雪山，就没有再下去，他应该是找到了一个最美丽的死所，既在玉龙山上，又是四面白雪当中！还使人想到苏武，我们也愿意在玉龙山的白雪世界中牧羊十九年！

本期撰者：

谷春帆和李树青两先生都尝在本刊有过文章发表。谷先生现仍在邮政总局服务。李先生是清华大学社会学系毕业生，他于清华毕业后，尝赴美专攻土地问题，并获有维斯康新大学硕士学位，归国后即在重庆经济部任事。

陈之迈和陈铨两先生都是读者所熟识的，用不着介绍。

李霖灿先生，河南人，在丽江中甸作艺术考察，前曾写《中甸十记》一文在本刊发表。本期所载的一篇是李先生游玉龙雪山的游记的一部分。

第四卷第十三期（1940年9月29日）

这一周

美国使用新加坡为太平洋中的海军根据地，据传这事英美双方已经同意。其实英美两国在太平洋方面这种合作步骤亦早在我们意料之中。英国将大西洋中许多岛屿租借于美国，美国与加拿大联防，这是英美在大西洋的合作。英美既然能如此密切合作，他们自然要有全盘的打算。英美在太平洋方面自然要有密切合作的步骤。特别在目前，日寇的南进政策已全幕揭开，英美为保全两国在远东的权益起见，势不得不谋切实合作的方法。美国使用新加坡为海军根据地，这于英美双方当然都大有利益。美国可协助英国保卫马来、缅甸及澳洲，且可保卫荷印之锡与橡皮，使美国不至失去其重要之需要品。同时，美国的菲律宾又添上了一道坚强的防线。美国海军军力对日寇是五与三的比列。其实力当然远在日寇之上。新加坡军港在最近几年来，英国曾加以充实改良。美国太平洋海军得到新加坡这根据地，真是大军有用武之地了。日寇在太平洋中猖獗狂放的时候，英美有这种联防政策，这当然是日本海盗的重大打击。这是英美之福。这亦是太平洋局面之福。

滇缅路军输品停运的时间，下月十八即将满期。英日封锁滇缅路协定签字的时候，我国即曾依法提出抗议。英国对日寇这种让步，不但为我中国全体国民所反对，即英国本国舆论亦一致表示不满。最近伦敦电讯，英国公私团体联合决议呈请政府无条件开放滇缅路，而这些团体代表的民众竟达一百三十万之众，这又可见英国舆论对这问题的趋向了。英国今日正在对德抗战。今日英国所依赖者亦为同情友邦若美国等的援助。中国有句古训，"己所不欲，勿施于人。"西方格言，"要人怎样待你，你先怎样待人。"想到这些话，英国对滇缅路运输问题，当知正当合理的处理方法了。从利害上来说，日寇目前已猛烈进行他的南进政策。南进政策在今日只有两点意义：（一）日寇抢夺英国的马来，澳洲及缅甸。（二）日寇为希特勒声援夹击英国。目前唯一打击日寇使他的南进政策归于失败者，即中国的抗战。倘英国政府仍不俯从本国舆论，无条件开放滇缅路，是英国背友助敌，自己与自己的权益作对了！

美国共和党总统候选人威斯基在本月二十二日发表谈话，说明彼所主张的外交政策。谈话内容有六点，总括起来，是威斯基主张援英援华。关于援华一点，威斯基这样说："在太平洋中欲达到吾人最佳之期望，必须有待于一强固，自由，民主及进步之中国出现。为达到此目的，吾人应予中国以经济上之援助。"对威斯基这种高瞻远瞩的见解，我们十分敬佩。中国今日抗战，目的本在民族革命，在建设一个强固，自由，民主及进步的新中国。惟有一个强固，自由、民主及进步的中国，才能安定远东，才能安定太平洋。威斯基的外交政策与我们见解正相符合。威斯基目前发表这种谈话，其作用在竞争总统选举。凡竞选总统之演词与谈话，以近合民众心理为主要原则。威斯基发表这种谈话，这固然是发表他个人的外交政策，这同时亦可表示美国舆论的趋向。美国舆论，无论民主党或共和党，实一致希望中国成为坚固，自由，民主及进步的新中国。所以美国大选无论民主或共和党得胜，其援华政策只有日见加强，不至有任何变更。

里宾特罗甫最近曾赴罗马与穆棱里尼晤会。此次里氏在罗马勾留三日之久。商谈内容如何，外间尚无从知道。一般推测，主要问题为拉拢西班牙参加欧战，即所谓的"欧洲新秩序"如何建设。希特勒的闪电战，对英远不如对法那样成功。时间愈拖延，希特勒的把握愈少。德意极力拉佛朗哥入伙，乃题中应有的文章。同时，这却表示德意自身已感觉战败英国不是一件容易事了。西班牙是否对英宣战，佛朗哥目前似尚在踌躇考虑中。倘西班牙果真卷入欧战，这真是法西斯主义与民主主义最后的决斗了。在民主主义危急存亡关头，美国为民主主义前途及自身利害计，必更增强其援英力量。到相当时期，美国迫而卷入战事漩涡，而真正的世界大战展开，亦未可知。我们固不希望战事扩大成那种局面。不幸局面果真演成，我们对民主主义的最后胜利却有无限度的信心。

农林部部长陈济棠于本月十六日中央纪念周中曾发表农林部的工作计划。陈氏报告工作计划，共有四点：（一）注意军民衣食给养；（二）实现耕者有其田；（三）逐渐推广集体耕作；（四）促进农村经济发展。而施政原则则为：（一）因时制宜；（二）因地制宜；（三）因事制宜。关于施政原则三项，无可讨论。因时制宜，因地制宜，因事制宜，不止农林部应该如此，凡得政务，都应如此。至于计划，我们在今日中国，最好还是卑之无甚高论。目前中国在抗战时期，这抗战时期到底延长到什么时候，尚不可知。抗战胜利却靠自力更生，所谓自力更生，在经济方面，就应增加生产。"增加生产"这句话，大家嚷了很久。增加生产的实际成绩如何，却是大疑问。目前军民衣食已成抗战期中严重问题。农林部果能拿出具体计划来，真能切实解决军民衣食问题，使"增加生产"四字不是口头空语，则农林部贡献于国家者多矣。至于所谓"耕者有其田"等等这些根本土地政策，牵涉太广，非农林部一部之力所能实习。且以待之战后如何。

四行孤军营最近又有受工部局虐待事件发生。此次白俄商团守卫队曾向我孤军队士开枪，我孤军士兵且无端牺牲数人。我们对工部局这种残暴举动，十分愤慨。孤军乃我国之光荣战士，此次幽禁上海租界中，为期已逾三年。孤军退出四行仓库，进入租界。当时租界当局即假口战时中立法，令我军解除武装，并留驻租界。我国素来尊重法律，对此项处置当然接受。不过在这三年抗战中，敌人及英法破坏国际法之处，举不胜举。英国封锁滇缅路，维琪政府最近允许日寇在越南登陆，然则英法等守中立法之点何在？英法自处既如此。而对我孤军，却假口中立法，永使禁住上海，且屡屡加以无端虐待，于法于理，何能谓平？我们以为爱护我光荣战士起见，我国应向工部局交涉，立即恢复我孤军之自由，使之离开租界，以求此问题之根本解决。

日侵越南

日军侵越之事，今已实现。

日军之必入越，自六月中法国崩溃后，本在我们意料之中。所不可知者，仅是时间问题与入越的方式。日军于法国崩溃后的一旬内，即可入越；其所以迟迟至今者，则因日人一恐越方抵抗，再恐美国抵制，三恐英美在南洋采军事上的合作，生怕得不偿失，故而畏首畏尾。但日人不待英美态度十分明朗化而即于此时下手者，则因日人一恐为德意所嘲弃（德意近日正有重要谈商，西班牙或亦可参战），二恐美舰先入新加坡，更因维琪及河内的态度，似已充分表示了不抵抗的决心。又日军之入越仅可以采用德攻丹麦、挪威、荷兰、比利时的方式，而不须扭扭捏捏，强权之中掺以谈判，谈判之后握着拳头；其所以不敢师法希特勒者，则因日人元气已伤，精力不足，故不愿冒丝毫的危险。

日本国的弱，日本军人的贪，加上日本人的狡与诈，可以充分解释日人过去一百日的行为。这些可以说明日人何以要乘人之危，于六月中强迫法人封锁滇越铁路；这些可以说明日人何以派了西原等一班大小喽啰在越滋扰；这些可以说明日法及日越三月交涉期中，何以谈判时断时续，日人态度又何以软硬无定；这些也可为推测今后局势变化的指针。

依照廿二晚成立的所谓河内协定，日方所获者本有三点：（一）东京区三个空军根据地的使用权及驻守权（以六千人为限）；（二）日军在海防的登陆及驻守权；（三）日军假道侵华权。至登陆的人数则协定中并无规定；假道的路线亦无规定，法方所已允者为海防至老开之线，但日方所要求者似甚广泛。

日人获得上述大权后，原可踌躇满意，暂以协定范围为其活动范围。乃日人贪诈成性，以法越为可欺，于是于协定成立之后一日又在谅山起衅。他们以为廿二日的协定是廿一日谅山方面进兵的结果，故廿三日又想便宜行事起来。不特谅山方面有空袭，有部队的接触，日空军且在海防上空示威。结果，日人以兵力不敷，未能在谅山前进，而海防附近的日本海空军也未敢有所发挥。因有谅山之袭，合众社和路透社且先后传法方已声明将廿二日的协定取消。但法人既示弱于前，谅山的一役亦必不会使日人对于法人改观。日人除了贪诈之外，也好面子。此时法即抵抗，日军仍必登陆。法人的抵抗固可以使法人对自己恢复自尊，对我国恢复中立，但他很难阻止日军的登陆，这是可以断言的。

日军入越后，将采何种举动，当然要看越南、我国、美国、英国取何态度。如越南法越军认真抵抗，又能接受我方援助，则日军势将又成泥足。如越南无抵抗，或抵抗而不彻底，则日军于入侵二三旬之后，或南进，或攻滇，均属可能。日人如南进，无论向荷印或向马来，势必促成英美进一步的合作。但此时美国正忙大选，美政府将取何种态度，殊不易言。以常理言，美政府应少行动，藉免获咎于人民。但罗斯福不是凡人。他或者可认时机已熟，而采取极果敢行动，以获得人民的鼓掌。他如采果敢的行动，则海军可以出动，而新加坡也可以有美国的海军。在这种情势之下，日人的南进势必引起日美的战争。依我们的推测，日人此时未见得能具有如许大的勇气，故南进计划将不执行。

南进之外，日人当然也可取滇，其目的地或者是重庆，或者是缅甸。但两者必经昆明。昆明河口间公路既未成，铁路又在拆除中，日人欲攻昆明非有大军不可。若再向昆明以攻重庆，则所需的大军或比取道南宁柳州及贵阳者更大。故日人由滇以攻渝似非常理中事，昆明至缅，路既远而地势又险，大军进出，给养至难，且又时可被我游击队伍所截断。故攻缅的困难似比攻渝为尤甚。若然，北进也少意义。

依我们的看法，日人于侵越之后，必有相当时期的观望。美国无制日决心，则日人或南进。如昆越间的防御空虚，则日人或北进。日人此时，虽有野心，必无一定计划，因为无一定计划，所以美国与中国的动作更见重要。我们不但希望美政府能认清利害奋起制日，我们更须严以责己。我们不能因日人可能的观望而有些许的疏忽。我们须时时刻刻处处留心。即使我们不能入越以御敌，我们至少许防止日军由越入华。这是个个中国人的责任，而更是现驻滇桂的军人杀敌报国的绝好机会。

此外，国人也须明了东亚大势已因日人侵越而引起极大的变更。在此以前，中日之战为中日关于中国之战。在此以后，中日之战也成了中日关于亚洲许多弱小民族之战。日本的目的在征服一切弱小民族。中国的目的应以实行孙中山先生的民族主义，扶助弱小民族独立为目的。无论战事如何结束，越南永不能再受法人的统制。越南或者为日人的领地，或者得我的扶助而独立，二者必居其一。越南如此，缅甸马来荷印也是如此。我们须认清大任已降于我身。因为如此，我们以为法人这次的无耻不足责。我们以为，无论我们情形如何困难，我们仍应力求我军开入越境，以示我们负起大任的决心。

国家今后的工作与责任

钱端升

世界最近的剧变引起了不少关于我国今后政治制度，经济结构，与夫对外政策，应如何以求适应的讨论。当局者关心这些问题；论政者关心这些问题；青年有为之士更关心这些问题。然而要对这些繁复重大的问题得些切实中肯的讨论，我们首须确定我们国家今后若干年内应做的工作与应负的责任。知道了我们的工作与责任，然后可以决定我们应有的制度与政策。

我们今后若干年内的工作——也就是我们各个中国人对整个中华民族的责任——简括地说起来，不外抗战与建国。两者是相关的。不抗战则无国可靠。不建国则抗战即使获了胜利，这胜利也只是极短期间的胜利，难以永久。因为世界尚是一个强凌弱的世界，所以建国之"建"字绝不能脱离了国防的意义，建国也很可视为抗战的延长。

由上之说，我们首应牢记：抗战与建国很难截分。抗战时须即建国，建国时或又须抗战。

如强分之，则在抗战期内我们先后有两大工作须加以完成，建国期内有三大工作须视为特急。抗战时期的两大工作，一为抵抗日寇本身及助日为虐加害于我的其他敌人；二为战后的善后工作。建国时期的三大工作，一为国防的充分布置，二为国富的努力增加，三为人民民族意识与大同理想的普遍灌输。

抗敌的工作我们已进行了三年有余。无论这工作尚须多少时候才可完成，我深信我们必可圆满的完成。惟在抗战的过程中，我们或尚须经过短时期比过去更艰苦的境遇。我在过去的三年余，英美法固然始终没有能如何助我，但他们牵制日寇的作用始终存在，始终没有消灭过。如一旦战事扩大，日寇与英与美与法属安南作战，则在英美等国以全力与日周旋以前，日寇或可一度在远东横行无忌。在那一霎那间，我们的处境难免比现在或过去更感困难。但战事扩大的局面不特最后有利于我，或且是势所必至。既然如此，我们只有二事可做。一是加强国内抗战实力，庶几在那危险的一霎那间，我们可无所惧。二是竭力调和美苏间与英苏间的不睦。如果日寇与英美作战时，苏联可以援助英美，则日寇将始终无横行远东的可能，而短期的危险也可避免。就现在英美苏的关系而言，英一意承欢美国，美有所求，英无不应。故美苏睦，则英苏更必可睦。美苏间除主义外无冲突，今时美疾视德日，亦畏惧德日，共产主义已不足为美苏交欢之梗。我常说，我们万不可妄自菲薄，菲薄国际的地位。我们在抵抗侵略的十字军中是本拥有相当的领导权。我们不患无地位，而患不善用。对于联络并调和美苏的责任，我们应有"舍我其谁"之慨，才可对得起我们自己。

战后的善后工作，其困难将不在抗战本身之下。常人总是共患难易而共安乐难。故战时团结易，而平时团结难；战时耐力大，而平时耐力小。这是善后时期心理上的困难。而且我们的善后时期或者也就是世界的善后时期。我们是承兵燹之后，世界或者也是承兵燹之后。我们穷，世界或者也是穷。告贷无门，我们只有靠自己。这是善后时期物质上的困难。有此两大困难，我们对善后不应具一种常人所具的心理。我们应视善后为战时的另一个阶段。再引伸言之，在中国一日没有达到进可以实现大同退可以抵御任何强敌的地位以前，我们一日应以在战时自喻。

善后时期既然不是苦尽甘来的时期，我们不应对战区的破坏，流亡的人口，内移的机关以及其他等等，求消极的恢复，而应对整个国家作积极的调整。今举数例言之。首都的交通部已被毁于敌。交通部回京后，势必有屋方能办公。然与其靡费巨资于另建新厦，毋宁觅一平常屋舍作为部署，而以巨资投于建设事业。又军兴后，沿江海人口之内移者当有千百万。此类人民在原籍的工作，大抵或已有人代替，或已根本消灭，而在内地又大抵有所工作，故与其助之战后东迁，毋宁增厚其保障。鼓励其留居内地，以从事各种生产事业。沿江海的工商文化机器内迁者亦不计其数。其中固有非迁回不可者，但亦多可以不必再迁者。我们如放远眼光，则战后的中国本是一个簇新的国家。在簇新的国家中，人口及机关均应有一新的分配。要有新的分配，则当政者必须具有新的看法及大的权力。如果当政者缺乏眼光,而以恢复原状为善后的不二政策,则心理困难故无法解决,即物质困难亦未必消灭。

建国工作之一为布置国防。这是绝对必要的。因为抗日胜利后,不特日人再度侵略的危险未必消除,世界的和平更未必树立。此次中日之战,如无其他国家参加,则日即退出我国领土,固仍有卷土重来的可能。如中日之战与欧战混而为一,则中国势必与英美站在一方,而日则将与德意相盟。这样的大战之后,如德意等胜,则我须于十分隐忍中急求国防的建立。如英美等胜,则英美未必遽能创造世界和平,故建立国防仍为要务。如西方不决胜负而停战,则战事之重要自是指倾间事,故建立国防更为急务。换言之,战局无论如何解决,国防总是必要。

上面已经提及善后时期物质上的困难。如善后尚且有困难,则建立国防自更有困难。现代的国防本极费钱。以我国疆土之广,邻国之多,海岸线之长,以及空军的微弱,海军的不存在,整军经武自将耗经不可思议的巨资。巨资既不易借,则惟有自筹。但我本是穷国,又加以战后,自筹谈何容易?是以国富的努力增加实为建立国防的基础工作。有一文钱,然后能有一分国防工作。多一文钱,即是增加一分国防工作。

国富与民富绝不能分开。民富然后能国富,人民多一文钱,即国家多一文钱,是以建国期中增加国力的工作应以增厚民力为捷径。必人民间有最大可能的平等,然后生产力可增加。必人民人人能直接或间接从事生产事业,然后民富可增。必人民竭力节约,然后国力可裕。大概我国战后的经济建设必须循苏德过去数年所走之路。我们以资源农产换取他国的机器。得机器而后,辅佐以劳工,然后有工业出品。有工业出品而后,然后可言国防。复以特有的产物及若干种制造品换取其他的必需品,然后国防用品或可无缺。

在上述增加国富的过程中,人民将多劳作而少享受。何以多劳而少获?则因我们须以增加的物力用于国防。但我们如要求一班人民做偌大的牺牲,则社会中固不能容许有牟利者,而政府中更不能容许有养尊处优者。"不患贫而患贫富不均"这句古语,尚须有"不患苦而患苦乐不均"一句话来做陪衬。但要做到贫富均,苦乐均,则当政者固须有超人的贤明,而政府亦须有极大的权力。

上述建国工作的成功,更须有两个条件:一是当政者有大魄力,二是在短时期内完成。当政者如无大魄力,则兵燹后民穷财尽的国家实在谈不到大规模的建设（三项工作具含很大的建设性）。当政者如无大魄力，则绝不能领导国民作大规模的建设与牺牲。当政者如无大魄力，则工作决不能于短时期内完成。这些工作如不能短时期内完成，便永不能完成。吴之椿先生在论及《国防建设的中心纲领》时（本刊卷四卷七期）尝说："国家建设之成功者类皆及时而成，及身而成；如果标的复杂，时期遥远，数易其人，必致困难丛生。久而无功。"此是至理名言，应为当今谈建设者所长思。

但是与上述建设并重的应是民族主义的教育工作。这个工作有双层的意义。一方我们应借教育以增强民族意识。民族意识不增强，则人民难以认识工作及耐苦的必要，建国工作因亦不易成功。另一方我们应借教育以确立世界大同的理想。无此理想，则纵使建国工作能于短期内有伟大的成就，中华民族也将无以自别于年来的德意志民族：骄傲而不知自尊；有一族而无人类；狃于战争的效果，而不知兵凶与战危；为世界所畏惧，而不为世界所敬服；可以一时侮人，而终且为人所败。换言之，我们在建国的时期，万不能丝毫忘了我们民族的使命。忘了以后，不是建国无成，便是躬蹈帝国主义的覆辙。

我们今后数年内的中心工作，简单言之，是求为一个独立强盛的国家。在作此努力时，一切的制度、政策，甚而主义，凡足以助我成功者，皆是好的；凡足以妨害成功者，皆是坏的。如果在详细并虚衷探考之后，我们发现惟有确遵孙中山先生的民族民权民生三民主义，才可以使建国工作迈步前进，则亦适见孙先生之特别伟大而已。

读韩德森《一个使节的失败》

张忠绂

韩德森（Sir Neile Henderson）是这次战前英国驻德国的大使。他原任驻阿根廷大使。他于一九三七年四月三十日抵达柏林，直到一九三九年九月四日英德业已宣战后方使返国。他任英国驻德大使共两年又四个月，但这二十八个月期中，正是欧战爆发前的最重要阶段。德奥合并（一九三八年三月）、慕尼黑会议（同年九月）、捷克的灭亡（一九三九年三月），以及最后但泽与波兰走廊问题的纷争，都是这个时期中的事。

韩德森本是英国外交界中著名亲德的人物，所以他在这本书中努力为他自己辩护，当然连带着为张伯伦的妥协外交辩护。他为他自己辩护的理由是，一个使节的目的在了解驻在国，并促进驻在国与本国间的和平，而英德两国间的和平也就是世界的和平。他为张伯伦的妥协外交辩护的理由是，张伯伦是在为世界的和平努力，而且在捷克的灭亡以前，英国若因采取强硬政策而对德国作战，则英国的立场比较软弱，英帝国国内舆论亦难一致。

韩德森是这次战前英德两国外交关系中的主角之一，他的回忆录《一个使节的失败——Failure of Mission, London, 1940》应当可以给予读者许多机密的消息和深刻的论断。但是读者若果抱着这种希望，他们却要失望的。在这本书中，我们找不着多少机密的消息，也找不着多少深刻的论断，事实的经过距离现时太近了，这大约是韩德森不肯透露机密消息的原因，因之而他也不能发挥深刻的论断。在这本书中，他并没有详细叙述张伯伦妥协外交的背景。对于英德互争苏联的外交，他也没有详细叙述，他只提到，去年夏天英法对苏的交涉，自始即无成功的希望。

他在自序中说，事实距现时太近，要是在平常的时候，他绝不能印行这本回忆录。但是现在是非常的时期，故此他才将这本书付印。惟其现在是非常的时期，故此他书中的内容也带着非常的色彩。他写这本书的目的似乎有两种：（一）写战前英国的妥协外交辩护；（二）说明战争的责任应当由德国政府——尤其希特勒及纳粹党人中的极端分子，例如黑姆勒（Himmler），里宾特罗甫，戈培尔等等——负担。

他说，在一九三六年德军进占莱茵区域的时候，英法若坚决反对，大约还可以不战而胜。在那以后，无论对于哪一次的危机，英法要想避免使用武力，以空言获得胜利，使德国屈服，是绝对不可能的。因此，为世界的和平着想，英国自应采取妥协政策。加以奥国与捷克的苏台区原都是日耳曼民族，因反对日耳曼民族的合并而对德作战，则英政府对内对外的立场都不坚强。且在一九三七年与一九三八年的期中，英国的军事准备亦远不如一九三九年时。

在一九三六年德军进占莱茵区域以后，无论对于哪一次的危机，英法若想避免战争，只有对德让步的一途。这种观察是否可靠，我们姑置不论，但我们觉得有两个问题是值得提出来的：（一）英国政府在一九三七年以后是否尚认为，可用妥协政策与德国成立普遍的谅解，因之而终能维持世界的和平？假若当日英政府的认识果是如此，那是不是一种错误？假若当日英政府的认识不是如此，则自一九三七年以至战前，英国的妥协政策的目的是只在拖延时间。于此我们就要问：（二）在一九三九年九月初英国军备对德国军备的比例是否较一九三七年春间为强？在这二十几个月中，英国的军备固然增强了，德国的军备增强的速率恐怕更快。若说奥国与苏台区问题，英国不便干涉，但捷克本土灭亡的问题是否较但泽与波兰走廊问题便于干涉。一则但泽的居民大部分也是日耳曼人而波兰走廊无疑的与德国利益相关，二则在捷克本土，德国无明显的利益。韩德森本人也承认德国并吞捷克本土是纯粹的侵略行为。

我个人的意见以为，张伯伦妥协政策的根本原因，还是在于认识错误。张伯伦与韩德森之流始终认为，可用妥协政策与德国成立普遍的谅解，故不惜牺牲他人的利益，以谋取英国的和平。若非是，则英国庞大扩充的预算，何以迟至一九三八年始行开始，而开始后，又复迟迟进行？英政府何以不于慕尼黑会议后，与捷克正式成立军事同盟，一如一九三九年与波兰所订立者？当然，英国国内的舆论与属地的意见庞杂，需要相当时间始能统一，但我相信英政府若能早日放弃妥协政策，并领导舆论，则英帝国国内的意见亦必早日一致。华盛顿政府这几年的作风就是一个好榜样。倘若罗斯福在过去两年中也采取妥协政策，则美国国内的舆论现在安能一致主张，除战争外，用尽一切的方法援助英国？

韩德森回忆录的第二个目的，在说明战争的责任应由德国政府担负。他对于戈林的感想很好。他最指责的是里宾特罗甫，戈培尔，黑姆勒诸人。他于希特勒的批评，认为希氏原来的野心也许没有现在这样大。但希氏每次的成功，增加了希氏的自信心，因之而使希氏的野心随之增大，甚至将里宾特罗甫比拟为毕斯马克而自居的弗兰德立克大帝之上。他说，里宾特罗甫不懂英国民族的心理，始终认为英国不至于作战。他又说，德国人民在希氏历次成功之后，认为希氏永久可以不战而胜的。假若这些都是德国的罪状，证明战争的责任应当由德国担负，那我们就要问，造成德方的这种心理的是不是英国的妥协政策？

强国有强国的权利，但是也有强国的义务。英国若果认为凡尔赛和约不公平，英国应自动提前修改凡尔赛和约，以满足德方合理的要求，而不应完全处于被动的地位，漠视既存约章的尊严。若说德国应担负积极破坏约章的责任，则英国听任德国破坏约章而不思所以挽救，是英国至少也没有遵守约章内所规定的义务，消极的破坏了约章的尊严。加以在九一八事变时，英政府即已采取了这种态度，以致鼓励了一切不满意于现状的国家，认为条约是可以由片面随意撕毁而不至遭遇制裁的。

我们知道英国对于世界和平所占的重要地位，但我们不能同意于韩德森为妥协政策的辩护。英国在欧洲的妥协政策已于去年终止，但英国在远东的妥协政策至少在现时尚未终止。若现时英国的政府对妥协政策的看法，同韩德森书内所述的看法一样，则英国在远东的妥协政策一时仍不至终止。好在丘吉尔政府与韩德森的看法未必一样。何况美国对远东的政策现已日趋积极。

论驿运制度

伍启元

自从敌人对我实行经济封锁，强迫英法停止滇缅滇越的货运以后，中国即用推行驿站运输的办法来加以对抗。最近最高当局已明白规定以发展驿运为今后党政中心工作之一，并提出"驿运的成功即是抗战的成功"的口号。但究竟什么是驿运制度？为什么驿运制度可以用来对付敌人的经济封锁？在实行驿运制度时有什么应该注意之点？本文的目的，就是对这几个问题加以简单的解答。

驿运制度是一种分站运输的交通制度，它具有很长远的历史，"驿"说文解释为"置骑"。"置"是一种交通上的站所，"置骑"是指由一站传递到另一站的快马。但自广义来说，驿运制度不只限于马递。"驿"有时被解释做"传车"，"传"也是一种交通上的站所。所以不论交通的工具是车或马或人，只要是一种有系统的分站的陆上运输，都可以说是一种驿运制度。

驿运制度有很长久的历史。在古代的西方，波斯和罗马等国家都有颇好的驿运制度。在中国，秦朝以前已经有驿运的办法，但大规模的有系统的驿运制度是在秦代开始，而在西汉年间发展到极完备的阶段。其后因财政及种种关系，驿运有些衰落，但后来在元代又极为发达。所有以往的驿运制度，大都有几个共通之点：第一，驿运的主要对象是信件和旅客。自狭义方面说，驿制就是传递军事的或官家的文书的制度。例如汉代的所谓"驿"，就是作这个狭义的解释，除了传递书信的"驿"外，还有运载官员旅行，"传"。这都属于驿运制度范围之内。但自广义来解释，即使所运的不是信件和旅客，也可以说是一种驿运制度。第二，驿运的主要运输动力是人和兽力。"驿"从"马",所以马尤其是驿运中的重要运输工具。我们认为这一点是很重要的。因为只有在人力和兽力的运输中,分站运输才有必要。假使交通的工具是火车或汽车,则除了加水加煤或加油有停止之必要外,则愈不停站则速率愈大。所以火车或汽车的运输,分站通常是与运输效能和运输速率无关的。在人力运输或兽力运输的情形便不同,只有用分站的办法,然后才能使效能增加和使速率加大。分站之后,人力和兽力才易集中,才易发挥最高的效能:驿运制度所以有价值,这是重要原因之一。其次,在速率方面,也只有用分站办法,人力兽力才能达到很快的速率。因为人或兽所能走的路程有一定的限度,到了一定的距离便不能不休息。用了分站的办法之后,就可以用"接力"的办法不停息地走。因此虽然在古代的社会,马和马车的速率每天竟可以走几百里的路程。第三,驿运的主要起因,可以说是军事的而非经济的。为着要维持驿运的制度,通常用费是很大的。但为着军事的原因,通常是不能计算成本的。在不计成本的条件之下,则驿运制度对军事上是很有用的。波斯,罗马和秦代这几个大帝国的树立,驿运制度有很大的帮助。在古代社会中,没有电报,没有无线电,驿运是唯一迅速的通讯机构。消息的灵通与否,是军事上成败的重要因素之一。因此在古代重要的军事国家,驿运制度总是颇发达的。

  这次我们用来抵抗敌人经济封锁的驿运制度却不完全与已往的驿运制度相同。其最重要相同的地方,只有两点:(一)现在和已往一样,驿运主要运输动力是人力和兽力——特别是兽力。(二)现在和已往一样,我们是用分站运输的办法来使运输的效能增大和使运输的速率增加。

  现在政府要实行的驿运制度,却有几点与已往的驿运制度不尽相同:(一)已往的驿运制度,运输的对象是信件和旅客,现在则因邮电的发达和交通的进步,信件和旅客都用不着借重于驿运制度了。现在所要运输的主要是货物——特别是军用的物品。(二)现在驿运的起因虽然也是军事的,但是军事目的中实包含有经济的原因,所以与已往的驿运不全相同。(三)在已往,驿运制度大都不是用强迫服役的方法来征服人力兽力的,现在的驿运却是一种强迫服役(但仍给予相当报酬)的制度。因此现在的人民,除了自卫工事,筑路工事,水利工事和造林工事之外,又要有为驿运而服工役的义务。这种工役,不只限于人力,而且包括兽力,因此其情形颇与西康所实行的"乌拉制度"相似。

驿运会议是于七月中旬在重庆举行的。当时决定的原则,共有三点:(一)发动人力兽力及一切运输工具,分站运输;(二)分站路程,以能当日往返为原则,免人民有离乡背井之苦;(三)运输量不宜过重,免人力兽力过于疲劳。现在计划先设陕甘、川陕、叙昆、筑昆、川黔、桂黔等六大干线,一切都在积极进行中。

现在我们要问:究竟这种驿运制度会有多大的效果?为什么驿运制度可以用来对付敌人的经济封锁?我们以为驿运制度之所以重要是因为它能相当的解决我们汽油缺乏的问题。敌人对我封锁的最大影响,不外两点:第一是使我一般军用物品的供给减少,第二是使我们的汽油无法运输进来。假使我们对汽油的问题能够相当解决,则对于军需物品的困难也比较容易解决,但对于汽油的艰难,则除了动员人力兽力之外,是无法加以克服的。我们若希望从国际或其他国家用汽车把汽油运进内地来,则有时恐怕汽车所消耗的汽油便要比汽车所能运输的汽油多!因此应付汽油缺乏的唯一办法,就是动员人力和兽力。但动员人力和兽力绝不是一件容易的事情,倘使我们没有适当的办法,我们便一方面无法取得足量的人力和兽力,一方面无法使人力和兽力得到充分的利用。现在所施行的驿运制度,就是企图对这两方面的问题加以解决:一方面用强迫服役的办法来取得足量的人力和兽力,一方面用分站运输的办法来增进人力兽力的效能,假使驿运制度能够成功,则我们对汽油的需要便可以大大地减少。同时从外国运进来的军用物品或其他物品(包括汽油),只要运到边境,我们便可以用人力兽力来运输到战场去。没有疑问地,用人力和兽力去运输,无论怎样增进工作效能和运输速率,总远比用汽车运输来得迟慢。但在我们这次的战争,只要我们能够用"时间去克服空间",则战争的结果总对我们有利的。驿运制度之所以重要,原因就在于此。

最后,让我们提出几个在实行驿运制度时所应注意之点。第一,关于征工或强迫工役方面,我们认为有特别注意之必要。在现在施行的各种征工制度,大都成绩并不怎样良好。根据已往的情形,我们盼望政府特别注意下列各点:(一)征工的责任,大都假手于保甲人员,而在保甲并不十分健全的现状下,用征工来从中渔利的现象常常发生。在实行驿运制度时,怎样去防止征工方面的不公平和舞弊贪污的事情发生,实一重要问题。(二)征工时怎样使工役与耕作相配合,也是应该特别注意的问题之一。中国大部分的人民是农民，农民因耕作季节的关系，总有农闲和农忙两个不相同的季节。必要使驿运的工役时间能够与农耕的季节相调配，然后才能不扰民。（三）驿运征工在原则上是以给予相当报酬为原则，但对于报酬的多寡，应有一个比较合理的决定。决定之后，应该设法使每一分钱都能实实在在的到服役者的手上。现在许多工役（如筑路）的报酬，在中央是发给下来，而服役者却无法领得，结果都由县地方人员从中中饱，这是一件极应纠正的事。

第二，关于分站运输方面，分站应该合理。根据政府现在的规定，分站路程，以能当日往返为原则。这种决定可以避免"人民离乡背井之苦"，所以是适当的办法，盼望在实行时能够切实遵行。此外在路上的休息地方和饮食卫生等问题。应该特别注意，分站无论怎样分法，也不能不在中途有休息和饮食的处所。怎样使休息和饮食问题得到解决，是分站时所应顾虑到的问题。

总之，驿运制度是一种好的制度。好的制度如得"好的人"来用"好的方法"去推动，则成功是有绝对的把握的。但如"不得其人"或"不得其法"，那就要辜负好制度了。

谈"文化膏药"

许箇仲

一、膏药与人

以膏药为中心，依照人和膏药的关系，人可以分为两大类五群：

甲，与膏药无关系的人。

子，根本不知道世界上有膏药的。

丑，颇知道世界上有膏药，但不做，不卖，也不用膏药的。

乙，与膏药系有关系的人。

寅，做膏药出卖的。

卯，贩卖别人所做的膏药的。

辰，不做也不贩卖，但是贴用膏药的。

子类包括蠢人和穷人，理应置于不议不论之列。丑类大概是聪明人，阔人和一些麻木不仁之流，与我们现在的题目无直接关系，暂时亦不必顾及。现在谈做膏药，贩膏药，和贴膏药的"人"，即寅，卯，辰三类。

这三类所包括的人，照规矩是各色人等，俱有在内：大概做膏药出卖膏药的人，本钱各有大小。本钱大的开大店，做大买卖，在膏药同行中，占大势力；结果贴用的人，对于他们先存一番敬畏之心；于是所卖膏药，自然也格外灵验；如北京大栅栏儿的乐家老铺同仁堂之类便是，以小本钱开小店的所做膏药，其膏药灵验与否的估价，自然也要等而下之。不过，无论如何，膏药究属自制，自有其独立自尊，不可轻侮的地方。贩卖膏药的，有的是从"老招牌"大店号里贩来，倘若货真价实，一样可以获得贴用者的信仰；若是本钱不大，贩卖小店号的膏药，自然也做不了大生意。故曰："膏药人人有卖，各有巧妙不同"。其不同之处，在于膏药制造者本身本钱者甚大。至于膏药的原料品质，制造技术，保存方法等类，则多半只是附属条件，与膏药自身之价值，已无多大关系，更不能影响到拿这膏药来出卖的人了。

贴膏药的人，在这三类中，最为重要。第一因为膏药市场，全由贴用者维持；宇宙间要是全无贴膏药的人，则膏药必不能继续存在。第二在数目的比例上，这一群人也占最大数目；同仁堂所养活的人，同时大概不会超过一千，而用同仁堂膏药的人，同时必有数万；既然少数服从多数是"社会的理想"，则此一群人自然不可不重视。因为这一类人有如此的重要性，所以做膏药与膏药的"膏药职业者"，不能不对于他们特别注意，迎合他们的心理，以扩充自己的销场，使自己能活下去，所以在出卖膏药的技巧当中，我们可以看出种种特殊方法包括招摇，讥嘲，咒诅，恐吓……如招牌之被虫蛀，招牌上金漆之生锈，如官府立案，如初一十五大减价，如"包用回换"之申明而事实上绝不会让你的理由充分到可以回换的程度等，都只是贴用者心理之一方面的反映。凡愈能迎合贴者心理的则其膏药之销场自然也愈好。

所以，膏药因人而有贵贱等差，膏药亦可以使人有贵贱等差。这就是膏药与人的关系。

二、洋膏药与土膏药

正因为膏药可以使人有贵贱等差，所以膏药职业者，对于其所卖膏药之名誉，不得不倍加注意，时时使它"合时代的要求"。今日既然是洋货高于一切的日子，所以膏药也得洋化一番，庶几乎贴用者方能由敬畏生信仰。于是，摇串铃的医生，便把他的花柳膏药，改称"六〇六"或"九一四"；小膏药店里医治溃不收口的"玉红膏"，则化制成为"二二〇"红膏药。这些数字之所以时髦者，自然并不由于其本身价值，只是因为洋人既以这种药医治洋人，而得奇效；我们土人爱这些洋药医治亦得奇效；则为求药之有效，自不得不"必也正名乎"，一律改用洋名；与周先生之自称姓"跷"，张先生之自称姓"僵"，事同一例，盖所以提高身份而已。而且还有一点特别方便之处，为从前所不能有的，即从前贩卖膏药，倘使借用"乐家老铺"之类的名义，必得硬着头皮，甘冒"男盗女娼"……之类，虽不兑现，亦使精神上感受若干不快的咒诅；而现在借用洋名，根本上不负任何责任，即使洋人因此而大骂一通洋街，亦因有语言不通交通阻隔的方便，可以实享"活无对证"的便利，并无精神上的损失。故不贩膏药则已；如要贩膏药，则以贩卖洋膏药为宜。

根据上述理由，欲贩膏药，必要洋乎，我们便只须专谈洋膏药。

慨自以夷猾夏以来，土货销场渐倒，洋货代兴，于是洋油，洋灯，洋取灯儿等，渐成日常生活中之必需品。俄而洋学堂继起，洋翰林，洋进士等，尽据要津，欲升洋官，发洋财，则出洋留学，为最捷之捷径。凡曾身历重洋的人，会说洋话，穿洋衣，吃洋饭、住洋房，高谈洋人情形者，即有洋膏药可卖者，皆"富与贵，可立而待焉"。此等膏药买来，究有何益处，能治何病症？近二十年来，已渐渐为人所看穿，因此遂有"留学生可以亡国"之类极端激烈的议论。夫"留学政策"——要是"留学"也居然算做一种"政策"的话——之表示民族丧失自信力，以及在"国民经济"方面的消耗所生影响如何之类，我们这些贴洋膏药的老百姓，各有定见——此定见之应否加以"统制"，更与本文无关，——暂非我们现在所能细论。不过，若说"留学生"也可以亡国，则未免把留学生估价太高。留学生只能卖洋膏药；卖膏药的难道能亡得了国吗？而且，留学生出去的目的，是在寻找各种洋膏药，贩来出卖；截至现在为止，我们尚不曾知道外国大学和研究院里面，有专制"亡国法"膏药出卖的，则只贩不制的留学生，又何从着手，可使国亡？事实上如童贯、贾秋壑、吴三桂等亡国专家，并非留学生，尤可反过来证明留学生尚无亡国本领，不必杞忧。

三、文化膏药

贩膏药的技术，还有一点特别重要之处，即是要"与众不同"。因为"与众不同"，则其膏药必有特别妙处，因而便有特别销场。例如今日的局面中，"航空医学"，"国防森林"，"军事烹饪"，"抗战跳舞"等，便都是"应运而生"的时髦货色，可以畅销一时。然而，然而，这些膏药的"时间性"，究竟太短促；所以真正眼光远大的贩卖者，只附带带上一两张，应应门市上暂时的需要，断不单卖一味。根据调查，近来还有一类膏药，其贩卖者独出心裁，在最近十年以来，销场已经超过其他各种；推测起来，将来其销场还在上长中，预料不久以后，即可独占膏药市场。而且，最特殊的一点，即是其销场遍占中外，的确在膏药界开一新纪元，为历来中国膏药职业界所未有。前程远大，妙不可言。敝人新近在"我的朋友"某先生处看到了一张，钦羡之余，特为介绍一番。

此膏药名"万应神效无敌救苦救难渊博文化膏"，简称为"文化膏药"。其制造方法，亦与平常的神效膏药一样，"修合虽无人见，存心自有天知"，因为"秘传"，无从探听。据仿单上的说明看来，材料亦与一般妙药相同，极尽"取精用宏"之妙。计分中国用与外国用两种：重要材料，都是哲学，文学，艺术，科学，民俗，人生，政治，经济，宗教，穿衣，吃饭，礼节等，各取三两，洗净研细候用。外国用的，特加"神秘"五钱，蜜制；中国用的，特加"入学制度"一两，"学位"一两，外国朋友十余枚。

备此文化膏药中国用外国用各一张，无论做官，居家旅行，经营事业，下而至于教书，精神身体，无不畅快。出洋留学或考察的时候，应带外国用的文化膏药一张。如能有外国朋友数枚，老姜煎汤内服，作为内治，固然更妙，否则军用膏药亦行，使用时，计有两种办法：一是尽量说"中国文化"怎样怎样古旧，深邃，和平济世，你们洋人样样不如我们的"老祖宗"，所以你们洋人应当置"中国文化"膏药。比方洋朋友破费了，请我喝茶，则说中国茶是如何好法；喝了茶后，请我看看几张图画，则说中国画是如何好法；洋朋友太太弹一点钢琴给我听，也不妨说中国音乐是神秘地好到如何一种地步，绝非你们外国人所能了解……诸如此类，看起来似乎是害着"自我无上狂"一样，但事实上其精神病之出发点仍是"卑下错综"。还有一种，则是实在的"卑下错综"表现，时时刻刻诚惶诚恐地表示"中国文化"不行，或者干脆并无"文化"；再进一步，便是"我们欧洲人"或者"我们美国人"怎样好，"你们中国人"怎样不行。

出洋回来，则自上轮船或上火车之日起，便应当立刻改用中国用的"文化膏药"。出卖的办法，第一种是组织"中国文化协会"……之类的"文化集团"，召集一班同志土人，再加上一些买办，传教士，使馆人员之类的洋朋友，大家挂上"文化人"的招牌，捧出几位土人中的当代要人，以及使馆中人物，让他们做东通，每半月小吃一顿咖啡红茶洋点心，每半年大吃一顿西餐或中国饭，出版几本"中国文化协会会报"，介绍"文化"一番，倘遇洋流氓来到中国演讲，坐在台上做做主席或翻译；会后帮着他们骂一骂我们中国土人。这一种整批出卖的机会,是"终身受用不尽",一般非贩卖文化膏药的人,断无方法可以竞争。要是不幸而在同行的竞争中失败了,则贩卖文化膏药者,还可以有第二种营业法,即是零星出卖。如在某某协会会报上做做介绍文化的文章;翻译一点自己并未懂的原文,人家连译文也不能懂的"原文名著";参加"文化吃会"及"文化喝会"……之类。这样的卖法,虽则利钱较薄,但因为膏药万应,所以"利润"的"可靠性",仍旧是贩卖其他洋膏药的人赶不上的。最近几天当中,偶然在"膏药业同行公会"开会时,听到三位先生在谈天;某一位挺着腰敲去手上的纸烟灰,带着"胜利的微笑",向其余两位先生说:"我们法国到底要得到最后胜利的,你们德国人这种暂时的胜利不足为凭!"当时看看三位先生虽则都穿着笔挺的洋装,但毕竟都是和敝人一样的土人,颇为错愕,事后探听,才知道那位代表"罗琪政府"的土人,原来是"文化人"之一,也就恍然大糊涂了。

曾经有人向我诉苦,说他的朋友文化人某先生,为了他的另一位朋友,竟然把此君出卖一番,殊于情理不合。我问问此君,那"另一位朋友"是谁,答案是"一个外国人"。于是我告诉此君,这原是出卖"文化膏药"的人所必不可少的一种"技巧","宁肯牺牲中国朋友三千,不能得罪外国朋友半句。"此君才满意而退。

某位先生,称赞红茶时,所下断语,为"简直和外国红茶一样"。某位先生,吃牛肉时,皱着眉说:"我们在英国的时候吃的牛肉,比这个新鲜得多!"却不记得英国人一班所吃的牛肉,都是至少一个多月以前在阿根廷邦杀死的牛,冰藏了用轮船运去的。这一褒一贬之间,虽然表面上并无相同之处,但其出于内在的"卑下错综",却是同一的;这种"卑下错综",也就是"文化人"心理最要紧的原质。

所以,由天上说到地底,卖"文化膏药"的人,逃不脱"卑下错综"的评判!

每个人都要生存,卖膏药业以为生,原也应当算做正当职业之一,只要贴膏药者不受直接损害,原无反对的道理。何况这种卖"文化膏药"的人,所表现的"卑下错综"的心理,偶尔分析起来,其有趣正不下于《儒林外史》,尤其值得称颂。所以,我的态度,绝不是恶意的批评,只是真实地介绍。所以,卖"文化膏药"的人,也无须乎因此生气;——替他们介绍,不收广告费,难道还不算克己吗?

越南印象记

周信铭

一、女人的国家

因为一个机会,我们路过越南。越南给予我们的第一个印象,就是她是女人的国家。男子的用处,以之拉黄包车,推泥车或做抓手而已,在街头上,你不难看见一队一队的游手好闲的越南男人卧在或坐在浓荫下眼巴巴望着异性的人类,忙个不了地向着生存角力。妇人都是街头小贩,卖凉茶或水果等。她们是能干的。在西洋社会看来,还不免引起男性的张惶,而生反对女子侵入工业之举。这一种事,在越南总不会发生的。他们是惯于这种制度了。越南都市,染有法兰西的色彩。马路的两旁,缝着两行青绿的花边。越南天气炎热,故而,树下憩息却是一大救济。男人不要争权不需地位,手执葵扇,随随扇动清风吹来,舒适使肌肉宽松,精神宽弛,热带暖气,催人入睡。

小生意的老板是女人充当的。街头小贩,几乎清一色是女子。补鞋匠亦是女子,操刀的肉贩亦是女子,在街市场中,一切贸易操诸女人之手。男人呢,他跑到饮食的地方,谈天说地。

造成女人国之因素,似不容易找着。这或许是男子征服女子的"光荣"之一页,使女人做牛马,为男子服役。这是一个可能的见解,越南固有的文化,是洋货的汉化。中国文化的男性色彩,或许久已深染着越南人之头脑。

有人谓土人之闲散,乃气候使然,的确越南天气,最易引人入睡的。但女人的耐劳刻苦,使我们对热带土人性懒的解说,加以折扣,男子的闲散,断不能用地理来解释。据有力之解说，可从社会经济方面找出。

男子的职业，大概可分以下几类：（一）企业家资本家的组织活动；（二）自由职业者如医师律师教师等；（三）工厂里面的工人；（四）小资产的商人；（五）苦力和农人。只有最前的一类，是属土人的。企业家、资本家，几全为白人所独占。这是越南的社会金字塔之顶点。其次，小资本的商人，几为华侨与印度人。其他在工业界充当工人，是土人所胜任愉快的。可惜越南的工业，尚属幼稚，规模不大的轻工业，不能容纳多量工人。最后，越南的文化落后，自由职业尚未发达，教育不普及，专门学问无人过问，这在使自由职业停滞在不进步中。这样，若女人已把轻易的职业占有，除却充苦力与农夫外，男人还有什么事情可做？

越南人要争回独立自由的话，男子最少要负一半责任，何况男人在社会上更容易发挥其力量呢。"亚洲人之亚洲"，日人似乎在此地向土人唱得动听，使其感觉畅快。然而，徒信口号而不自力更生，误听人家表面的好意，而不知防范，则越南终于或竟一白去而一黄来，一桀去而一武兴，越南人始终不能自拔，独立努力，将成泡影也。

二、黑与白

越南人爱白，尤爱黑。就牙齿论，西洋人用几多功夫，把牙弄得洁白，化装商人同样利用这爱白心理，大开发财之路。但越南人之牙齿是黑色的。初见它们时，这是可怕的。然而，谁敢说，雪白的牙齿会比漆黑的好？美是没有标准的。当我初抵越境时，在海防并碰不着黑牙的人们，及至在海防搭车向河内进发时，在半途中站，一群农人争先恐后上车，上得的，表示满足的态度，展开笑脸，乃露出漆黑的牙齿，这时，我觉得有点可怕，但当我忍耐地用艺术的态度去欣赏它们的时候，它们便发生一些美丽的光彩来。远远望去，黑牙齿简直是葬在口腔的阴影中，不再可见。在远处观望越南人，他们是无牙的稚子。当他们笑的时候，这无牙的小口，露出吃乳的赤子的天真气稚气。

越南人对黑和白，特别带有情感的。他们所穿的衣裳的色泽，非黑即白（只有少数例外）。他们若要穿白长衣时，便配上黑色的裤子。有时穿了一件白色的长衣后，又加穿一件黑色的，恐怕黑的把白的盖着，故用很薄的通纱作黑长衣的材料，使黑白都能充分表现出来。女人的头所用围带，非黑色则必是白色的。

男女装的形式，大概是一律的。他们都穿长衣，下部穿裤子，脚穿木屐。长衣与汉人所穿的无异，只是短得多。若是我们的长衣是西装大外套的话，他们的长衣就是中外套。

烈日不改其爱黑之天性。在炎日当空汗流如雨中，黑色的衣裳，仍紧贴着越南人的身上，他们爱黑就不感热。

三、法兰西的精神

"不自由无宁死"读西洋史，我们不会忘记法国大革命，研究法国思想，我们永铭卢梭，孟德斯鸠的大名。卢梭提倡天赋人权，孟德斯鸠发明三权理论。前者标出理想，后者找着方法以实现理想。他们都主张自由。自由是法兰西的精神。这精神移到殖民地去造成越南社会的放任现象。这精神在火车中，充分表现出来。在四等车里，你可以看见坐在车上窗槛的人，垂脚车外。车卡内人豕同处，讲到座位，则早到者一人霸占数人地位，迟到者则甚至无立锥之地。车中人声嘈杂，有叫卖声，小儿哭声，吵闹声，鼻鼾声……车内并无维持秩序之警察。规则虽有，却无人遵守。

法国人不愿受人为之约束，爱好自然，在越南的大城市中，这精神充分表现出来。河内与香港不同，它是向大自然展开的，香港是一个石筑的城市，危楼矗立，极权力之象征。河内是一个广袤的城市，沿着有历史的剑湖建起城市的建筑，是不高的。法人憎恶被困在内室，名贵的餐室，把座位摆设在街外，或露天茶室。就算在室内之茶室，墙的四周，亦涂以合乎自然之彩色，使人不因木石之不自然之间隔，而失却与自然接触之机会。马路甚宽，二旁植木，华屋躲在树后，接受阴影之洗礼，法人是善于生活之民族。

法人之爱好自由，在生活上表现其浪漫的行动。河内为东方之小巴黎。但自法战败后，至少在表面上，城市的生活，已改故态，舞场已被关闭，或改作茶室。夜生活已从公开的变作暗行的。入夜娼妓大肆活动。她们与香港的不同不在街上接客，她们雇用经纪，"先生，要安南婆吗？""要广东姑娘吗？"合意的话，你便被带到一所厅房，铺陈得美丽。有好几位女人等候你，任你选择。夜度资有时竟低廉至一二元。

我在河内时,适逢法国国庆大典,市内并无张灯结彩,这可见法国已转回到沈实的路上去。这次欧战,法人所遭遇之失败,得了一个有价值的教训。使其觉悟好生活未必就是适于生存。法国民族性过软,他们不晓得为什么要把牛肉变作枪炮。他们现在明白了,轻浮之习惯,已渐改变了,自由之爱好,已修改了。贝当政府之极权倾向,或许是救法国之良药。法国是不会亡国的,假若及早觉悟,埋头苦干,复兴雪耻,仅时间问题耳。

四、其他

我在越南逗留的时日,不过二三天,因此所见不多,其中有几点比较琐碎的,亦想借此写下。第一,越南人极爱戴眼镜,这似乎是一种风尚,蔽日眼镜,尤其普遍。文人学者戴上眼镜是无可奈何,亦无可非议的,这并不会引起大惊小怪。但越南的车夫,戴着眼镜拉车,农村老妇亦戴着眼镜挑菜出城。这不能不算是奇风异俗。最后,越南虽属法国殖民地,但西化的程度并不高。西化的步骤是从外而内的,即是说,皮毛的仿效,总比精神的领会为先。越南人穿西衣的并不多,女人则简直是凤毛麟角。

本期撰者:

钱端升、张忠绂、伍启元三先生都是读者所熟识的,用不着一一加以介绍,钱先生将有若干篇文章讨论我国今后建国的路径,其大概的次序如下:(一)《国家今后的工作与责任》;(二)《一党与多党》;(三)《我们需要的政治制度》;(四)《论自由》;(五)《我们需要的经济制度》;(六)《我们需要的经济政策》;(七)《我们需要的教育政策》;(八)《青年的思想》。本期所载为第一篇。

许菌仲先生是某国立大学的教授,周信铭先生是齐鲁大学的教授。

第四卷第十四期（1940年10月6日）

这一周

国民大会展缓举行，国民参政会改组，这是本月中央政府关于内政上的两大决议。国民大会展缓举行的理由是"各地交通，因受战事影响，颇多不便，如依原限召集，不无重大困难。"政府所举展缓举行国民大会的理由，当为一般国民所共同承认。国民大会展期与国民参政会改组，这两件事有联带关系。人民要求召集国民大会，其目的在实施宪政。实施宪政的步骤本来是演进的，而不是一蹴便可成功的。改组的国民参政会，果是宪政实施的过渡步骤，果是国家政治民主化的进步，那么国民大会展缓举行，人民当不至过分失望。政府公布的修正国民参政会组织条例与原有条例比较，的确有几个不同点：（一）参政员人数增加了二十名；（二）议长改为主席团制度；（三）参政员地区出表由省市参议会选举。惟关于参政会职权，则组织条例并未有所修正，这却是极大的遗憾。过去参政会不能充分发挥效能，主要原因之一，即该会只是咨询建议机关，一切决议，聊备政府参考而已矣。依我们的见解，今日国家因事实上种种困难，既不能立即实施宪政，最低限度应使参政会为实施宪政的过渡机关。如此，则参政会的职权应相当扩大提高。否则，今后参政会恐依然难有成绩可言，而国民对国家宪政前途必觉失望。

从九月二十七日起，敌机每日侵扰云南。九月三十日，敌机二十七架由广西境窜入昆明，在市区滥行轰炸。昆明市受相当损失。依据我们的推测，日寇对云南省对昆明市此类残暴行为，必日渐加多。日寇既已侵入越南，日寇在越南取得航空根据地，敌机至云南肆虐，自较容易。日寇用意，必以为此种残暴行为可以动摇我三迤人民抗战精神。对日寇这种暴行，云南省龙主席有过很好的言告。龙主席于同日晨扩大纪念周中说："须知救国保乡，正在此时，毁家纾难，正在此时，无论官兵人民，处此大难当头，只有抱定牺牲奋斗的决心，用不着徘徊，用不着规避。"龙主席这一段语，的确代表云南全省人民的心理。我们相信，日寇愈来肆虐，则云南全省人民抗战精神必愈提高，而云南全省人民抗战决心必愈坚强！

赛珍珠女士在美国发起妇女购买希望书运动，以期提倡中国妇女抗战精神。据闻该书由罗斯福总统夫人领衔，签名者已达数百人，签名人捐款已达美金九万余元。赛珍珠女士及罗斯福夫人等这种义举，盛意可感。这不止是中国妇女抗战精神的鼓励，这是中国全体国民抗战精神的鼓励。

美国复兴银公司最近又以二千五百万美元贷款，畀予中国。这事在一方面，表示美国对中国的同情心，与日俱增；另一方面，美国对中国抗战胜利的信心，亦与日俱增。中国将以钨砂售美偿还借款。照此说来，这是中美两国合作互利的举动。美国贷款与中国，足以增强中国抗战力量，中国售钨与美国，足补充美国国防需要。我们相信，美国对远东局势之注意力今后日见增加，中美两国这类合作互利的事件今后亦必日见加多。这是中美两国之幸，这亦是太平洋全局之福。

日寇图谋攫夺沪租界之心迹，日益暴露。最近日寇正雇佣不良分子，实行骚扰公共租界及法租界，煽动公共汽车及电车罢工风潮，以为抢夺租界为口实。日寇夺取上海租界，蓄意已久。今日寇既明目张胆，抢夺越南，则津沪等地之租界，更为必得之地。问题症结，则上海公共租界牵涉美国在内。今日寇有否向美国公开挑衅之胆量，此则日寇唯一考虑之点而已。德意日三国同盟成立后，日寇或故意向美挑衅亦未可知。盖日美果发生事端，德意有援日之义务。日寇有此外援，或更放肆无忌。如此，则沪租界之前途诚堪忧虑，不过美日果发生冲突，实力之比较在海空军而不在陆军。海空军实力，美国远过日寇。德意海空军绝无援日之余暇。似此，则日寇对美依然不敢冒昧挑衅。美国态度果坚决，则沪租界或可暂告无事。沪租界之安危，系于美国之态度。始拭目以观其变化！

越南情势日趋恶劣，乃不可隐讳的事实。日寇由海防进占河内，当为必然之事。由河内进袭云南，恐亦为必然之事。昆明龙主席对越当局最近有这样的表示："自敌人在海防登陆，此后他进攻的目标，当然只有云南。至于在什么时候进攻，就难逆料。至于军事方面，中央已经统筹办理……如果到了严重关头，兵力不足，则增援部队可以朝发夕至……"这些话证明越南局势无论如何变化，对保卫云南，中央及地方军事当局已有了确定的计划，我国必能发挥保土御敌的抗战精神。

德意日三国同盟成立后，美英两国对策亦日趋具体化。同盟社伦敦消息，英国将采取这些步骤：（一）开放滇缅路；（二）成立太平洋联防；（三）英禁止澳洲加拿大对日输出原料。美国方面，则哈佛大学法学院院长兰第斯及其他著名教授主张采用下列步骤：（一）禁止以原料供给日本；（二）扩大对华援助；（三）对英商定共同使用新加坡海军根据地及英国在远东之其他根据地。兰第斯及教授们的主张，虽是在野者的建议，然美政府所将采用之方案，大约亦不出此范围。据此以观，英美两国应付远东局面的对策大致相同。第一为经济合作；第二为军事联防；第三为扩大对华援助。这三个步骤果然能够立即实现，我们可预断，日寇必受重大之打击。此不止日寇南进政策陷于失败，即日寇的侵华战事亦必崩溃。到此，日寇对彼自鸣得意的三国同盟，亦必后悔莫及矣！

德意日协定与今后世界

自从九一八起，世界在向大战的过程迈进中。有识者早知世界大战之不可免。但是有识者也不敢断定世界大战何时降临。十年来说世界不会发生大战者固然是妥协派，孤立派及无知之流的胡说，但是十年来预言大战将于何年何月降临者也只是瞎猜一阵。

现在可不同了。德意日上月二十七日的互助协定不特使大家都晓得世界大战之不可免，而且也可使大家了然于世界大战之不在远。

东亚大战已历三年余，西欧大战已历一年余，再以前则有西班牙的内战，意阿之战及中日间断续之战。世界本早已有战事，但这些只是局部的战事，不是世界大战。要成为世界大战，东亚与西欧之战须连在一起，世界的大国须卷在其内。在德意日协定以前，两个战争固然没有连在一起，而大国如美苏也不在内。其原因甚为复杂。德国以为可以独立打倒英法，不必求助于日本。英国以为欲抗德，则不能开罪日本。日本胆如鼠，想多占便宜，而不敢有坦明的表示。中国以为德国或尚可相助——至少不会加害——故不愿开罪德国。英德中日的态度既如此，东亚与西欧之战自然无从合流。同时美国与苏联，一则同情于中英，满以为可以不参战；一则但求自强，满以为两大战的两方俱无一胜可能。哪知道，国际的关系绝不能与国内的主义分离。这适与张伯伦之流当年所大声疾呼者相反。凡是国内实行法西斯主义者，对外必取膨胀主义。必国内行民治者，对外才能尊重建筑于条约的秩序，对内奉行民权民生主义者，对外才能采建筑于民族主义的大同理想。因此，德意日无论他们一时的利害如何，胆子的大小如何，终必合流以向民治民权国家进攻，兼以向世界秩序进攻；中英美无论他们一时如何踌躇不决，终必合流以抵御强权，以巩固并以改进世界的秩序。目前美国固然尚未参战，但美国于数月内之必参战，则不但从逻辑可以断言，即从美国政府态度与人民舆论的转移也可以看出。

以中英美对德意日，论人口资源，优势本操于前者。徒以中英美爱好和平，多年不善修战备，又以中英美前此无发动世界大战以打倒法西斯主义强盗的决心，故至今在武力方面稍逊一筹。中英美此时已能见及敌人的危险与夫通力合作的必要，故今后必能善修战备，发挥国力，以抗敌人。但在中英美能充分发挥实力以前，抢先进攻的便宜不免操之于德意日。如果德意日不顾一切，在欧亚均以全力前进，则中英美仍有失败的危险。此中关键便要看苏联的动作。如果苏联从容德意日，则德意日可以不顾一切以进攻。如果苏联了然于德意日于战胜中英美以后所能加于苏联的危险，因而对于法西斯主义国家作种种的牵制，则德意日势不敢以全力进攻，而胜利必属于中英美。苏联势既不可助德意日，而不助德意日则中英美可必胜，则为苏联计，自以早日加入中英苏的集团为得计。苏联的民族利益本与中英美的民族利益无冲突。七七以后苏联之重行亲华可为此理之一证。徒以二十年来英美对苏太不客气，以致苏联与英美无法接近。但今者中英美苏四国的利害既相同，则中国实应负拉拢英美与苏联交驩的责任。为我们自身的利益计，我们不必斤斤求苏联助我。我们应放大眼光，先完成使苏联与英美接近的工作。

德意日协定的成立可算是世界大战过程中侵略主义一方面最后的杰作。西班牙的及其他若干小国的加盟，或是日本之向中英美宣战等等，均是日后应有的文章，而无足重轻者。但在被侵略者方面，则应有更积极的表示。中英美不应以被侵略的可怜自视，而应以人类文明的保护人及改良家自视。法西斯主义不打到，人类绝无宁日，文明只有退步而绝无进步。我们战争，不只是为消极的抗敌，而且应进一步以保护人类文明为目的。我们再不能不向一切人类文明的敌人宣战了。

德意日协定与我们对策

邵循恪

德意日三国的互助协定,在九月二十七日成立,从一方面说,是德意日将三年以来已经存在的事实,加以明文规定,从另一方面说,远东将来国际秩序,要发生很大的变化。所以它的内容,值得我们分析。

(一)三国成立协定的目的,像序文中所说,是"世界和平的愿望"。这当然不过是口头禅,事实上他们所要求的和平,是凯撒所宣布的罗马和平,表面上说以适当的地位界予世界各国,实际上约定各在"大东亚"及欧洲方面发展,"互助合作",那就是要求得到决定在"大东亚"及欧洲被侵略民族命运的权利。但是他们允许"扩大其合作范围及于世界其他区域内愿与三国作同样努力的国家",那就是他们不反对在上述区外的国家,成立新集团。简单说这是法西斯国家,征服世界与建设国际新秩序计划的缩影。它的基本精神,是放弃已往集体安全原则,而采取区域主义,让它们达到各霸一方的目的。

(二)三国相互承认并尊重的权利,是德意在建立欧洲新秩序中的"领导地位"(第一条),与日本在建立"大东亚"新秩序中的"领导地位"(第二条)。它的重大意义,完全靠住所谓"领导地位"的解释。过去远东条约,只有上次欧战中的兰辛石井协定,承认过中日间"接壤关系"所造成日本在华的"特殊利益",但是同时承认中国主权与领土完整,这个协定曾经引起两种不同的解释。石井说,"特殊利益"就是日本在华最高利益,换一句话说,就是美国承认日本东亚门罗主义。兰辛的话就正相反了。他说,美国用"特殊利益"的意义,就是因为美国坚决否认日本在华最高利益,反对所谓东亚门罗主义，两种解释，既然是根本冲突，所以在华盛顿条约成立后，日本就同意废止兰辛石井协定。它的主要动机，照兰辛一九三五年所发表的回忆录说法，还是因为怕照九国公约的规定，把所有对华有效的条约公开发表，那么兰辛石井协定中的秘密条款，就要把日本的解释，根本推翻，这一个条款，是很像九国公约所规定，任何国家，不得利用目前情形，在华要求损害他国权利的特权与利益，所以日本宁可同意协定无效，而不愿意把它的秘密条款发表。现在极权国家新成立的协定，我们还不晓得还有没有秘密条款，或是补充材料，可以确定所谓"领导地位"的意义。但是日本在"大东亚"的"领导地位"，极权国家，最有可能采取的解释，当然是承认日本在"大东亚"的门罗主义，这是我们所应当坚决反对的。日本所提倡的东亚门罗主义，不像美洲门罗主义，一方面为反对欧洲势力的发展，危害美洲各国的独立与领土完整。另一方面并没有让美国在其他美洲国家内得到任何特权，所以美洲门罗主义的基本条件，是以和平方法，增进本洲共同利益为目标，就是罗斯福所提倡的"善邻"政策。在远东方面，一九三二年到现在的事实告诉我们，日本是唯一国家明显采用暴力手段，破坏中国领土与行政完整，它所提倡的门罗主义，是独占在华所有特权，造成日本在东亚的保护地位，而把中国变成日本的附庸。这是极权国家外，任何在远东有条约利益的国家，所不能接受的。所以我们确信远东现状，在法律上，绝不会受到什么影响。这在国际法上，有两个理论的存据：第一，关于领土或是国际地位的条约，牵涉多数国家的权益，非经合法利益受影响的全体国家批准或承认，不生法律的效力。中国在兰辛石井协定宣布时期，立刻声明不受他国签订的协定所束缚。其他与远东有条约关系的，像美国，在日本要求二十一条件时，对中日双方提出的通告，与为日军占据西伯利亚所提出的声明，都说凡是损害美国条约上权利而成立的条约与状况，美国一概不予承认。换一句说，后来的条约，绝不能影响及第三国已往关于领土及国际地位的条约上权利。第二，凡违背国际公约，用暴力手段所造成的事实上状态，或是条约上权利，不能发生法律上效果。这是史汀生不承认主义，及一九三三年国联议决案所接受的原则。我们绝对不能承认侵略国武力侵略而造成的"大东亚新秩序"，我们更不能承认所谓"领导地位"。

（三）三国对其他国家的关系，是故意给予他们差别的待遇。它们特别说明它们的任何一方，与苏维埃共和国间的"现存之政治地位"，不发生任何影响（第五条），是有两个理由：第一，在法律上，德苏间及日苏间，都有不侵略条约存在。假如德苏或是日苏发生战争，对苏有不侵略条约存在的国家，就没有援助他方的义务。不过这些条约实际上有什么效力，是一个疑问：我们都知道东南欧目前被宰割的国家，如波兰，芬兰，罗马尼亚，它们原有对德或是对苏的不侵略条约，结果只有被德苏临时单方废止或破坏。第二，在政治上，德苏间有处分东欧的协定，日苏间有解决满蒙边界纠纷的条约，意苏间有巴尔干方面的谅解，极权国家，不得不对苏特送秋波，表示它们对苏的宽怀，但是法西斯主义，同社会主义，究竟有不同的国际关系理论，与政治经济上冲突，他们是不是可以长时期共同存在，当然是这一个时代的谜。对民主国家，它们想给予"适当地位"，在欧洲及"大东亚区域"内，它们要自居在"领导地位"，在其他区域内他们可以扩大合作，不过要民主国家屈服，接受它们的和平计划，"作同样努力"。不过目前"尚未参加欧战或中日争议的国家"，假如采取反侵略政策，攻击法西斯国家，它们约定"彼此用政治经济及军事上之各种方法，互相协助"（第三条）。这一条款的对象，当然是要让正在欧亚两区域内，抵抗侵略的民主国家，中英两国，孤立无援，而恫吓没有加入的民主国家，如美国，希望它保持中立。它的动机，当然是希望将欧亚两区域内战争局部化，而不愿意扩大成全面的世界战争，那就对于极权国家，非常不利。但是这一个条款，同时可以发生与法西斯国家希望正相反的结果。在美国中立情形之下，日本暂时可以继续保持"不介入"欧战的政策，而德意现在无须直接干涉远东纠纷，不过遇到美国参加欧战的场合，远东同时发生日美战争，遇到美国参加远东争议的场合，欧战就要推广到西半球。换一句话说，假如美国参战，就是世界民主政治与法西斯主义算清总账的日期。

（四）协定的有效期间，是十年（第五条）。这是因为法西斯国家，已经明了在任何区域内，速战速决的闪电式侵略战争，是不可能的，而在十年之内，他们随时可以受到"目前尚未参加欧战或中日争议之国家"所攻击。因为民主国家有"制海权"，而"血浓于水"的英美关系，与太平洋均势的剧变，让美国随时有参战的可能。苏联在"现存之政治地位"下，可以放心，但是将来不可预测，他们是怕持久战争，变成拿破仑战争，所以德意日协定的有效期间，较已往一九零二年日英同盟多一倍。

我们已经把法西斯国家盟约的内容，简单加以说明。应付目前古今中外的大变局，我们应当采取什么对策呢？我们应当认清在不久之将来，远东方面，一定要发生国际新均势，那就是反侵略集团的产生。一九〇二年英日成立同盟，不久，俄法同盟关系，就扩张到远东，它们共同宣言，声明对日英同盟，确信它是以保全中韩两国领土，与门户开放为基础，俄法表示满意。但是俄国又单独发表一篇宣言，充分表现它对英日同盟的嫉妒。它说，英日协约，引起矛盾的解释，同不同的臆度，最重要的意义，在俄国看，是共同合作签订辛丑条约十一国的两国，"置身于特殊地位"。所以对华少数有条约关系，抹煞现行条约上的义务，想在远东国际秩序里面，造成某种特殊地位与优势，一定是要引起其他有条约关系的国家反抗，新均势的成立，是不可避免的事实。

在我们神圣民族解放战争，已踏上胜利光明之路，我们应当检讨我们过去的外交路线，我以为以往我们外交政策，很少能脱离李鸿章"以夷制夷"的窠臼，它的缺点，在于只有倚赖心理，没有独立精神，常有前门去虎，后门引狼情形发生。在现在国际局面下，我们应当确定自主的与一贯的外交政策，现在蔓延欧亚的战争，是主义战争，为向来所未有的现象。固然现在国际势力，是有民主国家，社会主义国家与法西斯国家，它们的冲突日趋尖锐化，将来要演成只有侵略集团与反侵略集团之分，我们外交政策，应当根据抗战建国的需要，保持民族统一，与世界大同的理想，具有下列目标：

（一）联合反侵略国家成立集团，对破坏条约的国家，执行有效的制裁，恢复远东国际秩序。德意日同盟的结果，让我们无形地变成英美的与国，英美为它们本身的安全计，只有继续给予我们精神的及物质的援助，将来美国很可能决定参战，德意日协定对美发生效力的结果，要让我们变成英美天然的同盟。苏联当然已经不断地与我们以物质上援助，但是中苏间能否再进一步合作呢？我们不妨检讨甲午战争中，我们联俄的办法。李鸿章先得俄使喀西尼答应武力援助，就对日采取积极的外交步骤。到战事爆发，才明白俄政府是自私自利，隔岸观火。喀西尼的一场废话，是私人意见，俄政府不负责。等到我们一败涂地，马关议和，俄国才无条件援助中国，联合德法干涉，强迫日本退还辽东半岛。它的动机，当然是想得到东三省铁路权利，后来李鸿章送给俄国，做中俄密约的代价。甲午战争亲俄的教训，有三点值得我们注意：第一，在中日是两个独立国家，具有相当抵抗能力时期，俄国最先觉得中日战争的结果，是两败俱伤，最好坐收渔人之利。第二，后来中国抵抗力量削减的结果,直接影响到俄国重大利益,威胁俄国天然发展,俄国是无条件援助中国,因为双方感觉到有共同需要。第三,但是在中国单方要求俄国联盟时,俄国觉得中国愿意出代价,就要很大的代价。所以在现在情形之下,我们要联络英美,它们是利害相同,并不需要很大代价。我们要亲苏,等到苏联同我们一样受法西斯国家的威胁,我们无需乎很大代价,可以得到更进一步互助。我们相信中英美苏大联合,总有一天成功的希望。

（二）坚决遵守不承认原则。任何国际会议,或是外交谈判,要解决远东纠纷,它的先决条件,应当是不承认侵略国以暴力手段所造成的"大东亚新秩序"与它的"领导地位"。任何远东领土权利,或是国际地位上新变迁,非经有条约上权利的国家共同承认,不发生效力。

（三）重行建设远东区域安全保障制度。过去集体安全制度,事实上已经破坏,远东区域公约,如《九国公约》、《四国公约》,舍协商义务外,并没有积极的作用,还比不上美洲《罗加诺公约》,有军事互助,及强迫仲裁条款。过去长期战争的结果,总是安全保障制度的演进。拿破仑战争所引起的《硕蒙条约》,成立下四国联盟,后来演变成欧洲协调制度的基础。在远东战争正在进行中,为抵抗侵略,爱好和平的国家,应当联合努力,成立国际新秩序。

英德战争的观测

陈西滢

从历史上过去的事迹去推测将来的局面,并没有什么要不得。但是要是对于两件看来好像相同而实际很不一样的事实,不仔细研究它的因素,皮相地以此例彼,便下断语自然免不了会犯严重的错误。最显著的例是,因为一九一四年德军侵入法国,但没有能到巴黎,有些人便以为六月中德军在攻入巴黎以前又会有什么奇迹发生,以阻止他们的前进。这当然是一种可笑的推测。

对于当前英德的战争,也容易发生同样的结论。因为十六世纪末西班牙的无敌舰队征英失败,十九世纪初拿破仑攻英没有成功,便断言英国是没有被侵入的可能的,这论断不免是偏于信仰,昧于事实。但是反过来,因为希特勒过去的战役都得到了胜利,便认为他征英的计划一定可以获得成功,也实在犯了同样的错误。

我们要知道过去英国的所以数百年没有被敌人所侵犯,是因为英国有世界最强大的海军。这是所谓制海权。在英国的制海权没有打倒以前,现在,与从前一样,英国还是没有侵入的可能。

所以,我们应当研究的第一点,是英国还是不是保持着它的制海权?在第一次欧洲大战以前,英国的海军是世界上无敌的,但是在大战结束时,美国的海军已经与英国平分了秋色。多少年来,英美两国共同维持了海面上的霸权,英国已经不是惟一统治万里波浪的不列颠了。但是在这一次大战中,与上一次一样,美国并不是英国的敌人。不但如此,美国这一次的中立,与第一次大战时的中立还大不相同。一九一四年至一九一七年,美国因为要保持它的海上自由权，与英国的封锁政策，常常有发生冲突的危险。在这一次战争中，美国已放弃它海上自由的主张，所以英国在大西洋东部，反而增强了它的制海权，而且在美洲领海，因美国对于英国的同情，对于独裁国的厌恶，绝不让德意舰只有丝毫活动的余地，更无形的增加了英国海军的力量。

至于德国的海军，大家都知道，现在远赶不上它一九一四年所有的力量。就是加入了意大利的全部力量，它们两国的主力舰，重巡洋舰，还不过抵上英国三分之二，轻巡洋舰不过一半。驱逐舰虽然相差不远，但是自从英国换到了五十条美国的过期驱逐舰，又增加了四分之一的力量了。只有在潜水艇方面，英国的数量不如德意两国。但是一则因为海面上很少有德意船只，不必有很多的潜水艇，再则因为抵抗潜水艇的技术，日有进步，又加了水上飞机的侦察和搜索，潜水艇的危害，远不如以前那样的猛烈。英国的船只在第一年作战中所受的损失，比第一次大战的一年中少得多。这便是最有力的证明。德国人又希望利用一种新式的小快船，名为袖珍水雷快艇。这在挪威海战中曾经有相当的成功。但是在英法海峡中，这些快艇简直不能有什么作为。至于所谓秘密新武器的磁力水雷，最初也造成了一种恐怖，但是秘密一经揭穿，也已经有了控制的方法，不能怎样的为害了。现在德国的舰队始终不能越出北海，意大利的舰队更被封锁在地中海的瓶子里，便可以充分的表示英国还是握有制海权了。

第二个问题是，英国的制海权，是不是因为空军有长足的进步，而发生了动摇？自从空军有惊人的发展，海军作战，与陆军一样，发生了巨大的变化，毫无疑问。这一次的战争，与一九一四年的战争，已经完全不同，更不用说一九一四年以前的战争了。在陆地上，若是与坦克车，大炮，机械化部队，联合作战，空军可以发挥闪电战最大的威力。这种排山倒海的猛劲雷霆千钧的压力！遇到劣势的敌人，真如泰山压顶刹那间便成齑粉。所以德国两星期便征服波兰，不出十日便囊括荷比，连法兰西这样的强国，也不能支持两个月的突袭。可是在目前所得到的经验，单凭空军的力量，却只能攻击，不能克地，只能毁灭，不能制胜。

从前有些人以为有了空军降落伞队，深沟高垒的战壕将归无用，海峡江河的天险可以飞渡了。可是事实昭示给我们，降落伞队的效用并没有想象的那样大。只有在敌人阵线动摇以后，降落伞队在后方可以执行破坏扰乱的任务；在敌军败退之时，可以收到前后夹击的功效，要是敌军的阵线没有动摇，或是阵线虽然动摇而后方尚有保安的兵力，那么空中降落的部队，只是白白的送去作牺牲，因为现时作战，必须有高度机械化的配备，而降落部队只能携带极轻便的军备，自然容易为配备较佳的守军或民防所消灭。所以德军在攻击荷兰比利时才利用降落伞队，而且就是在那两国，德国降落伞队所受的牺牲和运输飞机所受的损失，据报告已经相当的重大。在德国进攻巴黎的时候，因为法军前线虽然败退，后方还不是完全混乱，便没有再用降落伞队，更充分的证明了降落伞队的所得不偿所失。

所以德军以降落伞队侵入英国的策略，只是一种幻梦，在事实上绝无实行的可能。有一位朋友，推论德国进兵英国的方法说："最新式的运输机，除携带轻军器外，尚可载四十名兵士。一千架运输机作一次航行即可运兵四万，作廿五次航行即可运兵二百万……就算每次飞越海峡的航行需时十分钟，则廿五次约需时四个钟头又十分，换言之，有四个钟头的功夫，希特勒即可运兵二百万过海。"此君只顾纸上行军的痛快，忘了飞机运兵去后，回来也需同样的时间，而且也忘了军队上下，装灌汽油，或须慢飞，或须落地，不能永远高速度的继续飞行。但这并非要点。重要的地方是，一千架运输机，至少有两千架战斗机护送，这三千架飞机，二百万军队，集中的几个机场，早已成为敌人轰炸的目标。这三千架飞机在未动身以后，被敌人击毁的该有多少？因为敌国高射炮的轰射（飞机降落军士时，绝不能高空飞行，是应有的常识）战斗机的袭击，在到达目的地以前，被击落的又有多少？所以这第一批的四万人，能够平安降落的能有多少？这降落下来的少数军士，只有轻便的配备，没有防御的设备，能够避免为驻军所消灭么？

所以希特勒如要侵英成功，也只有用空军与坦克车，大炮，机械化部队联合的闪电战。但是坦克车与大炮怎样的到英国去呢？这不但需要多量相当大的船只，而且上船上岸，还得用起重机器。在英国握有制海权的时候，这些运输船有什么方法可以到达英国，不用说坦克车与大炮怎样的登陆了。岸上的炮火，无论怎样的密集，不能掩护运输船的前进，因为它们冒险前进，也只成了敌人炮台军舰及飞机的发炮轰炸的目标。因此，在德国的空军能消灭英国的海军，或克服英国的海军以前，希特勒的企图，是不会有成功的希望的。

有人以为挪威之战，可以证明德国的制空权已经打破了英国的制海权，这实在是似是而非的议论。因为挪威之战，有两个部分。一部分是海战。在海战中间，德国的海军曾然有优势空军的协助，还是受了容易弥补的损失，英国又获得了巨大的胜利。一部分是陆地战。在陆地战中间，德国因为是先发制人，一下手便占有了挪威全国所有的飞机场和几个重要的海港。联军后来，自然处于不利的地位。德军有军港，有飞机场，利于守，联军没有空军根据地，没有适当登陆的港口，即不利于攻。海军与空军一样，各有它最适宜担任的任务，各有它最适宜活动的范围。海军的不能攻城克地，正如空军的不能收地制胜。英法海军不能做到它们的本来不能担任的任务，并不是它们的失败。

侵英与侵挪，不但难易不同，而且攻守完全相反。德军除了最初的突然一击外，在挪战中是处于守的地位，而侵英则完全是攻。因为英国全部数百个飞机场，都在英国空军的手中，全部的海港，海岸，都在英国守军的手中，即使英国没有海军，德军的入侵还少不了遭遇极大的困难。何况英国有强大的海军，占领着海上的霸权，保守着它领土的外围呢？

一个比较有力的例证，是英国远征军的从法国撤退。那时候的英军在德军重重包围之下，德国认为已经是他们囊中的俘虏了。但是在英国海军与空军合作掩护之下，英国军队五分之四从法国的登刻尔克海港退回本国，而且还代法国救到了一部分军队。德国以优势的陆军，加上空军的力量，在英国的领土以外，不能阻止英国数十万军士的撤退，便可以昭示我们英国的海军加上空军是如何有力的武器了。

要是德国真是握有制空权的话，那么一个有制空权的国家，与一个有制海权的国家，拼死相扑，究竟胜负归哪一方，倒是一般研究军事学的人所亟想知道的问题。因为海军与空军的优劣，只有这样才能明白的判断。不幸的是，德国是不是握有制空权，却大是疑问。据中立军事学者的观察，德国现有的飞机数量，与英国是五与三，或三与二之比。英国的轰炸机较少，战斗机的数量，则与德国不相上下。飞机构造的优劣，言人人殊，我们没有专门的知识，无法评判。可是第一次大战的经验告诉我们，双方飞机的制造，时刻在改良，在进步，并不固定不变，而且又告诉我们，虽然中间有一个时期德国飞机的出品较优，可是不久即为英法所压倒，直至大战终了英法都维持了优势。至于空军人员的技术，则实地观察者众口一辞的承认英国胜过德国。作战时击落飞机的数量，德英双方都宣传太过，相去未免太远，可是中立观察者又认为英方所宣布，比较的近于事实。至于德机常常白天袭英，而英机总是夜间袭德的原因，稍有常识者都知道：英机袭德，距离太远，战斗机不能护送；德国机场即在英法海峡对岸的占领区，自然随时可由战斗机保护着飞渡海峡了。

目前的情形是如此。说到将来，德国对于制空权的掌握，恐更不容易有多大希望。因为英国现在每月的飞机产量，已经与德国相等。再根据第一次大战的经验，将来更大有超过的可能。而且英国在本国出产以外，美国已答应每月交飞机七百架，加拿大，澳大利亚等新建的工厂，当然也可以有相当的生产。戈林举世无匹的空军，在英国已经遇到了劲敌。制空权的希望，要是德国在短时期中抢不到的话，恐逐渐的稀少了。说不定英国在制海权之外，有一天还同时占领了制空权。

所以，第一若是希特勒握有了制空权，第二，若是他利用这制空权消灭了英国的空军，第三，又若是他有了这制空权便可以打破英国的制海权，那么他侵英的计划可以成功。但是这些"若是"未免太多了。我们已看到，他现在似乎并不曾获得制空权。我们又看到，过了目前最短时期之后，他便没有获得这制空权的希望了。那么，我们因此推论，过了最短期，希特勒又不免成为拿破仑，他侵英的计划，将归失败，该不至于有多少疑问了吧？

那么，这战争将成怎样的局面呢？双方继续不断的大规模的轰炸，也许可以把伦敦，柏林，利物浦，汉堡和其他英国德国的大城，夷为平地。两国的大工厂，也许可以全部毁坏，甚至以后都得在地下建筑工厂，从事一切飞机和军火的制造。威尔士小说中的预言，欧洲文明的毁灭，也许成为事实。但是这不能给予哪一方以最后的胜利，我们上面说过，海军不能攻城克地，空军也不能收地制胜。德国固然也能侵英，英国也无法侵德。英国的陆军虽然在质的方面是第一等，在量的方面实在比德国差的太多了。

在这样的情形之下，最后决胜恐怕还得出于军事以外的因素。经济封锁是最重要的一种武器。自从战事爆发，英国即实行对德经济封锁，德国也再度采取潜艇政策，对英国实行反封锁。上文已经说过，德国的潜水艇与鱼雷艇，在过去一年中，并没有收到预期的效果。要是发生效力的话，希特勒也正可加紧这封锁，使英国坐以待毙，不必策动他渡海攻英的计划了。英国对德封锁，因为一则德国在自足自给方面，有了多少年的准备，一则第一次大战中英国的与国俄意，这一次不在一方面，所以也比较困难得多。

可是从经济封锁观点说，墨索里尼的参战，实在帮了希特勒很大的一个倒忙。因为一个名义上中立，而暗中处处在帮助德国的意大利，是经济封锁中一个很大的漏洞。德国需要的原料，大部分可以从意大利输入，而英国也不便给予墨索里尼过分的难堪。意大利正式参加，这漏洞便完全塞住了。而且意大利在原料方面，正是欧洲最贫乏的一个国家。它没有汽油，没有钢铁，没有煤，它的矿物资源，百分之八十一来自国外。所以意大利参战的结果，非但不能帮助德国输进原料，而且必须由德国供给它国防工业方面的需要。墨索里尼在这一点上不但不是助手，而且是挂在希特勒头上的一块磨子石。

德国占领了丹麦、荷兰，它获得了大量牛羊肉，牛乳，牛油一类的供给；尤其是占有挪威之后，瑞典及法国北部的铁矿，正可以供给德国所极感缺乏的急需。但是法比的工业，百分之五十以上的原料，得取给于国外，丹荷的畜类之饲料也大部分来自海外，现在来源断绝，自然产量会大规模的减少，所以德国的收获，在目前固然有利，长期却并不如是。而这许多小的中立国，原来也多少是封锁中的漏洞，现在被德国自己塞住了。

德国所最缺乏的是汽油。希特勒的巴尔干政策，居然兵不血刃，而取得了罗马尼亚的汽油支配权，也是它的一个相当重大的胜利。可是罗马尼亚的全部出产，还不敷德国平时一年之用，何况在战时，这每天几千架飞机轰炸及作战的消耗，储油厂的常常被炸被焚，都需要源源不绝的大量的接济。而且意大利也不能不分去罗马尼亚一部分的产量。不足的量，大约只有取给于苏俄。苏俄每年出产的汽油虽然是很多，可是因为它产业的全部机械化，自己需要大量汽油，究竟有多少可以出口，已是问题，苏俄愿意不愿意满足德国的全部需要，而且继续的满足，亦待研究。再则苏俄最大的缺点，是铁路运输量的不够应用，所以运德的一切出产，都不免要被这一事实所限制。

交战国内部人民的精神和意志，也是值得研究的问题。英国在西线沉寂的时候，一部分左派人士有反战言和的主张，可是在战事紧张之后，他们当然一致的主张而且实行抗敌了。现在英国人民的作战，为了国家的存在和人民的自由。他们知道，如希特勒获胜，大英帝国必定没落，而他们数百年继续奋斗所得到的自由，必被剥夺。不自由，毋宁死，这是英国人民与生俱来的信条。所以他们要坚决的作战到底。而德国方面呢？先后被灭，被并吞，被统治，被"保护"，被占领的异族，如法，如比，如荷兰，如丹麦，挪威，如捷克，如波兰，甚至如奥，都被镇压在德国铁蹄之下，他们的人民自然消极的不合作，一有相当机会，便会积极的破坏和反抗。即德国的人民，七八年来，也被胁于纳粹党淫威之下，表面上虽然是举国一致，实际上究竟有多少是完全心服？当然要是希特勒继续胜利，信仰他服从他的人也不免加多。可是要是他一遇失败，一遇挫折，都市不断的受轰炸，生活的必需品发生了恐慌，反对党自然逐渐的抬头了。因为英国作战的目标，是消灭希特勒和他们的纳粹主义，并不是消灭德国的人民，是抵抗德国的侵略，并不是剥夺德国的独立。只要德国民众一旦不拥护希特勒的政权，战争便有终止的可能。

但是，我们要知道，无论经济封锁发生效力，或德国内部发生问题，或是两者相当因果，这必然是长期工作的结果，绝不是一朝一夕所能期望的。所以我们的结论是，除非希特勒在最短时期内能击破英国的海军。攻入英国，他会遭遇到拿破仑同样的命运。不过英国这一次不会得到滑铁卢。德国的最后失败，必在长期岁月以后。至于因意外事件发生而提早战事的结果，当然并不是不可能，但作者既非预言家，就不在讨论之列了。

西南工业的人力基础

费孝通

一

一说起工业,最容易联想起的是机器,是烟囱,是厂房。甚至有人会觉得所谓工业化云云,其内容也不出于买机器,盖厂房,天天烟突里不断的有黑烟送出来而已。至于工业里还有"人的因素",那就不大有人注意的了。有些人以为人和机器是势不两立的,有了机器就不要人,机器是人的代替品。又有人以为人和机器是二而一,一而二的东西,人不过是机器的配件罢了。工业任何部分的活动无不是靠人,在利用机器中,人和人发生了种种很复杂的关系,这些关系的调整是工业能顺利发展的基本条件。忽视了工业里的"人的因素",和忽视其他因素如原料,资本等一般会使工业前途蒙受极大的损害。最近我们常到各工厂去参观,和经营工业的人谈话时,深深的觉得劳工质量的增进和维持以及劳工的管理等已经成了西南工业中急切的问题。为了西南工业的前途着想,我认为这些问题是值得提出来详细讨论的。

工业的"人的因素"包括的范围很广,大体说来可以分人和事两部分,人的部分注意到个别工人的工作兴趣,工作效率,工余生活等,事的部分注意到工人组织和工厂管理等。四卷十期本刊陈雪屏先生的《工作和闲暇》是讨论这些问题的嚆矢。本文将分析西南工业里所用劳工的来源以说明现有人力基础的不稳固,希望负有发展西南工业责任的当局能及早注意预谋善策。

二

西南本来是一个工业落后的区域。若是没有这次抗战，在最近的几十年中西南很少有发展工业的希望。抗战把工业带到了后方，而抗战之能否胜利又大部分倚于后方工业能否建立起来。换一句话说，西南现有的工业并不能得到很好的遗业。新工业是要平地造起来的。而且造得要相当的快。单从人力方面来说，哪里得来这一大批新工业里的劳工呢？

新工业在当地缺乏遗业最显著的困难是劳工的缺乏。现代工业中的劳工不是一朝一夕可以造就的。于是西南工业不能不大量的接受外来的劳工。机器和原料从甲地搬到乙地，一样可以用，可是劳工的徙移却不是一个简单的问题。

第一是内地如何去吸收外来的劳工？在目前西南工业的所以能得到外来的劳工，可以说是托了沦陷区工业崩溃的福。当抗战初期沿海工业区沦陷时有一大批劳工失业，随着政府的内迁，辗转到西南。他们是流亡的劳工，很容易的被吸收在西南的新兴工业里。

沦陷区的工业在敌人控制之下逐渐恢复之后，这类流亡的劳工也跟着逐渐减少，但是西南工业正需要人力的充实，于是发生了和敌人争夺工业干部的经济战。各工厂个别的在上海等处设立招工的机构，可是这一幕重要的争夺战，并没有整个的计划，更没有健全的机关来统一筹划，这笔费用也全数由个别工厂担负下来。结果自然不易发生良好的结果，我们虽没有统计的数字来考核我们这方面的工作，但是在西南工业里技工的缺乏正可以反映出我们并没有做到应有的成绩。外来劳工的吸收既然没有全盘的筹措，更没有积极的奖励，交通日见困难的情形下，前途显然是更不易乐观。

外来劳工的数目既然不易增加，我们就得设法尽量利用已来的劳工。但是人口的迁移常会发生水土不服的困难。外来劳工健康情形如何？有没有特别的卫生保障？我们是急需知道的。但是至今尚没有任何可靠的材料可以给我们一些正确的认识。据说在外来劳工中性病的传染很广很快，这虽是一种传说，但是很可提示我们外来劳工社会生活的失调。外来劳工中单身的较多，社会生活的调适比较更困难。他们脱离了家乡来到一个人地生疏的地方，社会的控制力顿然削弱，他们没有亲属朋友的监视，没有顾忌的可以任性所致。性病还不过是次要的结果，近来大家痛心的走私也有一部分是出于个人责任心和道德观念低落的缘故。

生活不安定，对于职务不觉得有前途，心理的烦闷，都会直接影响工作的效率。我从一个朋友那里听说：在某工厂里，一个工人普通一天只做一百个螺丝钉，可是据工人自己说，一个螺丝钉只要一分钟就可以做好。我又在一个工人写给他朋友的信上读到一句很值得注意的话，他说：在这里的工作比上海轻松三分之二。这样说来，不论从客观的标准或是从主观的自觉来看，外来劳工的效率在新环境中真是意外的低落。我们且不去追问工作效率低落的原因，可是这已足以使我们说西南工业并没有充分利用外来劳工可能的贡献。

外来劳工若是不能在新环境中得到满意的生活，新环境就拉不住他们。他们不是再迁移到别地方去就是回老家，这里又发生了一种过虑，就是西南工业吸住外来劳工的能力怎样？已来的劳工有没有逐渐他去的情形？生活费用的一天高似一天会不会使外来劳工再度迁移？更严重的是战后劳工的动向如何。若是战时西南工业尚不能吸住外来劳工，则战后更不容易了。这是潜伏在西南工业发展过程中的一个可能的危机。若是政府的经济政策是要在西南建立一个工业根据地的，对于这种危机应当及早预防，防止的方法固然很多，但是最基本的就是要使外来劳工觉得在新环境中个人的希望大，前途光明。现在这辈劳工的态度如何？这是值得我们深切注意的。

三

若是我们觉得外来劳工究竟不是建设西南工业的可靠干部，则目前应当赶快设法在当地人民中选择和训练出一大批新工业的工人。现在本地工人是哪些人呢？简单地，大体地说来，他们是来自农村的。

我常是这样想：工业化过程应当看作是几百万几千万的农民脱离农村走到工业都市去的过程，是一个个人生活习惯的改造，是一个个人生活理想的蜕化。这种看法在西南更是确当，因为西南的工业历史太短，发展得太急促，从农业到工业的转变太直接。现在的西南工业中有着一大批刚离农村的农民，虽则他们已参加了新工业，可是从他们的生活习惯上说，还是充分的保留着农民的味儿。《农民在工业中》的一句矛盾的话已可用来表示西南新兴工业的一种特色。

工业的兴起不能不从农村中吸收出一大批人力来。有不少经济史的学者认为英国工业化所以能如是之快是得力于十八九世纪的圈地运动，圈地运动的结果使大批农民不能在农村里找到工作,不能不到都市里来当工人。工业革命一定是要农业革命来辅翼的。可是,西南农村里有什么重要的改变可以促进新工业的发展呢?以目前论农村的经济结构至今并没有重要的改变,于是农民为什么脱离农村更是个有趣的问题了。

我们所知道内地农民进入新工业的重要原因有两种,一种是由于征兵债务以及其他家庭冲突等使农民不能安居在农村里,工厂成了他们暂时栖息的地方,这并不是过甚其辞,最近我们在某工厂调查女工入厂的原因,可以说有近百分之八十是出于家庭间的不和,经济压迫还在其次。以工厂为躲避烦恼的地方的人不易把工业作为一生事业的出路。征兵征过,债务已清,家庭问题解决,他们对于工厂还有什么留恋呢?

还有一种原因是由于农闲的利用。农村里一年至少有一百八十天没有农作可做,在这农闲期间田地少的人家就得卖工过活,新工业给予这辈人新的卖工机会。不论出于上述的任何一个原因,都是会引起新工业中高速的退伍率。这是现在任何内地工厂都遭遇着的严重问题。

为什么不能使这辈本地劳工安定在工业里呢?原因当然很多,最重要的是在新工业的吸收力小和农业在最近几年内的繁荣。本地工人既有大部是从农村或市镇中出来,他们没有工业的技术,在新工业里只能取得小工的地位。做小工的工资较低,(甚至低于农业里的工资)工作繁重,而且没有出头的日子。我们知道有不少抱着相当希望愿意在工业里发展的人,到了厂里觉得满不是所想象的那回事,跟着又退出工厂的。

在农业里工作惯的人,对于工厂里有规则的劳动,常会感觉到困难。习惯本来可以改变的,若是工业能吸引住他们,他们住久了自然养成工业习惯。不幸的是工业吸引力既不大,一上来农民们生活全觉得不对,回乡的心自然更易成为事实了。

从农业到工业并不是一条太顺太便的路,若是没有压力,没有特别的吸力,农民不易走上这条路的。内地的农村,租佃制度不发达,不像沿海省份农民的经济压力那样大,所以要他们离乡入城,一定得加强新工业的吸引力,新工业的吸引力中最重要的就是要以事实来证明在工业里当工人是有较大的前途,劳工是一件值得作为终身事业的职务。

四

依我们的分析西南工业的人力基础动摇得很,不论是外来的或是本地的都表现着游移的趋势。在这个不稳固的人力基础上,西南工业的前途显然有很大的限制。我们希望关心西南工业的人能注意这久被忽视的"人的因素",及早设法来稳定这基础。西南工业需要一个有效率、不游移的劳工干部。

战时的浙江（方岩通讯）

陈慎修

一、攻势政治

　　浙省军事的退守，绝对没有放松政治。在政治方面，始终就努力于政治进攻，踪随中央《抗战建国纲领》，配合起有光有热有力的广大青年政治工作人员深入敌后，争取民众。与敌伪展开政治斗争。浙西虽被敌伪所割，但省政当局绝不对浙西淡漠。

　　机动的紧张的政治作风，蔚为习尚，确曾一扫客观的陈陈相因，衣钵相传，颟顸，繁缛，松懈颓废，因循苟且，保守顽固的积习。

　　不久，当轴规复浙西各县县政府，确定战区政治组织，健全各级行政机构，提高经费，强化政权。念七年底，为了更加紧攻势政治，省政府在百年古树参高天的天目山上设立浙西行署，就近划辖游击区和临近前敌的浙西二十二县，并设立战区政治干训团，训练广大的攻势政治工作人员。从森林丛中发出伟大的力量，通过敌阵，渗透得敌后每一个角落，现在浙西失陷地区四六五乡镇，我能切实掌握运用者百分之八十，当不是偶然的事。

　　政治的革新和社会的改良，可以加速抗建大业的完成。年来浙江民政当轴，调整区县机构，健全乡镇保甲，举行保民大会，健全民意机关，乃至澄清吏治，培养干部，广施救济，推动卫生，不遗余力。其中把自治经费附到田赋和营业税上带征，不仅使人民负担公允，抑且剔除中饱，增加收入，替"管教养卫一元钱"的乡镇保甲经费开了康庄的出路；此外，清查全省户口，树立健全的户籍行政有施政之基础，都是值得称述的，如果无论走进哪个村镇,当地的保甲长会清晰地介绍这边的人力、财富、户口、兵役和"众人的事"的各种详细情形。

保民大会,是基层民意机关,是传扬政令的扩声器,施政成绩正确的反应者,是严密的情报网,是免役最公开,公平,公允的审查人。它奠定了政治,经济,文化,社会各种建设事业的基础。它在浙江是无分敌后,前线,后方,普遍的热烈的被召开着。这不是说明别的,这说明政令已经能够确实的推行到"众人的事"的众人头上。

浙西富庶之区沦陷,浙江精华尽去,政府赋税收入减少过半,财政上遭受极大的打击,但必要的支出却比战前更多。念八年浙江岁出的总数字是四千万元。为了弥补不足,当局除了努力刷新机构办理清算,多少可能的消极的方法外,突然把念头转到吸卷烟人的身上,毅然决然实行"卷烟管理"和"火柴公卖"。

卷烟管理和火柴公卖,是浙江的一个创举。大家烟瘾还不差,随便吸。长不满二寸的香烟,省库目为管理费的收入,每年就在八百万元以上,这不能不说是一个可观的数目,此外和财政部会办食盐运销,政府收入增加许多,三者自抗战以来,以崭新的姿态跃现于浙江财政收入的数字上。战时浙江财政也便在这三大事业上打下根基。要之都是不涉苛细,不扰小民:而食盐运销,在盐民方面,尤能促进盐运,减轻剥削。这些,除了政策的成功,各级人案廉洁奉公,勤勉从事,也属难能可贵,虽只是分内的事。

浙江岁出数字四分之一是公安费,便是保卫浙江的单事费。

钱是推动政治的动力,是攻势政治攻势的后盾。

二、浙东在建设中

散处于百水乡间的浙江省铁工厂,微露着东南重工业的端倪,它以国人为技师,废铜烂铁为原料,可以制造轻重机枪,步枪,各种榴弹。多少弹片已经飞入敌人的阵营,射中他们的心坎。

省农业改进所,手工业指导所两个有力的机构,稳固着农村经济基础。农事生产之增加,是致胜要策,而手工业在浙江又有它历史上的地位;两者都配合在健全的保甲组织之下,展现着光明绚烂的成绩,冬耕,垦荒,植桐,种茶,足使地尽其利;如公,小规模的工厂已经布遍十万大山的处属,渗入民间，报纸，酒精，面粉，绑布，药棉产物的数量，足可供给一般社会的需要。现在筹设的五千锭的纱厂，棉花已囤在百万担以上。从此老百姓不该再唱"日出而作，日入而息"的简单的歌了。

关于物产调整和运销，浙江设有省营贸易处和油茶茶丝处管理各种特产，其产，制，运，销，悉由政府一条鞭办理，成绩惊人。

讲到浙江交通，在战前原已完成各县间之公路网及两大铁路线，交通便利，曾被称誉一时；战后除沿海和前敌若干线工程破坏，化路为田外，其余都是照常通车。从金华到宁波，温州的金甬，金瓯两大路线，蟹螯样钳住繁荣的金华。迂回于山岭的公路上，可以看到收尾衔接的各省本省汽车，它们沟通内地和沿海的物资，出入于浙，皖，闽，赣，湘，桂，黔之间，一路扬起大雾样漫天的灰沙。

手车，应该被称为浙江的一种新运输工具了。车多为农民所有，和人力车相似，两轮一轴，上平，铺板，围以木栅，可载四百斤，构造简单，一人推之。公路两旁，车车相接，蔚为大观，完成了补助汽车运输不足的伟大任务。闽赣各省起而仿效，改造独轮，都有成绩。手车，不仅振兴了镇集的工商业，并且繁荣了将濒破产的农村。浙江现有手车数量，至少在一万二千辆以上。车夫每天每人收入约三四元，月入当在百元以上。虽然，他们的饭粒还从肩膀臂膀上磨出来的，但至少不再是"一根绳子一条裤"的苦生活。这又说明抗战以后，有力出力，劳心者和劳力者的待遇，已经趋于平衡。

浙江除了一年缺米八十万担外，经济生活是自给自足的，东南的物价比起西南当然要算低，但东南物价的本身是日益上涨的。这，多数人说是奸商做转手生意，囤积居奇的缘故。但沿海和接近敌区一带，资本帝国主义者通过奸商和封建势力所凝结成的走私阵营，是不可忽视的。敌人有意的留着浙东海岸，我们从外国记者的证明，三年来的经验，告诉我们：他是包含一个极大的阴谋——走私。他维持伪组织的经费，挹住军火的消耗………岂仅是激起物价高涨而已。在浙西，除了抢救敌区资源，还有经济反封锁的组织，一面防物资资敌，一面防敌货倾销，但从敌我对峙线至江防海防，绵亘千里，封锁很难做得切实。去年浙东大熟，今春绍兴一带便曾发生严重的无米问题，饿殍载道，根本有钱买不到米。政府为了纠正这个危险现象，正在设立省县食粮管理处，希望今年秋收登场，就能替明春的米荒有一个消极的准备。

在建设中的浙东，还有一点要提起的是教育文化事业。丽水，一个荒僻的的山城，跟着抗战繁荣。它是金华到温州的中点。现在商业地位次于金华，政治地位次于永康。这边有浙江最高学府——省立大学，行政干训团，联合高中，联合师范，联合初中。人物荟萃，冠盖云集，是作育青年的大本营。浙江战后教育文化机关都向此集中，是战时浙江教育文化的中心。

抗战改变了一切，浙东本来是一块地瘠民贫的地方，但因为要根据这山地作收复浙西的准备，所以农工商业，交通运输各种建设，都在突飞猛进中。

三、新的刺激

守军前哨，天天伫立江头。

闸口杭州间的火车凭空驰来驰去，拉破嗓子叫的时候，我们知道杭州敌巢兵虚，特地装起调军模样，炫耀耳目。清早，江北的风吹来阵阵口令声，是敌人假装着大规模出操。

回忆从杭州撤退的时候，大家不仅担心沿江沿海诸城恐将不保，连金华以南一带腹地的人民，也曾起了极大的骚动。谁知敌人冲到杭州，便倦死不动；我军亦凭钱塘天堑，南防如金汤之固，才慢慢使动荡的局面安定下来，沿交通线一带在炮火中皆过去的商业，也渐渐苏醒过来。浙东便在消费浩大，人口剧增，运输频繁几剂强心药之下，繁荣气象，日新又新。不少户暴发大财，变为团团大面的富翁，金华，温州一带，市街熙熙攘攘，往来人士，摩肩接踵，酒楼菜馆，点缀起歌舞升平的气象。士大夫因为安于其位，也松懈下来，从杭州撤退带来的整治高潮倾泻去了，于是贪污，走私，层见叠出，社会表面狂热振作，内则停滞腐败，像一个发了高热，面色腓红，呼吸紧张的病人。

忘记了隔江的敌人，会在这样漫地大雪飞舞的冬天的清晨，白衣白帽化装偷渡钱塘，在南岸登陆，不旋踵而萧山陷，诸绍警报。侵略的刺刀插入浙东，整个浙江神经重新紧张起来。

省政府因为检讨工作，实施县各级组织纲要，正在这以前召开全省专员县长会议，群贤毕至，尽八日八夜殚精竭思，详尽讨论，根据精神总动员纲领和县各级组织纲要两大法典，制定本省今后三年施政计划，对于全省今后精神和政治建设定下一个方案，作进一步的规定。浙江政治正有一个新动向，不期萧山变起，好容易，惊惶的情绪宁静下来。

三年计划，配合在党政军的力量下，方迅速地完成六分之一，七月中敌人又在镇海登陆，入窥宁波，我军有备，立刻陈列出十五万大军，这怎叫敌人不望风披靡？宁波无恙，镇海也就克复。敌人全部落海遁去，沙滩上留着一架被我击落的敌机残骸。

邓川散记
——滇西散记之一

曹立瀛

一、邓　川

邓川县有两个"平坝"，平坝就是平原，云南称为"坝子"。西平坝可称弥苴平坝，为洱海主源弥苴河入海处，南北约二十公里，东西约十公里，弥苴河自天马山峡谷出弥源境后，向东南直贯平坝的中央；但出峡不远，就在正流左右各分一支，东支经东湖入洱海，西支经绿玉池西湖入洱海，所以弥苴河进洱海的水口有三。邓川县城在平坝的西南角，西湖的南方，海拔与大理同是一七五〇公尺。弥苴平坝的西边，是北来九鼎山脉西南支的延长，接连点苍山的云弄峰。这一排山峰的名称，由南至北，有玉龙山、云龙山、卧牛山、弥勒山、黄罗筛山、覆钟山、启（起）始山（在覆钟山西）及大马山，山脉的脊部就是和洱源县的分界处，高峰在二五〇〇至二六五〇公尺之间。从天马山东北的峡谷，弥苴河流入邓川，河东北岸为普陀洞山，以此与平坝东边的联珠山相接；联珠山又称东山，主峰高约三千公尺，南下直抵洱海北边，另一小平坝可称羊（寅）塘里平坝或黄坪平坝，在东山之东，鸡足山之北，有溪为罗漏河西北源，流入金沙江。

上关是邓川与大理分界处，由此至邓川城约二十里。上关较大理为高，鱼塘坡又高二三百公尺，从此下坡经邓川大镇沙坪街到县城，沿途皆坡缓路平，马行甚便。

邓川县土城一围，南北约仅半公里，城西依小山，东西虽较广，而市房只在东隅，宽尚不及南北之长。城内只一条由南门至北门的大街，窄隘污秽，屋宇低矮而黝黑。机关和关着店门的商号总在大街上；有邮政代办所，无电报局。巷内有一萧家店，是本城最大的马店了，三间旧屋，一层阁楼，总共放了二三十张铺，天井里就是马槽；这样的旅店，居然还有些军人霸占着，不让我住，不得已，住到县政府去。政府向东，北首是教育局，南首是建设局和观察局。建设局的办公室在一个小苗圃里，室中有两张铺，一张桌子；我住在办公室的楼上，灰尘盈寸，这或许是留待上宾而上宾却几年不光临的地方。浓云密布，大雨将来，苗圃形成一片惨绿，清静中带上些悲伤。

各县大都有县志，多半为清代修纂，资料陈腐残缺，谬误百出，原不堪读，但是惟一的地方记载。《邓川州志》，系署牧乌程钮方图庚云定，州人杨柄录春樵缉，侯允钦云波纂，序为咸丰辛亥嘉平月所作。全书系木刻，除首末外，分十六卷，装八册。兹将其目录列下，并非崇尚其历史地理的价值，仅因此书不易觅得，录之兼示云南县志编列内容的一般。计有卷首列叙文，诸围，姓氏及凡例；卷一天文志，列分野与气候；卷二地舆志，列沿革，疆域，山川，井泉胜览，古迹，庵寺及坟墓；卷三村户志，列村长及户口；卷四风土志，列民类，民族，物产及街市；卷五灾祥志；卷六建置志，列城地公署，仓储，学校，兵防及机械附；卷七典礼，列秩祀，群祀及民祀；卷八赋役志，列民赋，囤赋，丁银，课程，经费，值日及差徭；卷九河防志，列段列，章程，公规，经费，通论及各处堤防；卷十官师志，列师命，使命，知州，教职，吏目，汛防，州同，邓睒诏，土官及宦迹；卷十一选举志，列进士，举人，荐辞，副榜，贡生，武举及乡饮附；卷十二人物志，列乡贤，卓行，仕迹，孝义，忠义，文学，汇纪，烈女及对典附；卷十三艺文志上，列记序；卷十四艺文志中，列论，书，传，考及杂著；卷十五艺文志下，列古今体诗；卷十六盗防志，列战捕，移置及公议附；卷末杂异附。

从这部县志里，除水利为邓川的特殊问题，值得研究外，也有几点可注意的。第一，邓川气候，因地位仍属洱海平坝，大都与滇中相仿，惟羊塘里则地处河谷，与鹤庆的姜营或永胜的金江为同一情形。州志卷一载："春冬多雨多风，夏秋多雨，四时无大寒暑；故裘葛可无需；惟羊塘里炎热多瘴，地气较殊。"

第二，邓川风俗已渐有剑鹤丽三县"女性中心"的色彩，女子劳作，男子嬉游，于是家庭的社会及经济关系，逐渐以妇女为主体，州志卷四，论物产部分附带述及："……邓不事蚕织，半以力穑委妇女，男子辄事嬉游，岂生民之道哉？驱游情于南亩，而以女红饬闺化，窃谓移风易俗之道，具其为首。"这是一条"标准老夫子"的主张。

第三，赶街之期，十百年不度如一日。州志卷四载："州城街逢子午日，沙坪街逢未日，右所街逢寅申日，旧州街逢卯酉日，银桥街逢辰戌日。中所街逢巳亥日，黄家坪街逢丑未日，新街逢寅午戌日"据我所知，至少县城，沙坪，右所及中所仍旧如此，沙坪赶未不赶丑，因为丑街在上关。

第四，邓川特产为乳扇及弓鱼。其实迤西各县乳扇生产，洱源为最，质量均佳，邓川并不占首位；弓鱼则虽沿洱海之大理宾川凤仪皆有产不如邓川之多，其理由或因弓鱼逆水集中于洱海北端弥苴河出口处，州志卷四记述乳扇曰："乳扇者，以牛乳杯许煎锅，点以酸汁，削二圆箸轻荡，渐成饼，拾而指摊之，以二箸轮卷之，布于竹架成张页，干之，色细白如轻谷。售之张值一钱，商贩载诸远为美味，香脆逾（？）酥酪。凡家饲四牛，日作乳扇二百张，八日之家足资俯仰矣，故多尚之。"其制造方法，与在洱源所见者略同；虽其经济价值今昔各异，然为重要之农村副业则一，如能稍事改良，将不难成为一种牧畜工业。其记述弓（工）鱼曰："……又惟工鱼为多，其色如银，狭长如条，无鳞少骨，味鲜美。洱海中渔者就弥苴河傍海处，开浤通水曰鱼沟；沟中就埂脚织竹如立栅曰渔坝；栅斜开向上，就对岸为口曰坝口。凡鱼性逆水行，河水由沟入海，海鱼唧尾入沟触栅，栅水喷沫，鱼愈跳泼循栅进，乃入口。渔者以网作兜，坐盛之；鱼乃跳泼如梭织，笼尽夜所获不可思议。"

二、弥苴河畔

由邓川城去洱源城，大都沿着弥苴河向北西行，据称五十里，其实走快些四小时可到。

由邓川出北口，约一公里至西湖；西湖是弥苴河西支所成的积水池，南北长约三四公里，东西宽不及一公里。大路过湖中堤上，水尚清澄，二三渔艇点缀其间，亦有佳趣；但芦苇遍植，连接湖畔稻田，有时不辨水陆，一公里外虽有罗筛山的高峙，然以田亩交错，未尝能掩映生姿；邑人以此比杭州西湖，不过在夸大之中，聊以自慰罢了。马行甚慢，一小时到右所；右所是邓川首镇，丽鹤剑洱至下关商货，常在此换船，下关进内地的商货也在此由船登陆，再且内地商人亦至此批货，下关商人不愿至内地时也在此收购，所以右所不但是转运站，也是交易场，虽只南北一条街，然长度与繁盛，均远过邓川城之上。自右所仍沿旧大路行，经住宅区的左所及前所，一小时后抵中所。中所也是大镇，在弥苴河两岸，有桥曰："德源"。

　　弥苴河在两道高堤之间奔流着，这便是邓川县伟大的水利工程。原来弥苴河底，比两岸的屋顶还高，为保存庐舍田亩计，前人便筑下堤防。河身宽狭不一，通常为二三丈；堤身宽狭也不一，通常一丈余高出河底一二丈。堤边遍植杂树，人马行其上，仿佛翡翠屏风，苍碧无际，枝叶疏处，偶见清流，湍急作声，打破这苍碧的沉寂，弥苴清堤自天马山峡至洱海边，约二十公里，长堤映带，翠树凝烟，不仅是一美丽散步处，工程之大，可想见前人与水搏战的努力。

　　关于德源桥，我记得有这样一段故事。唐代开元中，皮逻阁计灭五诏称霸南诏之前，邓川的王国是邓睒诏，他的妻子慈善是一个极美丽而勇敢的女人，蒙氏诱杀邓睒诏之后，想娶慈善，她就率兵死守城，兵败自尽，蒙氏后悔，名其城曰德源。德源城，有人说就在中所旁，有人说在县城之东。后来查邓川县志有云："皮逻阁被氏诱焚于松明楼，欲强其妻慈善，慈善闭城死之，蒙氏后悔，名其城曰德源。"又查蒙化县志有较详的记载："……威成王子皮逻阁立。开元十八年灭五诏，自称南诏王。先是蒙氏，三十七蛮部不服，选亲族为五诏；未几五诏抗命，逻阁遂赂剑川节度使王昱，求合六诏为一，昱奏于朝，许之。逻阁乃豫建松明大楼，祀祖于上，使人谕五诏曰：'六月二十四日乃星回节，当祭祖不赴者罪。'……遵睒诏丰呼孙皮罗遵之妻慈善者，止逻遵勿赴，遵不听，慈善不得已，以铁钏穿于遵臂而行……逻阁偕登楼祭祖，祭后享昨食生，饮酒迨晚，四诏尽醉，逻阁独下楼焚钱，遽从火，火发，兵围之，四诏皆焚死。逻阁遣使至四诏所，报焚钱失火，四诏被焚状，令各诏收骨；四诏妻至莫辨其骨，独慈善因铁钏得焉，携归葬之。逻阁既灭四诏，取各诏宫人；念慈善慧而甚美，遣兵围其城，迫取之。慈善曰：'吾岂忘夫事仇者！'闭城坚守半月，城中食尽，慈善度不能支，即自杀，时七月二十三日也。逻阁嘉其节，乃封赠为宁北妃，并旌其城曰德源城。"

过德源桥后，沿河东的公路北进。大雨，马有快慢不一，无法计准确里程。三十五分钟后，抵天马山峡口，两山陡峻，弥苴河自西流来，出峡始折向南。峡为幼期深谷所构成，山势宛转曲折，水流环抱萦回，奔腾湍急，有时落差较高，形成小瀑布，不似德源桥一带的平波缓流了。公路沿峡北岸，如羊齿形曲折而进，中途有碑曰浪穹县界。自峡口行二十五分钟到新桥，公路仍循桥北山坡的五十里至牛街，去洱源城须过桥至南岸改上小路。新桥前不远就出峡谷，行行三十五分钟到念村（？）；念村已在洱源平坝中，当时大雨滂沱，衣衫湿透，马在雨中行甚慢，进至凤羽河边，又上堤，数里后到洱源南门，自念村至此一小时，天晴当不须如此长久。于是我在暴风急雨之中，来到洱海的源头。

邓川交通，水路有船入洱海，通海边各地。陆路有马路及车路路基，南经上关到大理，北上一日马程至牛街入剑鹤丽，由这干路上的前所，岔向东北过东山，可入鹤庆；由新桥岔向西可至洱源县。此外，由城东行，可由黄坪及鸡足山后，赴鹤庆永胜的金沙江岸一带；由城西过弥勒山南的小坡（蜡坪哨？），可至洱源的凤羽，约四十里。

本期撰者：

  武汉大学陈西滢教授观测英德战争的文章，际此德意日互盟示威的当儿，颇可使厌恶反侵略的人们增加勇气。关于我们应付这同盟的对策，则西南联大邵循恪教授有一专著，值得当局注意。

  云南大学费孝通教授是读者所熟识的，陈慎修先生现在浙江民政厅服务。

  曹立瀛先生近有滇西之行，对所经各县，都作有游记；本期特先选登关于邓川县的部分。

第四卷第十五期（1940年10月13日）

这一周

　　双十节纪念今年已经二十九周年了，古语说"三十而立"，这是说人到三十之年，就可以卓然自立。国家的寿命无尽无穷，二十九年的历史真正还是婴儿。然而环顾我们中华民国的目前状况，却亦够得上"卓然自立"，这四字的资格了。我们敢相信，中华民国三十之年的时候，抗战必有了最后的胜利，而中华民族有史以来的民族革命必有了最后的成功。中华民国自诞生及至二十九周岁，经过无数风波，受尽无数艰辛，今日还依然在惊涛险浪中。然而我们相信，中华民国的前途，后此绽放光明。中华民国的生命是万寿无疆。我们常想，人类史上为民主，为自由平等而革命，革命而且成功的纪念日期有三：以法国的"七·一四"，美国的"七·四"，及中华民国的"双十"。这三个纪念日期中，"七·一四"在今日已黯然无光，抚今追昔，我们对今日的法国民族，感怀万分。中华民族正在艰苦奋斗，以发扬光大"双十"精革命神。自德意日三角同盟成立后，美国亦成立了反民主主义者众矢之的。今后民主主义在人类史中的命运，惟中美两国是赖了。我们又绝对相信，中国必能本"双十"精神，美国必能本"七·四"精神，携手并进，以保卫民主主义，使民主主义有永远的胜利。

　　最近一周来，日寇在空袭方面比前似较猖獗。重庆与成都最近当有敌机大规模侵略的消息。云南省则自日寇在海防登陆以后，几日无空防警报。日寇这种举动，尤其容易解释。日寇念于求中日事件之结束，苦于无法达此目的，于是以飞机四处轰扰，以求动摇我抗战精神。应付敌人此项鬼蜮伎俩，亦十分容易。对敌人此种轰扰，我们国民处之以镇静安定。不止我们抗战胜利，不为之丝毫动摇，即我们国民一切日常工作，在此时期更为之振作奋战，加倍努力进行。敌人轰炸我们的城市，我们迁乡村工作。敌人白天捣乱，我们夜间工作，敌人愈扰乱，我们愈镇静，敌人愈轰炸，我们愈安定。"工作！工作！工作"，这是我们应付敌人的口号。日寇所破坏的抵不过我们的建设。日寇黔驴之技穷矣！今日的大轰炸，这是日寇的最后挣扎。我们用"努力工作"四字战败之，我们的前途就日见光明了！

中央设计局，据重庆电讯，已于十月一日正式成立。设计局的设立，其目的在将中央各机关之设计部分完全集中统一。这种设施，我们绝对赞成。以往中央非缺乏设计机关，其弊在设计机关林立。一部，一局，一署，一委员会各有其设计机关，于是机关的精力时间，多费于研究讨论上，各项计划，日日在各衙门中循环辗转兜圈，环游既毕，则计划依然是计划，还是以往行政效率低落的症结。重大毛病，因为设计机关太多，结果是各自为计。设计局成立以后，以往这些毛病，我们希望能够彻底革除。今日中国行政上的毛病，一方面固在各自为计，另一方面却亦在重言而不重行。设计局成立后，各自为计一层，当可避免。至于重言而不重行一点如何避免，依然是大问题。倘我们为设计局借□一窥，则今日设计局的重大责任，即在草拟一计划，使中国行政机构简单化，系统化，合理化，而成为真正做事机关。倘能做到这点，则设计局设此一计，已贡献于国家者无量矣！设计局成立伊始，谨书数言，以资鼓励，并祝成功！

滇缅路开放，从最近情况看来，已不成问题。开放公路的这事，与其说是中国抗议之成功，或英国舆论要求的成功，毋宁说是三角同盟的反击。据最近伦敦消息，邱吉尔首相正将开放滇缅路事与美苏政府商讨中，这点，在邱吉尔又是多此一举。美国反对滇缅路停运，已一再有所表示，苏联则为以物质接济中国数量最多的友邦。苏联当然反对滇缅路停运。事到今日，英国即开放滇缅路，应绝无思索迟疑讨论的余地。彻底说些，滇缅路停运三月，这是英国政策上的大错特错。日寇与英国权益作对，何待三国联盟成立，始能看出。英国政府畏首畏尾，始终希望协和政策可以苟全，此实英国人之一误再误耳！事到今日，我们以为英国应不待十月十八始将滇缅路开放。滇缅路早开放一日，中国多有一日便利，而英国亦多有一日实利，日寇岂配谈条约遵守之信义！三角同盟成立以后，英国尤复谨守滇缅路三月停运之约，邱吉尔亦可谓迂矣！

英国内阁再度改组，张伯伦退出内阁，英国政治上这种变更早在我们意料之中。英国今日成这局面，整个国际今日成此局面，张伯伦虽不能完全负此责任，然此人之责任的确不小。英国是舆论对张伯伦的协和政策深恶痛绝。张伯伦终必出阁下台，事所必然，张伯伦下台。其政治生涯必从此永远告一结束。张伯伦的协和政策，在欧洲在远东的协和政策，与张伯伦的政治生涯同时告一结束，这是英国国民的希望，这亦是我们的希望。

希特勒与墨索里尼最近在勃伦纳曾经举行一次会谈。会谈之内幕究竟如何，外间无从得知，据外间传说，希墨所谈者系攻英的全盘计划。德国攻伦敦，意国攻埃及，这是主要内容。事实是否如此，尚待证明。以我们臆测，希墨所谈者或不止此，其谈话内容，必涉及远东，必涉及美国，更必涉及三国同盟条约成立后其他秘密附件。三国同盟中的日寇，本不过俯首听命的地位。今后日寇应如何受德意的指挥，应如何听从希墨两氏的命令，应在太平洋中执行何种行动，想都在谈话内容之列。从今后日寇之行动中，当亦可侦知勃伦纳谈话多少内容。

倭首相近卫与倭外相松冈最近向美国发表露骨挑衅的谈话，这的确是国际动乱中很可注意的事。松冈说，"余兹以此书向美挑衅，苟美国踯躅满志之际，仍一味盲目行事，坚持维持太平洋之现状，则唯有一战而已。"近卫说："美国如继续拒绝对日本在远东之地位表示适当之了解与同情……则两方战争外无他道可循。"日寇真是何等狷獗，何等狂放！近三年来，日寇政策威胁英法，谄媚美国。以往美国与远东态度都坚强，日寇始终出之以隐忍。但自三国同盟成立后，日寇态度突变，对美国攻打之声，居然不绝于耳。日寇俨然市井流氓，如今有了德意撑腰，居然耀武扬威。卑鄙情形，令人作呕！日寇夸言三个月战败中国，今已三年有余，自身已是力竭气衰，今且欲与美国一较优劣，行见其不自量耳！日寇之人力财力，海军力，空军力，凭哪一样可与美国一较优劣？德意在欧洲自顾已不暇，又有何力量以出援日寇？然则日寇政府人物，何以如此疯狂？日暮穷途之余倒行而逆施。日寇之谓欤？

美国海军部长诺克斯本月五日的谈话，实际必已给予德意日三同盟国一严重打击。三国同盟，其作用在对付美国，虽三尺童子，都能明了。德意日三角同盟，真正作用，尚在吓退美国参加欧战，或在远东阻止日寇南进。强盗结伙打劫，故意扬言，"有人帮同缉盗，祸必及身。"这是三角同盟的用意。诺克斯对这种恐吓的答复是："国际缉盗之胜利，即美国之灭亡也。"又说，"美国人之性格，与极权国家所想象者不同，苟吾人受强势之压迫，必随时予以抵抗。"诺克斯这种谈话，必出德意日三国意料之外。中国有句谚语"吃软不吃硬"，这的确是美国人的性格，德意日忽略了这一点。三国同盟所得的结果，必与其所希望者相反，即希望吓退美国不参战者，适以激励美国参战，因此三国同盟是弄巧成拙。"国际强盗之胜利，即美国之灭亡"，这点我们又认是诺克斯的真知灼见！德意日宰割欧亚二洲以后，彼时美国虽拥门罗主义以求孤立，其可得耶？从诺克斯的谈话中，我们可以看出美国有参战的决心与准备。全世界大战的展开，恐只是时间问题而已！

我们需要的政治制度

钱端升

我们需要何种政治制度。这个问题是绝不能以主观的态度来作答,你可以用完全主观的态度来表明你所喜欢的政治制度,但是你不能凭主观来定决国家的需要。国家的需要是一种客观的事实,无所用其主观。

如果单凭主观,则你有你的理想制度,他有他的理想制度。如果你是一个所谓怯懦也者;你一定感觉到君主与科举的混合制度是理想极了。这里,圣人在上,而野无遗贤,三代之盛,与夫北宋之治,俱可指日而变。如果你是一个维多利亚时代英国式的政客,则英国式的国会政府制定是你的最高理想。这里,个人有自由,少数有保障,社会进步而从不须流血,安定而不至于反动。如果你是一个迷信某一种族或某一主义的疯狂专家,则极权制度定是你唯一无二的法则,这里,你可以集中一切力量,来将其他的种族压倒,或是将其他的主义诛除,庶几你的种族或是你的主义可以独尊。

但是,你的主观的好恶与国家的需要毫无相干。你所认为理想或者是不宜于中国,或者是不能行于中国,要一种制度能合乎中国目前的需要,下述三个条件必要具备:第一,要能担负起国家今后的工作与责任;第二,要有实行的可能;第三,要合乎民族性而可以久长。不合第一个条件则不能顾及国家民族的利益。不合第二个条件是等于空谈。不合第三个条件,则国家的秩序将欠安定。

中国今日所需要的政制绝不是旧式官僚政客所半把握半放任的政制,因为这种政制绝不能负起抗战建国的大任,也绝不是英美式的民主政治,因为这种政制既不易实现,也不能负起抗建大任,更不是极权制度,因为极权政制纵能助我们抗战,绝不能助我们建设我们心目中所企望的新国家。而且极权政制,即在德意等国,也绝不能永久。

我国今日需要一个拥有大权力,而且能发挥大效率的政府。只有这样一个政府才担负得起抗战建国的各种伟大工作。但这个政府也须能尊重各国人民的人格与尊严,并能容许各个人民对于人生及社会重大问题有怀疑评论之权。我们不能不承认纯粹一点的极权政府拥有极大权力,这样的政府有时也能发挥高度的效率。但极权政府只能用大力去侵略旁人,去欺凌旁人,而不能和平的建国。为什么呢?因为极权主义藐视人民的人格与尊严。在极权主义之下,人民仅是工具,人民仅有工作而无主张,当政的人固然可以国家民族的大帽子来自诩,说他们的国家如何如何的繁荣富强,他们的人民如何如何的满足快乐;但实际他们的国家必定顺着疯狂道上迈进,而他们的人民不是疯狂的细胞,定为疯狂的牺牲品。所以极权国家好比是昙花,一现之后,便是破灭。在一现的时候,国家仅可以很强,但人民必定没有权利可言。一现之后,则国家人民两归于尽,凡是政府的强有力者,一定也得有站得住挺得出的人民为转,国运才能永昌。

细看起来,要政府有大权,又要政府能尊重人民的人格与尊严,是一个很难解决的问题。实则孙中山先生早解决了这个问题。我们如细考孙先生关于政制的许多理论,而不加以主观的曲解,则可发现孙先生实早因这困难问题而有过一番思索与研讨。思索与研讨的结果指出了一个新的途径。这途径就是民权主义。他的民权主义实是一条经过大努力后可以走得通的康庄大道。他的民权主义曾遭受过两大不幸:一是解释者的失当,二是实行者的乏力。向来解释民权主义者不是戴了英美民治制度的有色眼镜,硬把他当做英美式的民治,便是丝毫不懂法律政治,不懂中外政制的演变,不理会孙先生所要解决的难题,而将孙先生畅达的理论死板板地下了一些无可咀嚼更无可欣赏的注解。前者是二毛子派,其说容变通,而绝非孙先生的原意。后者是党八股派,其用意或尚忠实,但其说则绝不通。两者均是孙先生的罪人。依常识的解释,孙先生之所指示者乃是如下的一套理论:先由国民党训练人民能行使政权,这政权包含选举罢免创制複决四者,但最重要者当然是选举,换言之,率行孙先生遗教者虽知选举权的重要,却不必拘泥于四权之同时行使。人民能行使政权后,人民得借国民大会以表示其主人翁的地位,但治理之权则操于政府,政府须有极完全的治理权:人民固可以表示不信任政府,但在平时，则人民不能时时加以牵制，致使政府因应上发生困难。治权固然有五，但行政机关因与人民接触最多，且推行政令上之权也在其手中，故行政机关自为独大。再概括言之，我们如忠实地奉行孙先生的遗教，我们的政府应是握有大权的，政府所有之权原不必逊于极权政府所有者。但因政权在民，且有国民大会的存在，故人民的地位又不必低于人民在英美民治国家所享的地位。换一句话，孙先生所企求者实是一种兼有各政制之长的政制。孙先生要提倡他所提倡的政制，因为一方他醉心于欧美的民治精神，另一方他又要建立一个可以有力提高民族地位，也可以有力实行实业计划的政府，这两种目标我们全要注意到，否则我们不易理解孙先生的主张。

孙先生关于政制的主张是十分适合中国的国情。无如除了解释者的失当外，北伐统一后的国民党当局又未充分具有实行并完成训政的力量，以致中国的政制陷入了不上不下可左可右的状态，到了如今，要回到建国大纲所定关于军政训政宪政的步骤，事实上已不可能。在抗战的局面之下，我们不能刻板的将国民党训政之事再重头演来。但反过来，我们一点不做预备工作遽而立起宪来更是不妥。这层孙先生在建国大纲序文中已慨乎言之，政府去年决定于今年开国民大会制定宪法，最近又宣告延缓。这事正可为轻易谈不得宪政的一证。孙先生的思想深见解远，故其主张可以历久而不失其适宜性。但论到实行的方法，则我们不能不承认十五年的演变。十五年来，尤其是最近三年来，国事的演变，迫使我们对训政推至宪政的步骤不能不重加考虑。

第一个事实我们得承认的就是蒋介石先生是全国共戴的有力领袖。第二个事实是蒋先生是国民党的总裁，离开了国民党蒋先生便不是我们今日所知的蒋先生。第一个事实无人不承认，第二个事实却不是一般国人的见解。国中今日有甚多拥蒋而反国民党，誉蒋而毁国民党者。更有许多善于投机者流以为蒋不可不拥，而国民党却该痛骂。这一种误解是建立合理政制的最大障害。这一种误解一日不消灭，则合理政制一日不能建立。患这一种误解病者，如能细考蒋先生十五年的言行，一定可发现中国政治领袖蒋先生与国民党领袖蒋先生是决然分不开的。

所以在国民大会未能成立，宪政未能实施以前，我以为最合宜的政制是由国民授国民党总裁蒋先生以全权处理政治。蒋先生于授权之后，则立须完成二件大事：一改组国民党，加强党的实力与作用，使能一面负起训政大任，一面在最近若干年内担任抗建工作；二成立一个辅佐的民意机关。使蒋先生自己永无或为独裁者的危险。在形式上这样的一个政府与极权政府相似，但在精神上则他与极权政府绝不相同，因为领导此政府的蒋先生是笃信民权主义者。

国民授权之事可有若干种方式。或由政府召集国民大会，由大会决议授权或由国内各界自动主张。国人对此事如没有他项意旨，即避免授权的形式，而认为已经授权，亦无不可。

改组党的目的在吸收一切笃信三民主义而又有为之人。有好党员便有好党；才智之人尽在党中，则党亦必有力量。前年三民主义青年党的设立本含彻底更新之意，但其成就仅多了一种与各级党部并行的组织。党中人当不能以此而自满？笃信三民主义而仍立党外者，为国家计，似更有入党以强党的义务。盖党的人才如不富，党的力量如不宏，则训政工作绝难入手，而最近数年的抗建工作也绝难胜任。

依西洋的说法，委任的机关本不能尽代表民意的责任，但我之所以主张蒋先生设一辅佐机关者，乃因我国即在君主时代亦尝有直言极谏的良好传习。蒋先生不难用委任的方式，成立一个对于规劝建议的有力民意机关。推过去的参政会似尚未足以语此。无论其地位或其分子似俱未够分量。

至于党应如何从改组，辅佐的民意机关应如何成立，则均可委请蒋先生，以表示国民授权之责，与蒋先生责任之专。

蒋先生如诚能有此权，而又辅佐得人，同时再加意注重法治精神及民治精神，则五年或十年而后，真正的民权或不难实现于中国。制度的运用本系于人。如善用之则成功，如不善用之，则失败，上述的制度当然也可以失败。但采上述的制度，而仍不能助我们实现民权主义，则果如何而能实现民权主义呢？政治制度如不以孙先生的民权主义为基础，则国家今后的工作与责任谁又能胜任呢？我深听国人能以极客观的态度共同讨论这个重要问题。

国防工业的建设

吴之椿

　　无国防者不能有国家，无工业者不能有国防；经过三年抗战的惨痛经验与一年欧战的事实证明，我们对于这两个命题的真实性应该已有普遍深刻的认识，不再有丝毫的游移与怀疑了。时至今日，激烈彻底的改革在中国已无可避免；而国防工业的建设便是几件极重要的改革事业中的一件。

　　不幸得很，以前讨论中国工业建设的文章往往偏重于所谓中国工业化的问题，就是如何使中国由农业国变成工业国；说得更极端一点就是全盘工业化；这是相信工业国在一切必优于农业国的人们的说法。持反对意见的也不乏其人，他们也有他们的理由。所谓中国工业化，这样的名词也对，也不对，但至少是在拟题的文字上一个结构的错误，以致发生思想上的混淆与讨论上的纠纷。我们知道，一个问题若是在结构上拟对了，解决问题的时候可以减少许多的困难。中国许多年以来讨论工业建设所以未能造成有力的一致的舆论，并缺乏因此种舆论而生的有效行动与结果，起首就吃亏在滥用工业化这个名词而不加以说明。工业化这个名词，意义的深浅极欠明了，一分是工业化，百分亦是工业化，而所谓一分或百分究竟是用什么单位做标准亦必须先行指明才可比较。事实上，世界没有完全工业化的国家，也很少完全农业化的国家。但英美是工业国，中国，印度是农业国，却是公认的事实；这自然不是说英美没有人耕田，中国，印度没有人开工厂，问题仍然基于工业化的深浅，达到了什么程度。人类需要工业，也需要农业；因为人类的营养，直接间接的离不开植物，大多数人类的营养几乎全靠植物，所以全盘工业化一类的语调，简直不成为名词。

中国工业化的讨论，历来犯着几个毛病；昧于本国的历史，昧于别国的历史，不知世界的现状，不知本国的需要。中国本是农业国，有史已五千年，史前更不知若干千年。以如此悠久的农业经济基础欲于旦夕之间使之变成工业国，起码的批评是不可能。苏联经过几次的五年计划，工业虽有了基础，但苏联今日还是农业国；再加上几次的五年计划，也不一定就能变成工业国，这是一个当前的证明。如果我们将眼界放宽，参看西欧工业革命的历史，我们的论断可以得着更有力的根据。西欧工业革命的历史，若从一七六〇年算起，至今快近二百年；若追溯其源到文艺与科学之复兴，那就更久了。西欧工业的发展因素甚多，有在国内的，有在国外的；有属于历史的，有属于偶然的；有由于政策的，又由于幸运的。在其富有曲折的发展历史之中，此种种因素在各时期的影响不尽一样；但间接的，偶然的，幸运的因素，其有力不在其他因素之下。具体地说，原料，技术，国内外的市场，世界的物质，金银的产值，广大殖民地与未开发的区域之存在，国家之经济，金融，关税政策，国际战争等因素，皆曾经对于西欧，北美，东亚之工业发展有过不同的劳绩。这些经验多少可供未开发的国家如中国，苏联，印度以参考，但并不会指示这些国家在发展工业上所应取的目标与方针，决定这目标与方针的乃是每个国家在其所处时代及周边环境中的需要。因此，中国在现在的时代与国际环境之下振兴工业，所应采的目标与方针必然不同于在一八五〇年，甚或一九〇〇年。举一个例子以资证明，英国的工业是以煤铁棉起家的；英国所以能够如此，一大部分的原因是因为英国得风气之先，创业较早，占了便宜，大陆的国家许久不能与之竞争市场。中国亦曾有人致力于棉铁救国的事业，但因时代晚了几十年，不但国外无中国棉铁之市场，即国内之市场亦久已掌握在外人的手中，所以中国棉铁救国事业是失败了。从这一类的事实，我们可以断定，凡百事业，纵使自己不讲目标，不顾目标，不知目标，仅求依据别国的成规，模仿别国的成例，也绝不能达到别国的成功。工业建设不是例外。中国以往之工业建设，从李鸿章之"知有洋务而不知有国防"起，以至后来之种种的失败，其根本原因就是在此。几十年来中国工业建设，如果将笼统泛泛的国富强当做目标，则中国之未富，未强，又为世人周知之事。这种失败当然不限于中国，也不限于中国之工业。

比较具体地说，从各国工业发展的历史看，可以看出各国与其工业的结果有三，一是涉及民生，普遍的提高生活标准，解决人口压迫的问题；二是厚备战争的经济力;三是建立国防。这三者也可以有相互的关系。关于民生问题的解决,工业是根本的方法,可以减少人口的压迫,解决因人口过多而酿成的贫乏,内乱等社会问题。近代的国家不患庶与贫而患无工业;"德国在工业化以前的一个时期,人口之增加虽缓,但已有人口过多的征兆,因为乡村拥挤且有向外移民情形……工业化加速以后,人品大增,但人口过多的征兆反而消逝。德国成为进口移民的国家。"(*Dirraaunderar world popular then 1933*,P.322)我们从各国的近代经济建设看,可以说振兴工业是中国民生问题的康庄大道。工业发展在别国对于利于民生,是利害参半的,中国行之如得再道未尝不可以去其害而取其利。关于借工业的发展以厚备战争经济力,这是晚近战争决定胜负的重要因素。在欧战自工业发达以后,此种因素的力量,已日益显著。远在十九世纪的初年英国以一国的力量,抵制全欧的封锁,独立支持其本国并接济友邦与法国战争。这个时候英国已经是欧洲工业的领袖,凭借其多年优势的工业能力储备了优势的战争经济能力终于得了最后的胜利。历史家评论那一次战争胜败的原因,如仅从政治军事着眼,显然是不充分的。至于近代战争的武器供给有赖于工业,这已经是预知之事实。各交战国的战斗力,在武器供给上,亦是依赖其本国工业的能力而定。以上三种结果,所谓利济民生,战争经济力与国防,在每一个工业国家里都是经过自然长期的演进而成,直到最近的时代为止。各工业国在这几方面都从工业得了优厚的收获,但在以往的时候很少将这几件结果,当作目标,当作国策,企图作有计划的实现。近几年来这种情形,显有变更,有所谓计划经济,而一切计划经济,必先假定目标之存在。苏联的工业在理论上是以解决民生为目标的,事实上是以国防为目标;德国自国社党秉承以后之工业,几全部是以国防为目标的。所以这三件在昔日自然演进的结果,今后将成为各国发展工业可能的目标。中国要建设工业,亦必于此三种目标之中择定部分或全部。

　　这三种目标有相互的关系,这是显然的事,但如英美等国,在平时人民生活优裕,在战时武备也雄厚,这是相关联的。但我们必须认清,这种关联不必一定是正面的相辅相成的,而是会成为反面的,互相冲突的。互相参与相冲突的情形之下,要完成一种目标,就会牺牲其他的目标,例如苏联的工业,在理论上显然是以民生为目标,但实际上,苏联的工业自始为是国防的工业,至今工业的产品大都为供给国防上的需要,所给予人民日常生活上的影响实在是很少。苏联以社会主义的国家,在工业上为完成国防的目标。亦不得不暂时牺牲民生的目标;今日苏联的人民泛泛的希望在国防需要满足之后,他们的生活将因工业之发展而提高,但其期望就无把握了。至于德国近年来在国社党领导之下,普遍限制人民的生活标准,牺牲一切,才完成了历史上稀有的扩军计划,更是有力的证据。在近代的情况之下,一个未开发的国家与其工业,如果要对于这几个目标,兼筹统顾,必至弄成顾此失彼的结局;想要达到其一种目标必须在相当时间之内牺牲或抑制其他目标;这是中国建设工业首先应该注意之事,中国建设工业势必只能于此三种目标之中选择一种。不幸实际上中国今日已无选择的自由;事实与现境的压迫,中国为争国家的生存,只有建设国防的工业。

中国工业之路由国防到民生,这是对的;如改为由民生到国防,这是错的。事实上民生工业与国防工业的区别,不在于工业的设备与工业的本身,而在于支配工业的政策与目标。就工业的设备而言,这两种工业是相同的,克虞伯,斯科达可以造船炮,也一样可以造农具。按之上次欧战的经验,如美国的工业设备,只有百分之三或四是不适宜于从事制造军备的。设备相同,基本原料相同,但因政策与目标之不同,所以结果与成品不同;从国防工业出来的成品是船炮,从民生工业出来的成品是农具。民生工业既然可以改组为国防工业,国防工业自然一样可以改组为民生工业。中国的国防工业一经树立,将来国防需要满足之后改组为民生工业是轻而易举之事。中国的工业建设先国防而后民生,是基于政治的需要;工业建设在中国,首先是政治的问题,仅从工业上讨论工业,在中国是错的;从政治上讨论工业,就是要决定工业的政策与目标。

从民生与国防的观点看,中国的工业现在居于怎样的地位?这是值得严加讨论的问题。中国的工业有八十年的历史,其中的经过多半是艰苦的。因为种种特殊的原因,其著者如中国居风气之后,外商之强烈竞争,政府之无保护,科学技术之落后,遂使中国之工业不易建立,已建立者不易维持,在这流行的形势之下,国人提倡工业之努力值得赞扬,但其成绩实至细微无可为讳;军兴以后,中国在西部有若干工业上之措施;即并此而计算在内,中国工业之基础极为微薄,能力极为脆弱,乃一般公认之意见。中国近年号称有工人三百万,但在十年以前实际上严格的所谓产业工人之数,较百万稍多,殆较确实。此在全国人口中所占比例不及百分之一,较之英之百分之七十（工、商、交通），德之百分之六十，美之百分之五十或苏联之百分之十，相去甚远。若将配合于此等工人之机器，设备，交通工具，技能与知识，资本，原料及组织，合并计算加以比较，相差甚远。故就平时而言，中国之工业在整个国计民生上所能产生之影响，实属微乎其微。至于在国防上之能力，中国之工业亦远不能与其他工业国相提并论。依上次欧战之经验，每一士兵在前线作战，须有十二个工人在后方生产始可以应作战上之需要。依此标准，中国现在军额三百万，若半数在前线作战，应有产业工人二千万人，及可扩充以供其工作之机器，资金，原料等等。此等比较过于牵强，中国工业之能力，在国防上与其他工业国相比，其落后之实际情形亦非此等数字所能充分表现。八十年来提倡工业之结果，就其一般而言，于民生甚少裨益，于国防更乏贡献，中国近年来之实际情形可资证明。如果进而研究中国工业发展的途径，我们可以了解此种缺乏实效的情形，由来已久，不尽由于中国所遭遇的特殊环境。

  中国工业之发展，历来是循着三个途径，一是纯粹私人的立场，二是畸形的发展，三是缺乏整个的政策，目标与计划；这三件事相关，是互为因果，是同一宇宙的三个方面。向来支配中国工业的兴衰与其发展方向的是物价，国外的与国内的；这当然是经济常识与一般工业间的通病。试以纱布工业为例，在欧战以前，因为中国市场之门户洞开，外商之竞争剧烈，中国厂商从未抬头。欧战既起，外货断绝，市价高涨，一时华商之纱布工业风起云涌，进入黄金时代。及至欧战终了，中国之纱布工业亦因外商之卷土重来与世界之不景气，而呈迅速之衰落。纱布工业如此，其他各业亦然。中国一种事业之应否兴办或维持，厂商方面从不以国计民生，社会利益，国防需要为考虑之根据，而仅从商业算盘上之盈亏着眼；政府方面在过去亦从不加以指导。工商业之于物价，亦犹农业之于天气，是无把握的；中国之工业事实上受物价之指导而发展，其不能雄厚健全，乃属事理之常。中国兴办之事业，凡属工程稍大，如铁路，矿山，次之如电灯，自来水，其材料之供给今日依然无一能脱离外商。即中学之理化仪器，如标准稍高，中国厂商即感困难，大量出货尤非易事；如果政府为应教育上之急需从事设厂制造，厂商亦必以专其生计为口实企图阻扰。凡此种种为中国工业薄弱之现象，亦为循着纯粹私人立场之途径而发展所必有之结果。同一原因所产生之另一现象为中国工业之极端畸形状态，其发展之规则，不平均，所谓畸形现象，即依据民生，国防及技术上之观点而论，中国之工业应举办者未曾举办，不必发展者反而发展；亦未有所谓重工业与轻工业之分。一九二九年中国之产业工人分配在十万人以上者，有棉丝合计约三十万，矿工二十万，电气十万，烟草十万，火柴约十万；统计全部较一百万人稍多。在此种分析上，吾人可以注意属于基本工业者如钢铁工业，化学工业之不存在；属于工具者如机器工业之无有，属于文化有如印刷工业之薄弱，属于纯粹消耗者如烟草工业之发达，在人数上几占十之一。即使将属于外商之资金，设备与工人除开，则与此人数机配合之机器，设备，资金，交通等，在全国的分配上当亦呈类似畸形之比例。此种畸形之发展，无本末亦无轻重。亦为其他工业国家所未有，故中国之工业缺乏基础不能自力。试一比较发展正常之工业国家，中国工业地位之危险益加显明。英国一九三三年之产业工人在十万以上者，有煤矿九十万、机器工业四十万，棉毛工业合计六十万，建筑四十万，印刷工业二十万，造船十万；日本一九三四年有纺织工人九十六万，重工业十八万，化学工业十九万，机器工业三十万人。依此等人数之分析，我们可以约略窥见，在此等工业发展正常之国家，其全国之人力，财力，时间，乃至组织，精神亦是依着类似的比例，平均分配于其工业的各方面。这些国家的工业，基础稳固，组织坚强，能力雄厚。中国工业之发展，向来是绝对放任的，在小体上稍有成就，在大体上只有失败。过去政府在消极方面没有加以保护，在积极方面也没有指导的政策与计划。自中山先生草拟之全国实业建设计划以后，从无一次政府有远的眼光，大的魄力，以全国为单位，以民族需要为目标，针对国家现时之处境，企图设计一个基本的中国工业建设计划，更谈不上实行。自然，计划经济在其他的工业国家是比较晚近之事，他们曾经有过长久的时间，广大的机会，良好的环境，得到了自由发展的收获。但是晚近以来，因为国际间商业与军备之强烈竞争，计划经济的成分在每个工业国里面，日益增加。中国在这样危迫的局势紧张之下，建设工业，必须加倍警惕于自己过去的惨痛失败，而成功的首要条件，就是要有政策与计划。

中国的工业建设必须是国防建设的一部分，也必须绝对的受国防建设中心纲领的指导与支配。中国工业建设之条件有政治的，有工业的与技术的，二者缺一不可。国防建设的中心纲领，是政治的条件。这个条件决定才谈得上工业的与技术的条件，如原料，资金，工人等等。这两个条件不发生比较轻重的问题，但其关系可以概括的说，中国的工业应该从政治的条件着眼，从工业的与技术的条件着手。在国营的事业方面，这些都可以希望少有困难，今后政府在消极方面不致回到以前凌乱举办工业的毛病；在积极方面还待表现，现在这个问题有充分的认识与彻底的决心。最大的困难还是在于私人方面。一国兴建工业所需的资金，劳力，时间，精神，其主要部分是私人的。国防建设中心纲领所指导与支配的现象，其主要部分也就是属于私人的物资与人力。关于公司企业之分，中国在过去曾经根据各国的经验与本国的需要，决定了一个原则，就是事业太大非私人之力所能举办的由国家经营之。这个原则曾经中山先生提倡，国民党著为政纲，并且得到普通的承认。但与此相联的一个附则，为用来支持传统的绝对放任主张，就是在这个原则之外，私人可以有自由，政府不得干涉或剥夺其事业，否则就要加政府以与民争利的罪名。这个原则拣拾上一世纪自由主义的余影，以为厂商的商业算盘的掩护，未得无条件的承认。相反的，晚近在各工业国家里面有两种趋势日益有力，其一是私人产业不得为违害社会之事，其二政府可以强迫私人产业作国家所需要的事，第一种趋势的本身原来很久，没有一个国家不多少适用之；但近来渐被普遍的使用于抑制资本家不负责任的行为，用以解释法律，裁决纠纷。第二种趋势更为彻底，在战争时代，最为显著。如英国的私人资本向经政府保障其所享之极大自由；但伦敦六月十三日合众社电播"据一般人预料财政问题之人选下周将有重要之更迭，此举或将为六月下旬财政令大改革之先声，此项改革，包括减低利率及强迫各银行向重要工业投资以供给其急需之资本。"这两种趋势与原则并不冲突而是必要的补充，法令上在规定原则的同条文内应该把这两点意思加入方称完善。其实中国近年因抗战的需要已对这原则为重要之补充与修正，如国际贸易从前是私人经营的，现在由政府统制了；日用品如粮食之类从前由私人自由买卖的，现在也由政府统制了。在别国这些都曾经过长久的讨论，在中国因事实所迫一朝实行；在此处亦如在其他方面，中国享受别国经验之赐。但缺点是中国行之嫌其太晚与不彻底；如战时利得税在英国是百分之百，原意明白；在中国是百分之十至五十，不免鼓动人民发战争财。不彻底的毛病就是不生实效；与其说是显全特别的情形，不如说是顾虑传统的习惯，不肯彻底的打破。依照国防建设中心纲领去建设工业，就必须彻底的纠正私人资本的放任，自私的旧习惯正为达到这个目的，政府当有办法，其形式半强迫，半奖励均可。中心纲领的作用与目的，概括起来，就是要使全国公私方面的人力，物资，时间，精神，依着指定的方向，循着预定的槽道，汇流灌注到国家急需的事业里面去；所必须绝对禁止的，就是不依方向，不循槽道，以致分散力量，妨碍政策。照此办法，以往有许多有利的事业，政府可以禁止或限制私人投资；现在有许多急需的事业，政府可以奖励或强迫私人投资。有许多事业向来认为是纯属私人范围的，现在为应国防建设的需要，政府通以直接经营；例如小学教科书，向来是书画的基础，如由政府统筹印售，不但价格可低廉若干倍，其质亦可提高划一；为贯彻普及教育，政府对此种事业，势亦不能长此放任。有许多事业如收音机之类在制造方面，向来是绝对自由的，今为应国防建造的需要，政府如不自营，亦应划一制造标准，限定产量与价格。其他大小事例，不胜枚举。中国之工业建设必须依照中心纲领去发展，继能使其各部门如轻重工业，原料与工具的工业平均发展，今日可以固国防，他日可以利民生。

中国如不沦于万劫不复的境地，其复兴乃至于强大是可以相当迅速的：这不是预言，乃是根据各种因素的客观判断与希望。其间有几件不可少的工作，其中的一件就是国防工业的建设。工业之为近代国家存亡的重要关键，在以前大家泛泛，现在知道今后胜褫深刻的认识。凡尔赛和约就战胜者的立场看，有一个大漏洞，就是未曾取消德国的工业，德国终于很快的复兴了。伦敦七月九日路透电"关于希特勒看法国之最后计划虽不许浪漏，但法劳工部长包玛荣氏倾已露透，新法兰西将放弃其过于夸张之工业主义而转变成为农业国家。此项政策即为德国数年来拟施行于巴尔干者。果尔则法国伟大之工业非突然毁灭即渐趋调残。"德国此次根据自己之经验，显然对于法国的命运作一最惨酷，最彻底与最后的安排。吾人观于此种事实，应该知所警惕与努力了。

物价和农村变迁
——一个调查计划的拟议

赵晚屏

自从抗战以来,物价问题引起了很多人的注意,不过讨论的中心多半限于影响物价的若干较大的原则,其中也有一部分人曾指出了工业品和农产品价格上涨的差异。我们现在要提出来引起大家注意的是物价上涨以后所发生的社会经济的变迁,这一个问题似乎还少有人注意到,对日战争发生以后物价普遍地引起了极大的变化。各种商品的价格虽一般上涨,可是变化的程度不一样,变化的可能也是不一样。这种价格变化的差异情形,在经济上会影响商品生产的相互关系和工业发展的趋势,在社会上会影响个人财富的分配和社会阶层的再转移,有的工业因产品的价格高涨而发展起来,有的工业却因原料价格飞涨和销路停滞而失败,这里面所发生的价格的变化和工业的起伏,能使我们的经济机构起极大的变迁,个人的收支也直接和间接受价格变动的影响,一般的收入虽都有增加,可是增加的速度各人不同,这意义是很重大的。有的人发了国难财,转眼间由穷增大变成了富翁,有的人收入的数量虽未减少可是购买的能力却因物价高涨而衰落了,于是社会的阶层之间不免发生了地位的对流。

研究物价和一般社会变迁和经济变迁的时候所包含的问题十分复杂,研究物价和农村变迁的关系比较简单一点,可是它的重要性却没有因此而减轻,中国是一个农业国家,农业生产和农民生活的变化应该最值得我们去注意和研究,所以我认为我们要研究物价和社会经济变迁的关系,应先从农村变迁做起。在影响今日农村生活的诸元素中,物价是最主要和普遍的一事了。作者此次曾跑了广西省和云南省若干县的乡村，发觉农村在这一个物价空前巨变的漩涡之外恬静地隐伏着，看不出显著的变迁。这种安定是表面的呢还是实在的呢？是暂时的呢还是持久的呢？中国的农村并没有脱离他和都市的经济关系而完全在孤立中生存。那么都市物价高涨的影响决不能不关系它，如此，农村所受的影响在哪里呢？哪一些是变化了或正在变化着？哪一些是并没有受影响的？如果变了，变到如何程度呢？

我们可以把这一个问题的研究分成三个主要的部分，第一是农村社会生活的变迁，第二是农村经济生活的变迁，第三是农村与都市关系的变迁。

我们先就物价对农村社会生活的影响来说吧！这种影响有的是直接的，如家庭预算表上数字的变动，有的是间接的，如疾病率的增减，最先受影响而且影响最显著的是农家的家庭收支，据我们所知道的，农民的收入增加了。可是，哪一种农民的收入增加最多，是地主还是佃农？平均每一农家所增加的收入是多少？收入增加的主要来源是什么？

只是收入并不足以表示农民的家庭经济状况的全体，我们还得调查他们支出的项目和费用，有哪些项目是新的？有哪些项目是要取消了？支出的总数是否增加？各种项目在总支出数中所占的比例有没有变更？这一个收支的情形便表示了农民应付当前变化的战略，物价涨了以后，一方面固然增加了他的收入，一方面也增加了他的开支。这两种增加是不相等的，这个差异对他实在又是不利的。据作者此次考察所得的印象，农民一般地现在都较从前富裕，这一个富裕大多不是由于收入的增多而是由于支出项目的减少。有很多东西，农民本来要由都市购入的，如洋纱，煤油，现在都因价格太高而省略了或是减少消费，如果农民要保持他原来的消费，恐怕他不但多不了钱，也许还要亏空呢！因为农民现在收入的增加并不是由于农作技术的改良或耕作面积的扩大，而是由于农产物价格上的上涨，可是农产物价格上涨的幅度还不如工业品，同时，因中间商人的操纵，农民又不能完全收取农产物价格上涨的利益。那么农民是否牺牲了他现实的享受而只求得目前空虚的富裕？

农民多了钱以后对他有什么实际的利益呢？普通农家有了钱以后便要转念头娶一房媳妇了。那么农村的婚姻率似乎会提高，婚姻率提高了，生育率无疑地也会跟着提高，农民的生活好过了，对生育的恐惧会减少，堕胎的必要也没有了，这些都是刺激生育率的重要因素。在另一方面农民的卫生设备是否有了改进？如果都是卫生环境改良了，死亡率一定要比往年低，据我们在各处研究的结果，发现收入的多少和死亡率总是成反比的。这样，一方面生育的数量增加了，一方面死亡的数量减低了，我们一定会眼看农村人口的大量增多，这种变迁是否存在？如果是真实的，它的影响一定是深刻的，而且是永久的。

除了人口数量以外，农民的生活是否因收入增多而改善了呢？这和农民的福利很有关系，我们可以比较一下：农家在最近购置的新衣和布料是否较往年多？农民现在是否大量地兴筑新的房屋或修葺旧的茅庐？食料的数量和品质是否有增添和改进？儿童入学的数目是否比往年多，这些都是和健康及生活的享受有关的，如果上述的问题不能求得正面的答案，那么所谓农村繁荣只是一个虚幻的影子，农民实际上没有得到好处。作者在各处所见到的，都使他产生那么一个印象。

农民既然没有把他们的钱用来改良生活现状，他们是否把那些钱用来改良他们的生产方法，以博得将来更多的钱呢？关于经济生活一方面自然也受着两重的影响，一种是资力的增加，一种是物质的刺激，我们不妨研究一下，农作物的种类是否因价格的差异而有了变化？哪几种农作物的面积增加了？哪几种作物是新介绍进来的？哪几种作物是在逐渐减少或是完全衰落了？这种作物的消长会引起农作制度的极大的变革的。十八世纪末叶，我国的农村因为新加入了蕴藏的种植，农田不必休闲，而农家饲猪也不患无衰落，使杨亚述（Author Young）在他的旅行日记上十分感叹这一个变迁对农作制度的影响。

田场经营也是要受物价变动和收入增加的影响的，农民的收入固然多了，物价却也同时涨了，在这种情形下，农民如何设法平衡他心目中的田场经营的预算收支呢？农具的应用是否增加？新式的农具是否因资力的增加而被应用？农民是否把他们的钱投资到第二房媳妇"耕牛"上去？肥料的施用是否加多了？或是农民设法改用其他较优良的肥料？农民会否花一些钱来修葺篆坝，改良他的田亩？如果他不把钱投资在这些上面，我们所见到或听到的农民囤谷的现象是否正确？已经做到什么地步？这一点要能证实，那么我们可以发现一件新的事实，便是农民现在已经放弃了他传统的正常的投资而开始投机的生意了，从农民开始下种到收成后去运销为止，这些个农场经营所包括的会计项目都和物价发生密切关系，农民的是否能有盈余便要看他是否能有力量来安排这一大堆的数字，因此，农场经营的会计项目的变化也是值得我们去研究的，我们可以从此窥见农村经济变迁的情形和意义。此外，个人的耕地面积是否也有了变动，耕地的总面积有没有增加？这些也都是十分重要的问题。

我们在上面曾提到作物面积的变迁，作物面积的变迁是以作物价格为标准的，因此，我们要研究各种主要作物的价格变动的情形。哪几种作物的价格涨得最快或最慢，农民采取什么方式来适应这个新的价格环境？像其他工业家一样农民的成败也是基于价格的变化和他适应的技巧的，农场的工资是否发生同样上涨的趋势？长工和短工是不是一样享受着工资上涨的优惠？如果短工的工资涨得快，那么以后田场上将再难找求长工，因而农场的劳动将会流动化，失去过去的稳定性。这一个变化的意义和重要性，只有实际经营农作的农民继会体验得出来的，同样或更重要的是田地价格的变动，田地永远对农民发生一种神秘的力量的，农民辛勤一世，真正满足的时候是他购置一方自有的田地的时候。现在农民有了些小本钱了，每一个农民都变成后备的田地买主了，这一个愿望能否满足要看客观的条件是否允许，换言之田地的价格上涨的程度是否超出了农民购买的能力？最近田地买卖是否多？买的又是哪些人？卖的又是哪些人？事实上拟作者所得的观察的印象，田地的买卖并不多，换言之，农民并不能利用他们剩余的钱来购置田地，以改进他们的地位，使以往的佃农变成未来的自耕农，田地和耕牛的价格都涨了，工资也太高了，这并不是农民投资田地最理想的时候，可是，消极地，至少，农民却正利用了这一个机会在防止租佃关系的恶化，这便是因价格关系的变化而造成的结果。

农民的收入增多了，手头宽裕了，如果他们是负着债的话，他们便可以余钱来偿债了，事实上，农民乘这一个"便宜钱"（Cheap Money）的机会来了却债务的实在不少，这是他们最切身的痛苦，农民摆脱了债务的牵绊，被迫卖地养子的惨剧也不会有了。农民的债务多半以典押田地的方式借成的，田地的典押再加高利贷的圈套往往便是农民出卖田地的第一步。租佃制度便是在这种情形之下深刻化起来的，农民借债所付的往往是谷，在这谷价高涨的今日，多么不合算？无论如何一个忠诚的农民总希望早一天把债务偿清的，所以租佃制度的恶化现在似乎受着限制了。

最后，我们可以研究物价变动之后农村与都市关系的改变，农村和都市的关系向来是相当固定的，在人口一方面，农村总是一个债权者，它不能供给都市必要的人工和各种不同的人，在经济一方面，自从工业用品侵入农村以后，它常常是债务人，它供给都市的和它取之于都市的常常难以平衡，农村的资金源源地流入都市，农村的生活一天比一天衰落。现在是否有任何象征可以使我们相信像这样的情形正在改变？

都市的人工比以前值钱，工资飞一般的涨着，农村的人工是否受着刺激而大量的移向都市？移出的程度是否已到了足以危害农村自存的地步？这种移出是长期的还是短期的？移出的人工是哪一种人，男的或是女的多？年青的或是壮年的多？这一个移动如果十分显著，那么不久以后会大大地改变都市和农村的社会结构和人口组成的，所以我们不能不研究。

据作者在各地观察时所得的印象，农村都赚了钱，这些钱都是从都市赚来的，如果我的观察没有错误，那么可以见得农村和都市的债务关系是在改了，这是历史上一个极重要的变迁，这变迁究竟是由于农作物出售的价值增加的缘故呢，还是由于农民限制都市商品消费的缘故呢？如果是前者，那么农村的繁荣是实在的，如果是后者，那么农村是牺牲了它的现实的享受，减低了生活程度来造成这一个新的债务关系的，这一个债务关系的变迁我们只有在分析农民的家庭预算和农场经营的收支项目后才能发觉。

农村向来是消纳都市工业品的大市场。现在农村节约了，也限制了都市工业品的消费，无疑地，都市的工业生产要受严重的打击，不过这一个变化是暂时的，农民是睁着尖锐的目光随时注视着物价的变动的，只要物价一低落下去，农村逐渐累藏起来的购买力恐怕会变成今后都市工业发展的最大刺激吧；不过，最近的发展是否表示农村有重新走到自给自足的趋势呢？

我们现在都听着经济政策和经济计划等时髦的名词，对于这些活的事实的变化我们能漠然不顾吗？抗战以来，中国的社会和经济生活都有了极大的变化。我们对于现实应该有一个新的认识和新的观念，作者认为政府机关和学术团体应该起来做找求"活事实"和"新真理"的努力，这便是一个相当广泛的社会和经济的调查。

对于各级农业教育之管见

曾 省

吾国兴办农业学校，以之培养农业技术人才，与推广农事，垂四五十年，而著效殊微，何也？推原其故，不一而足，建教不能合作，各级教育机关不能取得联络，以谋工作之贯通，同时各种学校与研究实验场所，又未能完全认清目标，进行有效而切于实际之工作，遂致耗财费时劳而无功。际此长期抗战农林生产事业之改进，关于国家强弱与民族生存甚切，兹特就吾国各级农业教育过去办理之缺点，略述一二，区区愚见或可供采择焉。

现行农业教育制度分为三类：即（一）高等之大学农学院与专科学校（二）中等之农业职业学校与乡村师范学校（三）初级之乡村小学（中心学校与国民学校）是也。若此三级农业教育机关固能上下互通声气，事业彼此有密切之联络，则各省或各区域内关于农林事业之改进，无论研究教学，推广及乡村建设工作，皆可由农业学校负责推行，或协助推动，固毋庸于原有学校系统之外，另设骈枝机关，虚领国帑，徒见其害而不见其利也。所谓科学研究与训练技术专门人才，本为大学农学院及专科学校之责；培养乡村学校师资与造就中下级技术人才，亦属学校事业范围，即现时农业建设变迁。所提倡之农业推广，介绍农民新式技术，本"教民嫁穑之义"，亦不离教育之途径。美国一州之农业改进，全由一州之最高农业教育机关负其责，而农事试验，则归农学院主持，以是研究，教学，推广集于一体，自然运用灵敏，而见效迅速。反观吾国各级农业教育，向无一贯之政策，加之科学研究则未臻上乘，技术训练往往不适于实用，推广有时则专事宣传，与仅求数目字之表现，以是农业无进步，乡村建设难见成效，欲谋吾国农业之改进，以至增加生产，适应长期抗战，宜认清教育是经济与武力相关紧之枢纽，必须以发展经济，增强武力，为我教育之方针，且余尝曰："农村建设宜立乡村为经济之轴心（改进农业与提倡乡村工作）然后吸引农民组织之（政治），调动之（教育）此即是吾国新农业教育之要义，与建设乡村之新途径。教育虽不与经济相背驰，又组织民众断不能无经济之基础策动成功也。

现在某省或某农业区域内，大学农学院之外，又有所谓农业改进所。后者虽属于农业建设机关之性质，办理农业推广工作，然有时为其工作推行便利起见，必须训练其推广人员；同时为求推广工作早见实效，又不能不假研究试验等工作，由此数点观之，农业改进所实兼办研究教学推广三事，与大学农学院及农林专科学校所推行之事业固无二致。一省或农业区域内，既有此二同性质之机关，即引起人才金钱之浪费与工作冲突重复之弊比比皆是，固急由中央与地方政府，教育部与农林部从速商议调整办法，将农业改进所并入大学农学院，仿美国农业大学之先例，由农学院兼办全省农业改进事宜。农学院最好改为独立学院，免受大学行政之影响，致碍农业改进事宜之推行，经费则由中央与地方政府分筹之。或者于人才设备未周之省份，将大学农学院或专科学校并入农改所，或仿江西农业院之先例，增设农业院，除办理推广农事改良之外，兼负调训农业技术干部人才之责，俟人才集中，事业发展，设备充实，教育部可允农业院扩充改为农学院，得训练高级专门技术人才。按目前情形而论，各省农业改进所事业颇发达，已操全省农业建设之枢纽，经费充裕，有每年多至数百万者；而大学农学院除闭门教书外，几对外无事可为，有则与农改所事业相抵牾，而经费奇绌与农改所较，真有天壤之别，此事教育行政当局不可不特为注意也。

中等农业教育包括高级农业职业学校（应改组称乡村中学）乡村师范学校（应并入乡村中学内）与初级农业职业学校（此应并入中心学校或改为农民补习学校）初级农业职业学校本不适于我国农村情形，除少数有特殊情形者外，当以不办为是，欲训练农民以农业新知识，年长者则为之多设各种农业短期训练班或讲习会，青年农民教育则由乡村小学任之，故将来各乡之中心学校与各保之国民学校，扩大其组织，充实其内容，使适合于乡村建设之需要，而农业课程与田间工作不能不加重，高级农职业学校是养成农业实地经营人才与下级干部农业技术辅助人才及乡村工作指导人员，与大学农学院及现时之农业改进所及其他乡建机关之工作应取得密切之联系，免致闭门造车，出而不能合辙，或有上不能协助技术研究，下不能深入乡村从事田间工作之缺陷，乡村师范学校为将来各乡村小学师资培植之基地，对于农事与农建知识非加以完善充分之训练不为功。

教育系统既定，目标既明，乃进而检讨过去各级教育之措施而言其缺点：

第一，大学农学院。大学教育之目的为一方研究高深学问，一方培养专门技术人才，然只限于此二者，则往往办学采闭门教书之政策，学校与社会隔绝，而技术又不适于实用，故有"农业是农业，农学是农学"之讥。大学农学终既负改进全省或某区域农业之责，而农业改进与乡村建设之各种计划颇有关，盖无乡村事业未进步，而农业可得以发展者，故大学农学院，对于乡村间社会问题，如政治，经济，教育皆不能不加深切注意与研究。而今之办理农学院者，往往侧重于自然科学方法之传授，而缺乏社会科学之训练，此种狭义之训练，施之于二十年五十年或一百年后之中国农村或认为恰当，而欲培养今日之青年，使负建设乡村，复兴农业之全面工作，似嫌力有未逮。或谓关于农村社会方面工作，可由法学院学生任之，固无庸农学院学生为之借箸，殊不知中国乡村社会素以农业为主体，农民占重要地位，若一切建设事业不先与农业发生关系，则农民不感兴趣，推行困难。故前面曾言于乡村间进行建设工作，宜先立经济之轴心，吸引农民，组织之，训练之，然后各事业始有永久坚固之基础；否则人存政举，人亡政息，昙花一现之乡村建设则随政治人物而转移，故屡见不鲜矣，既以农事为前提，若命未受农事训练之学生任之，亦觉闭隔不通，此固由事实所得到之教训而立论，非全凭玄想者也。故大学农学院之教育，宜包括自然科学与社会科学两大部门，换言之，则平时研究与教学对于农事之改良与乡村建设二者不可偏废，而学生之训练为宜广不宜狭，与现在农学院学生毕业后治专门研究充与相任专门方面工作究属少数。常与农学院毕业生在社会服务者谈，不感学非所用，则感力有未逮，前者之例为在校时本习园艺或森林毕业后以机会关系不能不改就蚕桑或畜牧之事；后者是指毕业生在校时仅受技术上之训练，然毕业后或须担任乡村政治或推行合作事业，若不于平时予以较广泛之训练，则有农村工作而农学生反不能胜任之怪事发生。以上所言全是事实，且是中国乡村社会落后之环境形成特殊景象，并非不承认各门学术各有其独立性而主张打破科学本身之界限，迁就吾国社会之环境。现在教部所规定农学院之分系办法，因为学校自有其不同历史之背景与现实之特长处,不必统为更改徒滋纷扰,仍照教部所规定者,设系训练学生;不然如属新成立之农学院或专科学校,设于交通不便利之处,经济不甚充足而人才设备未周,可简设(一)农业技术系(二)农业经济系(三)乡村政治系与(四)乡村教育系以代之。农业技术系施教方针为培养专门技术人员;农村社会系是培养农业合作人员与乡村自治人员;乡村教育系为培养专业农校教师。能如是,则无前者之呆板狭窄,而有适应环境,合于中国乡村需要之长处,法固善也。

农学院除以各种功课训练学生之外,同时宜注意研究与推广,为因农业改良常受天时地域之限制,且社会组织与经济情形之不同亦与焉;故一国有一国之农林,一省有一省之农业,绝非抄袭雷同,得而解决也。以是我国农业社会所需要解决之问题,当山当地农学院负责研究、设法解决,以之推广及于农民,故万不可于改良农业及增加生产,以利建国抗战之时,政府忽改变方策,授意农业机关,停止研究而仅办推广。说者谓吾国研究工作,素少效率,与其旷日持久劳而无功,毋宁于此国家经济拮据之际,除此不急之务,言之或可动听,其实此种过去事实,是由于政府管理散漫,与专业能力薄弱及环境恶劣所致(参阅《今日评论》第二卷第廿一期通讯),而非学农者不能研究,而农业推广皆不须先有研究也。欲吾国办理农学院真能发挥其效能,足以解决农业问题与建设乡村,须依下列办法,加以整理,既可节省靡费,复能配合力量,使步伐整齐,共趋于一途,功效必著,若只言推广,欲求速效,恐终等于缘木而求鱼也。

一,一省或集合数省,依天然环境所划分之农业区域内,得设独立之农学院一所,并充实其内容与提高其学术技术之地位,使能负研究农学,真能解决农业问题之责。

二,已有数农业机关之省份,应由中央政府令其合并,设一农学院,容纳各方专门人才,并健全其组织同负研究教学与推广之责,原有经费统为保留,凡属省政府建设厅经费,统拨归农学院做补助研究及经济农业推广之需。

三,所有省立中等农业学校及乡村小学,统由农学院任指导之责,教育厅仅属于监督行政之地位。

四,农学院除设应有各系外(简式,复式,参阅附图)得添设教导,研究,推广三部分理其事。

五,农学院内应设农业改进设计委员会,由农学院院长及省政府各厅长组织之，如是始能解决建设问题而求其实现。

第二，中等农业学校。中等农业学校之目的，照教育部规定，为养成自身经营各项农业之人才，农场技术员，农业指导员，农业推广，农业合作，农村改良等合法人员及小学农科教师，果尔，则此等学校内部可划分为（一）农事，（二）村治，（三）教育三组，养成学生适于现时吾国乡村建设之需要，固不必如大学依科学门类而分为农艺，林艺，森林等系，减却普通之训练，而窒碍学生农业后之出路。据各方观察之事实及经营农场之经验，在中国农村办理农场还以多角式经营始可获利，能如是则地利与人事可尽其利用；而经营又易于周转，故余曾主张至乡间工作人员，当注重实用技术与常识之训练，不宜以训练大学农学院学生为办法，施之于中等农校学生，专科以上学校有专门学科之研究与专门技术之应用，降至乡村事业，本极困难，绝非仅受专门知识之学生可以应付一切问题，故中等农校调练学生，绝对不能取细狭方式，恐尚多面的实际工作，故将此种学校内容分为三组即此故也。又此种学校系为改造乡村而设，自宜位于乡村环境中，命之为乡村中学校而将以前各省所办之专讲教育而不重农事，不适于乡村所需要之乡村师范并于其内。既有经费，而又能于优良环境中产生合于乡村所需要之健全乡村小学教师。

中等农业学校，上承农学院，下启乡村小学，在农业教育与乡村建设事业中占重要地位，惜教学不得其法，成效少著，今将教育方面应革之点简略述之如次：

一，中等学校教学方针，宜注意当地农业实在之需要，对功课之分类应视学校性质，不同而略与变通，凡不适于当地农业所需之课程，可酌量减少或废除，故教部所定之课程标准，宜保留极大伸缩性。

二，教材之采取，须适合于当地农业情形，且编制之次序，更须合于时令与季节，为求此项计划之实现，教员应具有相当学识，经验，树敏捷之思绪，随时随地留意教材，向学生讲解。同时与当地之农事研究，推广机关切实联络，必须请教或借其于当地老农老圃，使得有实用之材料，并传习其经验，而决定研究改良之途径。

三，学校作业宜以田间工作与实际设计为中心，不可侧重课本与室内工作。每就农事之需要调移课堂上课钟点，集中师生之时间与精力，完成某项农事，养成学生的经营田畴之整个观念，与对于农事负责之习惯。

四，农业学校学生田间实习，向居被动地位，教者既无系统合于实用之设计，学校又无奖励办法，而学生所得知识与技术，全是零星断片致日后毫无应付全部环境之能力，与通盘筹算之经验，平时既觉兴趣索然，因循怠忽，草率了事，在所不免毕业后对于农事经营与操作又是茫然。为矫正此种读书计，对学生农场实习，学校宜采行"分田包工"与"用成本的方式记账"制，并组织生产合作社，与规定奖励办法，此法余曾在成都四川省立高级农职校行之（当时作者兼任该校校长），颇著成效，兹限于篇幅，姑不赘述。

第三，乡村小学。此种学校系指最近政府明令公布之各级组织纲要内所列之乡（镇）中心学校与保国民学校而言。此种学校是国家之基础教育，与乡村建设事业，推动之中心，负乡村间教养严管四方面事业之推动，宜内分之见解。成人，妇女，三都，除注意文字教育与农业技术之外，并有政治知识讲解，军事训练与家事管理及乡村工业等功课。教员除善于文字教育之外，应具乡村生活所需要之技能，且有文武兼备之学识。此种学校除灌输农人以知识之外，并创办集体生产农场或合作农场，立乡村间经济之轴心，以示农事改良之模范，同时协助乡公所保办公处推行一切图兴应革之心，且对政府政令之推行，取得密切联络，如战时之宣传，兵役之倡导，新生活运动，新民公约之实施等，皆有学校之师生参加工作。

至于农业推广工作，无论农学院或农业改进所，所有研究改良农事之结果，应交乡村小学负责进行，如遇有调练技术之必要，可召集乡村小学之师生予以短期训练，使四乡就近教导农民，则觉事半功倍，且无杆格不通之弊，故无需另设机构，外求人员，徒费金钱精力劳而无功也。

余向主张以乡村小学负推广农业基础工作之责，盖有二故焉；然今之办理农业推广者，每忽于此，兹再申言之以实吾说：乡村小学是教育农民子弟之学校，乡中人对其子弟之教师向极崇敬，对优良教师之言语最能重视，且与教师当处于一隅，易与教师接近，深受其感化；此外乡人对学校向不具怀疑与反对之态度，以其不像卫署或收税机构，对农民有所掠取也。从此数点可证明学校办农业推广，在乡村间是占有优越之地位，即另有机关派员到乡间工作，断不若小学之普通，与小学教员力量之雄厚，若小学教员训练得法，替政府推行建设工作，为农事机关推广农业，效率之速，等于置邮而传命。

现在农村间所需人才为多？即下级农业指导人员及上级农业研究专家是

也。训练下级人才，以乡村小学教师为最适宜，专家以研究所得之结果，付诸乡村小学生即农民子弟，能实地去做经营农业遇感困难时，必请教于其教师，教师无法解决，乃送材料至上级研究机关研究，以是大学与小学打成一片，农学与农业冶于一炉。大学农学院专于人体之中枢神经，乡村小学好比旁侧神经，乡村小学生则是人体中之运动与感觉器官，须有密切之联络，配备齐全，然后有机体各部呼应灵敏，分工合作，运用始能发效力，农业改进及农村建设与乡村小学之关系有如臂之使指，不可分割也。

结　论

一，现在大学农学院与农业改进所，性质相似，工作重复，责任与界限不清，应由中央命令将此合并，以一机关负一省或数省农业改进之责，借此节省靡费，集中人力，而研究、教学、推广三方面工作由一机关负担，自然运用得当。

二，于乡村开设乡村中学培养下级干部农业改良，农村建设人员，及乡村小学教师，须将乡村师范并入乡村中学内。

三，农事改进，乡村建设之推动，应由中心学校与国民学校负责，无需另设机构，另派人员，致多窒碍。

香港的文艺界(香港通讯)

马 耳

离开政治来说,香港是一个中国城市。这里百分之九十以上的居民是中国人。而这个城市的繁荣,也是中国人造成的。但提起文化,这儿是一个奇怪的地方。香港住的"华民"读不通英文,但似乎也读不通中文。香港街上处处竖有一块牌子,上面写着"如要停车,乃可在此"。这是典型的香港中文。但香港并不是没有学校,只说最高的教育机关,就有富丽的大学一所。里面的教授皆由重金聘来,其薪水最低的每月也有八百元港纸,折合法币可以做国内一个初级中学半年的经济费用。上面举的一句怪文,乃出自香港政府内"华员"的手笔,而这些官吏大多数正是从此间大学毕业出来的优秀高材生。

这类知识分子对于英国文化,不曾甄到门径,对于中国学问,亦未登堂入室,遑论从事文化工作?是以当地许多汉文报纸,还得由过去的中国元老们主持。因之一般类似文艺性质的副刊,也就稀奇古怪。较好则登载些"梁山伯复祝英台书"一类的东西,在旧文学方面说起来,抑扬顿挫,不能说无可取之处。较坏的便简直是胡闹:上至创作侠客,下至"麻雀经"、"恋爱经"等无所不来。

如果说香港有文坛,那就是抗战发生后由国内迁移去一批文化人所造成的文坛。

抗战发生以后,国内有许多报纸由香港出版。最著的《大公报》、《申报》、《星岛日报》、《珠江日报》、《大众日报》、《民国日报》等。同时因为香港纸张便宜,有许多在国内发行的杂志,也迁往印制,甚至于有许多书店也在香港印行。因之有许多杂志记者或书店编辑留住香港。再远去或新办的报纸，差不多都有文艺副刊。而这些副刊编者，便是以前在国内从事文艺工作的人。人多而刊物也多，文艺界当然闹起来。

这些文艺副刊登载之作品，大多数是由住在国内各地方的作家寄去的。因之这些刊物还相当地保存中国新文艺的传说。中国是正抗战，中国人是在浴血创造未来的新生命。因之有许多作品，就非常壮观，健康和切实。这对于在外生长的中国年轻一代的侨民，不能说没有益处。有许多香港的中学生，即因此起了对文学有好倾向的兴趣，因而更进一步从事写下书，也为数不少。这种国内移去新文艺的影响是无形的，但是很广大，新加坡南洋各地据说都波及到了。

在这些副刊中比较值得注意的，恐怕要算《大公报》的《文艺》。它始终维持过去那种沉默，严肃做工作的传统风气。所发表的作品，大都结实健康。它拥有一批很诚实的青年作家，如丁玲、严文井、卞之琳、何其芳、荒谋、姚雪垠、白平阶等人，因之阵容很齐整，水准也就始终保持得很平均，其他许多刊物无形受到它的鼓励，因而获得一般良好成绩者颇多，其次是《星岛日报》的《星座》，性质有时稍微轻松一点，但比起国内报纸副刊还是比较纯粹。

除副刊以外，尚有几个文艺性质的杂志，最著的有陆丹林和简又文编的《大风》。这是一个取过去《论语》和现在的《宇宙风》的长处的刊物。他现在有了"中国文化协会"的机关论，经济基础很稳固，总是按期出版，而每期的页数总很厚。此外戴望舒、徐迟、袁水拍等出过一本诗刊，叫做《顶点》。此杂志经济基础既不稳，稿子也少，出一期就完。以前在广州由一批爱好诗歌者编的《中国诗坛》，也在香港出了数期，气焰颇为蓬勃，但未能长此下去。还有一本叫做《天下》（Then Hala）的英文志，也在香港编辑。经费由孙科筹出，战前出版，战事发生后内容还不改变多少。这是一个综合的刊物，由温源宁，全增嘏等人主持，每期也登一篇文艺作品，但主要的文章涉及政治，经济，文化，各方面的内容也还不坏，在国外亦有相当影响。

因为香港接近海外，同时又有几个非作家，但对于文艺有兴趣，并且还懂得一些外国文艺青年居留，所以在香港还有一点"文艺国际宣传"的工作做出来。笔者曾用世界语译了一本战时小说集《新的工作》（Nova Taako），由一个匈牙利人开的书店Orientakorier出版，后来被外籍作家转译成了西班牙文和荷兰文，他们都说中国的作品新鲜，因之许多人就感到应有一个纯英文文艺志的必要。几个人一时火热，就计划了一本叫做《中国作家》（Chinese writers）的英文文艺月刊。后来得到重庆文协的津贴三百元（合港币约八十元），又拉了些广告，硬弄出一个创刊号来，计登五千字以上的论文两篇，四千字以上的小说三篇，诗一篇，书评两篇，文坛消息数则。此部亦由笔者主编。出于意料之外，它在国际的反响颇好。大概是反响"颇好"的关系，非作家的笔者就得让"名作家"编了，第二三期各相隔三月出来。除了把第一篇不用的一些稿子拼凑进去以外，第四期就如石沉大海无一点消息。

大概因为港中环境较安定，而有些"名作家"又都在机关或公司银行内任很好的"兼差"的缘故，吃茶开会便成为某一部分作家们的"小马"（Hobby）。一吃茶必吃点心，吃了点心必喜大谈。虽然许多话都有关文学，但多谈究竟是浪费时间，如果说香港文坛某一角有什么缺点，此不可不谓为其中缺点之一种。

同时这一都分的作家又喜新奇，谈起恋爱时他们能写"恋爱经"，谈起跳舞时也行，音乐也懂，戏剧也懂，社会发展的起源也懂，即诵诗也懂，民众文学形式也懂，甚至汪精卫的东亚和平论也懂，而且意见又特别丰富，讲起来可以滔滔不绝，口若悬河，讲的人固可对自己的良心不负什么责任，但一些老实的把文艺当做一件事干的热心年轻中学生，则如坠入五里雾中，莫知所措。结果这些年轻人自然就对于新文学反感起来，而终究会失掉了对于文学的兴趣。此一点为诚实从事文艺工作的人感觉得痛心，即苦无方法可以补救的事。这情形或许也正同国内几个都市情形差不多是一种可注意的现象，总得努力改善它，方有个较好的明日可言。

本期撰者：

　　赵晚屏先生是研究统计和社会调查的，他现在四行联合总办事处服务。

　　曾省先生曾任国立四川大学农学院院长，现专任该校教授。

　　钱端升和吴之椿两先生都是读者所熟识的。吴之椿先生在上一卷第二十五期和本卷第七期曾先后发表过两篇关于建国大计的文章，可与本期所登的一篇一并阅读。钱端升先生在十三期曾有过

《国家今后的工作与责任》一文。本期之文是连接上文的。下期钱先生将有文论"一党与多党"。

马耳先生是香港文艺界的一分子,此次承其将香港文艺界情形作一通讯,实值得读者注意。

第四卷第十六期（1940年10月20日）

这一周

敌机于本月三十日大规模轰炸西南联合大学与云南大学，其结果两大学在物资上俱受损失。摧毁中国文化机关，是日寇三年来一贯目的。日寇侵占北平后，立即以武力占领清华大学与北京大学，现在清华大学的图书馆是寇兵医院，清华大学体育馆是寇兵马房。三年前寇兵侵占天津后，第一件事即以飞机轮流炸毁南开大学。经过寇兵这种破坏摧残后，三大学南迁到了昆明合组现在的西南联合大学。以物质条件来说，现在的西南联大还不及三年前三校中任何一校所有。但西南联大的精神，为学术奋斗，为民族国家生命而奋斗的精神，却较三年前旺盛多了。云南大学简直可说是在抗战期中发育滋长的。今日云大则物质与精神俱非战前可比。日寇对我国这种生气蓬勃的文化机关，心热眼红，必摧毁而后甘心，自在意中，但自十三日一度被轰炸后，两大学的精神益见提高。两大学不但未因此而停顿，教授授课更热诚，学生听课更踊跃。被轰炸之夜，青年学生立刻自动组织起来，解决同学受损失者之一切善后问题。青年学生自身合作互助的精神，对日寇同仇敌忾的精神，真令人爱慕钦羡。日寇闻之，羞怒更当如何？当然，新中国的青年与日寇是势不两立的，非我灭寇，即寇亡我。证诸青年学生表现出来的精神与青年学生们在抗战上的信心，我们坚信，日寇是最后的失败者！

皖南赣北最近我军又有大捷，又收获良好战果。皖南这周来分由芜湖，茨港，铜陵，大通各地向我南陵及泾县窜扰。经我军到处截击围击伏击，敌左冲右突,均坠我预设陷阱中。血战一周,我忠勇将士遂将皖南倭寇击溃,歼敌七千余,这成皖南一大胜利。在赣北方面,我军最近又向南昌进击。我军攻克铁路公路附近之上洛阳,下河局,且克抚河西岸敌军重要据点沙埠潭。本月七日且克复南昌近郊之万寿宫,属孤守南昌之残敌。已狼狈恐惧。则时介芜湖九江间之长江要塞马当亦为我军克复。我军且乘胜向赣北彭泽追进。因此,则敌人之长江水运已被我切断。今后敌军在赣北鄂南者将处孤立无援地位。此于我抗战形势绝对有利。在华倭寇,空虚疲劳,不堪一击,益足以证明。

上海伪市长傅筱庵于本月十一日被诛,这是大快人心的事。傅逆受诛的情形,到底如何,尚未明了。据传手刃巨奸者为傅之仆人朱升。但直至此刻,诛奸者未能缉获,似事件真相,依然哑谜。无论如何,傅逆之死,不外三途:(1)为义士所杀,此完全为除奸惩恶行为;(2)汉奸中群犬争骨,抢夺上海市长,互相残杀,亦系可能;(3)日寇兔死狗烹的勾当,傅逆盘据上海伪市长,业已数年,侍候主子,未必尽如人意。日寇杀傅逆空出上海肥缺以诱致新奴才,亦大有可能。但无论傅逆死因如何,为奸为逆,仍不能苟全,则为事实。倘傅逆为义士所手刃,更可寒敌心而丧逆胆。盖傅逆地位,相当重要。敌寇豢养保卫方法,相当周全,日寇刻刻以抢夺上海租界为宣传,其自信势力之雄厚可知。然毕竟不能使奴才傅筱庵苟全性命,这足见我国杀贼除奸手段之高妙,而寇势之孤弱矣!国贼汉奸之后继者,从此当知所戒!傅逆年逾六十,以往且曾历任政商要职,晚年昏庸卖国,斯真老而不死是谓贼矣!虽然,傅逆死矣,生前叛国事敌,依然是贼。老而不死是谓贼,老而惨死乃谓贼。遗臭万年,哀哉傅贼!

全国体育会议,从双十节起,在陪都举行。此次到会人士为全国教育及体育专家,会议由教育部长官主持,蒋委员长且亲临训话,足见政府重视此种会议。中国国民体质,平均不如他国国民,乃至可讳言的事实。学校制度改革以后,三育并重,德智以外,崇尚体育,亦系事实。然而数十年来,国民体质的进步依然很少。希特勒在《我的奋斗》一书中,认为加强国民体质为教育主要目的,其他求智求德却成次要。德国今日雄视欧洲,亦非偶然。我们并不主张中国采效希特勒的黩武主义,但民族生命寄托于国民之强健体格上绝无疑问。今后中国教育应加重体育，亦无疑问，我们以为今日中国教育上加重体育，应从低级学校着手，小学中学之体育，当更重于大学。各地儿童体育测验，体格不合格者往往有惊人之数目。基础不健全，大学再求补救，实已太迟。故今日补救方案，应由政府以大量经费，增强中小学之体育教育。体育会议决议以一千万元在首都设立体育卫生博物院，此诚重要。然博物院设于首都，受观感之益者毕竟少数。以如此大量经费，为少数人谋福利，似可稍缓。借以此一千万元经费，求中小学体育之广泛普通增强，国家受利者必更多。不知一般体育专家之意见以为然否？

德军开入罗马尼亚，这是本周国际局面上的重要事件。德军入罗的表面理由是：罗与轴心国合作，希特勒愿助罗王来出头及罗总理安多尼斯哥训练新军。德军任务乃在训练罗国新军。德军入罗的真实内幕，绝不如是简单。在我们看来，希特勒这种行动，必引起极端复杂的反响。德军入罗，对希腊，土耳其，当然是很大的威胁。保加利亚既与罗马尼亚合作，且为有加入轴心国的趋向，则南斯拉夫就在德意左右夹攻的地位。最近土，希，南三国有成立军事同盟的传说，这种传说，或非捕风捉影之谈，势逼处此，三国果欲自存，恐非如此不可。英国当然愿极力促成此种同盟。如此推演，则欧战扩大至巴尔干区域，大有可能。欧战果扩大至巴尔干，这是英国之利。土耳其二百万陆军，颇足以牵制德意一部分力量。巴尔干问题且不如是简单。巴尔干一旦有事，苏联绝不能袖手旁观。苏联前此已向意国提出警告，希望维持巴尔干现状。今德意既不顾此种警告，苏联当然有他的打算。最近已有苏联强动军力向罗境集中的传说。这是苏联对巴尔干局面不甘坐视的表示。巴尔干果发生战事，则苏英的国交大有改善的可能。美国目前正在进行这种外交。因日寇的南进政策，促成英美进一步合作。因德国的侵入巴尔干，促成苏英的改善邦交。国际局面演成德意日与英美苏的对峙对斗，亦未可知。在我们看来，这种局面果出现，未始不是国际局面之大幸。

美国着手撤退留日及中国沦陷区域内各美侨，这是极可注意的一件事。倭寇首相近卫及倭寇外相松冈最近向美挑衅的演词，使罗斯福总统不得不作此万一的准备。我们常说，美国民族是不受恫吓的。美总统罗斯福在俄亥俄州的演词，更证明我们的观察是正确的。美国今后援英援华的政策，只有日见加强，依我们的推测，英国开放滇缅路以后，美国援华政策，亦必有再进一步的具体表示。美国扩大对日禁运实为必然之事。今后只看日寇如何度德量力自处。倘日寇果再冒险向美挑衅，美国必欣然在远东予日寇以重大打击。在我们看来，美国撤侨，绝对不是美国对倭的外交姿态。这是美国对倭作战决心的表示。这次美日是否发生战争，就看日寇怎样自处了。

印度国民大会已正式通过甘地的不合作政策。同时甘地又将发动不合作运动，或且再度开始绝食。英印是否酿成僵局，今后就看英国能否运用聪明策略，以为应付了。公开的说，英印争端，我们的多量同情在印度。英国对德作战是保卫民主，是为自由平等这些大原则而奋斗。英国希望印度人民为这些大原则而奋斗，英国即应首先使印度人民享受这些原则的实惠。我们曾一再向英国贡献忠实意见，倘英国希望维持大英帝国的资望，英国必改变其传统的殖民政策。事到今日，印度总督那种小恩小惠的策略，希冀彻底解决英印问题，已不可能。至于运用一部分印度人民以与其他部分对峙，以求迟延英印问题，更为失策。其结果或使问题不可收拾。英国须知，今日乘机对英国殖民地与以挑拨离间者更大有人在。英国对印度问题，倘不能善为处理，实予英敌以良好机会。印度民族有长久的历史，有悠久的文化，他们在政治上可以享受自主自治。愿英国善为处置。幸毋使仇者快而亲者痛也！

反侵略中国分会最近以雨伞两把寄赠法元首贝当及越督戴古，且致电言："敌机袭昆，胥出君赐，世事变幻，风云莫测，敬奉雨伞，备君作未雨绸缪之计。"这事颇有讥讽之微词，仍出忠诚之友谊。"未雨绸缪"，还是中华民族对法民族复兴存有厚望，目前贝当及戴古对日寇所采取之屈服政策，实已断送越南，实已陷法国于万劫不复之地。依我们见解，对贝当及戴古应每人赠送铁锄一把，盖维琪政府之"和平政策"实已为法国"自掘坟墓"矣！雨伞应赠与法国人民。法国人民果希望法国复兴，则应及此"未雨绸缪"！

三国同盟与中日

王迅中

　　日本和德意接近，并非始自今日。自九一八事变后，日本因恐外交上孤立，即和德意携手；一九三六年十一月则和德国订立防共协定；一九三七年十一月意大利加入，三国轴心的结合于是形成。七七事变后，日本与英美在远东的利害冲突日趋紧张，欧洲方面德意和英法的关系亦日益恶化，于是三国轴心的主要假想敌，由苏联而转移到英法美等民主国集团。去年第二次欧战爆发前夕，德意一再要求日本签订军事同盟，共同对付英美法等民主国。当时军部正苦于对华战事不能结束，迁怒到英美的援华政策，力主加入军事同盟，授意驻德大使大岛与驻意大使白鸟分在柏林罗马两地活动，而坂垣陆相在五相会议中，也一再压迫平沼首相。但元老重臣及稳健分子们认为德意并不能援助日本，日本徒有义务而无权力，并且对华战事已应付维艰，何苦再得罪英美，所以平沼内阁时虽然举行了七八十次的五相会议，终于反对无条件加入。其后德国突与苏联缔结互不侵犯条约，平沼内阁因此垮台，而军部及法西斯分子的气焰也大受打击。故阿部米内尔内阁时，宣布不介入政策，梦想藉以诱胁英美对远东问题让步，但数月交涉，除获得英国方面对于枝节问题的让步外，并无重大收获。而美国的对日态度反愈益坚强。因此军部及法西斯分子卷土重来，攻击外交当局的失策。益以今夏德军开始总攻击后，军事方面意外胜利，更给予联德主义的军部及法西斯分子莫大的鼓励。因此鼓动阁潮，将米内内阁推翻，另拥近卫再作傀儡。近卫登台后，一切效颦德意，内阁方面根本推翻数十年来先烈艰苦缔造的自由议会政制，而提倡集权主义的新政治体制运动，外交方面起用了松冈洋右为外务大臣，声称对英美将采取攻势外交，所以论争很久的加入德意军事同盟问题终于实现了。由此看来，日本的加入德意军事同盟，是军部及法西斯分子胜利的结果，稳健派被迫退台后日本外交上的必然趋势。

日本单独对华作战，已三年有余，尚感应付艰困，本没有余力对英美作战。然则日阀为何疯狂至此？无疑地，日本因对华战事不能结束，内外危机日趋严重。内政方面过去三年间虽一再改革，企图挽救危机，如颁布总动员法，实施统制经济，举行精神动员，花样层出不穷，迄无补于实际，危机反与日俱深。军部埋怨稳健派的从中阻挠，故拥近卫出山，彻底实行法西斯政治，梦想效颦德意，强化统制，作最后之挣扎。外交方面对英美交涉既一再失败，美日关系愈趋恶化，军部及法西斯分子老羞成怒，因力主加入德意同盟，威胁英美，完全是一种铤而走险，饮鸩止渴的最后下策。其实日本若真有实力对英美作战，用不着大声叫嚣，所以近卫松冈的对美狂吠，适足见其外强内荏而已。因此作者认为日本的加入德意军事同盟，仍不过是一种攻势外交的姿态，梦想挟德意以威胁英美退出远东舞台，以谋从速解决对华事件而已。

其次，日本近来盛倡南进政策，但对华战争已感应付不暇，何有余力南进，目的不过在趁火打劫，对内藉掩饰对华战事的失败，对外则想威胁英美而已。所以希特勒虽早要求日本参加战争，梦想本国在远东有殖民地，而日本借这侵华，一再胁迫威吓，因维琪政府及法越当局的软弱畏葸，日寇益肆无忌惮。最近日军已在越南登陆，军队数目远超事前谅解，并闻日寇又提出种种新的苛求，西原复古协定之笔迹未干，日寇已视同废纸，越南的河内将全部沦亡于日寇之手，已是很明显的事实。对于荷属东印，日寇的压力亦日益加强，借口经济合作，企收并吞之实。日寇攫此二地后，在经济方面，可以攫取资源，推销日货，军事方面又可作为威胁英属缅甸，新加坡及美属菲律宾的根据地。然后再视欧洲战局之推移及美英对远东态度之反应，再决定进一步地压迫英美与否？在日寇看来，英国目前因欧局紧张，绝无暇顾及远东，美国对日态度虽益趋强硬，但短期内当不致对日施行武力制裁。所以日寇趁美国扩军计划尚未完成，太平洋上作战准备尚未就绪，挟德意同盟，趁火打劫，在南太平洋上攫取军事根据地，作未来大战的准备。

日寇加入德意军事同盟的动机，既如上述，但它能达目的吗？过去英国对于日寇，尚有所顾忌，所以对日要求，一再迁就退让，现在日寇既公开加入德意，此后对日再无敷衍的必要，虽然自力无暇顾忌远东，但在太平洋上必能与美彻底合作，支持美国的抑日助华政策。最近英国已决定开放滇缅路，并与美国积极磋商远东海军合作问题，英属埃及及加拿大亦计划对日禁运，即系态度强硬之明证。美国对于日寇在远东之侵略暴行，一贯坚持不承认政策，但因美国态度犹豫及国内孤立派的作祟，仅系消极的反对，并未采取积极行动。现日寇既与德意缔结军事同盟，近卫松冈又公开威胁美国，美国必将采取具体报复手段。最近贷款二千五百万美金予中国，宣布禁运钢铁汽油，现闻将更进一步禁止机器油，五金，机器，化学用品等输日，并拟禁止日本生丝输入美国，以断绝日本外汇的主要来源。在军事方面亦积极准备，作对日的措施。经济方面已开始对日压迫。日寇的加入德意军事同盟，不但不能收威胁之效，徒更刺激英美，此后日寇与英美的关系必将更趋尖锐化。并且德意之所希望于日本者，当然不仅系消极的牵制美国。现在希特勒□□□□□□□□□，德意既承认日本领导地位，日本对于英属远东殖民地，自亦有扰乱夺取的责任。所以日本终必卷入战争而后已。对华战争已感穷于应付，何堪再与强大之美国作战，徒供德意之利用，自促其灭亡而已。

　　次就中国言：过去三年来的艰苦抗战不但增强了我们的抗战信念，且使日寇泥足愈陷愈深。去年欧战爆发时，日寇满想从速解决对华战争，再谋趁火打劫，混水摸鱼。但以中国之坚强抗战，未能如愿。所以我们的抗战不但保障了我们自己，且代列强尽了保护它们在远东的权益及殖民地的责任。现在日寇攫取英美远东权益及殖民地的野心既日趋积极，则此后英美对日的态度理应益趋坚强，其援我亦必更将积极。过去我国既能自力抗战三年余之久，若更得美英俄进一步之援助，战争前途自必更有把握。且日寇既欲南进，自不能不分一部力量，对我抗战前途，亦至有利。如日寇不自量力而参战，更为我人所馨香祝寿者。现在中日之战争将成为世界大战之一部，中美英将立于同一战线，共同抵抗侵略强盗。以中美英三国之人力物力，深信可操左券。蒋委员长说过："这一次抗战是我国有史以来最严重的大关头，也是东亚兴亡，世界人类绝续的大关键。"我们的抗战已负起这严重的使命，愿与英美人士共勉之。

　　最后，我们更愿意对苏俄进一言：德意日军事同盟条文中无特别声明："上述各条对于三签字国中任何一国与苏俄现有之政治地位，并不发生任何影响。"但三国轴心过去之主要假想敌既为苏俄，现苏俄东西两邻之联结既更形密切,莫斯科当局焉能安枕?且同盟条约中公开规定日本与德意互相承认在欧亚之领导地位,苏俄为跨欧亚之大国,将置于何地?轴心国家之胜利更决定苏俄之福,事至明显,无特剖述。以苏俄兵力之强,物力之丰,现已处于举足轻重之地位,为人为己,理应有所表示。我人虽不希望苏俄参加战争,但反对侵略者至少应守善意之中立,中国过去虽得苏俄不少援助,今后更希进一步之援助,是侵略强盗知所警惕。岂仅中国之幸,抑亦东亚及全世界人类之幸。愿苏俄当局三思之!

一党与多党

钱端升

在本文中，我拟从两个观点说明多党制度的不合时宜。

从人类政治制度的演化言，多党制度显已有代谢的趋势。如果这次大战德意日获得胜利，欧美民主政治及其一切习用的制度将被暴烈的摒弃，多党制度当然也在其内。西班牙而外，法罗两国的取消多党制更是不远的先例。如果中英美获得胜利，胜利各国为维持雄厚的国力并为调剂国内各阶层的不平等起见，也必趋向以一党制代替多党制。不过在这环境之下，多党制的告终殆将循着平和及渐进的途径。

从我们国家今后的需要言，一党制亦为无可避免的制度。我前在本刊已说过为担负迫不及待的抗战建国大任起见，我们不能不有强力的政府。而要有强有力的政府，我们不能不借重中国国民党及其总裁蒋介石先生，固然国民党实力的加强也是必不可少的改善。我还相信建国的工作，固然是十二分急切，但要完成需要相当长的时间。因此，国民党也不会三数年而即无其需要。

从人类政治制度的演化而言，凡是浸润于民治主义的人们（凡是有思想的文明人又哪能不浸润于民治主义？），天然的不易舍弃他们所习知的多党制度。民治主义首先发达于英国，但在政党内阁制成立以前，民治即在英国也不安定，即在英国也时有被推翻篡夺的可能。直待有了政党以后，才有责任内阁，有了责任内阁二党轮替执政以后武力争夺政权才无必要，而国王干政的可能也不存在。与英国同以民治见称的美国虽未采用责任内阁制度，但其总统之所以能代表民意，也由于政党。因为有政党，因为总统由政党推出，所以获选为总统者必能代表有组织的多数民众。民意有变动，斯政党的势力有消长。一消一长之间，民意即有表示。在此情形之下，武力争夺政权的必要自然也不存在。

我们并不否认在过去民治总与多党制度相关联。我们不但可坦然承认此党政治所给予民主政治的贡献，我们还可承认在过去，凡是蹂躏政党者也一定是蹂躏民治者，拿破仑三世是较早的例子。墨索里尼及希特勒是今代的例子。但我们立论，不能全以过去为根据，更不能以变态衡量常态。我们所要问的有两点：第一，多党制度在近今是否能与民治配合或保障民治？第二，是否尚有新的制度比多党制度较能保障民治？

关于第一点，我以为今代的国家必须握有大权才能使国家富强使人民平等。我以为集权主义不全是恶的。极权国家每好黩武，每好凌辱弱小民族，每好蔑视人民人格。这些是集权主义中恶劣部分。但集权国家之拥有大权集权国家之可以国家的力量来改造社会的生产制度及人民的经济生活，则与其说是集权主义的短处，毋宁说是集权主义的长处。我以为今后的国家，如欲使社会进步，人民平等，则必须握有大权。但在多党制度之下，则当局者无论为向国会负责的内阁，或为向人民直接负责的总统，必将受异党的牵制，而不能取得大权。如果不受异党牵制，则实际上异党必已不复存在，换句话，要政府大权，即不能容多党存在；如容多党存在，则政府必不能有大权。

如果政府有大权之后，民治即取消，则或者我们宁愿令多党存在而令政府弱，而不敢取消多党制以令政府强。但政府有大权与民治的继续不见得有若何不可避免的冲突。我以为如果有一政党能坚信民权，能尊重人类的尊严，而普遍地谋增进其福利，能以大同思想及和平主义为民族相处的最高理想，则即使一党专政，也与民治不悖。拿破仑及希特勒之流根本心目中没有民权，故他们的专政自然不利于民治。如果专政的党是民主的党，则党治殊无与民治不容的理由。

目下英美的政治趋势最值得我们的注视。美国自罗斯福当权实行新政以来，国权有空前的扩张。即令此次共和党万一获胜，政府已有的权也不至放弃，政府已有的职务更无法摆脱。倘使如我们所预期，罗斯福得以蝉联，则国权将会有更大的扩张。此种形势再继续下去若干年，则民主共和党的分野将难存在，而政党将以赞成及反对国权的扩张为分野。如是若干年之后，反对国权的党便将以不合时宜而一蹶不振。于是当权者为独存仅存的国权党。

这里所说的固然是我个人的推测，但如罗斯福能蝉联，则事实殆将与我的推测距离不远。

英国也是政党最发达的国家。英国政府门户之见甚深，所以即在此次大战爆发以后，当权的保守党仍不觉得有坚持反对党加入政府的必要，而反对党也不觉得有与政府党合作的必要。直到战事恶转，邱吉尔上台，各党始合作而合组政府。邱吉尔政府成立后，国权实增，国家可以予求予求，人民亦不复坚持企业的自由。如果此次大战英国可以获胜，则英国必成为一个高度的社会主义国家，而实行并拥护这社会主义者则将成一当权的党。故英国今日尤存的保守自由劳工之党亦难并存或分存于战后。

英美本是政党政治的典型国家，苟英美的多党政治既不足以应战，而又有改制的趋势，则多党政治的一般命运可以想见。

如捨世界的趋势而论，而单论我国的需要，则一党制更有其客观的必要。从反面来说，多党政治是不可能的，也是不相宜的。要实行多党政治，第一先得有一个以上的政党。事实上，民国成立二十九年，中国只有过两个党：国民党及共产党。其余的党均不够称党。前此的共和进步的党是如此，今之小党也是如此。今之青年党及国社党，论其主张，均不出三民主义的范围；论其党众与组织，则又皆狭小而不健全之至。青年党及国社党人固可以此归罪于国民党的专政。因为国民党专政，又不许各党公开，所以青年党之国家实不能发展。但即许两党公开活动，试问两党又将以何为号召。如以两党原有的"国家主义"（即三民主义中的民族主义，惟大同理想不甚显明）及温和的社会主义为号召，则又何以自别于三民主义？如果主义相同，则又何必另树一帜？中国此时的财力，办好一党尚且不易，又何必此党彼派，徒增纷扰，因此，我深信各党即可公开活动，青年国家两党仍难发展，既成的党如此，未成的党更不必说。

即使中国此后有多党并存的可能，我以为多党政治根本上不宜于今日的中国。国家此时即有一定的目标，尚恐不能如期完成，又安有此起彼伏，以试验各党不同的政纲的余□？我们现在所急需者是"干"之一字。我们固然须认清干的目标，我们固然不能瞎干，但我们于决定了干某一种政纲之后，则我们也不能不硬干下去，以求贯彻，我们绝不能迟徊不进，或中道而阻，以至历久无功，更致建国未成，而强敌又至。

但我们也并不以过去国民党的专政为满意。因为国民党多年来本身有缺陷，故党力也不甚充实。国民党如要为民族而继续一党之治，而不是为党而继续一党之治，则他必须改变作风。他必须忠实于主义，他如能忠实于主义，则国内有为之士均将相率而为党效劳。国内真正有为之士，不但对于三民主义无恶感，而且不是景仰已久，便是极感兴趣，他们所以远国民党甚或为国民党者，乃是不满于党的作风及若干党的领袖，而不是不愤于三民主义。无党之人作如此想，即共产青年国家诸党的党员亦多做如此想者，所以国民党如能改变其作风，慎选其领袖，则全国有为者必将相率来归。在一党制度之下，国民党对于反侧自应处虑之严厉，故不能如多党制之一党，事事出以容忍，但国民党既以民权主义为主义，则对国人思想言论的自由自应尽其尊重，故又绝不可以法西斯党（意）、国社党（德）、共产党（苏）自居，在二者之中觅一中庸之道，就是中国国民党应有的作风。

我意国民党如能善以自处，则必可完成抗战建国的大业，并树立三民主义的中国。到了那时，党仿佛是古时的朝代，如党风不败，党纲合时，则党治可传之甚久。如党风堕落，党纲背时，则叛党代兴。中国如此，外国亦将如此。人类政治史现在似乎已到了一党政治代兴的时期。

中国文化与大学教育

樊德芬

　　文化这个名词含义最广泛。它包括一个特殊民族对于他们特殊环境的适应之总和：这里有对于物质生活解决的方式，便利人生的工具，人们彼此相待的态度和心情，支配人们相互间关系的传习和法律，推动全体社会行动的政治机构和宪法，传播文化的文字，安慰心灵的文字艺术及宗教等等。总结一句，一民族的文化是覆盖他们集体生活的一件总外衣。常听人说：某民族是农业文化，某民族是工业文化，某民族是畜牧文化等等。这话大体虽不错，但是只看了个横切面，忽略了胚胎发育等因素，就失之于简单。英德同是工业国家，而民族精神不同，文化上显露了重大的差异。英美且同为央格鲁撒克逊民族，而彼此面目还是不同。因为文化透露着民族向前奋斗及适应特殊环境的经过的色素。不同的环境产生了不同的解决方式，而民族遭遇的命运悲欢不同，也形成不同的民族精神。

　　中国文化经过了数千年的培育，长期的支配了一个黄土众民的民族的复杂生活，自然有它的特长。它有英国文化的保守色彩，传习古训和祖先都是神圣！纵然时时有改革，也只暗地里移胎换骨，却不愿除外表的形式。我们这文化同时也具有"领袖"和"极权"的色彩，各种事业的权力集中于各种首长的掌握，居其下者只担任辅助执行和服从的任务。首长们的威权是倚靠传习的威权来维持，而同时传习的威权也倚靠他们的力量来发扬。暗地里，不近人情和乖错冤枉的事情虽不可免，但表面上是很宁静，很大方，很有纪律和效率。又以我国是儒教国，儒教是主中庸，尚仁爱，重感化教育而不重法制威刑；这"极权"式的文化本不应含有酷虐的质素。后来政治社会上发生各种不人道的现象，我意是溯源于亡于异族而来。

留心文化问题的人们，总知道文化接触是文化迈进的重大因素。不同的文化因民族间的接触，相互地发生观摩比较切磋反省，刺激了人们的心情，导入了好奇心自强心，陈旧的文化因此而振作，新颖的文化因此而发生。我国孤处东亚，长时期不受重大刺激，以致养成"自以为是""故步自封"的停滞现象。自西洋文化东渡，本是我国文化接受刺激向前迈进的良机，但"自以为是"的成见已养得太深，未能虚心接受。后来对外战争数次，都归失败。这连续的失败，又将我民族保守的心理，打击成瘫麻惶惑的状态。瘫麻使人丧失自信心，惶惑使人迷所选择，于是议论混淆，东歪西倒，文化上既无中心思想和整个计划，文化工作者亦遂丧失目标，不能分头并进，百川汇海。吸收新文化，是取人之长以补己之短，将他人的文化采纳过来，统筹配合在自己有的体系上，使旧有的文化健壮起来，活泼起来。若丧失自信心，抛弃了原有的基础，自己先不能站稳脚跟，又何能充实精力，去和别人赛跑？而人民庞大性带保守的中华民族又岂是一下就能改变过来？其结果自然社会动荡，变乱迭出。

士大夫阶级肩负文化的责任特重。自我国文化稍具规模以后，即"作之君""作之师"，君师并重。自周代以迄前清，各大学者设席讲学，孑然一身，蔚为一代宗师，有的标榜经纶，高谈哲理；有的以道统自任；有的以考据名家，往往能振作人心，转移风气，虽立身于政权之外，却能推动文化的车轮。这是仅以文词见长的人们，也常以名士的资格，受着社会的尊崇优待，成为主持风雅的宗匠。学术事业在历史上虽曾亦有团办，但大部分是靠着私人来维持提倡。而能对民族负大责，全大节，苦心孤诣撑持危局的，亦往往是些苦学特立的士人，宋末之文文山，明末之史可法刘宗周等，尤为世人所熟知。

自从兴办学校以来，以前的局面完全改观，文化事业的责任，降落于学校。初级学校由地方设立，中级学校由省设立，大学由国立。经费虽不来于一源，而规律督责却统一于教育部。小学教师大半是中学毕业生，中学教师大半是大学毕业生，大学遂成为最高学府。大学由国家的力量来办，自然可以规模宏大，经费充实，设备完善，人才集中。而且各科学术发达到了近代，其体用之精深，分门之细致，彼此间关系之复杂，也非用国家的力量来办不可。但是欧美各著名的大学，经费虽由政府开支或大量的补助，而学术的性质却是独立,学界人士的身份有相当的尊严。教授地位有保障,任职为终身,在思想言论教学方面,都甚自由。政府不妄干涉学校,而肩负学校行政者更不妄加干涉于教授。良以大学虽为文化中心,而教授则为文化的骨干,非如此则不足以尊崇师道而昌明学术。各国大学教授的薪酬是相当的优厚,因为治学是件难事,非使之摆脱生活之累,且有相当的优良环境,非但不易有所成就,而工作亦不易推行。大学一方面为知识传授的教学机关,一方面又是培养专家的处所。国家必备有各种专家,而后各种问题发生时,总有呈献意见方足解决之人;专家必居长期优游治学之地,而后继有心力和时间,始能对于各种问题的材料随时搜集,对于各种问题的表里精细肆力研讨。大学中往往有些冷科,学之者甚少,而授之者有人,是即培养专才,尽可备而不用,不能学无是人之意。我国之办理大学,本是取法欧美,但只学其貌似,未能神合。教授未有保障,任期也不终身,贪恋利禄者,固是"暂时就为",转瞬他逝;就是孜孜于学问的人,也因应付人事,荒废甚多时间。大学由于国办,于是政治和学校的关系总是谬固不解,□舍之中,往往透露着官僚的气味,纯洁的青年,也不免暗作党派的活动,这是学术病态的现象。青年学子的知识脑力都未成熟,只应以广泛而自由的教育培养其国家意识和社会情绪,不必遽即引入窄狭的实际政治范围。教授具有学术的尊严,亦不能视同混衙门差事一般,纵有学问较差的教授,伟大的教育家对之应同样敬礼,必做出"千金市马骨"的姿势,然后始得千里马。若更等而下之,不问学问如何,只问背景,不问教学的成绩如何,只问恭顺与否,那离开办大学的目的自然更远。自从国民政府定都南京以后,对于研究事业颇为致力□□,一方面设立了许多研究机关,一方面各大学的课程内容和教学的效率都提高了许多,若再假以时日,文化事业,当可有所进步。但七七事变既作,倭寇侵入,各大学居于沿海者多,为避免损失继续进行起见,于是相率迁入西南各省,房舍或仓促搭造,或老屋改修,以资临时应有。大学人士虽在环境改变诸多不便之中,颇能支持文化阵线,振作努力奋斗的精神。及后失地较广,警声炮影,传入西南,各文化机关先后遭遇劫难。而同时物价逐步上涨,有升无跌,影响教育界独大。薪水不能增加,只有减低生活标准。小学中学教师所受影响固大,然因多系本地人教本地学童,尚有补救回旋之余地。独各大学师生大半是外省人迁来,家乡在沦陷区域中,平时其大部分家人均安居故里,无须供养,此时或相偕内迁,或暂避他处。大学教授所需供养的人口多于以前，所得的薪水因为折扣之故又少于以前，而日用必需品的涨价，则从五六倍至十余倍不等。警报频传，奉令疏散。但大学体积庞大，人员众多，非如小学中学之易于疏散，而在物价人工高涨以后，大学本部疏散已为不复可能之事。一般教授呢，居住城中，既不胜逃避警报之困累；疏散下乡，则路远车昂，体力财力和时间都感受支绌。至于因空袭而房屋摧毁衣物尽光的人们，除少数饶有积蓄者外，自然更是焦头烂额。以前头子居陋巷，箪食瓢饮，以乐其道，理想的学问家本应如一苦行僧，不慕荣利，不阿权贵，不事家人生产，以真理为生命，以治学图报国。但何能期之于人人？纵使大家愿做"苦行僧"，亦只能师其精神而已，因为学者是世俗人，有身家之累。何况现在治学，常须购备新图书新杂志，其治学条件已和古人不同呢！现在的大学教授已感觉口腹之累，他们的生活已绘成一幅别开生面的"流民图"！这岂非文化的空前劫运？

对倭抗战，本是我民族最大牺牲之决心的表现，每一国民都应咬牙忍耐。但民族牺牲，是应该各方面平均担负的。当此应该甘苦与共的危急关头，发国难财者不是为数很多么？店员的薪水，工人的工资都因物涨而提高，独大学教授则不然。现在他们的牺牲已影响到他们的脑力工作，降低了他们的社会地位。文化事业如无停顿之理，政府自应速筹救济之方。昔人有句惯说的成言："天下之兴亡，视乎人才之盛衰"；以前私人讲学之风盛，人才出于草野者尚多，而现在则后来人才俱由学校培养。郦食其谏汉高曰："陛下能以马上取天下，能以马上治之乎？"抗战之后，建国之责，所赖于后来人才者至重，岂容稍有忽视？必先于生活方面有所救济，而后对于教育事业，始能刷除弊陋，整齐阵容，向着文化前途，亟谋建设。

敌寇封锁下之国内贸易统制问题

童逊瑗

抗战三年后之今日，敌寇军事经济，均陷绝境，黔驴技穷，乃施其最后之毒计：一面利用英法欧战失利的机会多方压迫，以冀割断其亚洲殖民越南、香港、缅甸与中国之经济联系，一面以海盗行为"宣告封锁"所有自杭州港至福州东南的中国沿海口岸（近更在宁波出海口之镇海等处强行登陆），而综其目的，则在"结束"所谓"中国事件"。吾人以不变驭万变，以抗战到底有死无二的决心，对暴敌任何压力固无所用其恐惧，顾时至今日，中国所遭遇者：实已为一最严重亦最艰苦之时期。设或敌之残忍封锁政策由于国际形势之混沌，一时逞其阴谋，则中国之海陆国际通路，既告继绝，国外贸易势必暂时脱节，在此情势之下，中国唯一可能者当为统制国内贸易，以求封锁期内经济之自力更生与自给自足；即是说，国内贸易之统制，自抗战以来，固已有其显著重要之地位，而在敌寇实行封锁政策之今日，则更有进一步加强措施以与之对抗之必要。

欲图加强机构，必先改变各种方针。在生产方针方面，其应改变之方式，可分消极积极两方而言之。消极方面，首当注重限制或改变换汇物品之生产。过去我国以土产换取外汇为平衡国际收支的手段。吾人今预想敌寇封锁如继续至相当时期，则所有外销土产，无法出口，结果难免酿成农商交困之现象，故政府当于此时将酌情限制换取外汇物品之生产，而使之改营其他军民必需品之生产。（现在中苏国际交通线，尚有利用，应即积极加强，使积滞土产，尽量转运——尤以茶叶为对苏易货之资，须加紧设法——至一时无法外销之部分土产，应先有政府贴价取购，将来再作处置）其次，则应绝对禁止奢侈品之生产。奢侈品之生产，不特浪费物资，亦且易造成奢靡之风尚与阴颓战时民气，故非绝对禁止不可。

积极方面，首应努力促进必需品之生产，以求自给自足。最近经济部翁部长谈："际兹日人行动迫近重庆之供给路线，国民政府已在尽力从事，以期自给，中国之经济政策，其目的即在自足，建设及继续抗日……"云云，具徵政府对此问题之注意。促进生产之对象，应着重军用品及民用品。（一）军用品——中国目前虽已有充分之储藏与准备，足供对敌抗战若干年之用，颇为久远计，军事工业及其他重工业仍有继续计划发展，以求军用品自给自足之必要。（二）民用品——今后人民必需品不能仰给舶来，必须加紧生产力求自足，而尤以粮食生产及手工业为最迫切。

至于促进生产之方法，当为下列各点：

甲，集中游资——现在上海一埠，游资达卅万万，在敌人未封锁前，此项游资，竟作外派投机及不法牟利之用，今时变势迁，游资活动，必将缩小范围，政府趁此机会亟应设法诱导，使之集中内流，以从事生产建设。

乙，加强金融协助——积极扩充农工业贷款，组织普遍健全之金融网。

丙，发展生产合作——目前中国工合运动，已相当开展，政府更应进一步予以最有效之奖励与督导，俾能日进无疆。

丁，实行生产竞赛——国民精神总动员周年纪念时，委员长曾广播演说，主张"提倡工作竞赛，以增加生产，完成建设"苏联斯塔莫诺夫运动之成功，并足为吾人良好之借鉴。

在消费方针方面，当努力节约不必要之消耗。首由政府官吏，地方士绅，以身作则，切实做起，则可事半功倍。另一面当提高非必需品之市价，以减弱人民在这方面之购买力。其次，尽量采用国产代替品，例如以土绸、土布代替洋布、呢绒，以山肴野藏代替外国海产物，以菜油代替洋油，以火石火绒代替火柴等。

在分配方针方面：（一）规定少数物品由政府专卖，俾以杜绝奸商之居奇操纵及保障人民生活。（二）达到一切分配通过合作之理想。现行合作社法规定合作社以乡镇为单位，似未适合需要，应于每保设一合作社或合作分社，其理想中之体系如下：省联合社——县联合社——区联合社——乡镇联合社——保联合社或分社——人民。

欲加强国内统制贸易，必当注意下列各点：

（一）根绝走私：（甲）心理的根绝——由于走私者心目中无国家民族的观念，故心理的应加紧推行国民精神总动员及国民公约，以造成"贪夫廉，懦夫立"的风气。（乙）政治的根绝——由于查缉封锁机关因任用人员之不当易于发生舞弊情事，故政治的，应严刑峻法，绝对禁止徇私宽容，同时应尽量运用民众组织与保甲机构，以执行监视及查缉走私的任务。（丙）经济的根绝——由于政府对土产收购价格过低，易为敌伪高价所诱而走私，故经济的，应提高土产收价，绝对顾及生产者的利益。

（二）防止奸商操纵及统制物价：（甲）切实厉行物品评价制度——抗建纲领第廿四条有"严禁奸商垄断居奇投机操纵实施物品评价制度"之规定，但目前评价会对当地物价似有"评"而不"平"的缺点。昆明之办法，由当局饬各商店对已经评价之物品标贴价目籍使顾客均得照价购买，具超价出售者严罚。颇可严行可惜尚未能尽善耳。（乙）采行"商产许可制度"及"估定成本制度"，此两种制度，前次欧战中，英国曾实行之，前者为某种商品批发商，必遵规定之最大售价出卖其商品，方准其进行营业，否则，禁止交易。后者乃按进价与合理利润规定一适当价格，以防止商人之过分牟利。以目前中国情形似颇可仿行。（丙）政府对人民必需品保证涨价制度——依本省（浙江）参议员徐浩氏曾为文提出此项主张，即政府在抗战期内对粮食及某几种重要物品，应保证其不再涨价，或规定涨价之一定限度，超过此限度即由政府负责抑平或以预筹资金作为平准。此种办法，消极的亦足防止奸商之居奇操纵，因商人所以囤货，目的在博高利，今若由政府规定某种物品在战时不再涨价，则商人既无利可图，自不致囤积操纵。（丁）尽量发展及充实生产消费运销等合作以减少商人居奇垄断及剥削的机会。（戊）对付奸商应由政府执法严绳并准许人民自由检举！政府对禁止商人居奇囤积，曾分别颁布《非常时期评定物价及取缔投机操纵办法》及《取缔囤积日用必需品办法》。而《非常时期农矿工商管理条例》第二条亦规定"指定之企业及物品，其生产或经营者不得有投机垄断，或其他操纵行为"。其违反者"处五年以下有期徒刑并对所得利益一倍至三倍之罚金"（第三十一条）所望政府根据取缔办法，严厉执行，一面准许人民检举告密，俾奸商知所敛迹，此外，在财政政策方面，亦应与物价统制相符合。

（三）货物运输问题：（甲）尽量利用旧有交通工具——敌寇封锁下汽油无法进口，即现存汽油，亦必涨价，故公路运输，今后必须加以节制，而改求利用船舶，手车及肩挑，畜驮。福建省现有铁肩队之组织，以年轻力强之壮丁担任肩挑，既可解决部分货运，又使失业者得藉此维持生活，实一举两得之计。（乙）努力促进军民联系——抗战时期，交通事业军胜第一的条件，庶民运之重要，亦同样不可忽视，应努力设法，促成有机的联系，俾增进运输效率而免工具及时间之浪费。（丙）统制运输兼营仓库——政府统制运输，兼营仓库，其优点不仅在承运货物，并可使货物随处囤存，货主可以较低的保售费免除市价跌落的损失，且货物因有公营交通业的仓库亦易使银行信任而使货主得借此要求低利贷款。

在调整国内贸易行政方面：（甲）发展省际贸易——现在各省贸易已多由省政府部分统制，今后统制物品的范围，尚须逐渐推广，而行政管理方面，尤须适应各省特殊之经济环境，并力求迎合社会心理及接受民众意见，以矫正过去常有的流弊。至省际贸易之原则，应力求互惠合作，尽量减少摩擦，贸易之方式，应在公定价格下采用物物交换制，以免除汇款手续之麻烦与时间，汇率，等等的损耗。（乙）贸易及稽查机构一元化——过去中央与地方政府之贸易及货运稽查机关，重牀叠屋，流弊滋多，今后应遵中央法令，力求一元化，以节公币，而利人民。（丙）厉行工商登记及调查管理——工商之登记管理为实施统制贸易之基础条件，其任务似可由建设厅划出，由省营贸易机关另设专科严格办理。（丁）公营保险——值此敌寇惊扰，风鹤频惊之际，货物运险，风险殊多，应由政府经营保险事业，代客保险，以减少运输途中的风险，间接的亦可使物价藉此减低，现在中央信托局应普设机构发展是项业务。

在技术方面：（甲）生产标准化——中国因科学不发达及工业落后之故，所有生产品之品质，单位极少有一定标准，致定货极感困难，而贸易亦受影响，现在福建省所出纸品（如改良纸大广纸等）经省营贸易公司管理后，其纸质尺寸均已有一定标准，且出有精致之样品，其他各种物品，自均应同样力求其标准化，此不特使定货感受便利，即省际贸易之物物交换亦藉此得便于推行。（乙）改善包装——货物包装为贸易及运输中最应注意之问题，中国旧式货物包装不良，不特易致损坏或失散，且往往因不加压缩之故，体积庞大，既多占地位，亦徒增运费（如棉花等）应由贸易机关聘请专家分别设计，加以改善。

玉龙雪山散记

李霖灿

大自然竟有许多不可解的奇迹,使人会想到这是它有意的手笔。我们的帐篷搭在黑白雪山交界地的前面,因之格外神往于黑铁和白银的合缝处了。更使我们吃惊赞叹的是我们后来发现了——竟是一个最美丽的黑白蝴蝶连接起这两座伟大的雪山。

这个蝴蝶在丽江城中就可以看到,那时我们说这是玉龙雪山最挺拔的一段。到达雪崧村时,它成了最高的峰头,分明是一个展开双翅向青天高飞的蝴蝶,我们曾一度把玉蝶升天的名号赠给它。现在走拢来看想不到它这美丽的形式上还负了这么一个重大的使节。大自然岂不是有意,它把两架大雪山用一个蝴蝶这么轻巧地接合起来!

这只蝴蝶面南而立,东边那扇翅膀是银灰色,这是白雪山最后的峰脉。西边那扇翅就有一半是黑色,黑雪山由这里延伸开去。两个翅膀中有一座生有两个尖角的山峰立在那里,这是蝴蝶的头部和触须。下面一片雪海中又露出一列黑石延拖下来,正是蝶腹。头和触须还是银灰色,到腹部又是铁的颜色,黑雪山和白雪山平分了这只蝴蝶!

黑白雪山的合缝处,我们名之曰"黑白玉蝶"。白雪山就是块白玉,黑雪山也不愧是黑玉,两个雪山中间还合起一个黑玉白玉的蝴蝶。同时在蝶腹下面一列长雪拖到我们取水处的上面,这就是丽江人都知道的雪鹿。因为由丽江坝子里看这一种雪海,正像一匹倒悬的白鹿,稳稳地躺在黑白玉蝶的下面。

雪山上的空气过于莹澈,以眼睛或耳朵来测断距离总是有很大的错误。

那天下午来探黑白玉蝶下的雪海，就老是觉得怎么还不能接近我们的目的地。不久身体有点肥胖的炼心兄就斟酌情况，放弃了前进的计划，让我们能加快地上爬。渐行渐高，看到他已经成了一个小黑点子了。一缕风中忽然带来了清脆可听的歌声，雪山空气太干净，数十里外两个峰头上的人可以看到彼此在蠕蠕而动，也可以清晰地听到彼此的招呼。我们在上面听到了炼心兄的歌声，都笑了，这歌声一方面鼓励我们往上爬，也一方面是安慰自己的寂寞，像他这样的年纪，在家中是绝不会再歌唱的了，而且也绝对不能在歌声中还带有这么浓厚的青春气味！

假如不是那雪中一丛丛的杜鹃花树，我们都相信是不能如愿到达目的地了。白雪上面发现几块玲珑的巨石，两边并列，中间露出一个白雪盖天的门，忽然由盖天白雪中出现了只野兽的耳朵，随后雪鹿的眼睛也出现了。它在上面我在下面，大家都很好奇地对看了十分钟，我才转了一个念头，多么可惜，双枪李士臣跟岚兄去爬铁杖峰，竟然不在跟前！不然，鹿脯下酒，又将是我的雪山上一礼拜的韵事。我开始招呼启兄时，雪鹿的阔耳朵已经隐下雪坡那边去了。启兄看看遍地白雪上的蹄痕又看了一遍四周的景色说，雪鹿也真是一种美丽的动物……而且，实在说，也只有这种地方，雪鹿才配来住——我们是已经来到黑白雪山交界上雪海的前面了。

这才是雪，而且是阳光直射下的雪，又没有一点想融化的意思！使我想到了中国山水画上的白雪，中国山水中雪景不多，真正成功的雪的画家更少！而且他们所画的雪，只是像麦粉一样薄薄一层的雪，分明一见直射的阳光就会融化的。这个自然有它客观的原因，雪是只有某一季才有，观察摹画的机会就先有限，而主要的是他们所看的雪，只是那种质地很松的雪，我们对于雪的认识远不及雪山环抱中的康藏人来得详细，格桑泽仁先生曾说．雪山亦分两种，一种叫"喀"，是那种见阳光还可以融化的雪，另外一种叫"啧"，就是一种永不能融化的雪。我们从前雪的画家所看到的当然只是"喀"，所谓"啧"大约就是指玉龙雪山上的"太古雪"，已经成了冰石雪晶的那一种了。那么展现在我面前的是一条中国画家的新路，我们找到了雪山，而且我们还找到了一种新的感觉。

滑雪是这里才有的游戏。找一个斜度很高的雪坡，坐下，双脚一翘，斜度的关系就使自己滑溜下去了，但觉得身下的白雪向两边飞去。将来还可以有一条溜痕用来考察自己滑雪的线，使用手脚身体又可以改正航行的方向，要的只是胆大，应该加上一点的是细心，绝没有的是"危险"。

宿营地那个地方向上升起了浓烟，这是他们在招呼我们要回来了。太阳已经给西面黑雪山挡住，我们开始向归途前进，炼心兄的歌声早已经先我们归去了。

这一天因为我们分开两路走，回来后还各自争说自己见的雪景。晚饭之后讨论竟然发展成了一种"争执"，最后结论是——"玉龙雪山，你随便改换一个方向走，它的景色都是够惊人的！"

再一天，大家交换路线走，我们上铁杖峰看流沙，他们去黑白玉蝶寻雪鹿。

铁杖峰就在我们宿营地的北边，山顶是一团团银灰色的巨石，下面已经变成了条条流沙，即我们所称为"沙蝙蝠"者是。白雪山岩石的质地都不甚好，寒冷风雪的侵蚀正在使它高速度风化瓦解中，很可能在若干年后，铁杖峰全都变成了一片流沙。

将近晌午时光，我们又会见了雪山的主峰，由这里不上西北行，改变路线向东便上了铁杖峰。我们早就看出这是看雪山主峰的理想地位，因为它差不多脱离开了雪山，孤立地站在那里，正好由那里回过头来展望雪山，地位相当于鸡足山的塔盘。

山顶上的风很坚劲！北望雪山主峰和老人峰连接在一线，老人峰两边峰头一团黑铁，伟大得有点怕人。"扇子陡"则是一片白玉，晶洁可爱。隔着那条天公有意的深谷，我们上次身临的那一列峭壁，刀枪剑戟横着排去，主峰背后，无数笋样的峰头，源源不绝地流来。山后那一点点白光，就是黑水那边的雪山了。我们身站的地位既孤且高，前后雪峰都争相涌出，这里是玉龙雪山最伟大的场面！

铁杖峰顶很狭，不容两个人并走，风大，而且随时有随流沙滑下去的危险，因为除这几块仅存的大石外，其他的岩石已全部风化成砂砾了！应该是我们来到得太晚，扇子陡只和我们打了一个招呼后便不肯再出面了。紧接着风雪又到了。

山高了竟会有这种奇景，想丽江城中的朋友只是看见由金沙江那面升起了一点点云，把雪山的主峰又笼罩住了，我们却已经是置身于风雪交加之中！由雪山得来一个见识，雪飞的方向可以判断地位的高度，在大地上雪飞的方向总是向下，所以通常我们都说白雪纷纷下。但到我们现在宿营的高度，雪已经不取垂直的方向下降，而改为平列而行的"白雪横飞"；到现在我们高踞玉龙绝顶，眼看着白雪是下面纷纷卷上来，成了似不合理的"白雪上飞"。若不是山高，我们怎能有这种珍奇景色的享受？

偶然从雪花疏隙中下视，透见丽江坝子里仍是满地阳光。

风雪紧时，我们都蜷曲在大石背后，漫谈铁杖峰的来历。是从前虽有这么一个不知名的和尚，大概他发现了这里是看雪山主峰的理想地点，因之他常常独自携带很少的食粮，在这一带漫游十天半月。我们想到那种飘然自来去的风度，都衷心地佩服，那是远在我们之前就有这么一个了不得的雪山游客！他最后当然又是飘然而去了，留下一个巨大的铁杖作纪念。据说时常还会有人无意中看到这只铁杖。这当然只是一种传说，似乎很有一点年代了。丽江诗人马子云先生的雪山游记上就称之铁杖岭，本地语中称之为"和尚意古"，是和尚休憩之所的意思。

雪后继之以雨，但我们所处的高度已经过了雨线，高踞在云层之上，俯视天公的行云施雨，现在轮到我们来欣赏坝子里的雨景了。云层在我们脚下，向坝子里冲下一条条的黑烟，坝子里正落着大雨。但我们在云雨之上，却满身是金黄色的阳光。

在高山之上欣赏了三次雨雪阴阳的变幻，时间已不太早了，主峰又没有再出来的意思，看着哈巴雪山来的黑云越涌越沉重，我们开始作归计。来回走那一条老路是最没有趣味的一件事，我们开始来打主意了。在铁杖峰顶的东南面，有一条四五里长，斜度几乎垂直的流沙，由这沙瀑下去应该可以转到前面的沙蝙蝠那里吧？我指着这条银沙悬瀑对向导说："由这里下去。"他伸了伸舌头，摇摇手表示不可以。这不但是人没有走过的路，而且就是野兽也没有走过的路！

试试看么！我在试验流沙的时候，他们在上面替我担心的大叫，很怕我和流沙一样加速直滚到崖下去。然而人在流沙中仍是有重量的，流下一段距离可以有一点反作用。这就可以使我再换另一只脚踏下去。又踏了十步之后，我有了自信，看看这时我们的向导，正在南面石崖上找路。我和他招招手，就一边如飞地溜下去了！

这一条沙瀑很够长，沙流的姿态也婉转得窈窕，我在千丈流沙上溜滑如飞，十分钟后又婉转自如地泊在一群铁杉林边。拭了拭头上的汗，仰头看见启兄也脚踏着流沙从天而降，我们两个会心地一笑。

假如是走路，那谁知道这段山路需要多长的时间，现在则是顷刻之间一泻千丈。若不是这点非常的危险，岂能有这一桩非常的愉快？滑雪溜沙是我们雪山上两种最好的游戏，但自从知道了溜沙的妙处后，我们都不再有意于滑雪。

向南转过铁杉林，便看到我们的帐篷像一块豆腐干似的摆在脚下。我们已经来到沙蝙蝠的东侧，沙蝙蝠也是一列流沙，连沙上崖羊跑过的路都可以看到了。刚进雪山看到这列银色的流沙，心中很羡慕崖羊的本领，能在流沙上纵驰，现在溜过了那面的流沙巨瀑，再不把沙蝙蝠放在心上了。

再转过一个小坡，矮矮的铁杉和苍苍的岩石，忽然在我们面前展开一幅图画，大家冲口叫出——黄山！启兄打开镜箱，说："我应该介绍给外面的朋友，使他们知道，玉龙雪山也不是没有'点把'这种小的趣味！"

在铁杉银崖中回到了宿营地，说道："若不是流沙十万，怎能一路黄山！？"

我们在白雪世界中过了七天。

全是雪山风味！早晨起来用斧头砍开冰块，把昨晚的残火拢大了来烧，冰块起先是很倔强不肯就融化，一旦融化后它又立刻地就沸腾起来。我们融雪水洗脸。

玉龙雪山上有一种叫做雪茶的植物，只是像白银样的一条一条，生长在白雪当中，我们都喜欢去采它。拿在口里初嚼时，味道有点苦，但和橄榄一样它会有甘甜的回味，拿来泡茶喝是妙到极点了，我们每天就饮雪茶解渴。

宿营的地方叫雪鸡坪，早晨傍晚来听四周雪鸡的叫声。这种雪山特有的珍奇鸟类，住雪崧村十多年有意收集它的人J．F．Rock只寻到一只来做标本，我们却一日之间有七只的最高记录。我们晚上就以雪鸡下酒！

水在高山是个贵客，但画家不必担心，正好到处调雪墨作画！

每天的例行功课是如此：早晨起来，一杯雪茶，随后就是一顿古宗人的早餐。古宗是一支旅行的民族，它的一切样式都合宜于旅行，我们几个人都喜欢他们那种诗意的生活，所以在喝酥油茶和揉糌粑的时候，满口也是那么几句"拉苏，拉苏"的古宗语言。

酥油糌粑之后，一天的爬山爬雪运动，中饭是每人各带丽江"粑粑"（麦饼）一个。这是有名的一种干粮，可以由丽江一路吃到拉萨而不会坏，我们事前做好了一大麻袋带上山来。这种干粮给我们以很大的方便。水虽然不容易找，但白雪是到处有的，猎人朋友告诉我们和上沙糖吃了不会肚子痛的秘诀，我们就到处嚼沙糖吃白雪。

　　一天归来，有一顿很好的晚餐，这是根据那个"好好地吃"原则而得来的。

　　晚饭后还有功课，提剑执斧地去砍铁杉，并不又是做"杉发"，是要给丽江城中我们的朋友报告一点消息。第一夜来我们就会烧起大火向他们报到！从此之后我们渐渐沾染到绿林朋友那种放火的嗜好，而且自喜放火的技巧日有进步。最初只是来烧那些随地躺倒的枯树，但朽木苦于没有美丽的火焰，于是改进方法，来烧铁杉的绿枝。生长在冰雪中的绿枝含有很多的油质，既能烧出粉紫色的火焰，又能爆出全山响应的炸裂声。再进一步，我们就想到烧它一棵整个的铁杉树看！在下山之前，果然我们有计划地堆起干柴，烧着了一棵大铁杉，像是在雪山上放了一阵"烟火"，火焰的舌头吐有六七丈高，满山都是爆竹声。我们静静地坐在帐篷边来欣赏这"火树"的壮观。最后还曾想到烧它一片山坡给我们的朋友们看，但终于没有实行。

　　夜间在我们的帐篷边生起大火，一小半是用来恐吓野兽，大半只是为了我们对山野火光的亲切！初睡下火光总是把帐篷照得全体通红。有时也半夜醒来，看一看下弦残月，远山白雪的银色光辉白茫茫地反射到天上，然而总是不久又睡着了。白天疲倦，夜晚连一个银色的梦都不曾有。

　　雪水会使鞋底瓦解，山顶的石头又尖锐得像锥子，差不多每一天可以解决一双鞋子。当初我们没有经验，穿着普通鞋子上山，记得上山的第二天就派了专人下山代我们去买鞋。在下山的时候，大家都看到自己脚上的布鞋成了一片一片的蝴蝶翅膀。启兄低头看了看，叹口气说："除了当小孩子顶顶顽皮的那时候，我已经二十多年没有穿过这样'美丽'的鞋子了！"大家也都不禁从嘴角边流出一缕甜甜的笑意，各人都回想到了自己的"顽童时代"。

　　有时我们高攀雪坡去打崖羊，有时我们航过雪海去打雪鹿，或者我们去铁杖峰溜沙，再不然我们到雪谷中去滑雪。

本期撰者：

　　　童选瑗先生服务于福建省贸易公司，长期在浙办事，他这次以
　　体验所得来讨论国内贸易统制问题。本期其余各位撰者，均常与读
　　者见面。

第四卷第十七期（1940年10月27日）

这一周

前方连日军事上的进展，综合起来，颇有可观。浙皖边境宣城附近，敌氛已告肃清，郎溪克复后，潜江则一度被我军攻入。富春江富阳桐庐一带敌军当企图南渡，但被我军杀回。诸暨克复。沪西青浦被我军进入，游击队伍且日在沪之西南郊大事蠢动。这些地带俱邻京沪。此地敌势尚如此不振，敌人的空虚可见一斑。溯江而上，则敌既失利于赣之奉新安义，复在宜昌附近受我包围打击。襄樊一带，敌更不支，广水安陆连日俱为我所克。在南，则龙州有我军攻入，在北则晋南曲沃及中条山一带，不是被我军所克，便被我军所压迫。在这敌人高唱南进的狂吠中，而北守尚见不足，殆敌人将自毙之征兆欤？

滇缅公路已如英政府所宣布，于本月十八日零时正式开放。于是车辆络绎于途，各种军需品均纷纷内运。美报并谓开放是太平洋局势的一大转点。盖在此以前，我们纵深信英国自身的利害关系必能最后使英国放弃和日政策，我们总不免有若干分的忧惧。开放之举明朗化了远东的局势，并表示英国决心不再与狼贼妥协。开放距今虽未多日，英国官方态度与一般舆论亦已一改昔日的作风。其对我表示同情之处，则热烈而隆厚；其对日表示恶绝之处，则斩截而了当。英国政府盖已一洗旧日委蛇及模棱的态度。我们为自己贺，也为英国贺。一个被侵略的国家只有决心和一切侵略的恶魔奋斗，才能致胜。英国今日已有此决心，安可不贺？

滇缅路的开放引起了敌机的注意。连日敌机除了向昆明蒙自等城市盲目乱轰炸外，复常在滇缅公路及滇越铁路上乱窜。好在敌机根本没有多大瞄准能力，炸弹很少落在路上。而且以我们的坚忍，敌人即有毁路能力，我亦必有修路能力。敌人有三分毁路能力，我亦必有四分五分乃至九分十分修路能力，观于滇越铁路近日之旋毁旋复，可以证明敌无截断我人交通的可能。

与滇缅路开放作共鸣的有美国贷款的呼声。自前年陈光甫去美以来，美国对我贷款已不止一次。即自今夏宋子文继陈去美后，我亦曾获到进出口银行的一笔贷款。十七日美国复兴银公司董事长琼斯与宋共同发表谈话，中方谓愿多得借款，美方则谓愿加考虑。虽数额未定，用途亦未定，但两方负责者采此公开的方式，以发表消息，具见今后借款政治上的重要或且更大于经济上重要性。这种政治上的表示亲善，我们极端感荷。但我们也望新借款早日成功，数目较大，用途亦较自由。在经济上我们确实需要这种借款。今滇缅路既通，只消英美合作，不患美贷之不能向中国交割也。

南洋新局势似仍在发展中。美澳之间不时有磋商。若获美之助，澳当可对马来的防护及荷印的自卫作相当的援助。荷印与日人委蛇已久。今一方有英与荷印已有收买全数汽油成约之说，又一方则有日人小林等即将离荷印返国之说。意者荷印态度已随英美而强硬。实则今日的荷印可为昨日的法属越南，一念之差，可以断送。荷印此时更安可不坚决抵抗日人的"和平"侵略耶？

泰越间的关系仍是极度的不安定。泰国政客本分两派，一派亲美而近民主又一派则偏极权主义。今泰国大权既旁落于极权派手中，日本的军阀浪人又不断加以挑动，我们敢说除武力外绝难使泰国不向越南作领土要求，泰国加入不加轴心俱无多大关系。泰内阁总理二十日的广播可作明证。但是越南又如何呢？越南法当局有时纵也有盘马弯弓的表示，实则早无抵抗的勇气。其访泰代表团虽数说不去，而卒仍就道。结果越南殆不割土不得已。总而言之，南亚各小国间的问题，非俟中国胜日后秉公处理，绝难有解决可言也。

日所谓华南军总司令安藤利吉跋扈好兵，贼性十足。越南本可以不刃一兵而得。因安藤的鲁莽灭裂，致使谅山有冲突。因谅山有冲突致使维琪政府的后背——希特勒——啧有烦言。日人乃不得不撤回安藤。今安藤正在归途中。日政府此种畏人责备的表示足证日人对希特勒殆有不得不委曲求全者在也。

考试院院长戴传贤于十九日赴缅访问，据云，至缅后，并将赴印。缅为佛教国家，戴则颇以佞佛闻名于时。印度今日虽已非佛教国家，但其民族之亲华，与其领袖之伟大，尤值得我们与之修睦。去年尼赫鲁尝来华访问，亦同情鼓励周至。今乘滇缅路重开之际，遣大员访缅并向印报聘，实是民族间应有的往来。同样地，海外部部长吴铁城之访问菲岛荷印，也足以使两大群岛的民族对我有更深切的同情也。

德军连日开入罗马尼亚及阿尔巴尼亚为数甚众，为时至速。其用意当在压迫土希二国，因为保民多同情于德，而南斯拉夫又与之已订有有利于德的商约，自无所用大压迫。如土希入彀，则巴尔干将为轴心所有，可以不战而克。如土希崛强不就范，则德之用兵亦较容易。惟土希态度似未软化。英陆相艾登经埃去土，土且大表欢迎。然则德军的东开并不能成其如算盘，唯一效用仅在使巴尔干的火药线早日爆发已耳。

巴尔干大局究竟将如何变化仍须亲苏联的态度。此态度英国不能不重视，德意也不能不重视。日来瑞典英国各报不是传德军开入罗阿二国前，曾事先通知苏方，告以官兵数目及兵器的种类，便传苏正与英土希南进行关于巴尔干局势的谈话。前者若谓苏与德善，后者若谓苏忌德而欲亲英土等国。但苏联则对两种传说俱加以正式的否认。由此可知苏联对两方仍欲保持其中立或模棱的态度，而不愿有左右袒的表示。但苏联对巴尔干实有不容忽视的利益在。苏联的态度既不作左右袒，战事殆亦不易爆发。

西班牙新换了外长。新任外长西纳在西国法西斯党中地位颇高，且有亲德亲意名。近西纳方与希特勒有会商。此似可为西班牙将更倾轴心的一征。但西班牙的地势经济又令之不能不和英，故佛朗哥与英使间近亦秋波频递。大概西班牙的参战将一如意大利。法必败而后意参战，非至英有必败之势，西殆不肯参战。然则西班牙或将永无参战之机也。

罗斯福总统十月十二日新大陆发现纪念日的演说，其全文虽刊载于中国各日报，其重要性则未为大家所注意。实则这是一篇极重要的演说。他名虽向美洲广播，实不啻是对于欧亚二洲极权主义者的一个严重警告。罗总统所要保护者虽只是美洲的和平，但他又认为能维持共和制度及太平大西二洋的海权，才能保护美洲的和平。既如此，则极权主义者的国际强盗们诚非先予剿除不可。

要消灭国际强盗非雄厚的实力莫办。美国向非征兵国家。在上次大战中，美国亦至宣战后始迟迟征兵。今则不然。征兵初步的壮丁登记工作已于十六日完成。依法须登记者千六百余万人，实则登记者则得千七百余万人。其踊跃之情与往年美国青年之好言和平主义相反。际此侵略火焰尚极炽盛之际，美国人民这种表示颇可使爱好和平的人们兴奋。

美总统竞选运动刻正在白热化的俄顷。罗斯福此次鲜作竞选演说，但最后数日亦有演说。威尔基则正四处演说。二十三日且定为"反三任日"的日子，将借以煽惑听闻，使民众不选罗斯福连任。前共和党总统候选人且谓如举罗连任，就是共和制度的末日。这种骇人听闻的词调，不见得就能予罗不利。此次竞选的结果将不决于口语口号，而决于两方何者较具干才，当威尔基骤膺推选之时，势本煊赫，颇有胜选希望。以后威尔基发表接受演说，泛泛无切实处，势又大落。最近从威尔基的演词中，似又稍可觇其具有干才，故希望又较大。然依常理言之，这是非常时期，美人大多数恐不愿舍练达的罗斯福而就才识不尽可靠之威尔基。

近日美国在远东撤侨日趋积极。北平撤退的美侨为数甚众，坐是美人主办的学校亦有停闭或改组之讯。本来在敌伪管制之区如北平等地办学校，如为识字训蒙的小学或技术学校之流本无所谓。如为兼带思想教育的学校，如大学等，则我们就根本怀疑其用处。往昔政府对于美侨所办学校，无论在何地，亦无论何种，辄可优容。但政府今后似宜多做一些鉴别工作。

节储运动在各地颇顺利进行。但据报章所载，似太偏于公务员的强迫储金。人民自由乐储并未因这次运动而有显著的增加。岂宣传未力欤，抑豪富未能以身作则欤？

再论战后内地工业建设问题

杨端六

关于本问题，本人曾在二十八年七月三十日《今日评论》第二卷第六期，发表过一篇文字，内容大旨是讨论应该用何种方法保护战后内地工业的继续发展。那里所注重的，是要使内地的工业资本，得到各种差别的待遇，使它能与舶来品或沿海地方机制品立于竞争不败的地位。那里所列举的几个差别待遇，（一）关税，（二）运费，（三）利率，（四）工资。在一年以前，我很希望政府能够采取适当的政策，为后方的工业树立强固不拔的基础。现在的情形虽然与一年前大不相同，而其原则仍可通用。譬如第四项差别的工资，我很希望内地工人的工资不要再提高，然一年以来，事情正是向反对的方向进行。内地的日用需要品，如米、煤、柴、油等，价格涨高到五六倍，工人工资，如各种力役工人工资，也提高到多少倍，而舶来品或沿海地方机制品，除五金电料西药等，特殊涨价以外，其他如布疋等项，反而又涨高一二倍。在如此情形之下，内地工业产品若不是运输上发生极大困难，就在抗战期间，也会被压倒了，若照此推演下去，战事一告结束，则方在萌芽的内地工业一定会自然崩溃的。有许多内迁工厂，虽然经过许多艰难困苦，因为机械设备不易补充，到于今还只在开始建设，一旦战事结束，交通恢复，舶来品或机制品源源而来，则此种正在萌芽的内地工业不会立即发生问题吗？想到这里，我不免要替内地工业寒心。以内地工业与下游工业相比较，程度的相差恐怕要在一二十年。将来下江货价廉物美，内地货自然相形见绌，谁也不愿出高价购买内地货。到那时候，政府虽欲维持内地工业，也必感到十分困难。原来工业建设，不是短期间所能奏效，临渴掘井，是来不及的。因此，我以为本问题应该及早讨论，免得将来措手不及。

工业建设的要素，除资本问题，前篇业已略加讨论以外，还有一个很重要的问题，应该考虑。这是技术与管理问题。照经济学上所列举的生产条件来说，除土地资本以外，最重要的是技术管理与劳力。土地在内地似乎不成问题，就是交通不大方便，比沿海地方不免大有逊色，也只能设法发展交通运输以资弥补，所以从前政府修筑铁路公路偏重在沿海各省，在今日看来，是大失策。既往不咎，我希望政府今后改变方针，资本问题也要政府解决，此处不再多说。技术管理与劳力是本篇所要讨论的事。原来技术管理与劳力，在普通状况之下，常常发生反对的利害关系，一是用人的，一是被人用的，资本主义的经济社会，这两种人往往居于敌对的方向。现在我把他们合并起来说，似乎是不合经济原理，其实，在特殊环境之下，这两种人并不是一定利害相反，而是利害相共的。即如现在内地，工业素不发达，若不是这两种人通力合作，绝不能抵抗外来的势力。他们的效率，都比沿海一带的人差得很多。如果能够提高比方一倍，则即令其他条件赶不上下江，而在竞争上已经比较从前占得不少的优势。所以技术管理人才与劳工的效率问题，值得我们切实的考虑。

前次我曾经提到企业家与熟练工人的居留问题，很希望在战事结束以后，已经来到内地的下江人可以有一部分长期留在内地，不过在事实上或不免是一个幻想，究竟内地工业还是需要内地人自己起来担负责任，正如中国工业还需要中国人自己担负责任一样。如果有一部分下江人自愿留居内地，变成内地人，自然也是一件好事，不过这种希望是不会很大的。几年的流离困苦，不会使下江人完全忘记他们的祖宗坟墓和旧有产业。现在所要问的，是如何可使内地人能够担负内地的工业建设？在经济史上，我们知道一国的工业建设不一定是先天的生成，而多半是后天的培养。英国的制造业得力于大陆各国的诱导很多，美国更不要说。苏俄的经济建设仰赖于德国人的教训更是显而易见的事实。美国的东部各州自然是受了整个的移民之赐，但是西部各州又是受了东部各州先进工业家的影响。一种民族，除非是毫无文化的野蛮时代，他们总不难吸收外来的知识，而追随其后。我国西南西北各省人民原来多是由下江移来的，文化知识本无甚差别，只以最近几十年来距离海岸较远，所受欧化的影响较迟，所以工业开发较后。若是有人提倡，我以为不难迎头赶上去。因此，内迁工厂，在加紧工业生产以外，还有一个重大的责任，就是训练内地人才。

训练内地技术管理与劳工不是纯粹设立学校可以了事，必须有实习机会，才能造就实际人才。学校教育自然也是不可少。现在国立私立大学和专科学校内迁的很多，每年招生多至几千人，能够就学的多半还是内地青年。如果抗战再延长十年八年，内地青年所受专门技术训练当然很多。不过这是长期的将来，不能希望收急效。工厂实际训练至少可以提早好几年。而且学校教育所造就的人才多半属于技术管理方面的比较高等人才，至乃一般劳工，则不能希望学校造成。在经营工业之人，我想大家要感觉两种需要，一是能负一部分责任的专门人才，一是能帮同负责的工头，工头在工厂中是承上接下的中级人员，地位极为重要。有了优良工头，则工人自然可望走上轨道。而训练工头之责却在工厂高级职员。

内地各省的情形不见得绝对相同，我所到的地方很少，不敢武断可以用同样的训练方法。以湖南而论，一般人民短于经商而长于做工，要在那里训练工人，似乎不是很困难的工作。至于四川，民情稍微不同。人民的聪明才智不在下江人之下，而且最爱说话，说话时很有风味，初看似乎极易训练，不过他们有一个通病，就是自作聪明。许多四川工人，或许是太聪明一点罢，每每不易接受下江人的指示。或许他们习于旧惯，未曾见过新的工业，总以为他的旧法是再优良不过的。如果你对他们说，那种工具不适合，那种方法不相宜，那种材料不能用，那种式样不好看，应该如何的改良，他们总不易相信，除非你自己当面做过一次给他们看。他们还有一个毛病，是表面上很服从，实际上不照办，所以你尽管指示工作的方式，他们总是满口的承认，但是一闭眼，他们还是依照旧法去做了。训练这样的工人，有时候可以使人烦闷与灰心。这样的艰苦训练工作，在训练开始的当初是不能避免的。我以为训练工作能告成功要在开始的时期，经过相当的时日以后，就自然的上了轨道，我们读了美国科学管理大家泰来氏的《科学管理》一书，就知道他如何艰苦的训练一个搬生铁块的工人粟米德。如果他要每一个工人都要如此的艰苦才能训练出来，他的科学管理法就会失败了。商鞅变法，从移动一木起，也就是一个好例子。他说，愚民可与乐成，难与虑始。只要开始行通了，一般人就自然而然的跟上来。我很希望有志的工业家不要怕难，起来担负这种艰苦的开始工作。

工人训练，即在普通环境之下，也是极其重要。短视的工业家每每以为工业家的职责在于急速生产。至于人员的训练不是他们的份内所有事。高级职员的养成，以为是学校的责任，普通工人的技艺，以为是别的工厂的责任。一个工厂付出工资薪俸，是专为使用已有的人才，为本厂谋利益。若是分出一部分时间，甚至分出一部分经济来做训练工作，在本厂看来是不值得。这种观念，实在大错。如果每个工厂都采取这样态度，那就大家都不会有成功的希望。要知道，得到一个有经验的人工，不仅出品可望优良，即材料工具和其他杂费都会节省不少，其所得利益并不在远。此种实际经验，不是学校所能授的。或者以为一个工人经过辛苦的训练以后，本领增高了，他就可以跳到别的机关，获得较高的待遇和位置。此种事情诚然屡见不鲜。然而一个工人若果有了本领，就不应该让他走出去，提高待遇还是合理的办法。现在公私机关有一种牢不可破的习惯，是拘于旧法，不能勇敢地加以革新。他们总以为待遇都有成规，不能随便超越等级。员工一进厂，得到了固定的薪资，即令以后发现他能力超群，成绩优异，也不能轻加变动。如此用人，难怪怀才者每自叹不遇，庸碌无能之辈每每占居要职，妨害贤路。在积习甚深工会猖獗之时，此种勇断行为本难望顺利实现，而在今日抗战之局面，则正给我们以适当的机会，可以自由树立一良好的规模。受过训练的良好员工，不仅要提高待遇，而且要设法使其变成股东，使他们感觉新兴事业就是他们自己的事业。这种办法可以巩固工业的基础，同时在战后更可继续维持新兴事业于不坠。

训练工人和学校教育稍为不同。学校到了高级程度时，学生应该自动的研究，教员不过启示研究的门径而已。工厂训练不能责望工人自动的请求，必须厂长或高级职员先行发动。平常工作时间是不会十分过少的，尤其在抗战时期，有许多国家特别增加工作时间，以谋增加生产。工人每日从事固定的工作，不会再有余暇考虑新的方法。而且工人心理，总以为自己是被雇者，即有聪明特出之人，亦不会自动考究生产方法的改良。因此，工人训练必须自上而下，在开始之时，多少带点强迫性质。此为不可免的事实，然而只要应付得法，工人也并不会十分反抗，因为训练时间即可计算在工作时间之内，不至影响工人的生计。在训练时期，工厂生产或许要受损失，即材料与其他费用也许要浪费一点，但是这种费用不是无报酬的。在政府机关，尤不必考虑。这种工作不能希望规模狭小的工厂，他们为了资本与人才的关系，当然只能顾到目前的利益，不能怀抱远谋。至于规模稍为宏大的机关，不妨把训练一项列入预算之内。现在有少数开通的工厂，每每在夜间开设夜班，教授青年工人以各种常识，自然也是一个好的办法，不过离开实务而言训练，效力不会很大，而且在长期工作时间之后，又增加他们的用脑时间，对于他们的健康或难免有不良的影响。

训练工人不必全体一致，可选择其中资质灵敏前途有望的青年开始。目的如果在造就高级职员，则受训之人应该是高中以上的学生，如果是造就工头，应该是初中以下学生。非学校出身者自然也可受训，不过希望比较少一点。受训之人所以必须青年，是因为他们易于接受新的知识，而且多半可得曾受学校教育之人。有许多厂家以为学生眼高手低，不易得到工作上的成绩，为目前利益起见，最好是少用学生。实则此种观念不见得确实可靠。为事业前途计，必定要参用多少学生。现在新式工业不但要知道仿造，而且要有随时代潮流上进的资格。说不定将来还要派遣优秀员工到别处实习和研究。此在年事过高而无学校教育素养之人多半是无希望的。即在将来升迁上亦不能不有限制。譬如军队，行伍出身的，无论服务若干年，终不能升到将校阶级。工厂用人亦复如是。训练员工的目的是在将来可得一群比较能负责任之人。将来能负责任者舍青年莫属。学校教育在此处可为工业家立一个基础，只可惜现代教育未曾尽到充分的职责，所造就的青年，未能了解将来肩负责任的意义。

训练高级职员与工头，应有个别不同的方法。对于高级职员，除前述可以派遣出外实习和研究外，即在厂内亦应有比较自由普遍的机会。走马看花的办法是最无意义的。不过至少有一部分受训之人须得到几部分的实习机会。时间的长短倒不必严加限制，只要在一定时间以后，受训者能够自行提出报告，再加以主管人员的评语，就可以受一种实际考查。考查之后，认为结果圆满，就可以调到其他部分实习。至于工头训练，则无须乎此。他们可以尽量的在固定一部分受训，受训后也可受实际考查，而给予比较重要之地位。受训者无论将来为工头或高级职员，阶级的升迁不能过速，因为年青之人即令技能有相当进步，而一旦付与重大责任，于对人方面或许不能胜任。因此工厂人员之阶级不妨多设几层，或薪工等级多列几种，以便鼓励青年继续上进。

训练为人事行政之一部分，对于内地工业前途很有关系，不过因为收效较迟，工业家多不注意。为长期建设计，我很希望开明的工业家从速施行。

德意日三国同盟的观察

吴学义

德日等国本在一九三六年成立过所谓防共协定,但是丝毫不结果子,到了去年德苏成立不侵犯协定后,更是无疾而终。这次德意日破镜重圆,已非旧调重弹,乃是由于德意与日双方有新的实际的需要与目标。防共协定,以苏联为对象,对世界资本主义国家,自诩为防共的先锋;因而颇得英国顽固派的窃喜。三国同盟却显明以英为目标:阻止美国援英,以便德意征服英国,"健全欧洲新秩序中之领导地位";阻止英美援华,以便日寇征服中国,同时消灭美国在太平洋的地位,及英美在远东的利权,由日寇"建立大东亚新秩序之领导地位"。这是德意日第一步瓜分欧亚两洲,平分大西洋太平洋的梦想。如果实现,则第二步由大西洋与太平洋双方围攻美国,瓜分美洲。第三步由欧亚两洲,东西夹攻苏联。第四步德意日火并,德国先并吞意,再征服日本,统一世界。这样清一色的迷梦,当然不能完成。不过于九一八以后一年的失策和希特勒上台七年的成功,亦不可完全漠视,须及时扑灭阻止。

德意日同盟的成立,诚如九月二十日美国国务卿赫尔在招待新闻记者席上发表的正式声明所称:"仅使国际间存在甚久之一切关系,趋于明显"。惟其"趋于明显",在德意日以为可借此威胁英美尤其美国;而在美国,则不啻左右开弓,打了孤立派两记耳光,铲除孤立骑墙畏战的偏见谬论。正好借此推动舆论,加强人民的决心,增长罗斯福总统的力量与威望,使其加速采取坚决有效的行动,乃至影响十一月的大选,更增罗斯福当选总统的成分。其在英国,可使保守党的顽固妥协分子断念,不再想与日寇妥协,牺牲中国，以保全东方的殖民地，并希冀日寇永不介入欧战。故德意日同盟虽对内以振奋民心，刺激士气，转移视线为目的，但精神上的影响与实际上的效果，恐反不及在英美所发生者之大。

至于中国，则为抵抗侵略，争民族国家的生存而战，早已确定"以不变应万变"的最高国策，倾向于反侵略的民主集团。近来德国攻英军事不能成功，急须牵制美国援英，乃重与日寇续欢，妄想利用其在太平洋牵制美国。日寇正苦于侵华战争的泥足不能自拔，今蒙青睐，自然乐附骥尾。惟德国欲希望日寇牵制美国，则日寇比张鼓峰诺门次事件时的实力更加消磨削弱，殊无此力量。由此可知希特勒初步得胜之后，而出此急不暇择的举动，是外强中干的表现。日寇之势利急躁，更不待论。中国越战越强，为日寇一国所不能征服，今竟为德意日三国同盟的对象，而与大英帝国欧亚并列，可说是三年半抗战的成绩。至于"以不变应万变"的外交政策，则信义之邦，更非朝三慕四的波法所可比拟。今因德意日同盟的成立，实质上与形式上，欧亚两洲的战争，已走上同一的命运，不久的将来，一同解决。英国人的坚毅，中国人的忍耐，尽足以制服德意日的急躁浅薄，夸大好功。预料持久抗战，待侵略国精疲力竭，坚持到明年世界局势转变之后，必属于反侵略国家的胜利。故三国同盟的成立，反与中国有利。

三国同盟的最大目标为美国，美国远在美洲，地形优良：对外有大西洋太平洋为天然防御线，对内则联合南北美洲采门罗主义，拒绝外国新势力的侵入。然欲以大西洋太平洋为防御线，首须维持大西洋太平洋的安宁。若中英被德日征服，德日无后顾之忧，德向大西洋前进，日向太平洋南进，则第一道防线已被摇动。九月初美国乃决心以逾龄驱逐舰五十艘，交换英国在美洲的海军根据地及谈判使用新加坡军港，准备第二道防线。惟一旦德意日在欧亚称霸，则此守势的防御，易被围攻突破。美国为维护本身的安全与地位，避免将来的流血，最好此时下手。因为美国是民主制度，二大政党政治，舆论国家，精明老练如罗斯福总统，亦动辄受孤立派的掣肘，不能如极权国家之为所欲为。今抓着三国同盟以美国为第一攻击目标的好题目，正可以刺激，发动舆论，镇压孤立派及反对党，积极行动，实施禁运及经济封锁，接收新加坡军港，增强菲律宾军力，对华继续贷款及接济军火汽油飞机，嘱英国立即开放滇缅路（预料此次发表时，当已开放），增强太平洋驻的舰队……脱下绅士的礼服与高帽子，向撕破假面具的恶棍强盗反攻，方足保持自身的安全。

不过美国正当大选年,为对内关系,必须慎重将事。伦敦海峡之战,英尚可支持。中国抗日,一年半载内更无问题。闻美国对中英的抗战,均很关切。九月乘日寇进攻安南,公布对华贷款二千五百万美金,即为关切的表示。十一月罗斯福当选总统后,有初步的积极行动。明春正式就任总统后,如英国战事好转——英国能继续保守伦敦,即为德国攻势受挫,走下坡路的先兆,将有更进一步的积极行动。以同时解决欧亚两洲的混战局面,恢复世界的和平秩序。

三国同盟协定第五条,特别言明:"上述各条,对于三签字国之任何一国与苏联间现存之政治地位,并不发生任何之影响。"德国为欲避免东西两面作战,在对英作战对美威胁期间,当然需要继续德苏协定的效力。日寇被中国拴住泥脚,今不自量力向美国挑衅,更不敢开罪世仇的苏联。意大利是德国的尾巴,地中海已有一强敌英国,亦不敢再树敌。故共采和苏倒英反美的策略。待倒英之后,再倒美倒苏。苏联为旁观帝国主义者火并,故暂采隔岸观火的态度。然苏联对于国际关系的观察,最为正确透彻,不像张伯伦的顽固,日寇的浅狭。苏联绝不能听令德意日瓜分欧亚,完成称霸东西洋的迷梦后,坐待德日的宰割。盖从过去而论,苏联曾为防共协定的对象。去年九月德苏协定成立时,苏联索价过高,希特勒虽忍痛牺牲,将来必乘机翻悔报复。日本军阀及资本主义者,是苏联共产主义的死对头,故苏联对于中国抗战,始终声援,以削弱日寇。若中国被日寇征服,则苏联东方边境数千里,不能安枕,西比利亚铁道,将被节节切断。加以德国随时可翻脸报复,东西夹攻,将蹈英国的覆辙。故苏联决不致助德意日,不过静观待变,让英国吃吃苦头。三国同盟后,美国图改进美苏关系,自属正当的外交途径。为应付大敌,甚盼捐弃资本主义共产主义不相容的成见,诚意合作,防患未然,毋贻异日之悔。今日之世界局势,美苏已立于领导世界的地位,但不可惑于两雄不并立的谬论,为三国同盟所离间。苏联的地位,预料将再增高,但渔翁政策,亦不可做得太过头,慎防前后门的狼狗。去年九月以前,中英美法苏……民主集团不幸中途离散。此次德意日三国同盟,如竟坐视其完成计划,则美苏必继中英之后,为其目标。卞庄子刺虎,亦须乘两虎搏斗方酣,精疲力尽之时,用力一刺。如待其胜负已分,则纵不被虎反噬,亦必增加困难。国际间的斗争,更须抓住时机,眼明手快。切不可瞻顾徘徊,一误再误，蹈张伯伦西门的覆辙，陷国家民族于空前的危险。世界政治外交家一念之差，一着之错，往往牺牲千百万人的生命与无数的财产。例如今日世界各地的混战扰乱，即是二十年来尤其九一八以后种下的祸根。

德意日同盟，是侵华侵英战事遭遇困难后搬出来的最后法宝。运用政治外交进攻，以济军事之穷。尤其在经济商业及资源须倚赖英美而生存的日寇，系出于孤注一掷。故装腔作势，于协定中规定"自签字日起，即日生效。有效期间，自生效时起十年"，"三国政府更愿扩大其合作范围及于世界其他区域内愿与三国作同样努力之国家"。思想政治同盟，如防共协定，既可突然一手撕破；军事同盟，更可因战局变更而一脚踢翻，例如六月以前的英法同盟。至于想吸收其他国家加入，曾受德意一手栽培的西班牙佛郎哥政权，虽派内政部长孙纳赴柏林会谈，但仍声明维持非交战国态度。报载里宾特洛甫秘密赴苏联游说，以史太林的才略与苏联外交政策的一贯深远，当不至受其欺骗，做追击英国狡兔的走狗，待狡兔死则走狗被烹。

自三国同盟发表后，不过一星期，在全世界已引起强烈的反响。英国大彻大悟，对日断念，开始终止妥协政策姑息政策。与美国交换意见后，决定开放滇缅路。并大慷慨，凡经由滇缅供给中国之汽油。油价可予记账。对内扩大组织战时内阁，准许张伯伦辞职及辞去保守党领袖，由丘吉尔代之。开放滇缅路的结果，将分移日寇本来主要南进的目的，进攻昆明安顺贵阳，妄想截断滇缅路，这倒要充分准备。张伯伦既可牺牲，则驻日大使克莱琪之辈亦最好及时引退。埃及对日禁运棉花，其他英国自治领对日禁运橡皮及锡，均属切要之举。美国的态度，因三国同盟的刺激，而愈坚决鲜明强硬。希望英国彻底觉悟，与美国切实合作，积极行动，不留与日寇妥协的余地。即以英美两国的经济力量，封锁日寇，仍足制其死命，至多不过暂时放弃上海天津租界及香港。如美国主力舰即开进新加坡，则香港亦不必放弃。对于德意，则须着重军事战争，由美国继续大批协助英国的飞机军舰，把将来在大西洋用的飞机军舰，提前挪在英伦海峡用，对英美及世界均属有益。对华只须贷款及供给军火汽油，不劳尊贵的白种人命牺牲，更属轻而易举。因为中国有的是人力，只缺乏财力和新式机械化的物力。

三国同盟协定第三条，虽规定："……彼此用政治经济及军事上之各种方法，互相协助。"实则用政治上的显明恫吓，自己揭开假面具，反是当头一棒，打醒英美的妥协姑息梦，增强其决心，团结与勇气。以言经济，则德意日均为旅馆门口及码头上的流氓穷棍，自顾不暇，有何能力互助？在欧战发生以前防共协定时代，德意即不能经济上协助日寇，只卖给日寇以飞机轰炸中国平民。至于军事上互助，日当然无力助德意，德意被英美牵制，亦无力助日。再加英美海军海上封锁，更足断日寇的军需资源。

　　日寇妄想高攀，盲目加入三国同盟，实属毫无所得，有害无利。近卫松冈的横冲直撞，蛮干到底，把明治维新六十年来的国际地位，作最大的孤注，已引起其国内的不安，反感与裂痕。日皇叔闲院宫亲王突辞去参谋总长，既为对于三国同盟的反对与不愿负责的消极反抗。预料元老重臣财阀及新松冈大批免职的外交官，将待德意日同盟闯出大祸，被封锁攻击至近卫及军阀不能支持统制之时，群起而攻之。由对外的失败，引起内部的混乱，以清算十年来的旧账与责任，建立日本的"新秩序"。故三国同盟的成立，实可说是日寇的丧钟。只须英美华下决心，不妥协，大团结，坚强，硬干到底，苏联善意或严正的中立，则亡羊补牢，尚不算晚，前途大有希望，不久即可由黑暗而光明。

战时农村工业的新动向

韩德章

战时农村工业的地位，因以下三种需要而估定，就农家经济立场而论，农村工业可以消纳农村剩余劳动力，增进农业经营集约程度，增加农家收入；就产业资本立场而论，农村工业可以迁就原料与低廉的工资；就整个国民经济而论，农村工业可以发动民间潜在的资源与动力，解决抗战所需物资之供给，抵抗敌人的经济封锁。所以农村工业的重要性，随着抗战的开展而增进。而吾国现有之农村工业应如何调整，庶切合战时需要，为当今亟须解决的问题。本文所讨论的就是战时农村工业的新出路在哪里？怎样动员农村工业以参加战时生产？与怎样建树新的农村工业？

（一）利用现代生产工具。往日吾国农村工业几乎全属于手工生产，不仅没有新式机器与动力来用，甚至作业工具都是很原始的。如制造草席、纸扇、神香、爆竹、锡箔、发网、草帽缏以及抽纱、挑花等工业，所用工具不过一两件很简单的东西；但是我们要认清因果，并不是农村工业不需要复杂的生产工具，乃是因为农家缺少资本不能充实生产工具设备而逼得农村工业走上较为原始的手工生产的道路，这本是走错了路线，应当加以矫正的。现代生产工具的利用，不只可以节省人工，增加生产速度，划一产品标准，同时还可以提高产品品质，减少原料损耗。即以制糖而论，旧法榨糖，糖汁混入杂质颇多，煮糖之际一部分蔗糖经高温而转化，以致减少结晶糖之出量，且旧法制造白糖，只凭重力滤去糖蜜，耗费时日仍难获纯净的产品。倘使改用机器榨蔗，用压滤机除去杂质，用真空釜浓缩蔗汁，用离心力分蜜机去除糖蜜，则上述诸种困难迎刃而解。这样新式作业，一样的可用小规模的设备在农村生产。战前浙江金华蔗糖生产合作社的联合社，曾拟议筹设小规模机器制糖工厂，其全副机器设备，均可采用国产，且代价不过数千元，轻而易举。同时这种小规模的机器制糖设备还有一种长处，就是每种工具均能单独使用，可以随时同手工作业配合。如自土榨榨得的蔗汁亦可以用真空釜浓缩，人工煮制的带蜜糖亦可以用离心力分蜜机去除糖蜜，人工不足的作业可用机器代替。结余的人工仍可从事其他不必需机器的工作，因此在这样的糖厂里，可以用小规模的设备，完成大规模的作业，可称一举两得。战时农村手工业的局部利用机器，已有显著的效果，如四川铜梁实验制纸工厂，采用机器打浆手工抄纸，成绩斐然可观。因为在制纸工程中，用手工打浆人工最费，而机器抄纸设备最昂，今以机器打浆手工抄纸，则截长补短，恰到好处。由此类推，烧瓷程序中之舂泥部分，织帆布或麻程袋序中之打麻部分，亦可以设法利用机器，而以手工完成其余不费人力的部分。战时生产资金筹措不易，生产工具输入困难，农村工业所含有的手工生产，并不一定需要全部分用机器代替，只要最占人工或人工不能达到良好效能的部分应用机器及动力已可认为满意。

（二）改制现代产品。过去农村工业所以不能同新式工厂竞争的原因很多，而农村工业产品不能适合时代需要亦是其中一个主要原因。其实大多数农村工业都是小规模的手工生产，设备简单，资金无多，因而具有可塑性，只要生产技术及工具稍有改变，或竟根本利用原有的设备，随时可以改换产品的性质与种类。十年前河北清苑县织土布的农家鉴于邻近的高阳县织洋布工业之崛兴，无法与之抗衡，于是纷纷改织窄幅的帆布，以供制造帆布鞋、书包、车篷及其他军装之用，依然有很好的销场。而同时清苑一带农村织绦带的手工业，则因都市风尚所趋，竟着洋袜及皮腰带，一蹶而不复振，驯至绝迹。殊不知织绦带生产工具与制造方法稍加改进，就可以改织火油灯炉蕊、洋烛蕊、皮鞋带、风琴踏板用带、消防水龙带，以及机器用传力带等等现代化的产品。这是一个很好的对照，前者所以在日暮途穷中寻得新出路的原因，就是能使产品现代化。类于此种情形的事实很多。天津附近的杨柳青镇，往昔为北方年画生产中心，雕板精细，设色淡雅，在中国木版印刷艺术中颇有相当的地位。其生产方法纯为农家副业，由作坊刷印墨色轮廓画，再由农家妇女手绘彩色，销路远及东三省及新疆。民国以来，日货石印风俗画充斥市场，木版画已不见重于时，乃该镇年画印刷工业亦舍木版而采石印，逐渐发展，十年前该镇已有应用电力之石印工厂，印制时髦的风俗画、月份牌，纸烟广告，名家对联，学校教材挂图，漂布党国旗及纸制万国旗等等，工精价廉，而市面日货几为之绝迹，这都是在时代上奋斗胜利的结果。就战时情形而论，目前有许多新式工业产品可以就旧有的农村手工业蜕变出来。如同电话线所用的绝缘珠、室内电灯线路所用的夹线板，瓷钉头，分线盒，拉手等等，以及其他在电气工程上所用不需耐高电压陶瓷器，在配合材料及制型方面都不需十分严格规定，都可以在有窑业的农村生产。广州附近乡村能烧成制造电炉用的素烧陶制炉座，就是很好的例子。战前天津德利三酸厂试用山西大同出产的砂锅以浓缩硫酸，其效能不亚于黑铅锅或白金锅，虽则砂锅质脆易裂，然砂锅代价的低廉远非黑铅或白金可比，何况砂锅在质料上还可以改进？可知大同砂锅倘在原料，制型，烧窑各方面加以科学的整理，不难改制工业上应用的器具以代替耐酸陶器，或制造摩登炊具以代替铝（俗名钢精）制炊具。我国农村生活与都市现代化的生活，隔离太远，农家梦想不到都市工业产品的日新月异，都市的商人亦梦想不到向农村定做合适的商品与谈工业建设者往往是弃农离村而被关在象牙之塔里，因此农村工业的地位，发展的可能性，永远被都市人们轻视或遗忘！

（三）同新式工业取得联系。农村工业因为生产技术，生产设备，产品运销等问题的限制，不一定要生产极完备的制造品，实际上就农产加工以供各种新式工业原料之用，更容易使农村工业有稳固的基础同远大的前途。如制造油漆，油墨，洋烛，假漆，滑润油，漆布，肥皂所需之动植物油料；制炼精糖所需之土糖，制酒精所需之糖蜜（制土糖之副产）；制调味粉所需之面筋；制糊精，可溶性淀粉，转化糖，酱色所需之小粉；制麦精鱼肝油所需之饴糖；制蚊香（Inseciox）所需之除虫菊粉等等，都可以用农村工业的方式先行农产加工再供新式工业原料之用。类于此的例证很多，不必一一例举。反过来看，在农村里织布，织袜，织毛线衣以及制造熟皮器，漆器，金属器，抽纱，挑花，丝绣，毛毯，地毡，人造果汁，混成酒等等，都是以新式工业所生产的半制造品为原料施以加工，而制成可供直接消费的制造品。可知若干农村工业借着新式工业的树立而存在，如能利用两者之特性，取得密切的联系，平衡发展，则吾国工业化的推动，必能加速。再就纺织工业而论，手工纺纱占用人工，出品迟缓，产品不能匀净紧实，无论如何不能同机器纺纱竞争，所以在农村提倡纺纱，不如提倡织布，留着纺纱作业让新式纱厂大规模的去做。(不过战时新式纱厂纱锭所存无几,物资购运困难,短期内难以树立许多纱厂以应需要,所以目前仍有积极推广农村纺纱作业的必要,同时亦应推广改良纺车以增进工作效率)又如织新式麻布或棉麻交织布与麻毛交织布所用的麻纱线,系以苎麻的纯净纤维,经切断、打散、压曲、弹松、捻纺等手续而制成,非由现代化的纱麻工厂大规模设备制造不可,而织麻布或麻交布的作业则不妨在农家生产,总之农村工业虽然有不少部门可以被新式工业所代替,但仍有若干作业,同新式工业互为利用,相依相赖,彼此借以繁荣。过去提倡都市新式工业者与推广农村工业者,往往忽略都市新式工业二者的联系性,在互相蹉踌产品销路与原料供给之困难中,不觉丧失许多发展新工业的机会。

(四)从事军需生产。战时农村工业的另一个新出路,是从事军需生产。就军装而论,除钢盔外,几乎样样都可以在农村制造。湘赣粤桂一带竹类颇多,各有适宜的用途。因而兵士所用的雨笠,背包等都是用竹子做的,另有某一种竹子,可锤成细丝,编制草鞋,颇为耐用。他如军服,皮鞋,武装带,刺刀鞘,雨衣等等,都可以取给于农村工业,如粤桂乡村之机器缝衣业特为发达,几乎每个墟场,都有一两家"军衣"工匠自不难动员乡村缝工制造军装。军粮的生产更是以农村为大本营,去年政府曾向四川农家订制十万坛榨菜以供军粮之用,为农村大量生产军粮之发轫。我国罐头工业及其他新式食品工业本不发达,战时机器输入困难,铁皮及玻璃等供不应求,难获发展,兹不具论。不过吾国固有的食品中有很多富保藏性,便于运输,保存特有风味及营养价值的,都可充作军粮。如蔬菜加工品有四川的榨菜,芽菜,条菜,贵州的盐酸(一种腌菜),云南的大头菜,浙江的霉干菜,天津的荤菜冬菜等,而不加调味料之各种菜干,更为南北各地农家例常的食品,大豆制品有豆腐干,冻豆腐,豆腐皮,腐竹,腐乳,豆豉,酱油等;肉制品有茶腿,熏腿,各式腊味,肉松,肉干等;米之加工品有米花,炒米粉,饴糖等;小麦加工品有挂面,油炒面,面筋等;杂粮加工品有大麦,燕麦,豌豆,油麦,青稞所制之炒面(康藏称为糌粑);淀粉及其加工品有百合粉,藕粉,各种薯粉,荸荠粉,蕨粉及由绿豆粉或甘薯粉制成之线粉,粉皮等;蛋制品有皮蛋,腌蛋,糟蛋等;乳制品有奶油,奶渣及云南特产之乳扇,乳饼等;海产中有海带,紫菜,干虾,咸鱼,虾子,蛏干,蚝油等;全都是我国固有的农村工业产品,可以直接供军粮之用的。此外还有几种可以用作军粮的产品应该积极推广的，第一是黄豆粉，系由整粒的黄豆，经筛选、洗净、烘干、焙热、磨粉等手续，制为细粉，调以蔗糖，可随时用水调湿取食，不假炊煮，取携便利，养分丰富，而且甘美可口。因为吃的是整个的黄豆，出水分外其干物质中含有百分之三三点二的蛋白质，百分之二四点七的碳水化物，百分之一六点一的脂肪，所以它的营养价值实为诸任何大豆制品以上。第二是牛肉汁同牛肉膏，系用肉汁加盐浓缩，依含水分的多寡引为肉汁或肉膏，其水分最少的可压为固体，如英国制的（XO一样，尤适于行军之用）。第三是加工炼乳，这是在一切乳制品中最容易制造的，炼乳所加甘味料亦可以采用饴糖（麦芽糖），因为饴糖营养价值高，而价格低廉（诚然指米贱的地方而论）。第四为固体酱油，系用中国酱油经浓缩干燥而成。第五是茶胶，系将茶叶煮汁，过滤，浓缩，干燥，磨碎，调制而压成粒块或薄片，以供行军止渴之用。第六是浓厚的酸橘汁（Lime juice），其用途并非供清凉饮料而为补充军士所缺乏之丙种维生素以防止坏血病。这六种农产制造，都不需要专门的技术，复杂的设备，巨大的资本，可称为轻而易举，且就本国产品加工，无需自国外输入原料，而各种制品又都是当前前方将士所急需的食料，希望热心工业者来积极的提倡。

至于兵工器材需要特殊的技术与设备，非农村工业所能胜任，不过较为简单的作业一样的能在农村生产。战前晋省乡村铁匠都会做手榴弹壳。各省少数农村有能制造鸟枪，步枪同手枪的，制造上虽不尽合标准，究竟能供实用，亦未可厚非。农村工业在这方面虽不求积极发展，然在接近战地的农村提倡小规模的修械厂亦是值得的。

总之，为从事战时生产，农村工业的本身应力图现代化，机械化；生产的目标应适合时代环境与抗战的需要；同时尚应顾及如何与其他新式民族工业取得密切联系，相辅为用，互相促进生产效能。过去工业专家每认农村工业属诸农业问题，农家专家则认为工业问题，而经济学者则美其名曰技术问题，推来推去的结果，使我国农村工业永远在停滞，永远在没落。希望这停滞没落的产业，在战时得以醒觉而复兴起来！

青年思想问题

马灿华

潘公展先生尝在《中央日报》先后发表过两篇文章。在那两篇文章中，潘先生一方面批评今日青年思想的歧误，一方面认为青年的思想问题，应该由教师负大部分的责任，而且实际上就是一个教师的思想问题。关于教师的思想问题，潘光旦先生在《今日评论》里曾经有一篇文章讨论过。笔者忝为青年之一，而且现在正在一个大学里当学生，所以也欲对这问题说几句话。

思想的动机是由于一个人对某一件事或某一件物发生疑惑，根据他以往的知识和经验，想出一个解决的方案来。所以思想不会凭空发生的，必先有一件事或一件物使他发生疑惑然后用思想来解决它。思想绝不是糊里糊涂听了某一个人的话便会发生的，必先有了怀疑的精神，然后会有思想，思想的一个最重要的特点便是它包含着怀疑的精神。天下的宣传工作，宣传文章绝不等于思想。因为这种工作，这种文章，没有具备一个思想的重要条件——怀疑的精神。思想是要根据以往的知识和经验，试问如果没有知识和经验，我们如何思想？思想包含比较和判断的意思，试问如果没有各种各样的材料，不知道一件事情的正面和反面，我们如何比较？既不能比较，我们又如何判断？所以不思想则已，如果要思想的话，我们必需着重反面的材料，拿它来研究，参考，比较。否则我们不能思想，亦不必思想。

有了思想，然后会有信仰。没有思想，绝不会发生信仰。人与兽的分别是在于人是有意的自动的去克服自然，兽是无意的被动的去适应自然。有意的与自动的是人的精神，无意的与被动的是兽的特性。几千年来的人类历史是一部打倒被动争取自动的历史。千百年来，多少勇者，多少志士为了这

"自动"二个字抛掷过多少头颅，流过多少鲜血，我们想，这自动的精神即人的精神，何等重要，何等宝贵。经过了思想的信仰是自动的信仰，是人的信仰。随随便便相信宣传文章的话，不经过一番慎密考虑和研究的工作即是不经过思想的功夫是被动的信仰。自动的信仰是信仰，被动的信仰不是信仰。我并不是完全抹杀宣传的作用，我不否认在现在要使人信仰一种主义还是要靠宣传帮忙的，但是我认为宣传是对你提起一个问题，在思想中对你提起一件事或者物来，听了宣传以后还要你用怀疑的精神下一番缜密考虑和研究的功夫。宣传一种主义而不给你一番思想的机会，宣传好以后立刻请你信仰，这和卖梨膏糖的朋友宣传他梨膏糖怎样可口以后，立刻请你买一块，有什么两样？至于有一种靠信仰吃饭的人和因为吃饭而去信仰的人，他们根本谈不到信仰，有之，则只是吃饭问题而已。这种人是活在世界上，不是生在世界上，活在世界上是被动，生在世界上是自动。

上面一大堆的话，无非要说明我下面的意思：

我认为学校必须保持中立化，更进一步说，学校必然的是中立化，关于这一点潘光旦先生在《所谓教师的思想问题》的文章里讲得很明白，教师所教的不是思想，是自然科学，社会科学，人文科学等等思想的资料。学生有了这一种资料，把它下一番缜密的思虑，仔细的比较，于是参酌自己的心得，达出一个结论，这结论便是经过思想的信仰，是自动的信仰，是真真的信仰。但是这样一来，青年的思想便要庞杂了，所谓歧误了，因为他有他的见解，我有我的判断，许许多多人绝不会生出一样的结论来。所以青年思想的复杂是必然的事，是毫不稀奇的事。如果认为青年的复杂思想必须铲除，必须统一，则学校的性质必须根本改变，根本改革。学校所教的不是自然科学，人文科学等等思想的资料，而是一种圈定的特别材料。如果这样，我只承认这是宣传，宣传绝不等于思想。没有许许多多反面的材料绝不能有广博的知识，没有广博的知识绝不能够有好好的思想，不能够好好的思想便没有自动的真真的人的信仰，不是自动的信仰不能够算作信仰。如果维持学校是教自然科学，人文科学等等思想的资料的地方，则青年的庞杂思想无法铲除，不应铲除。

有人以为青年的思想放纵下去愈来愈复杂了，没有一个最高的原则，将来不免要变成一个混乱的局面。我觉得庞杂的思想不会把局面变成混乱的。一个民族，一个国家，无论他里面的思想如何复杂，如何庞乱，结果终是向着一个目标走去,这个目标便是自然的趋势。我们试睁眼看看历史,从奴隶时代变到封建时代,从封建时代变到近代的民主政治,是不是自然的趋势?这个自然的趋势难道有人阻压得住么?如果一个国家的环境需要向着某一条路走的时候,他一定会向着这条路走去,许多庞杂的思想,复杂的主张都会归到一个潮流中去,成为潮流中的一个小小的浪花。思想本身是奇怪的东西。一杆枪一把刀绝不能产生思想,一杆枪一把刀亦不能消灭思想。思想所怕的是自然的趋势,自然的趋势必能够产生思想,自然的趋势能够淘汰思想,一杆枪一把刀不能创造自然趋势,一杆枪一把刀能阻压自然趋势,这自然趋势便是最高的原则。三民主义的实现在中国如果是自然的趋势,试问庞杂的思想能够阻压得住这个趋势么?庞杂的思想有能力造成混乱的局面么?所以我认为青年的思想尽管让其复杂好了,如果不适合于中国环境的话,他自然而然会淘汰和消灭下去。

接着来的问题是我们既然知道三民主义是中国的自然趋势,我们何必要纵容其他思想,痛痛快快把其他思想一概肃清,岂不事半功倍?我上段说过,一个国家在走向一条合理的路的时候,许多庞杂的思想会归到一个潮流中去。这好比埃及的金字塔或者一个圆锥形的东西,庞杂的思想是圆锥形的底,渐渐向上,渐渐狭窄,结果便会达到一个尖顶,这尖顶便是自然的趋势,合理的路。圆锥形的底越大,重心愈低,这个尖顶愈站得稳固。试一旦把圆锥形的底削小,变得和尖顶一样,于是由底发展到顶,成功一条直线,这个圆锥形便变成一根细细的棒。试问阔底的圆锥形站得稳固还是一根细细的棒站得稳固?直线形的发展有意义还是圆锥形的发展有意义?三民主义是圆锥形的尖顶,这尖顶从庞杂的思想中生长出来,经过比较,研究,成为思想,变成信仰。试问如果没有其他的思想,其他的主张,做参考,做比较,我们如何会知道三民主义的优异?不知道其优异,又如何能成功信仰?否则如果削去了圆锥形的广大的底,许多人不免要动摇,怀疑,经过一番变动,结果还是事半功倍?还是事倍功半?要使三民主义的基础稳固,我主张让许多复杂的思想自由存在。

人类历史亦可以说是一部斗争的历史。有正统便有异端,有公理便有强权,有这个便有那个。所以正统与异端争,公理与强权争,这个与那个争。你要打败我,你便力图振作。我要打败你,我便努力改进。彼此厮杀,彼此进步。不合于潮流者,不适于环境者,被合于潮流者,适于环境者打败。胜利者爬到高峰尖顶，发扬光大，失败者偃旗息鼓，送到牛角尖里去。所以文化离不了斗争，没有斗争便没有进步。斗争离不了异端，没有异端便没有正统。试想世界上如果没有异端，一切都直线形的向前发展，这个世界还有意义么？正统如果没有斗争，没有刺激，这正统几时能够发扬光大？

认自己是正统，绝对消灭异己者，本来是一种野蛮的举动。我这里所说的消灭并不是斗争，斗争是用自己的主张向对方搏斗和争辩，发觉自己有错误的地方，立即补救和改正，消灭是毫无理由的把对方扑灭，一方面不承认自己有丝毫的错误。如果把这个意思用到对方面讲，斗争是反对，消灭即是叛乱。反对是开明的举动，叛乱是野蛮的举动。英法的民主政治何以开明？因为他们只有斗争和反对，没有消灭和叛乱。

青年思想的庞杂，即是表示有斗争和反对。这表示我们教育的成功而非失败，是进步而非退步，是常态而非病态。试设想全国的青年没有主张，没有意见，我要你向东，你便向东，我要你向西，你便向西，这是教育上的成功还是失败？是进步还是退步？是常态还是病态？

所以我以为三民主义如果要进步，要早些实现，我主张纵容异端，让庞杂的思想存在。三民主义如果要走开明的路，我更要主张让许多庞杂的思想存在。

论自由

钱端升

自由一词在西方。本久成争论,但争论的焦点只是自由的范围,而不是自由的需要与不需要。西方的国家只有两种,一种是拥护自由的,又一种是根本反对自由的。这两种国家俱有坚强的意见,或是要自由,或是不要自由。他们都不讨论要不要自由的问题。只有在法国大革命的时期,自由一词尝被各方滥用。不知自由真谛者以为自由即放任,于是许多罪恶俱假"自由"的名义以行。反对自由者,因在自由的潮流之下,不便明白反对,于是极力攻击误解的"自由",借以破坏真"自由"的声誉。但自法国革命以后,在西方,因为弄不清自由的真义而狂争,或是故予自由以错误的意义,再力加攻击,已是百余年不见之事了。

用最简单的说法,"自由"有两点意义。第一,从人群的本性及人类的进化史上,我们发现成年完好的人须有若干种必不可少的行动及思想上的自由。有了这几种自由,他才觉得生活是值得的。有了这几种自由,人群才能产生并增进文明。第二,因为这几种自由是人所必不可少的,所以人群的最高权力所在——国家——不但不应攫为已有,而且应力予保护,使人民(即国家之下的人)能充分享受这些自由。

自来学者们及法律上所说及的自由不一定是人类所必不可少的。例如美国人大多数迄今仍视财产为神圣必不可少的自由。在十八世纪之末,社会中分了许多阶级,一般人民不能对于他们所耕的土地或他们所赖以操作的工具享有完全的自由权;于是就各个人民言,虽工作而不一定有收获,就社会整个而言,生产的质量数量俱极低微。在那一种的时代,将财产权的享受列为自由权之一，使国家不能偏袒某一阶级，自是一件好事。我们甚可说在那个时代，财产自由权成了人所必不可少的自由。我们如生在大革命以前的法国，而又不属于僧侣贵族的阶级。我们一定也会感觉到财产自由是需要极了。但是到了现代，在大多数的国家内，财产权却不是必不可少的自由。现在旧式的阶级制度早不存在，在新兴的阶级中，资产阶级即是好言财产自由的阶级。国家保护财产自由，即等于助资产阶级可以得积聚更厚的资产。这显然与人群好平等的本性相反，且大革命时代人们尚不知有社会主义的思想。现在，国家可借社会主义的生产制度以均人民物质上的享受，故财产权的保护也失了必要。不特财产自由因时代的进化而不复是人群必不可少的自由，即职业自由工作自由等等，不是已经失了必要，也快要失了必要。何以故？因为在昔时，国家如不保障这些自由，则弱肉强吞，社会上的有力分子一定会欺凌软弱分子，使从事后者所不愿而于前者有利的工作及职业。在现时，则国家权力有增加，体力及智力的测验有进步，且国家又需要大规模的生产，如国营企业，集体农场，托儿场所之类。在这情况之下，国家如有权指定人民的职业及工作，自可求相当之平，且亦尽可产生强凌弱之弊。

自来学者们及宪法所公认的自由中，其关于经济生活者，殆俱无永久的绝对的必要性。如果社会进步尚未至相当程度，则保障这些自由可以减除社会上的不平等，也可以促进社会的进步。如果社会进步已到达某种程度，则保留这些自由不但没有必要，而且有时还可妨碍国家作有计划的较大规模的社会改造及建设。

但是有若干种与经济生活无关而与精神生活有关的自由，则不论社会情况如何变迁，总是于人类为必要的。这些自由俱与意见有关，如言论自由，思想自由，出版自由，集会自由，结社自由等等。人为万物之灵，其所以灵者，乃因人类兼富于共同的本能及个别的本能。人各有本能，人与人亦各异。如果无此个别的本能，则人与人间观摩参考改进的可能将不存在，而整个人类的文明将无增益的可能。同时，人类亦有共同的本能。自原始至现代，人类个别的本能，其宜于为全人类所共有者，积长时期而后，每成了人类整个的本能。人类如缺乏这同化及吸收的力量，则绝不能凌驾万物之上，而产生控制大自然的力量。保护意见的各种自由，而使之充分发展，即所以使人类能一方表现其个别的天赋，又一方增益其共有的文明。如意见一受限制，或是国家只准其人民有某一种固定的意见，罔论人民未必能历久容忍而不图抵抗,即使人民能甘受此种限制,其结果亦只是使人类个别的表现日趋贫乏。历久而后,人类且失其灵觉。坐是人类整个的文明亦将因滞着而逐渐退化。

现今英美瑞士等国,因为其统治阶级尚未能超脱资本主义,故对于我所说关于意见自由的主张虽表同意,而对于我所说关于经济生活的自由的主张则未能表示同意。至于极权国家则反是。他们视统治人民的一切生活为当然,故对于我们说关于经济生活的自由主张表示同意,而对于我所说关于意见自由的主张认为落伍。实则民治国家对于其国防需要的不能早日满足,对于其人民富力之不能相当平均,即是犯了维持财产自由及职业工作自由(甚或连不工作自由在内)之过。极权国家人民之只知有国家而不知有人类,只知贪侵略作战的便宜而不知和平所能给予人类的幸福,只知有告密互杀清党而不知有和平讨论及感化,即是犯了不尊重意见自由之过。两种国家各有其短处。我人为国图谋,良应舍两种国家之短而取其长。

论中国人的民族性,意见自由亦为历代流传的美德。文字之役在西方为专制时代的流行病。因为流行,故英国之首倡意见自由成了西方政治史上的一件大事。在我国,文字之役及类似的风波为例外之事。因其为例外,所以文字之役在中国政治史上被史学家所大书而特书。中国人本性好和平,讲理性;相忍成了民族的美德,消极抵抗高压成了民族特有的武器。这种,好意见自由的性格,善导之,可以使民族日趋文明;高压之,则必使民族丧失了灵魂,无所指手足。

论中国今后的需要,意见自由更不可少,我在本刊前几期中说过,我们需要一党秉政的政治制度,而这一个党应为中国国民党。国民党如要负起这样大的责任,则必须吸收全国的英才,以实现三民主义为己任。而要吸收全国的英才,则必须让全国有思想的人士,有充分的意见自由。能于自由的空气中显出三民主义的优良与适应性,方能真正做到党外无党的止境。如国民党单凭武力以铲除异党,则即使服从,也不是心服,而况是否可以有永久服人之力也成问题。

论国民党的党义,不特三民主义中无仇视自由的言论,而且孙中山先生之拥护自由是毫无问题的。中山先生在民权主义六讲中所以反复申言中国革命无须提倡自由者,并非说自由可以不要,乃因中国向重自由,故提倡并无急需。中山先生又痛斥学生罢课而美其名曰自由,军阀抗命而美其名曰自由。这里中山之所以痛斥者是罢课与抗命，而不是正当的自由。正当的自由中山先生固亦十分重视。观其所述西方民治发达史中自由与平等两说所居地位的重要，又观其所发实行三民主义即所以保障真自由真平等的议论，可见中山先生心目中对于自由的重视，固丝毫不亚于一般民治论者。又观其手定的《国民党之政纲》对内政策第六条亦有"确定人民有集会结社言论出版居住信仰之完全自由权"之语，更可见中山先生对精神自由之绝对重视。

中山先生以后的国民党人，尤其是近数年的国民党人，往往对于自由表示仇视态度。有许多人往往混自由与放任为一谈，以攻击放任者攻击自由。又有许多人将个人自由与民族自由置在极端不相容的相反地位，以为要有民族自由便不能有个人自由，实在不知自由为何物而妄加攻击者，或尚可原其愚。如知自由的真义，而有意加以排斥者，我以为实在对不起中山先生，对不起三民主义，更将使中国国民党不能成为网罗全国英才以实现三民主义的政党。如果这些排斥自由之人是崇拜极权主义者，则他们应受纠正；其不受纠正者应被排斥在国民党之外。如果这些排斥自由之人是由于无知，则他们应多读中山先生的遗教，其不受教者，亦不是国民党应予继续容纳的党员。

但保障与精神生活有关的自由是一事，而保障与经济生活有关的自由，又是一事。前者应受绝对的保障，后者则不必在保障之列。我深觉中山先生以后的国民党人对于前者未能够普遍的尊重，而对于前者后者之间又未能为充分的分别。训政时期约法第二章中，对于前者称"自由"，而第四章中对于后者也大都称"自由"。五五宪草对二者已作较显的分别，但论者仍常将二者并重或并轻。

反对自由的人或将曰，中国今正在作战时期，凡逢作战时期，即西方民治国家人民所享自由亦受限制。我的答复是：今之反对自由者大都是根本不要自由，而不仅是抗战期内不要自由，而且在民治国家，即在作战时期，人民自由的限制亦仅以不妨害作战为限。我绝对赞成在作战时期，国家限制可以妨害作战的各种自由，如通讯自由或反战言论等等。限制的法律不妨求其严，但滥用法律的可能则又务必求其小。我们国人，尤其我们国民党人应自己检点一下，我国今日所施行的各种限制自由的办法固全是为作战而限制的呢，抑有许多是为限制而限制的呢？为求国民党能网罗全国英才起见，为求三民主义能为全国人所理解深信起见，为限制而设的限制是否将生缘木求鱼的结果呢？这实在是当今的重大问题之一，这不仅是一个抽象问题。

本期撰者：

　　本期有杨端六及韩德章二先生的文章。杨先生对战后工业建设问题有细密的观察和远到的见解。前此论这个问题时，他建议如何可使内地工业资本得到优异的待遇。今番他讨论训练技工问题。韩先生对农业建设已有过许多文章发表。今番他指示了此时应走的若干方向。这两篇文章都是经济建设声中的好木铎。

　　吴学义教授自乐山武汉大学寄来的文章，因为收到较迟，本期才能登出。但吴先生的观察初未失却实效。

　　马灿华先生是一个大学生，他对于青年思想主张开放，而不主张统制。他以为从庞杂的异端中可以托烘出三民主义的正道。我们对思想问题向来主张自由，向来主张容人怀疑；但对于三民主义探求应是第一着，怀疑应是第二着。探求与怀疑并用固可见三民主义之真，不探求而先予怀疑，则不是思想的方法矣。无论如何，怀疑总应在许可之列的。

　　钱端升先生对自由不主一味容许，而主将经济生活方面的自由与精神生活方面的自由判明，对前者随时随地加以规定，对后者则予以保障。钱先生已有（一）《国家今后的工作与责任》，（二）《我们需要的政治制度》及（三）《一党与多党》数文。《论自由》系连接这三篇文字而来的。

第四卷第十八期（1940年11月3日）

这一周

桂南战事连日大有发展。我们自上月二十三日连日在南宁至龙州道上节节向龙州进逼，于是思乐克复，于是龙州克服。龙州克服是二十八日之事。龙州既克服，敌之在南宁者恐受包围，遂于同日向钦州南撤。一年余沦陷敌手的南宁遂得重见汉家旗帜。南宁在桂越交通线上，其地位住在昔至为重要。今因越南降日，桂越公路根本不复是国际交通线，但南宁的地位也因而失其重要。但大城之中，得而复失，南宁尚是第一。处此日人正宜向其伙计们表示威力的当儿，如不受重大压迫，绝不会放弃南宁。故南宁的收复实是战事入了新阶段的一个象征，我们值得自庆，桂南作战的有功部队更值得我们道贺。

意希战事已于上月二十八日开始。希腊本为墨索里尼的眼中钉。他的第一次对外战争就是对准了希腊而发。一九二三年炮轰高菲岛之蛮事多数人当尚未忘。墨索里尼何以恨毒了希腊呢？乃因意大利如要向巴尔干膨胀，则希腊实为大梗。自并阿尔巴尼亚后，意之必向希腊进攻早成为有议者的定论。今番意国借口不能容忍希腊长作英国的海空根据地，而突然侵入，亦不过是法西斯主义者常用的一套惯技。但希腊既不甘妄自菲薄而毅然抵抗，重以英国之决心协助，意军是否能长驱直入，甚成问题。据传希军已深入阿尔巴尼亚。如果所传是确，则墨索里尼正未可轻视希人也。

意希战事是否将即日扩大为巴尔干全面之战，尚须看德意是否敢一试苏联友谊的深浅。土耳其倾向英国本无问题，但从英国的利益言，土耳其能暂不卷入战涡乃是佳事。因为如此则英国尚无须一部分力量来应付近东。土耳其之一面警戒，一面保持中立，即是此意。但德意如估量苏联必不反对，则土耳其尽管中立，德意仍可向之进攻。德意如不向土耳其进攻，就因恐苏联反脸。苏联之陈兵苏土边境，殆即表示不愿德意向土耳其进攻之意欤？

除了巴尔干外，德意近更在策动地中海全部的战事，埃及及直布罗陀均在其内。攻埃及应是意国之责，但意国殆无此力，故轴心在诱致贝当参战。攻直布罗陀意国也应贡输主要武力，但意力又不敷，故轴心在诱致佛朗哥参战。不幸西班牙以地势关系，根本不宜反英，故佛朗哥至今十分踌躇。为佛朗哥自身利益计，也是最好不参战。但佛朗哥既身受德意之惠，而环顾西欧大陆，除了弹丸似地瑞士外，又均是法西斯主义的虾兵蟹将，佛朗哥最后殆将无法拒绝入彀也。

德意最重要也是最可鄙的喽啰，当然是贝当等等。德意攻英历四月未得逞志，以希特勒的急性，自不能不另想他法。他法之中，利用法国的残余武力自是妙法。丘吉尔精明，早窥见了德意的恶毒，故早将法之海军击溃收编。但主力舰虽去，而潜艇大多存在，如法以潜艇及叙利亚与北非的大军助德意作战，英国在地中海的地位自将益趋危殆，甚或英帝国整个的地位也发生危险。这是德意勾结维琪政府的用意，这也是德意的百无聊赖处。当德意勾结维琪的消息正透露于世时，我们初以为拉凡尔虽可卖国，而贝当当不至糊涂至于丧尽天良常识。丘吉尔向法人的广播演说，英王及罗斯福致贝当的私人函信，其用意皆在劝贝当顾惜二十四年前的信誉，激发天良，而拒绝引诱。乃贝当的昏老与拉凡尔的奸慝竟合将法国出卖于德意。人之无良，一至于此，真甚叹息。所幸法国的残余武力已至有限，不见得能如何有助于德意。而且贝当暗中允诺亡国条件之日，亦即戴高乐成立战时政府之日。我们深望凡知耻的法国人从速归附戴高乐，以打倒全人类的愚昧，以驱除法民族的败类！

自贝当朝见希特勒后，丧心病狂之事见诸于报纸者已有两件。一件是越南政府的仇美仇华行动。当日人逼越南当局停止滇越路货运时，我国在越的器材大都即抢运至海防，交美人经营的远东运输公司承接，藉可日后仍行运入我国。乃此大批货物即经装上美轮之后，越当局初则施行检查，继则强迫卸运，今且以逮捕公司的华籍职员闻。虽云越政府受日人的压迫，然维琪究尚未参加中日之战，而已如此荒唐无信，则他日参加之后，更不知将如何悖谬。鉴于日来的情形，我政府实不能不防越南之公然助日以敌我也。

贝当政府的又一件丑事是逮捕前众院议长爱礼欧。爱礼欧的道德文章及政治操守为法国近年第一人。他多年来未组阁，也没有主持战事。就云，达拉第莱诺等可因战事责任而被捕，何以爱礼欧也须被捕？但爱礼欧是爱国志士，老而不衰。贝当拉凡尔废共和宪法时，爱礼欧即为投三个反对票者之一。或者爱礼欧近正主持复国反降运动，故贝当政府不能不加以逮捕。果然，则法国的人心尚未死，而复国仍有望也。

苏联近来不特陈大军于罗马尼亚土耳其边境，且陈大军于伪满边境。骤视之，苏联若藉以向德意及日本示威者然。但同时，他又与德意频送秋波，与日本更多牵拉。不察者总以为苏联对于德意日"帝国主义"仍多偏袒。但依据我们的看法，苏联用意似仍在维持其独乐的中立。我国及英美等国如一而立定脚跟，一面曲意拉拢，亦未始不可将苏联一手拉过来。苏联表面上与日德意相腻的行为并不足令我们惊惧也。

中苏两国间迩来交通线的增辟与美国若干种货品之运经海参威，在此大家对于苏联态度深滋怀疑之际，颇可视为苏联对中美有好感的表示。实则苏联不仅应只有好感，且应知道胜利的德意日绝不是一个单单苏联一国所能抵御的集团。抗战三年来，我们日以此意告苏联，我们亦日以至诚望苏联合作。我们所以如此，实不单单为自己，我们实亦为世界和平着想。因为世界和平着想，故愿世界上最大的两国能以真诚同情相处。谈中苏合作者，无论为中国人士或苏联人士，均不可忽视此真谛也。

赫尔上月二十七日的演说，又痛斥极权主义了一阵，并表示将极力援助反侵略者（实指中英）。当此轴心国家正在策动新攻势及维琪投入轴心怀抱的当儿，这演词颇足以正天下的视听。我们深望大选过后，赫尔仍主美国的外交，并能进一步地更积极地予反侵略者以援助。

美国近有成立在南亚可以独立作战的舰队的抗议。同时又派遣驱逐机二大队长驻于菲岛。由此可见美对日美战争的不可免已有现实的看法。愈是能看清局势者，对胜利也愈有把握。海陆长诺克斯及史汀生辅佐罗斯福之功良有足多也。

美国将增辟纽约至仰光航线的传说也足以表示美国已深知援华的方法与援华的原则有同样的重要。如美缅有直接航线，而美军舰又能护航，则美之器材可以源源来至中国。再加以我国人维护滇缅公路的能力，则此中美交通线必将为中国胜日的一大因素，可以断言。

教育部近发给各大学各独立学院之多年任教者奖状三百余。奖分三等，任教二十年者得一等奖，十五年者二等，十年者三等。此种奖状固无补于大学教授们的知识生活或物质生活，且得奖的标准完全以在某一校任教年限为准，而与质无关。但当此大难之时，而政府能知安定之须奖励，多少也可激劝教授们不要见异思迁。用意甚善，教部当局的举动应为国人所嘉许也。

昆明迩来敌机频至，警报几三日二发，居民苦之，工作大辍。实则重庆等处在警报中过生活者为时已久，毫不足怪。我们处警报及空袭之道，惟有镇定与警惕兼重。从事小心性命，而不知镇定，则将无工作可言，更说不上效率。一味镇定而知警惕则当然也不是自爱之道。惟二者能兼顾才能使敌人的空袭成了徒然。国人其共勉之。

三国同盟后的世界局势与苏联地位

钱端升

九月二十七日德意日三国同盟的成立证明了一个国家的对外政策必与他的所谓立国理论（Idealogy）相关联。凡是以法西斯主义或纳粹主义为立国理论者，对外必采强力膨胀的政策。凡是对外欲采强力膨胀的政策者，对内亦必采法西斯一类的主义。这是无可逃的逻辑。法西斯主义中最显明的信条就是强力侵略。信法西斯主义而不侵略，法西斯主义将无存在的余地。强力侵略的后面必须有一套理论，法西斯主义自然是最合适的一套。

明乎以上，这次德意日三国的同盟绝不足惊异。我们多年来常将这三个国家并作一谈，也是因为对外侵略与对内侈谈法西斯主义是一种必然连锁。多年来一般不承认立国理论与国际阵线有逻辑关系者，我们以为都是和平与国际秩序的罪人。张伯伦于一九三九年三月以前否认这种逻辑关系的存在，大声嚷嚷了两年，致使德意日气焰得以大张，固然是昏庸误国。即使艾登之流，在始，也未尝能免此过失（艾登为外长时，尤其当西班牙内战进行时，尝多次声明英国不愿因立国理论之不同，而使世界分成两大阵线）。

明乎以上，何者应为我们的国策也早已显然。我们如忠于孙中山先生的民族主义，以民族自决及世界大同为对外政策的鹄的，则我们不同时奉行民权及民生主义，不能不反对法西斯主义与强力侵略主义，不能不仇视奉行这些主义的国家，也不能不联络民主国家，与之站在同一阵线。更具体言之，我们抗日，即不能不反德反意，联英联美。我们如一面抗日，而一面又欲联德和议，或是倾向法西斯主义，则我们必将因内在的矛盾而亡国。这种常理向极显明。乃若干机会主义者又是想入非非，致使国内议论数度纷纭，莫衷一是。好在现在德意日的同盟证明了法西斯主义者必是侵略者，侵略者又必定是一丘之貉。从此以后，敌友之大罪宜可永不再有混合了。

到了现在，中英美与德意日两大集团的对峙已极显明。自今而后，不加入这一集团者，必须加入另一集团。加入中英美的集团者必须趋向民主或民权。加入德意日集团者必须染上法西斯主义的色彩，不列颠帝国内的自治领地及荷比等国属前者，西班牙，匈，罗，南，保等国属后者。贝当拉凡尔的法国先采择了法西斯主义，故今亦不能不加入轴心。自此以后，我敢说世上所有的国家须择一集团而加入，或被迫入一集团，而采纳其立国理论。世上各国中，唯一令我们不断猜度者仅有苏联一国。

苏联可以加入轴心集团，也可以加入民主集团。如加入前者，则苏联政治经济的制度必将趋极权化。如加入后者，则苏联必将继续其一九三六年宪法的趋势，而趋于民主化。苏联最后必须加入两个集团之一，但现在则尚可左可右。纵使苏联与德意日方面作些接近的姿态，如订立不侵犯协定等，也只是一种姿态，而不是决定了左右倾。世界局势之缺乏安定，及欧亚两大战之未能决胜负，就因苏联之可左可右。

西方的德意与太平洋上的日本正式结成伙伴后，世界局势本已因之而大见明朗化。但无论我们如何自信，苏联举足轻重之势为不可抹杀的事实。我们早一日承认这种事实，便可少一日的耽误。我们的看法是如此的：

德意日的同盟使美国无逍遥事外的余地。不论罗斯福如何申说其不参战的决心，更不论威尔基如何反对参战，大选过后，美国必会很快地卷入战涡。美国的参战多半将不取宣战的方式。换言之，美国必逐步地参战。从某一方面言之，美国已经参加英国对德意中国对日本的战事。如以使用海陆空武力为参战的象征，这象征的表示也必不在远。但美国即使立即以全力参战，也未见得能使英方一定胜，德方一定败。美国目前的武力尚不足以语此。美国如立即以全力参战或足以使日本知难而退，裹足不前。如日本再能进一步而敷衍英美，则英美或会忘了立国理论与对外政策不能分离的教训，而又与日本谋妥协。若然，则美之立即参战，或且不是我国之福。不过美国多半是不会立即以全力参战的。

如美国不立即以全力参战，而德意日却敢以全力在欧亚两洲发动，则中英方面势必遭遇重大困难。德意日如取缓进方式，而让中英美有练军造械的机会，则德意日将难有获胜之机。因为如此，德意日之将采取急进攻势自又为必然的结论。

我们并不说德意日如即日大举进攻，中英美将不能支持。根据我们伟大的自信力，中英美之能抵抗德意日，犹之我们之能抵抗日本。但一为增厚抵抗力以防万一起见，再为加速最后的胜利起见，中英美方面实不能不取得苏联的援助。苏联，上面已经说过，是不能永久中立的。他总须加入一方。我们如不罗致苏联，他或可为对方所罗致，最近且不乏此种趋势。苏联如加入我方，我方绝可胜，且致胜不在远。苏联如加入对方，对方或不胜；即对方不胜终仍败北，但长久的战争将使人群社会的元气所丧殆尽。

故为安定世界局势，并为谋取敏捷的胜利起见，如何罗致苏联成了中英美方面目前最重大的工作。中英美如何可以罗致苏联呢？则不外从下列三种工作着手：

第一，中英美务须以全力训练军队，建造机械，充实军备。最后的胜利必赖实力。惟实力充足，才能于必要时长久，于进击时生效。苏联的现当局是第一等现实主义者。惟有使我方的实力增加愈速，则苏联亦愈能重视。我以为就中英美而言，美国及英帝国自治地的备战尚有待于进一步的努力。

第二，中英美务须各以全力，以最有效的方法，立予敌人以最大的打击。举例言之，英方须加紧对德意作空袭，使无侵英的勇气，中方须继续向日军反攻，借以牵制日方更多的陆军并消耗日方更大的军实，而美方则应以海军的大部及空军的一部在太平洋方面活动，藉以减少日方南进的可能并减轻日方对中国本部的压力。中英美如能立即采取在目下最大可能的攻势，则苏联亦必易目以视，而加入的可能也可增加。

第三，中英美对苏联的共产主义应采取较同情的态度。苏联自以共产主义建国后，国力已大增，人民物质生活亦已有显著进步。我们所不满意者，就是苏联对个人的尊严与自由太不重视。然我们初不必嫉视苏联的制度。中英美如能改嫉视为同情，则中英美从不采行共产主义，甚或继续与共产主义相悖的制度，亦可与苏联相安相好。如果中英美能使苏联了解三国现行的经济制度已因战事及新政而日趋于社会主义化，则苏联或更可信友好的可能。总之，我们为罗致苏联起见，我们务须谋彼此相处之道。俄人本好疑，而苏联的共产党尤好疑。我们如示之以大信，继之以友善，则苏联或能因国体的安定而解除其过分的专制与他以为自卫所必须的各种特殊办法亦未可知。若然，则社会主义化的中英美与自由化的苏联，即在立国理论方面，亦将相距不远。

上面所述，首二种的工作在使苏联能尊重中英美的实力而不敢轻视，第三种的工作在使苏联能乐与中英美为伍。我们须牢记，苏联之离开人民阵线，英法的责任大于苏联。设无西班牙内战时期痛苦的经验，立维诺夫的政策何至失败，苏联亦何至以与德成立不侵犯协定为急务？

中英美共同做的工作亦即是中国单独的工作。我们此时，除极力支持战争外，应以拉拢苏联与英美交驩为我们的重大工作。我们对抗战与战后世界秩序的重建俱应有最高的理想。我们不是帝国主义者，但我们对亚洲的弱小民族有扶持之责，不容英苏间发生厉害上冲突。我们将为三民主义的国家，但我们也应希冀英美社会主义化，苏联民主化，我们应对三民主义有动的积极的看法。果能如此，我们必能使苏联加入中英美的集团，而将德意日的恶势的消灭。

政治制度之确立与制度精神之培养

刘乃诚

人类聚居而成社会，有社会则人与人间之关系随之发生，并继续扩展，社会关系之调整，逐渐形成社会组织。思想家称人类先有社会组织，进一步始有政治组织。果如是，则政治组织系代表社会之相当高度进展，似无大误。

原始社会之政治组织，多极简单，大抵由少数统治阶级，依据本身之强力或才智，并体察社会之实况，而规划创制之，规定统治与被治两阶级间之关系。在这种组织之下，前者可以行使统治权，而满足其领袖资格之冲动，后者可以获得保护与安居乐业，实际社会秩序之维护，胥有赖于这两种关系之和谐的进展。

积时既久，社会关系愈益复杂，团体生活之演进，逐渐演成多种风俗习惯意念道德，奠定社会之行为标准，人民习而惯之，社会秩序逐渐巩固，社会生活愈益完满。政治组织亦因长期运用，并因为社会所接受所遵守，逐渐演化为各种形态，统治与被治两种阶级因之确立，而间之权利与义务，亦为双方所恪守，而不敢或违。当然，在交通不发达之原始社会中，一地之政治组织，既纯依各该区域内之社会进化，其组织必极简单，而为统治与被治双方所须时时履行，所能充分了解。惟因不易与其他区域相接触，不易受外界动力之影响，无从利用其他社会之政治经验，以改进本身之政治组织。又在民众教育不发达之前代，人民知识水准每极低下，统治阶级中虽或不乏才智之士，主张改革旧制，或推行新制，然因整个社会之进化既极缓滞，任何革新计划必遭受严重阻碍，而无法推行，至多亦仅能局部的实现。结果，各该区域每不能纯依本身之政治经验,而对本身之政治制度,作盛大之改进。因此,古代国家之政治组织,往往历数百年,或千数百年,甚至历数千年,而很少有重大之变迁,吾国即为明证。

政治组织既经形成,始则多属简单,上段已曾述及,因为简单,被治阶级多能了解,在不影响民众利益之时,民众必乐意拥护这种组织,至少必能消极地容许其存在。统制人虽按社会之动态,而行使其权利,亦必依原有规模,顺民之性而主政,在这种情形之下,统治与被治当能相安于无事。殆社会组织逐渐演进,政治组织愈益复杂,政治设施如为民众所不能了解,或更侵犯人民之权益,则统治不但分化为两种不同的阶级,并必形成两个敌对的壁垒。果如是,非特政治设施感受困难,而政治组织亦将无法维持。

政治制度在形式上既是确定政府之组织与权力,在运用上又在调整政府与人民及人民相互间之传习的与合法的关系,则有政治组织之人类社会,早迟必须形成其政治制度,古代国家均是如此,近代国家尤须如此。因为有了确定的制度,不但政府在施政上有了准绳,而与人民所发生之关系,亦必能顾及民众福利。

有组织的社会必须确立制度,使政府与人民各各保持其适当地位以维持社会秩序之巩固,自无疑义。至于政治制度之建立,有起于传习,以后虽局部加以明文规定,而大都仍为传习。有成于制定,最初拟欲整个制定,勘无遗漏,以后则于制定之中,或于指定未及之处,亦即产生传习。结果,或则运用传习,以补充制定法之不足;或则援用制定法,以使传习合法化,二者非特并存不悖,并且相得益彰。以性质言,古代国家之政治制度,其他方色彩较浓,其演进速率较缓,又基于传习居多,以明文规定者较少,英国现今仍是如此,至于近代国家政治制度特征,当于下段陈述之。

近代国家人口有相当众多,面积有相当广大,其已采行强迫义务教育者,其民众智识亦必能达到相当水准,积长期政治之经验,历长期之政治设施,大抵已经采行一种近乎国情之政治制度,即或有不适合之处,亦可依本社会之进化,而力求改进。并且现今交通发达,万国密接,而交通工具日臻完善,思想之传播尤极迅速,虽极端守旧之国家,亦必无法严守其门户,各个区域极易利用其他区域之经验,以改进本身之制度。而在理想和主义方面,其传播之速,远输于暴风,其传染之狂,尤甚于急性病症,闭关自守,既不可能。欲求不受外界之影响,亦不可得。例如十八九世纪之民主政制,以及最近之集权运动，其蔓延之速，有如野火洪流，而有不可遏抑之势。民治潮流方盛时，世界专制政体为其摧毁者，不知凡几。即以最近之独裁制论，最初有苏联之无产阶级独裁，后更有法西斯式及国社式之中产阶级独裁，实亦可称为军人独裁，其潮流不特弥漫于欧亚两洲，更波及全世界。由此可知：现今各国之政治制度，其根据虽大多渊源于本土，而处今日万国一家之会，外界之影响，有时或能胜过潜在的势力。这是研究政治制度的人所不可不注意之事实。

自一部分学者观之，中国政治史实际是一部高压政治史，政治制度历数千年而甚少变更。前代帝王本一己之意志，采取专断的政策，民众之祸福，大抵毁于一人之贤愚。至于政府的形式，施政的方法，以及民众对于政府的态度和兴趣，鲜为统治阶级所注意。至满清末年，政治日趋腐败，外患日益加深，加以民治思想潮涌而至，革命领袖努力工作，传统的政治系统，不足以应时代的需要，其崩溃之速恰如摧枯拉朽。

在吾国革命运动开始之前，欧美列强相率侵入，一部分维新分子及少数疆吏，鉴于日本变法后之强盛，又瓜分之警迭传，以为救亡图存，端在变法，朝廷如能下令改制，即可挽回国势，转弱为强。此项改革之动机，基于忠君爱国之念，固未可厚非。然当时朝政为腐旧势力所笼罩，任何革新计划初必无法实现。并且维新分子及同情维新运动之分子，类皆缺乏近代政治智识，更无整个革新计划，空言改革，即使言听计从又何能补益于事实。

革命发生以后，举国响应，清廷亦知原有体制为民众所反对，急谋颁布宪法十五条，采用英国之内阁制，期以收拾人心。论者惜其为时已晚，因而未能发生实效；如果早期提出，切实实施，则清廷或尚可维持至相当时期。但如以早期改制，政治即可趋入轨道，则未免昧于当时之情势。自作者观之，以当时政治之腐败，官吏之昏聩，民智之低下，强使运用新制，必无良好结果，可断言也。

清室崩溃后，革命政府最初采用总统制，嗣因袁世凯担任总统，临时约法则又采取内阁制。嗣后各届政府名虽推行内阁制，实际总统如有武力为后盾，则内阁惟总统之命令是从，总理如能得实力派之奥援，则能挟制总统，其真正对国会负责者，殊不一见。中央领袖既挟地方军阀以自重，致使各省军人不特据地自雄，造成割据形势，并时时干涉中央政治，使中央命令不能出都门一步。又南北政见不一，不时相见以兵戎，益以军人目无法度，酿成混战局面，外人诋我为无政府状态，当然谈不到政治制度。

中间又有一部分武人政客，倡导省自治之说。以制度言，此说主张各省自动制定省宪，实行自治，然后联合各自治省，组织联省议会，制定中央宪法，取先省后国之建设程序，其最后目的，在使中国全部组织为联邦制。以实际目的言，则系少数武人临于孤立之危险，思欲于不南不北之区域，联合一部分独立省份，以对抗所谓中央政权，借以维持其独立地位，当时湘浙闽滇诸省武人均赞成此项运动，可知少数武人动机之所在。惟昙花一现之联省自治运动，旋即烟消云散，对于吾国之政制系统，毫无影响可言。

后北伐成功，南北统一，政府公布国民政府组织法，根据孙中山先生所著《建国大纲》，采取五院制，地方政府采两级制，省采委员制，至是始有固定政制。此制系由国民党创始人所倡制，并由国民党领袖所推行，以新理论而骤见实施，既乏悠久传习之维护，运行雅无严重困难，而改进则有待于长期实施之体验，自无疑义。更依中山先生建国之程序，认为统一以后，则军政时期结束，训政时期开始，训政实施完满以后，始能推行宪政。不论从理论研究，或从实施步骤讨论，此种主张尤称精当，无可訾议。因民众如果丝毫无参政之经验而骤令真实参政，不但无益于民治，无补于政制，甚或徒供政客之愚弄，侵蚀政制之根株，为害甚大，毋待赘词。旋复应于外交之严重，舆情之激昂，于抗战之前，即行着手起草新宪法，准备提早实施宪政，宪草曾经立法院三读通过，因抗战军兴而中辍。现抗战已至最后阶段，其艰苦更非前期可比拟，为团结各党各派，以加强抗战力量起见，政府于军事倥偬之际，仍作推行宪政之准备，期以建立固定的政制，这是当前政治上之特殊需要，而为各界人士所赞同。实际，在国家生死存亡之关头，任何足以救亡图存之政策，均有采取之价值，而不容喋喋置辩者也。

统观上述各段可知清廷因政制呆板化，而不知改革以致迅速的趋于灭亡。民国肇基后，表面似属依据欧美政治经验，而采用新制，但因一股政客既少政制智识，又乏法制精神，加以武人肆意横行，目无法纪，终致法败制丧，几召瓜分之祸。国民革命完成后，政制原可确立，又因内乱迭起外患日深而终于搁置。

近代国家必须确立其政制，以为施政之准绳，前段曾经言及。民国肇基以后，吾国曾经采用政制，中山先生且曾创立政制，且曾推行相当时期。最近吾人正值抗战时期，又在各界人士合作之下，须确立适于时代之政制。在采取固定政制之前，吾人必须注意两个问题：（一）如何采用适当的政制？所称适当的云者，系指一方面须能适合社会的需要，一方面又须能适合当前的及最近将来的政治形势使能作相当的长期实施。（二）制度确定以后，更如何培养遵守制度之精神？

如何采用适当的政制，又于采用前所须注意之原则。概略言之，不外下列各点：（一）鏖以往之失，使不致再蹈前此之覆辙；（二）依据现代社会之需要及未来之演化，使能提倡大多数人民之最大福利；（三）依据民众之原有政治智识和经验，使新采或新定之政制，可以运用灵活；（四）精密研究重要论点，容纳各界人士之意见。总之，政治制度须能适应社会之实际需要，符合民众之政治知识和经验，简易而便于运用，始能真正确立，始能实现其真正目的。

至于究应采用何种政制？不为本文所讨究之问题。本文首先主张采取适当的政制，而反对玄虚的理论，此外别无其他意见。最重要的，还是如何培养制度精神，是即如何使政治领袖及一般人民乐意拥护已立之政制，遵守制度，并能真正运用制度；又于运用时，而能有利于国家，有益于民众，这才是确立政制之真正目的，也就是本文所讨论之主要论点。

一国确立其政制，欲求其相当适当，并不困难，只要各界人士可以自由发言，并乐意表现其意见；负责机关调查时，详细考察，编定时精密策划，虽不能绝对适当，当可大致不差。现今世界文明各国，莫不依据本国之过去经验，利用他国之实施结果，采用适合国情的政制。第一次世界大战后，波兰，捷克，奥大利，西班牙等国均曾制定新宪法，奠立其政治制度，德意志威玛宪法尤为一般人所称道。

德国威玛宪法之编定，一方面依据德国原有制度，一方面注意战后该国之新状况，同时采各国政制之长，而避其失，制度可称完善。最初尚能运行，以后逐渐失效，一九三〇年后政制之精神沦丧，一九三三年后更致根本破坏。由此可知，德国固曾采取良好制度，并经确立与运用，而终于破坏者，其中固因战后国内经济情形日趋严重，国际关系转变甚速，制度因之遭受打击，而制度崩溃之主要原因，依作者之愚见，则为制度精神之未能养成。

制度精神之培养，原非易事，亦非一朝一夕所能养成，求其于风云万变之中，而能不被动摇和摧毁，必须有长期的培养，始能臻效，英国其显例也。英国地方自治之形成，基于千年之推行，国会制之创立，迄今亦有数百年之试行，至近代始渐渐趋完善。缘英人之行事，首先审查当时情势，而设法试行，试行满意，渐成传习，传习如能适应时代之需要，则加以保持，信守不渝，待有确实需要，始制定为法律，但传习已具有法律效用，固不因其制定后，始能发生效力也。由此可知：在英国政治设施通常于确立前，已能运行无阻，确立后更能遵守不渝，政治家维护政治道德，未敢肆意妄为，民众亦得有参政经验，并协同维护其政制。又民众首先参加地方政治，身体力行，以后再行参加国家政治，自能胜任愉快。

总观英德两国政治情形，显能证明制度精神之重于制度形式。德国革命以后，创制完善制度始，而以破坏制度终，共和制一变而为独裁制，制度之精神沦丧，制度之形式自然无法保存。英国政制系零落的创立，迄今整个政制尚无系统可言，然自政治趋入轨道以后，变更适应及运用均称灵活，盖法治之精神不变，政制之维持固无问题，而新情势所要求之变革，必不致动摇国本。

政制之采用，在各国多无困难可言，至于制度之确立，则有赖于制度精神之培养。究竟如何始能培养制度精神？自吾人观之，则应从精神及经验两方面着手。在精神方面，吾人应设法提倡民治精神及服务精神，应设法培植领袖人才，并使一般人尊重领袖资格，应发扬政治道德，并使社会舆论维护政治道德。在从政经验方面，吾人应设法扩大民众之团体生活，发扬民众之互助和合作精神，使能从逐日生活团体组织及低级政治基层中，逐渐增高其知识，富裕其经验。各就职业团体或学术机关之所得，而移转于政治行动，使在政治言动中，不致有越轨或营私之事件。首先在低下机关服务。娴熟其简单的组织与实施，逐渐升至较高级，而能任重致远。果如是，则多数公民可以公民之地位及从政之经验，正确了解政制如何确立，并如何始能真正维护，兹再就上述数点，简略讨论于后。

（一）提倡地方自治。吾人首须提倡地方自治，使多数人民有参加地方政治之机会，人民果能第一步参加地方政治，则必能了解地方政制，明了地方问题，从地方政治之运行中，逐渐发挥从公与服公之精神。以后进一步参与国政，非特智识经验均已相当丰富，而制度观念必能初步形成，如此在行动上必可尊重制度，在政策上亦必以提倡公共福利为职志。

（二）发挥团体精神。提倡地方自治，固可使多数地方人民参加地方政治，但能直接主持政事者，仍为少数分子。为使多数人民可以获得任事经验，而发挥其团体精神起见；为使人民能在多方面互相协助，互相合作，而发扬其公益精神与服务精神起见；为使社会团体可以各自形成为具有共同意识的单位，而能集中团体舆论，并使社会舆论可以影响国家及地方政策起见，政府更应鼓动人民，组织各种学术研究团体及各种职业团体，即一切不损害国家利益之政治结社，亦为一般民主国家所容许。

（三）扶助学生自治。在采取强迫义务教育之国家，各个公民于固定年限内，均有入学之义务，义务教育系公民所需承受最低教育程度，实际可称为公民教育。果如是，则教师自应尽量灌输其公民知识，公民应能了解国家及各级地方政府政制，并应能培养其制度观念，自无疑义。至于如何始能变相的实际施行，至少亦可实施其理论和原则，则不必等待其离去校门，而进入社会以后，公民训练随时随地均可加以实施。吾人认为：各级学校当局直接间接均应提倡学生自治，使学生在校规范围之内教师领导之下，养成自治之习惯。一方面学习分工，一方面练习合作，更须养成尊重领袖资格之观念，凡此均为吾国当前一般公民所缺乏之美德，或为吾国政治纷扰要因之所在，作者认为今后急应在学校内设法养成，或则设法加以矫正。

论民主主义

李树青

民主是一种政体,一种哲学,一种精神,还是一种主义。自来谈民主者,均从政体上发挥和立论,很少谈到政治以外的事情。我们觉得这仍是一隅之见。民主一词的真谛绝不会即如此简单的。一年以前,作者曾在《新经济》二卷八期上发表了《民主主义的精神》一篇短文。最近又在本刊上读到吴文藻先生讨论民主意义的文字。二篇文字颇有可以互相印证和发明之处。其短处似乎仍在未脱前人的窠臼,即未能超出政治的范围而讨论民主。政治固是民主的一面,但不是一切,读过以后,颇觉有余意未尽之感,爰不揣冒昧,再写此篇。

自十八世纪末期以来,民主的思潮早已风靡全世。且影响之大,超越了一切种族的,地理的,历史的与国际的界限。自有史以来,似乎没有任何思想可以与之相颉颃比拟的。近几年来,虽然这种风气有些逆转,我们有理由相信只是暂时的现象。这种理由即在民主不仅是一种政体,尚具有其学术的与时代的基础。

在前一篇拙著里,曾经提到民主政治必须具备"理智""客观"与"科学方法"三个条件,缺一不可。这三个必需的条件便构成了民主哲学,民主精神和最后也是最要的一个——民主主义。

民主哲学以科学建立宇宙论,以理智与客观建立人生论与知识论。与其他哲学比较来说:如社会主义者用"唯物"建立他们的宇宙论,用辩证法建立他们的知识论,从之得到的结论是:一部人类的历史全是阶级斗争史。因而他们的人生论便是阶级斗争。又如基督教的信徒则以"唯神"建立他们的宇宙论，以"神的感应与启示"建立他们的知识论，于是教徒的一生便只有向天祈祷。这两者的最大缺点在乎抹煞了人。他们根本不懂得"天地之性人为贵"的道理。因为如此，所以他们的结论全然跑到消灭自我上去。都是未能充分了解民主哲学的结果。

民主哲学一定是人本主义的哲学。宇宙的生成与归宿，也许是由于"神"，也许是由于"物"，现代科学还无法加以证明。但我们可以说宇宙的继续存在却是为着有"人"，没有人便没有一切了。二十世纪的灿烂文化是人类创造出来的；将来人类可能创造出更高的文化。所以有的人固执目前文化的某些部分，或迷惘于某些角落，而排斥或拒绝接受其他文化。这种自绝于现代多方面文化的态度，是为民主主义者所鄙视所不取的。

有人说：哲学是一切科学的科学。民主也是一切科学的科学。或者说是一切科学的导源地。因为我们不能想象出任何一种现代科学会离开理智与客观态度和科学方法而能建立起来的。倘如我们说没有民主哲学即没有现代文化，这也并非是一句言过其实的话。

其次，民主是一种精神，是一种渗透人生观而发挥出来的待人接物的精神。有了民主的训练与涵养的人，自然而然都会"诚于中而形于外"的。这种精神的具体表现，不仅在待人有礼，持己有方；还在不感情用事，尊重自己和尊重他人。这都是我们社会人士之所最缺乏的。不信么？试看农邨里鱼肉乡民的土劣，火车上横躺竖卧的乘客，机关里擅作威福的官僚，市场上垄断居奇的市侩以及文化界敝帚自珍固执己见的文人学士等，都是在患着剧烈的民主营养缺乏症。我们民族要不能及早用民主的药石，来医治这类致命的缺点，社会便永远不会有良好的秩序出现，国家就无法走上现代化的道路。

民主精神的另一要点，在于应用科学方法来分析事理与解决争端。因为当事人不感情用事和尊重他人，所以能心平气和地讨论，愿意讨论，直到双方寻出了更可靠的事实与更充足的论据，争端会自然地平息下去。否则一言不合，双方便拔剑而起，挺身而□，结果是互积仇怨，徒滋纷扰，于事实的解决并无任何裨益。即使能得到解决，所谓"以力服人"，也只是片刻间的现象。

民主既系一种哲学，又是一种精神，因而构成了民主主义。民主的意义，不仅在执行了"民为贵，社稷次之，君为轻"的信条还在更进一步承认董仲舒所谓"天地之性人为贵"的哲理。物本主义者与神本主义者都不会是良好的民主主义者。因为他们既有所蔽，必有所偏，免不掉入主出奴的成见。唯独人本主义者可以不致陷入类似的泥沼中。

宗教信徒的"不识不知，顺帝之则"的态度，在精神上是一种病态，我们勿须在此多说。社会主义者是用唯物史观与辩证法来建立他们理论系统的。信仰民主主义的人则应用理智的与客观的态度和科学方法来建立理论系统。唯物的终极是把人也当着物，失去理智，冷酷无情，杀一个人就如同打掉大机器上一个不适用的螺丝钉一样。其结果，必定把异己的思想与人物，都看成了不适用的螺丝钉。杀戮是无可避免的。民主主义既以人为本，甲是人，乙也是人，自应互相尊重。人是有理的动物，理智产生科学，于是应用理智与科学来分析事理与解决纷争。这种原则应用到政治上去，当然是自由主义（Liberalism）。即不相信任何人创造的任何理论，居然会变成了当代的圣经。因而，相反的准许一切的理论，学说或主义都可公开的存在。兼收并蓄，各取所长。假如各种主张都是为人类社会和国家谋取最大幸福的话，民主主义者相信大家总有得到一致的结论的一日。

只信仰一种主义而排斥其他一切主义者，固是一种主义。例如相信"各尽所能，各取所需"的共产主义，相信"各尽所能，各取所值"的社会主义，以及相信日耳曼民族绝对优秀的纳粹主义等。反之，不信仰任何一种主义，而允许并保障各种主义都可公开活动的，在本质上也可构成一种主义。这便是自由主义。也即是民主主义。在范畴上，自由主义常指宗教与政治的自由而言，较为狭窄；民主主义则包括一切的科学观与人生观。孙中山先生曾经说过："主义是一种思想，一种信仰和一种力量"。民主主义本身是一种思想——自由思想。我们信仰民主的人，也一定得把它当着一种主义，然后继能发生力量。否则如目前英国的"为民主而战"，不是变了一件无意义的流血牺牲么？

民主主义在形式上理论上不是一种较高级的思想。因为在形式上不靠着排斥其他主义而存在。一种主义的维持，若靠着排斥异己而存在时，则其主义本身的不健全是无待解释的。在理论上，民主主义用理智的与客观的态度和科学方法，逐步地从事实得出结论。只要事实变更或与结论不能适合时，那么理论便随着修改。因而民主主义的理论，常是有充分的事实作为根据。绝对不似其他主义，先有一套结论在先，然后再按着结论去搜寻适合的事实，把车放在马的前面。这种作法，当然只好把不能证明结论或与结论不符的事实，完全割爱了。

民主主义既系较高级的，表现在政治上，也是高级的政体。民主政治所需要的人民，不仅须有较普遍与高深的教育，还在其显有民主的训练与修养。尤须大多数民众能以在生活上表现出民主的精神。换言之，即生活能以理智化客观化，并能以应用科学方法去分析事理，解决纷争。因为如此，所以民主国家尊重每一国民的意见。舆论就自然而然地变成施政的指针。这与尊奉一种主义的独裁国家，只令其人民喊口号，听宣传与举右手，还保有着"民可使由之，不可使知之"的态度者，相去何啻霄壤？这种不同态度的所由发生，据我们看来，还在民主主义承认并尊重每个国民都是一个有头脑有体力的"人"，其他独裁主义只把每个国民当作大机器上的一个齿轮或一个螺钉。希特勒治下的每一德国人还不是其战争机器上一个很小的零件么？

提到民主政治，就得解释一些不必需的误会。吴文藻先生的文章，对此已经做了很详尽的解释。这里只来叙述一点：便是目前还很有人相信民主是基于自由放任的，因而民主的政府总是不能干无效率。法国的战败甚至也成了他们有利的论据。其实，法国战败是否由于其民主政体的缘故，这是一个历史事件，现在似乎不必忙于赶下结论。第一次欧战法国的战胜，似乎也还没人归功于法国的民主政治。而目前希特勒战争机器之无法攻进英伦三岛，至少还证明民主不一定即是失败的象征。这还是题外的枝节。相信民主政治的不能干与无效率者，显然还是受十八世纪末期初期民主主义的影响。在美国草创民主政治时期，一般政治家，如杰佛生（Jefferson）等都相信"最好的政府是无为而治（That government governs best which governs least）"的信条，这种思想，事实上早已不存在了。民主主义之能建立能干的与有效率的政府，尽有事实可资证明，勿须驳论。民主政府可以应用种种规章法律来管制私产，限制垄断以及增强军备等，不过不强迫人民奴役人民而已。

立国于廿世纪，我们无法孤立于现代思潮之外。语云："取法乎上，仅得乎中"。我们应一面发扬光大固有的文化，同时更须学习欧美最开明最进步的思想，用以调剂我固有文化的不足。民主主义便是我们当前亟应学习的主要课题。因为其标准之高，开首时也正感学步匪易，然而这却于我们的民族健康有益。若仅凭感情冲动，肆意孤行，钳制言论，排除异己，一般一知半解之徒，再从事应声附和，盲目地拥护威权，赞助统制，其最好的结果，也不过开倒车到历史上的秦始皇与汉武的时代而已。

我们的民族是优秀的。我们历史的果实是丰富的。儒家的硕学大师自上古以来，便代我们创立下人本主义的教条；两千年来人民并用为做人与治事的准则。目前，在遭遇空前的危难期间，我们更应该虚心学习，——体察环境的事实，确认国际的现势，早日建立下民主主义的基础，奠定民族复兴的大业。否则，吾恐"季孙之忧，不在颛臾，而在萧墙之内也"。

论中国民族性的形成及其转变

张子毅

讨论中国民族性的文章和与此直接或间接有关的文章如全盘西化保存固有文化的论战，已屡见于近年国内各报章杂志上，颇引起一班人士的注意，不过历次论战中似尚未得出一公认合理的结论来，本文目的只在就中国固有文化去确认中国的民族性，当然不会贡献出一个改革中国文化或民族性的具体方案来。

关于什么是中国民族性一问题，向来没有一致的答案，大约一般人多认为中国民族性爱保守，缺乏公德心，团结力弱，家族观念强于国族观念，但也有人认为中国民族性中有爱和平，敦礼义，知廉耻，重忠孝，尚仁爱等种种美德。

因为各人观点不同，对中国民族性的估价也不一律，有的主张全部或一部分维护它，有的主张根本毁弃它。前一种人认为中国民族性有种种优点，值得保存，西洋文化也不尽善，接受时应加甄别；后一种人认为中国文化远不及西洋的，致国弱不振；我们赶快接受西洋文化犹恐不及，哪里谈得上过细挑剔？此外还有一种人认为中国民族性先天劣根性太深，无法挽救，所以非常悲观。

到底哪一种主张合理，似乎很不易断言，而数十年来事实所呈现出来的，又是杂乱无章，令人见了头目晕眩，难于辨析，就我们看见的来说，一方面保守的色彩还是浓厚，他方面破坏和改进的力量也奔流莫息；一方面很多人仍如散沙，互不黏合，他方面有多少人结成一条心，一个信仰，一种主义，一方面囿于家园以自全者仍多，他方面为民族国家而牺牲者比比皆是，由以上种种事实看来，到底中国人是保守还是进取，是散漫还是团结，是家族观念深还是国族观念深，这教人简直无从说起。

大约不会一个人又保守又进取，又散漫又合群，又家族观念深又国族观念深，可能的解释是全国人中有的保守，有的进取，有的散漫，有的合群，有的家族观念深，有的国族观念深，凡在旧文化中孕育出来的多半比较保守、散漫，家族观念深；凡在新文化中孕育出来的多半比较进取，合群，国族观念深。

这里看出民族性是可以变的，先天决定它的力量少，后天（文化）决定它的力量多，民族性主要的是文化的产物，文化会随时间变异，所以民族性也会随时间变异，而民族性所表现的主要部分是道德，道德的功用在维系个人间以及个人和社会间的关系，道德的功用虽不变，道德的表象却是跟着文化变的，在旧文化中有旧的民族性和旧的道德，在新文化中有新的民族性和新的道德。

因此我们必须由中国固有的文化中去观察固有的民族性和道德，由此才能体认出当前新文化的动态和新文化中新道德的面目，由此才能辨析出在此新旧文化交替期中所产生的种种光怪陆离的现象。

中国固有文化的雏形，似乎在周朝就建立起来了，至春秋战国时曾经一度动摇，当时百家并兴，工商也渐发达，孔子周游列国，根据观察所得想出一个致治的方案，归来著书立说，定纲常，制礼义，排斥百家的学说，使天下思想归于一尊，才给此文化在学理上理出一个系统，历代的君王都奉行不逾，更使此文化定形了。

这种文化可说是以农业为生产方式的家族本位的文化，它的特色，可以见之于重农轻商和维护宗法的政策，在以农业为主要生产方式的社会中，分工不发达，家族成为社会的基本组织，家族和家族间是平面的关系，各家族组织的形态相同，生活独立，经济自给自足，因此家族间很少往来，在这些形态相同而各自隔离的家族之上就是国家和政府。

每一家族范围在一定的地域上包括许多家庭，各家庭的结构相同，生产方式相同，生活习惯亦相同，因此产生共同的情感和信仰，这种共同的情感与信仰的总体成为一个确定的系统，我们叫它家族的共同意识。

这家族的共同意识代替了国家的共同意识，换言之，当时社会中只有家族的共同意识并无国家的共同意识，国家是属于皇帝的，皇帝的功用在保卫这许多家族所在地上的安全和维护各家族的共同意识,家族对皇帝的义务是纳税和忠心于能维护这家族系统的皇帝本人。

这家族的共同意识更替代了人的意识,在家族只有共同意识,个人不是属于自己是属于家族的,是父母的儿子,故"身体发肤,受之父母,不可毁伤""父要子死不得不死",家族有权处死逆子,连国法也容许,个人没有地位,姓是家族传给他的,名是家族按辈分替他取的;和人往来时,别人只依他的门阀去定他的身份。

个人的责任是被动的(意识到或不意识到)使家族维持和继续下去,婚姻是替父母娶媳妇,替家族中加增一员劳工,替祖宗接进一具生育后裔(继任的劳工)的机器,因此得由父母作主,个人没有选择和逃避的自由。

妇人"在家从父,出嫁从夫,夫死从子",父亲,丈夫,儿子是家族中的主干,妇人只是帮助家族兴旺的从员,她没有自主的人格。

财产是家族的,不属个人,个人只是替祖宗经营,卖祖业是羞耻的事,不长进的子孙才干的;未得族人许可,不能出卖,个人应替祖宗经营土地。因此农业是家族替他安排好的职业,个人没有挑选的余地。

在那社会中,个人不能轻易离开故土到他乡去,因为他乡的土地是属于别家族的,他没有资格取得它;而以农业为生的人,除开土地,就没法生活,同时他既是家族中的一分子,理应留在家乡中尽他对家族应尽的义务,"父母在不远游,游必有方"到父母死后,家事又拉住他不能外出,由生长到老死,他被钉住在这块故土上,生活全靠它维持,因此养成了爱护乡土的观念。

在农业技术不发达的社会中,生产主要要素是劳力,因此多多生育是值得奖励事。子孙多了,就免不了有分割土地的危险,而土地分割过细,在经济上很不合算,因此,"五世同堂"的大家庭,连皇上也颁匾奖励。

靠田过活,只要无兵灾水旱,生活是好不到哪里去,也坏不到哪里去,满足欲望的机会很少,枉费心机去找也徒然,所以生活的法则是避免痛苦,消极的去维持生命的需要,不是积极的偿付代价去追求种种欲望,"知足恒乐""知足不辱"是守身的最好格言。

老人是传统知识的传授者,是家族中的长辈,是维护家法的功臣,是少年人从小到大的抚养者,因此在生活上,在情感上,在理智上使少年人不得不依赖老人,信服老人,尊奉老人,而敬老孝亲就成为家族社会中至高的道德。

尽管年岁推移，世代变迁，生活的法则在那社会中只是不变，实用于够用的知识永，实用于现在和将来，过去的经验总是不错的，而且够用了，一切安排好，只须照成法去做，用不着多想，也用不着什么新知识，生活是回望过去，不是展望将来，传统知识特别受尊重。

个人靠家族而生活，家族内能供给他一切，家族外无所求，因此家族以外的事不值得去管，要管也不容许，不如固守家门，保全自家的利益，乐得"各人自扫门前雪，休管他人瓦上霜"。

在那社会中，个人不会感受生活上的大威胁，幼年时家族会抚育他，壮年时祖业会交他经营，老年时家族会奉养他到安眠，在他一生依恋的乡土中，生活自是安定而和谐。

像那样安定，和平，自足而和谐的现实社会生活不是很好吗？但不幸环境不老是停留不变的，人口滋生多了，土地却不跟着增长，土地上的产物不够土地上人口的食用，当这情形不很严重时，他们还可以消极的节俭，压低生活程度，在贫苦中生活，勉强维持生命。

但当这情形严重时，饥荒和战争就在这社会中蓬起，直至饥荒和战争硬把人口减到和土地成一平衡状态时，生活又安定在古旧的方式下，像一塘止水似的，显不出一点变动的痕迹。

本来这种因人多地少而发生的人口压力，可能积极地驱使那社会转到工商方面去，但那家族本位文化的历史太悠久了，它固定得不易改过来，加之皇帝利用了一班士大夫，时刻替那文化做一种维护的工作，因此自发的变革成为不可能。

但锄头敌不住西洋的坚甲利兵，鸦片战争以后，西洋的武力和经济不仅征服了这古国的土地，也征服了这古国的文化，维新运动一发不可收拾，直到今日这运动还未终止。

在这运动我们听到"中学为体西学为用"和"认识西洋精神文明"以及"全盘西化""保有固有文化"的种种呼声，无疑的它们同是中国文化转变期中的产物，这些产物会因人因时而又是必然的结果。

在这转变过程中，我们看到宗法社会的家族组织日趋没落，青年们冲破了家族的藩篱跑到城市中去，他们否认家族共同意识的权威，不满意于传统知识的接受，争务新奇竞相改进，目光由远古移到现在和将来，由家族移到国家和世界，由故乡移到荒远的边地。

可是跑出家庭是容易的事，否认共同意识是容易的事（至少这步工作已经花费很多代价做到了），穿西服吃西餐更是容易的事，但旧的多已破坏，新的尚未建立，一切全靠瞎摸，而自己未能充实（也不知从何充实起）无力适应这不安的新环境，人生的意义还不了解，生活的目的不能把握，婚姻职业虽能自主却不知从何做起，迎着的尽是一些混乱复杂的现象，见着的尽是一些惊心动魄的刺激，茫茫前途，真是不知所从，因此苦闷，彷徨，叫嚣，盲动成为他们唯一的出路了。

变是既定的事实，悲观没有用，保守没有用，空口提倡也没有用，现在的工作是怎样使青年们完成他们自成的人格，发展他们健全的个性，使他们学得应付生活的新知识，使他们依各人个性人格和兴趣，各位育在一适当的地位，使全社会分子分工合作建立起和谐的生活，最后而最紧要的是建立起一种社会的公道，这些是决定今后新文化成功和失败的主要条件，值得大家注意和努力。

浙西最近的交通路线（通讯）

张振华

提起浙江，大家都要想到"上有天堂，下有苏杭"的句子，尤其是杭州的西子湖是没有人不羡慕的，西子湖里的风景尤为一般诗人，雅士，壮男，少女，以至于念佛的老婆婆所欣赏过的，西湖里的月下老人亦为多情的少男少女所闻名而求过签的，有多少的青年的姻缘就决定在这一张的签上面而改变了他或她的命运。

浙西即为杭嘉湖三旧府属整个的称呼，虽然目前是以钱塘江作为浙东浙西的分界线，然而大家提到浙西，习惯上指目前的第一，第二和第十三个行政督察区所辖的区域为范围，那么这三个行政区各包括哪些县份呢？

第一行政区包括桐庐，富阳，新登，分水，昌化，于潜，临安，余杭，杭县和杭州市九县和一市。

第二行政区包括安吉，孝丰，武康，德清，长兴，吴兴六县。

第十行政区包括海宁，海盐，平湖，桐乡，崇德，嘉善，嘉兴七县。

行政区是这样划分的，第一和第二区是以天目山为分界线，第十区是包括沪杭，苏嘉二铁路沿线和运河以东各县。

这三个行政区又直属于浙江省政府兼浙江省国民抗敌自卫团总司令部行署（简称浙西行署）。

浙西是全国物资最丰，土地最肥沃的区域，所以大家都叫它"鱼米之乡，丝茶之府"。

战前的交通有沪杭，苏嘉二铁道，公路有京杭，杭乍，杭徽等几条干线，这五条大动脉就在土地一万八千余平方公里，人口四百三十余万，物产总值年达数万万元的浙西二十二县一市的杭嘉湖不断地流通着。

二十六年的十一月五日金山卫全公亭敌军第六及第十八师团一部和第三师团从苏州河南岸过来，第六第九两师团从松江青浦会合来打苏嘉路的平望，再取京杭国道打嘉兴，打广德芜湖，再打杭州与第十八师团打平湖海宁海监的一部相会合，这是第一路；第二路是第十八师团打嘉兴，这样嘉湖便在当年十二月下旬沦陷在敌军柳川平助司令的手下，直到目前已经有一千零数十天了，因为敌人所到之处无不放火焚烧，肆意破坏，强奸劫杀，所以这一带的老百姓就从三十六层的天堂舒适生活一降而为十八层地狱里的黑暗生活，作者自沦陷以后直到今日除了很短的时间脱开浙西以外，几乎全部都亲眼见到敌机的狂炸城乡，敌军的奸杀同胞和强奸抢劫的情况。

现在单讲目前的交通。

目前浙西几条大干线和几个重要的敌我有关系的据点是要首先介绍的。

一，长兴的和平，泗安，小溪口，安吉的梅溪，晓市，递铺，这几个据点在战前很少有人注意，目前已成为敌我经济的前哨线，它们都是和敌人占领的湖州发生很密切的关系，每一个地方几乎每天来往湖州的交通航船至少在十只至十五只之间，天天有走往湖州城里去，亦有由湖州城里来的成百的商人，货物亦是整船的装进装出的航行着，那么有人便要问到湖州去不要紧么？告诉你，船上的账房神通广大，他便在船将进湖州城的附近，做一笔生财有道的交易，他把敌伪用的"良民证"给你，告诉你要照"良民证"上所记着的姓名年龄籍贯说，便包你太平无事的进城，商人们为了利欲心重，就是把自己祖宗的姓更改一下子亦不在乎，这样一张便要四角到二元不等的价格，连船资一元五毛便要三块多，船大约在每天下午开到中途过夜，次日一早又开，午刻达目的地。

二，长兴的水口，夹浦可以通无锡苏州，每天亦有许多大帆船往来着，这条路是经太湖的，所以时间要长一点，从水口到无锡来回一次五天亦可以够了，听说苏州是最容易进出，不要什么"良民证""户籍证"，所以去的人很多，上两个月我们向无锡方面买来了一座缫丝机，分七十余条大帆船装，浩浩荡荡的通过了太湖，很平安的到达××，现在已经开工使用了。

三，杭州的三墩——你可以从新登，富阳，临安，余杭，看得见大道小径上每天有我们强有力的壮丁（假如他们去当兵一定要最标准的）挑着一担一百五十斤左右的土货或者是走私的特产，或者是敌货的日用品奢侈品，雄赳赳的排了一字队形走着，他们从新登到三墩只要三天便可以来回，挑力是十八元一趟，来回是三十六元，假如每一次的，那么五十块钱的东西，一来一去便可以做一百余元的生意，我问过一个挑夫他一个月至少有多少钱可以赚？他老老实实的说有二百块钱可以净赚。

再说骡子亦是每天忙着肩货，它一个月亦可以净赚一百八十块钱，因此，难怪有人说"做专员所赚的钱还抵不过一匹骡子"了，小公务员和教师们看了真是啼笑皆非，望岸兴叹了。

三墩是在拱宸桥祥符桥附近的一个小村子，它是战后浙西最繁荣据点，亦是敌货走私的交换点，它到杭州只要两小时的船或者二十分钟的汽车便可以了，每天杭州有火车来往上海两三次，假如下午到三墩的话，那么就可以乘从杭州开上海去的火车，到夜间十一时左右便可以到上海了，所以从新登到上海战前八九个小时可到，目前只要四十八小时亦可以了。

四，自从今春萧山亦被敌占以后，那么萧山亦有成千成万的敌货由钱江大桥上面的车辆（当初钱江大桥没有彻底破坏，今天却做了敌伪的工具来惨杀自己了）和江里面的船只不断的运！运！

五，浙东的定海，舟山群岛以及沿海的小岛上，凡是敌人一到便继之以敌货的集中和分散到我们内地去的工作。

表面上敌人封锁了我们，我们反封锁了敌人，但是实际上是一回什么事呢？单说以上这五个重要交通干线就可以证明目前的浙江——尤其是浙西已经进入到什么一个危险的阶段。从浙西和浙东，敌货便源源的进入到安徽，江西，湖南以及内地各都市和乡间，敌人吸了我们的精血！我们便这样的被传染了经济上的肺痨病！炸弹固然恶毒，但是没有经济上的吸取那样不知不觉的利害！

本期撰者：

刘乃诚李树青两先生在本刊常写文章，不用介绍。

张子毅先生研究社会学，现在云南担任教课。

张振华先生服务于浙江地方银行。本期所登通讯是从于潜寄来的。下二期将有张先生关于浙西政治及教育的通讯发表。

钱端升先生下期将有文论美国大选揭晓后的政局。本期则因苏联地位空见跳跃无定，故为专文以论之。他关于建国大计的文章只得暂停二期再续。